长篇历史小说

民国“财神”

——张作霖智囊王永江传奇

王金杰／著

群众出版社·北京

图书在版编目（CIP）数据

民国“财神”：张作霖智囊王永江传奇 / 王金杰著．—北京：群众出版社，2017.10

ISBN 978－7－5014－5754－0

Ⅰ.①民…　Ⅱ.①王…　Ⅲ.①长篇历史小说—中国—当代

Ⅳ.①I247.5

中国版本图书馆 CIP 数据核字（2017）第 233625 号

民国“财神”

——张作霖智囊王永江传奇

王金杰　著

出版发行：群众出版社

地　　址：北京市西城区木樨地南里

邮政编码：100038

经　　销：新华书店

印　　刷：三河市书文印刷有限公司

版　　次：2017 年 9 月第 1 版

印　　次：2017 年 9 月第 1 次

印　　张：12

开　　本：880 毫米×1230 毫米　1/32

字　　数：310 千字

书　　号：ISBN 978－7－5014－5754－0

定　　价：39.00 元

网　　址：www.qzcbs.com

电子邮箱：qzcbs@sohu.com

营销中心电话：010－83903254

读者服务部电话（门市）：010－83903257

警官读者俱乐部电话（网购、邮购）：010－83903253

文艺分社电话：010－83903973

目 录

五凤急中生智，径直找到卫生间。耳边隐隐传来哭声，嘤嘤呜呜的，越来越近越来越清晰。五凤打开木门一看：啊，果然是六凤！正斜倚在角落，吐了一身一地！

……………………………………………

“……你要是真心想帮我，不如成全我一个梦想。”王永江并不推辞，而是将计就计，于是抛出一个悬念。

“什么梦想？”王镜寰不解问道。

……………………………………………

吝惜有余的王永江对于孙中山是慷慨大方的。孙中山每每回信，笔端皆流溢感激与谢忱，且赠送孙文标准照片，题签“岷源先生惠存”。

……………………………………………

在风雷滚滚，排山倒海的大潮中，唯有一个人表现出异常的淡漠，乃至于逆潮流而动，公然大唱起反调，此人即是王永江。

……………………………………………

王永江一反常态，并无赘言，遂将一封信函递交岩间德也，表情冷若冰霜道：“我这里有一份省长名义的照会，强烈要求日本遵守租借承诺，归还旅大！请你务必转交日本驻奉天总领事，就在当下！”

引子

当东北王张作霖坐上虎皮交椅，傲视天下，谁不服就灭谁的时候，唯有一个人令他忌惮，同时，也最为令他倚重。这个人在张大帅心目中，大约有着定海神针的分量，因此对其言听计从，任其尥蹶子撂挑子，还要三番五次地恭请。

张大帅和这个人之间的天缘结合，聚散纠结，构成了一派奇特的民国气象。

这个人物被历史尘埋得太久，是昭然于天下的时候了。

第一章　上任

且说草莽英雄张作霖，经过一番厮杀打拼，终于雄踞奉天的制高点，担任奉天督军兼省长。白日放歌须纵酒，人生得意须尽欢。本性豪爽的张大帅，一时间兴奋得几乎整天跟弟兄们笙歌宴饮，一醉方休。能走到今天这一步，那真是他做梦都没想到哇。

然而过了没有几天，张作霖忽然像换了个人似的，不但深居简出，而且忧心忡忡。

“督军好像有什么心事，能否说与在下听听？或许，可以帮忙排解一下。”庭院深深的将军署厅堂里，奉天军政两署秘书长袁金铠察言观色主动问道。

大大咧咧的张作霖毫不隐讳，直言困惑：“实不相瞒，老子正为人才发愁呢！”

“哦？督军麾下有一批精兵强将，生死弟兄，何以为人才发愁呢？”聪敏狡黠的袁金铠，眨巴着小眼明知故问。

“洁珊（袁金铠字），你是有所不知，让他们带兵打仗，个个都是好样的！”张作霖竖起大拇指，“让他们管理城市，维持运转，”张作霖耷拉眼皮，噘着嘴巴，连连摇头，“这就好比擀面杖吹火——一窍不通！”张作霖徘徊几步，继而道：“我公开跟弟兄们讲，我这个位子得自马上，但是马上得之，不能马上治之。如果地方上有能人肯替我效劳，我们兄弟哪怕低三下四，也要以礼相待。我正为这事儿发愁呢。哎，你来得正好，赶快帮忙物色人才！”张作霖手指着袁金铠道。

“看来督军进入角色了!”袁金铠莞尔一笑，故作沉吟，然后轻松说道，“这有何难呢?我现在就可以举出一人!”他高高地竖起食指。

“什么人?”张作霖瞪大双眼。

“王……永……江!”从袁金铠口中蹦出三个字。

“王永江?”张作霖眉宇紧蹙，脸色登时阴沉大半。

“是啊，”袁金铠一脸郑重表情，“此人乃当今奇才，将军幕下无出其右者!”袁金铠又竖起大拇指。

张作霖眨巴着眼皮，暗暗思忖：我曾慢待过此人，难道是我错了不成?于是假装推卸责任道：“不见其人久闻其名，我哪里不愿用王永江?是他不屑跟我来往罢了。”

“他是恃才傲物不假，也不善于结交应酬，但是督军可曾知道，他每天处理完公事，便一头扎进屋里，闭门研读《易经》。《易经》又称帝王之学，无论是汉朝的张子房，还是三国的诸葛亮，还是明朝的朱伯温，都对《周易》研究精深。也就是说，王永江是在积累本领，希望有朝一日干大事儿。我敢说，此人若为将军所用，一定能助将军大展宏图!”袁金铠语气肯定地说道。

这帝王之学可不得了!什么张子房、刘伯温，他一概不知，要说鼎鼎大名的诸葛亮，他可是不陌生，京剧不是有《借东风》《空城计》嘛!“这王永江真有大能耐?”张作霖将信将疑，玩味着似心有所动。

袁金铠重重地点头。“只要督军以礼相待，答应对其言听计从，或许，他肯于为将军效力。”袁金铠不失时机出谋划策。

“既然如此，我这就派人邀请!”张作霖幡然悔悟，急不可耐。

“将军真是兵贵神速啊!”袁金铠玩笑说道。

“救场如救火嘛!”张作霖开怀大笑。

有人说，人有才能就像女人怀孕一样，迟早会逐渐显露。问题是千里马常有而伯乐不常有，遇上伯乐是千里马之大幸，遇不上伯乐是千里马之大不幸，只能默默无闻地暗淡一生。

说起来，王永江的伯乐非袁金铠莫属。二人还是在省城科举备考时相识的。沐浴着省城萃升书院的夕阳晚景，耳闻远处铁道马车呼啸而过的声响，一对长袍马褂的文人抱拳作揖，互报家门。

“在下袁金铠，字洁珊，辽阳人氏。”

“在下王永江，字岷源，金州人氏。”

二人虽然来自奉天省不同地区，但却有一见如故之感。二人谈天说地，诗书往来，满怀憧憬。一次酒酣耳热，王永江提笔蘸墨将抒发心志的诗句题写在书院的墙壁上，令袁金铠叹赏不已。那次科考二人共同考取了岁贡。自此，袁金铠对王永江胸有大志，满腹才学，知行合一，印象如炬。他借用陈胜吴广的话起誓：苟富贵勿相忘。袁金铠言出即行，果然没有失信。袁金铠担任辽阳警务局长时，力邀王永江担任辽阳警校总教习。袁金铠升任奉天省咨议局副议长时，又力荐王永江继任辽阳警务局长。后来，在奉天省总督赵尔巽的着力提携下（无可否认袁金铠的举荐之功），王永江又改换门庭，历任辽阳、康平、海城、牛庄诸地税捐局长，最终拔擢省城担任税捐局长。孰料三十年河东三十年河西，正当王永江顺风顺水扶摇直上的时候，赵尔巽忽然上调京城担任清史馆长。张作霖执掌奉天一手遮天，人丁变了，风水也跟着变了。

好兄弟总是心心相印的。见王永江愁眉不展忧心忡忡，袁金铠便主动请王永江喝茶。古色古香舒适优雅的茶楼雅间，氤氲氤氲蒸腾着清幽的茶香，秃脑门儿的袁金铠眯缝着小眼儿，大脑清晰回放着他与赵尔巽在此喝茶的情景，而话题之一正是萦绕着王永江的升迁——

“事实证明，王永江是难得的人才！提携重用是必然的，关键是如何提携重用？”温文尔雅的赵尔巽一边品茗，一边有板有眼地分析说道：“你也知道，张作霖初涉省政，拥兵自重，人人

都敬畏他三分。他好像对王永江怀有成见，曾经质问我姓王的有啥本事，凭啥让他担任民政司使！而且还扬言，如果姓王的到省里任职，他一定会让他好看！吓得王永江硬是没敢赴任。依我之见，这件事还得从长计议。”

“王永江恃才傲物，不像有些人巴结张作霖，张作霖因此怀有成见。”袁金铠一边参与分析一边出谋划策，“不过，我倒是有一个主意。”赵尔巽即刻投来好奇的目光。“记得袁大总统曾明令各省选拔人才，我们何不借此机会顺水推舟，把王永江作为奉省人才向上级举荐，然后让国务院酌情直接任用。这样，既可以替你解脱，又让张作霖无话可说。总督以为如何？”袁金铠头头是道说着。

“好计，果然足智多谋！”赵尔巽面露喜色，喷吐着香烟补充道，“你亲自起草奏折，一定要把王永江的优势业绩说清楚，我过目后即刻申报！”

袁金铠慨然应诺。

美好时光总是一闪即逝，留下难以磨灭的余韵。如今坐在这里喝茶的，一个是曾经的谈话者，一个是谈话涉及的主角。袁金铠直言不讳地规劝道：“有道是世事如棋局局新！赵尔巽的时代已经翻过去了，而张作霖的时代已经来临！这个人虽然没啥文化，出身绿林，江湖义气，但是据我旁观，绝对具有政治头脑，善于审时度势，投机钻营！”袁金铠掰着指头一一细数，张作霖如何镇压革命党，如何驱逐奉天省两任督军，如何解除二十八师师长兵权，直至独掌奉天大权，竟然无人与之匹敌。于是由衷叹道，“咱就别说奉天了，我看整个东北必是姓张的天下！”转而话锋一转，苦口婆心道，“岷源兄，说句心里话，我真替你担忧啊！能一步步走到今天，哥们儿容易吗？总不能半途而废啊！中国文人历来依附于政治权力，你必须调整与张作霖的关系！”

王永江慢慢品茗，慢慢浸润，微微抬眼，面呈一种复杂难言的表情，其潜台词是非如此不可吗？如何做出调整呢？

“这着棋非走不可，否则前景不容乐观，败走麦城也不是不可能的！”袁金铠语气中肯表情夸张，继而和风细雨婉转点拨，“至于如何调整关系，这么聪明的人还用我教？无事不登三宝殿嘛！”

既然这步棋非走不可，王永江只好硬着头皮求见张作霖。那是一个阴晴不定暗淡无光的天气，身材高大神情凝重的王永江徒步而至督军府，一路上思绪翩翩着谈话要点及大致内容。他自报家门并请门卫通报。然而大大出乎意料的是，他在督军府会客厅的坐凳上白白枯坐了半小时，竟像门口的石狮子一样无人搭理。王永江心灰意冷，悻悻地返回住所。他被浓得化不开的阴云笼罩着。他想起中国文人历来不平的际遇，特别是三国时期刘备怠慢过庞统，于是写诗嘲讽抱怨：

士元竟以酒糊涂
大耳如何慢凤雏
才得荆襄宁志满
英雄通病是轻儒

同样心情不爽的还有张作霖。当管家报告王永江求见，张作霖故意哼哈着拖延，他就是要晾一晾这姓王的！张作霖初涉省政之时，省城官吏争相趋门攀附，唯独这王永江不通声气。见官不敬早晚是病，张作霖故此引以为恨。中国官场之悲哀莫过于此！当请客送礼阿谀谄媚成为风气，哪怕洁身自好自持自重，同样遭人嫉恨甚至倒霉。此番又听管家说，王永江是两手空空而来，张作霖一赌气索性避而不见。也怪袁金铠智者千虑必有一失，明明知道王永江书生气十足，为什么不事先详加提示一下！王永江实在是太自信了，自信得有些不食人间烟火。有道是，胸中无缺才是富。恐怕张作霖做梦都想象不到，王永江心中拥有的财富以及未来带给奉天东北的财富，岂是手提肩扛区区几件礼品所能比拟！他实在是门缝儿里看人了。

“砰，砰，砰！”有人敲响王永江办公室的门扉。

“请进！”

来人进门施礼，恭恭敬敬道：“张将军诚邀大人倾谈。”

王永江瞅了瞅，确是张将军府上人。问题是，是诚邀还是戏弄？想起曾经的慢待，不禁心生疑虑，于是不冷不热，一语双关回道：“张将军门前戈戟森列，我这小小芝麻官即便到了门口，哪里进得去啊！”

仅一句话，就将来人呛得哑口无言。见邀请不成，来人只好匆匆打道回府。

时间不长，张将军府上再度派人来请，并且表态：“王先生若肯到府上，张将军必将亲自出迎！”

或许张作霖确有诚意，真乃是一百八十度大转弯哪！难道他背地里听说了什么？也许是洁珊助推了一把……王永江微微颔首，心里有了底儿，却故作矜持，拿捏着火候。

这时，门外忽然响起汽车引擎声。果然，张将军府上三度来人，恭恭敬敬大声禀报：“张将军派我迎接王局长！”

事不过三，三请诸葛亮！王永江审时度势，揣摩预测：龙在田野，利见大人；时机已到，老虎出洞。王永江简略拾掇一下，遂登车前往将军署。

当他下车走进将军署时，早有人候在大门口引领。刚进三进院的中门便一眼望见，一袭戎装的张作霖已站在正厅台阶恭候。

张作霖急忙迎上几步，主动拉着王永江的手，亲切问道：“公何来迟？”

王永江淡然一笑：“尚未晚矣。”

历史锁定了这一刻，一场大戏拉开了帷幕。

一个是北人南相，中等身材，戎装威仪，那谢顶的额头彰显着智慧的光亮，眯缝眨动的眼神跳闪着狐狸般的狡黠；一个是修干丰颐，鬓眉如画，风裁峻整，威重有神，留着时尚的八字牛角须。

张作霖十分看重这次谈话，索性闭门谢客，连生死弟兄也不顾了。仿佛是一对有缘人一见钟情，一见倾心，仿佛是渴慕期待已久，命中注定的会晤与携手。庭院深深的将军署，好像只有两个人在公干；偌大的奉天省城，仅仅在于两个人的谈吐之间。光影透过将军署缓缓游移，二人从日升一直谈到日落，思绪穿越天下古今之巷道，大有冰释前嫌相见恨晚之慨。

“雨亭（张作霖字）老粗一个，只知舞刀弄枪，糊里糊涂又当了省长，愁得我吃饭不香，睡觉不实。洁珊称你是当今奇才，还请岷源兄不吝赐教！”张作霖开门见山，抱拳作揖。

王永江也不推辞，坦陈己见说道：“老子云：人法地，地法天，天法道，道法自然。天地之间的事儿，无不遵循着自然法则，所谓顺天者昌逆天者亡。观当今天下，日本人占据辽东，又以远东铁路穿越东北，构成巨大威胁和隐患，我们开罪不起，只能实施和平外交，韬光养晦，卧薪尝胆，集聚实力，以备日后与之抗衡。关内名义上大一统，实则政局动荡不稳，各路诸侯心怀鬼胎蠢蠢欲动，迟早上演春秋战国烽火狼烟，我们无意于插手和涉足，以免顾此失彼引起公讨。想我奉省，土地肥沃，物产丰盈，风调雨顺，四时分明。此乃兴者之地，王者之时也。督军只需顺应这天时地利，扬优摒逆，在夹缝中求生存谋发展，则三足鼎立大业可成矣！”

我的天，像是三国隆中对的翻版，竟又冒出一个三分天下，这王岷源难道是诸葛亮的化身不成?！张作霖领略了大局走势，心里登时有了底儿。可是如何扬优摒逆，生存发展？心里好像又没底儿。于是进一步追问：“具体说来，该咋办呢?”

王永江居高临下，阐释说道：“欲求大略，先取大势。奉省最多的是什么？最缺的又是什么？依不才之见，奉省最多的是土地，最缺的恰恰是人！自满清入主中原，大清子民从容入关，奉省十室九空，千里沃野一片荒芜。大清执政的三百年来，对关外实行封禁政策，使得人口增长缓慢，荒地越撂越多，眼见着大好家园渐成麋兔逍遥之所。所以，督军当务之急是以赎买手段，将土地收归省有，然后开放关禁，鼓励关内流民出关，让耕者有其田，田者生其赋，如此何愁奉省不振兴!”

张作霖闻听此言，茅塞顿开，兴奋之余离了座位，紧拉住王永江的手：“王岷源啊王岷源，你真是一句话说到点子上了！你说你要是早来，我何苦愁得一连这么些天睡不好觉!”

王永江恰当恭维一句：“督军如此说，更让永江胸有成竹。为官者最为紧要的是，先天下之忧而忧，督军能有这种恤民之心，是万民之福啊!”

张作霖忽然想起刚才的疑惑，故而抚摸着脑门儿，蹙眉盘问：“你说以赎买手段收地，那是天文数字的一笔钱！奉省财政你也知道，这么多年来，人吃马喂驴吃狗抢的，早他妈巴子把家底儿都掏空了，上哪儿弄这一大笔钱?”

王永江轻松笑了：“这有何难?”他用拇指捋了捋八字牛角须，仿佛绵密微翘的胡须里埋藏着主意：“督军可曾听说过一句俗语——空手套白狼？咱们就以省府的名义收地，无主的荒地自然不花钱，有主的熟地由政府出据，先征下来再说，等卖给流民收钱后再结清。我做过调查，奉省闲置的土地，大多集中在满族的过气贵族与山林主手里，应该花费不了太多就能买下。这样，我们卖给流民后，还了钱还有剩余，咱们就用这钱开矿山，开工厂，办实业，奉省繁荣指日可待啊!”

张作霖情绪高涨，猛一拍巴掌：“哎呀岷源兄，一条七塞八堵的烟道，让你一捅就通气了。行，你这一来，我心里有底儿了，奉天也透亮儿了!”

张作霖嘻哈之余眼珠流转，心思盘桓着小九九儿：想我张作霖谁都没放在眼里，今天真是正儿八经遇上高人了！真乃天助我也！妈巴子自打执掌省政以来，奉省财政吃紧生财无道令人头疼，在遇到王永江之前，为什么就没人想到天天踩在脚底下根本没当一回事儿的土地！张作霖愈发心中有数，看来此人大才，实属凤毛麟角，不可或缺！

不知不觉，张王话语投机唠了一整天。中午只简单吃了些茶点。张作霖感觉过意不去，也是出于兴奋得意，晚间本欲安排一桌像样的酒席，王永江果然是王永江，坚决不肯还执拗地走掉了。张作霖是出于礼数，王永江是出于心境。对于一介才人的王永江来说，能同张作霖倾心交谈已足矣，何必搞得这么隆重俗气，再说眼下尚未到庆功之时。张作霖站在星月垂青的庭院，连声道别挥手目送，竟然有些恋恋不舍。

果然，王永江顺理成章地进入权力中心，被任命为奉天督军署高级顾问。虽然，这是一个光环耀眼的荣誉虚职。

在尚无空缺职位的情况下，这只能算是一种过渡。1916 年 11 月，王永江终于谋得实职而不再担任虚职，正式出任奉天省警务处长兼省会警察厅长！

张作霖找来王永江正式宣布委任，王永江抱拳作揖深表感谢。张作霖对王永江郑重说道：“听说你在辽阳创办警政很有成绩，现在全省警政十分混乱，地方很不安宁，你好好整顿一下，不管是谁不服就办！”

王永江眨了眨眼，心有余悸道：“我接办警政可以，唯恐我办事认真，怕惹出麻烦来，督军不好办。”

张作霖把手一挥：“没关系，我给你撑腰！”

“那好。”王永江一块石头落地。

中国人从老祖宗开始，一向崇尚知行合一，不仅仅是纸上谈兵，还要脚踏实地地践行。王永江即属此类。有种说法叫作屁股决定大脑，屁股坐到哪儿思维跟到哪儿。这不，当王永江穿上那身威风凛凛的警装，屁股坐到奉省警务处长兼省会警察厅长的位子后，他满脑子盘桓的全都是奉省警政事宜。凭着对警政事物的谙熟以及担任辽阳警务局长的实践，他毫无懈怠雷厉风行，上任伊始即对奉天警政进行了大刀阔斧的改革。首先是强化人员管理，通过考试裁减冗员，继而修订厘章，严厉督促警员按规章行事；其次是参照日本做法夯实基础建设，设立奉省高等警察学校，在省城各处设派出所，实行户口调查，大力整顿社会秩序；再次是严厉执行检查制度，遇有兵弁违纪，悉绳之以法，概不回避。

平静的水面骤起波澜，寂静的山林蹿出猛禽。时任五十三旅旅长的汤玉麟，仗着自个儿是张作霖的生死弟兄，骄横跋扈不可一世。有道是上梁不正下梁歪，受汤大旅长的濡染和纵容，兵士们匪气十足横行霸道。这不，汤部有个姓宋的有恃无恐，居然常年在城内开设赌场，以谋取不义之财。省城历任警察厅长惧于汤玉麟的威力，对此只能视若无睹睁只眼闭只眼。想不到这一回撞枪口上了！听了部下关于宋某劣迹的汇报，王永江怒不可遏拍案而起！哦，身穿军装开设赌场谋取暴利，简直是闻所未闻滑天下之大稽！如果一味纵容任其所为，还要我们这些警察干什么？如果视若无睹睁只眼闭只眼，还要我这个奉省警务大吏何用！王永江当即下令将宋某一举拿下！紧接着又一纸封条将那赌场封了门。于是，一场军警抗争的导火索由此引燃。

汤玉麟一听，目瞪口呆怒火中烧，省城之内，竟敢有人太岁头上动土？好嘛，又是那姓王的部下干的！妈了个巴子，他姓王的总是跟老子过不去！汤玉麟咬牙切齿捶胸顿足，浮想联翩气急败坏……他姓王的能坐上警察厅长的位子，那是我督军大哥的功劳，想不到他忘恩负义竟成了老子的克星！起初没拿他当外人，求他安排个把熟人，他硬是不肯接受让我汤二虎好没面子！我的部下在街上弄点小钱花花，他居然不顾情面状告督军并严厉禁止！我鼓动一批将领以辞职相要挟，逼迫督军非解除姓王的职务不可！孰料督军撕碎了辞职书不说，还当场把我给臭骂一顿！督军受了那姓王的蛊惑，硬是把姓王的宠上天了！如今居然敢扣押我的士兵，简直是吃了熊心豹子胆了，也太不把我汤二虎放眼里了！

是可忍孰不可忍！四方大脸胡子拉碴的汤玉麟意气用事，竟单枪匹马一路纵马风风火火赶到警察厅，气势汹汹声色俱厉地叫嚷：“都给我听着，马上放人！”

王永江坐视不理，以静制动。如此犯戒如此蛮横，岂能一放了之！

“警察厅姓王的，我最后说一遍，马上给我放人！”汤玉麟撕裂的吼声在警察厅回荡，他的高头大马兜着圈子咴咴叫着。

仿佛以石击水死水一团，警察厅冷冷清清一片寂然。

“厅长，怎么办？这汤二虎可是个亡命徒！”助手王镜寰瞅着王永江，心中颇有几分疑虑。

“难道我王永江就是好欺负的？难道这警察厅是他姓汤的开的？哼，老子软的不欺硬的不怕！”王永江强硬冷峻的神态，跟平日的温和儒雅判若两人，令王镜寰刮目相看大为震惊。

高头大马疲沓懈怠了，汤玉麟终于支撑不住！

他歇斯底里吼道：“好哇姓王的，算你有种！敬酒不吃吃罚酒！待我率领大军将警察厅包围，面对枪口看你怎么收场！哼！”说罢策马而去。

看来，一场剑拔弩张的军警火拼一触即发。

兵来将挡水来土掩。王永江当即号令：所有警察全副武装，严阵以待进入战备！将小炮在院儿里支上！

果真要刺刀见红了。鸟儿感觉气场恐怖，呼唤同类逃之夭夭。

作为辽阳警校的高材生，王镜寰经王永江栽培，一直跟随陪伴左右。此刻，年轻的王境寰表现出超常的冷静，他权衡再三决定必须进谏：“厅长，我觉得别把事情闹大了，最好跟督军大人打声招呼，以免将来担责。”

冲动的王永江冷静下来，他眨着眼睛思索说道：“嗯，言之有理，此事非同小可”，于是悄声吩咐道，“你通报一声督军!”

“是!”王镜寰应声而去。

张作霖闻报火冒三丈，当即吩咐属下：“快把汤玉麟给我喊来!”

整装待发的汤玉麟，急匆匆拍马赶到，一上来就是下马威：“大哥，兄弟强烈要求，把那姓王的给撤了！他总是跟我过不去，又扣押了我的弟兄！这天下是咱们兄弟拿命换来的，他姓王的凭啥功劳，高高在上大耍威风!”

“你懂个屁！枪杆子能打天下，枪杆子能治天下？我告诉你，你给王岷源牵马扶镫都不配!”张作霖立场鲜明，好不开面。

“你……”汤玉麟气得鼓鼓的。

恰好，一道打天下的张作相、张景惠、吴俊升等将领赶来，赶忙从中调解：

“大哥，千万别为了姓王的，伤了兄弟和气!”

“二虎是咱自家兄弟，有功之臣，而且救过大哥性命!”

“姓王的太傲慢自负了，从没听说警察管束军人！瞧满街都是派出所，像他妈西瓜棚似的……”

“混账！姓王的是我看上的！谁不给姓王的面子，就是不给我面子！我还没拿你们是问呢，你们倒逼起宫来了!”张作霖泾渭分明，亲兄弟明算账，“咱们不妨掰扯掰扯，啊，正月初五，二十八师做东请客，没人通知王永江；正月初六，二十七师做东回请，没人邀请王永江；王永江知道你们对他有成见，为了缓和情绪消除误会，随后预备了丰盛的宴席，邀请省城高级文武官员联欢，你们他妈的一个个都缺席！王永江那天非常难堪，态度特别消极低沉，我看就差哭出眼泪了。我还没要求你们向王永江道歉呢，你们反倒猪八戒倒打一耙，一块儿起哄硬逼我撤掉王永江！为啥我看上的人你们偏反对？我张作霖用定这个姓王的了！谁反对谁辞职，谁不辞职——操他奶奶!”

汤玉麟应声立起，泪眼蒙眬，扭曲着面孔道：“你甭骂大街，辞职算个屌！”

说罢拂袖而去。

众人无不尴尬，只得不欢而散。

汤玉麟气急败坏耿耿于怀：操你妈张作霖，我鞍前马后出生入死跟你混了这么多年，居然赶不上一个素昧平生、从未打过仗流过血、仅仅靠玩嘴皮子过活的文人！为了姓王的你连兄弟情都不顾了，那就别怪我汤二虎翻脸不认人了！

回到军旅驻地，他当即召开紧急会议，号令官兵做好一级战备，等候命令随时实施兵谏！

有道是卤水点豆腐，一物降一物。想不到张作霖技高一筹，竟提前在五十三旅安插了耳目。那耳目异常敏捷，早将这一信息火速上报。

张作霖立即召集高级将领开会，张作相等一干弟兄齐聚而来。

“有人要反了，预实行兵谏！”张作霖愤愤然道。

“是谁？如此胆大妄为！”张作相纳罕问道。

“还能是谁？哼，就是你们替他说话的！”张作霖没好气道。

“汤二虎？不可能！就为了姓王的，连兄弟都不做了？”张景惠将信将疑。

张作霖亮出耳目情报，证据如山确凿无疑！

“这太过分了！他汤二虎昏头了！护犊子护过了！”张景辉转风使舵。

“既然这样，兄弟们表个态，坚决站在大哥一边！”张作相态度明朗。

吴俊升随后赶到，最先表明行动立场：“大哥，听你……一句话，要是决定打，俊升……带队打前敌，我揍这些……兔羔子！”吴大舌头说话大喘气，领兵打仗却是把好手，一听打仗耳朵眼儿里都冒小脚儿。

“好，要的就是这句话！”张作霖一拍桌子。

张作霖随即调兵遣将，遂将五十三旅围成了铁桶。

且说五十三旅官兵已然备战完毕，箭在弦上，枕戈待旦，只静待着天明时分汤玉麟一声令下！

晨光醒来，部下急急来报，驻地已遭奉军严密包围！妈的，真是天不作美，张作霖居然棋先一招！看来采取大规模军事行动已不合时宜。然而汤玉麟并非就此善罢甘休，他手里玩弄着一把刀子，心想，妈的，明的不行玩阴的！他猛一甩手刀子刷一家伙直刺门板。他于是一边命令部下修筑防御工事，一边明修栈道暗度陈仓，选派刺客连夜进城刺杀王永江，必欲置之死地而后快！

月黑杀人夜，风高放火天。此乃乌云遮月之夜，一身夜行服手持短刃的刺客，果然身手敏捷躲过警察的暗哨，循着黑暗中唯一一簇光亮，蹑手蹑脚潜入了王永江的住处。此杀手非比寻常，刺杀的人不计其数，几乎从未失过手。他的大脑画出问号，今天成为刀下鬼的，将是怎样一个败类？他满含鄙夷与猎奇。当他透过窗扇搜寻到目标，映入眼帘的却是一位淳朴敦厚、一脸倦容的中年人，头发短平，留着八字牛角须，穿着一身短褂长裤。令人意外的是，如此夜深人静万籁俱寂，连庭院的花树上的鸟都歇息了，男人们更是搂着老婆温柔香睡，即便孑然一身照样是鼾声如雷，而唯有眼前的他，孤灯相伴，殚精竭虑，孜孜不倦，时而蹙眉，时而叹息，时而笔耕，一种难能可贵的精神与一副正人君子的姿态！此情此景，刺客的大脑画起硕大的问号：天下哪有如此寂寞敬业的“坏蛋”？他凭直觉断定，王永江绝非汤玉麟描绘的贪图享乐的昏庸黑官！他的内心开始摇荡，持刃的手臂开始发软。或许他将犯下大忌，拿人钱财必替人消灾。然而，他做事一向讲究原则，他的刀绝不枉杀好人！他打定主意，悄然撬门入室，竟扑通一声跪在王永江面前！伴随着短刃当啷一声抛掷地上。

王永江陡然惊悸，吓了一大跳：“你是什么人？怎么进来的？”

“实不相瞒，我是汤玉麟派来刺杀你的！”刺客毫不掩饰直言道，脱下黑头巾的眸子炯炯有神，“看到你夜深人静不知疲倦地玩儿命工作，我相信，你绝不是像他所说的贪图享乐的昏庸黑官！因此改变主意，杀心收起，当面谢罪！”

王永江心里一阵悸动，树欲静而风不止啊！“看来你是一位正直的刺客，义士请起！”

刺客仍然跪地不起：“我有一事相求！”刺客好像心中有事。

“但说无妨，我一定尽力，看在正直不杀的份儿上！”王永江态度中肯。

“我背叛了汤玉麟的旨意，结果只能一死了之。请你看在不杀的份儿上，照顾好我一家老小！”原来刺客想到了后事。

王永江请刺客站起来说话。

刺客态度坚决，你不答应我不起来。

王永江点头答应，并亲自扶起刺客。

“何必要一死了之？可以远走高飞，隐姓埋名嘛。我不怪罪你，我一定帮你。”王永江一边点化开导，一边安排周详，“这样吧，天亮之后，我派人送你到安全地带，再重新找一份工作，也好照顾一家老小。”

刺客暗自庆幸：幸亏没有下手，真乃大人大量！当即五体投地叩拜：“感谢大人给我一条生路！”

王永江化险为夷如释重负，长长地呼出一口浊气。

见刺杀不成刺客逃逸，杀心四起的汤玉麟扬言放风：他要亲自出马搞定！王永江闻听后，陷入忧虑深思：张作霖汤玉麟乃是生死弟兄，据悉绿林响马土匪绞杀之时，汤二虎曾冒死救下张家一大家人，也曾身负重伤救下张作霖的性命，而我与张作霖仅仅是萍水相逢、一面之缘，两厢比照，恐怕不可同日而语。这场兵祸因我秉公办事而起，如果张汤果真兵戎相见，后果将是不堪设想！既然张作霖如此器重，而且偏袒于我，我还是别给督军添乱为好。退一步海阔天空！以退为进，借此试探一下张作霖对我究竟是怎样的诚意？故此，他决定采纳刺客的建议，暂时躲避一下风口，于是以养病为借口，跑到汤岗子温泉躲了起来。

第二章　回家

汤岗子温泉宛若世外桃源，天生适宜清心寡欲修身养性。树木葱郁，碧水澄净，小桥曲径，山亭飞阁。温泉温润，无色无味，滚滚喷涌，滋养体肤。跻身其间，王永江忽感轻松释然，捕获了一种难得的清净。然而，不知不觉之间，那清泉渐渐濡染出血色，温泉滚涌出一具尸骸……啊！王永江猛地一惊，赶忙揩拭了眼睛，迷迷蒙蒙之间，脑海竟叠映出幻象。他追忆起担任辽阳警务局长时，因秉公办案而引发的一场生死劫——

一天，知府门口黑压压集聚了一群村民。他们抬着一具浑身喋血面容模糊的尸体，高擎着杀人偿命、还我土地的硕大条幅，齐刷刷地跪地喊冤，声如浪涛咆哮。

于是，上访者悉数被请到警局问话。

原来知州欧阳奋为了给老人修建陵墓，四处派人打探，最终看好某村依山傍水的龙脉地势。于是悍然霸占，大兴土木，修建起一座堪与皇亲国戚媲美的豪华陵寝。被占地农民气愤不过，一天深夜，偷偷将陵墓砸个稀巴烂。欧阳奋的大公子欧阳发闻讯，即刻率一群打手气势汹汹而来，直接将那位农民拽出家门，一通拳脚相加“棒子炖肉”，那位农民七窍流血当场身亡。

王永江当即做出部署：全天候警戒，增加巡逻，四处打探，发现案犯，当场缉拿！

果然，欧阳发及其帮凶当日即被拿下。

有趣的是，欧阳奋的大管家随后出现在王永江的办公室。他以利益为诱饵，代表欧阳奋转赠二百五十亩土地，只求高抬贵手放欧阳发一马！想不到在王永江这里碰了硬钉子。

夜长梦多。王永江没有忘记对死者家属的承诺，于是以无可辩驳的确凿证据，杀无赦斩立决，先斩后奏，将欧阳发及其帮凶就地正法！

行刑前，大公子欧阳发泣泪慨叹，将缺席的老爹一通臭骂：“欧阳奋啊欧阳奋，你纯是一个臭大粪！连下属都摆弄不了，连亲儿子都保不住！欧阳家咋就蹦出你这么个孬种！”

布告张贴于城，人们街谈巷议，甚至响起了鞭炮声。

欧阳家哭声一片，欧阳奋一蹶不振。夫人歇斯底里，发誓报仇雪恨！

“一定要出师有名！”欧阳奋扯下头上的毛巾，从卧榻上硬撑着坐起，“姓王的现在是警务局长，手下有人有枪，又掐着咱们的把柄，如何下得了手哇！”

我管不了这些，先给儿子报仇再说！夫人目露凶光，言辞凿凿，“姓王的，我要拿你的首级陪祭！”

欧阳奋燃起了水烟，水烟咕嘟咕嘟着冒泡，咕嘟声仿佛奏鸣着思绪，果然，一个计划从咕嘟声里冒了出来。

于是，知府派员前往警局宣读知州令：警务局长王永江因故被免职！大家心知肚明，理由只能是……莫须有！

王永江早已做好心理准备，他面无表情僵硬如石。

他慢慢脱下警装，小心翼翼折叠好，一声不吭放到了桌上，眼眸间流溢着莫名的酸楚……想我王永江人届中年，刚刚踏上仕途，竟又横遭罢免！罢了也就罢了，起码清正坦荡，对得起天地良心……

时光在黯淡中摇摇晃晃出曙色，彻夜未眠的王永江俨然衰老了许多。

一辆马车停在警局后院，一队巡警骑马列队恭候。原来王镜寰特意安排骑警专程护送，因为此时此刻的生命安全至关重要。

王永江心有所动，泪花打转……他刷地向王镜寰，向巡警队敬礼！

马车穿出天佑门，漫过太子河桥，以及田园与秋野，即刻踏上荒凉的土路。一阵疾风浮掠，萧萧瑟瑟缩缩。哦，枯藤老树兀立，昏鸦扎堆翻飞，那颓丧的鸣叫令人心寒，隐隐透射着一种不祥之兆。

透过马车漫卷的遮帘，王永江看到这样一幅图景：一些披麻戴孝的壮实汉子，伴着一辆承载棺材的马车缓缓移动，大约是运尸或是葬埋。哦，走在前头扛灵幡的好眼熟！王永江努力检索着大脑记忆，一颗面痣长着一撮黑毛，他猛一拍大腿，这分明是欧阳奋的管家！这么说，棺材运载的是欧阳发了，听说欧阳发尸体已被收走。王永江表情木然，虽说欧阳发的死与自个儿有关，但那是咎由自取罪有应得！王永江的马车与欧阳发的马车交错时，王永江敏锐的眼眸发现了异样：那些披麻戴孝的汉子并无伤悲，一个个眼神跳荡目露凶光，手缓缓地摸向腰际，腰间竟然鼓鼓囊囊……看来来者不善，不光是送葬，更像是复仇！哦？王永江猛然圆瞪双眼心里一惊，棺材前空荡荡的大托盘是何用途？难道预备盛装我的心脏头颅？十有八九，八九不离十！好一个釜底抽薪，一报还一报呀！定是那欧阳奋运筹帷幄，先把我从局长削为平民，然后无所忌惮地实施复仇！其亡我之心不死啊！王永江正欲提醒骑警，忽见骑警早已齐刷刷地亮剑！这分明是一场不动声色、不言而喻的耀武与震慑。明里与暗里、马上与陆地、保卫与复仇正展开较量，一场生与死的肉搏战一触即发。时间于隐形的摩擦中分分秒秒地挨过，大气集聚和弥散着浓烈的杀气，这种可怕的气场连乌鸦都感觉到了，大约怕黑羽衣喷溅了血色纷纷惊慌窜逃。当王永江的目光与管家的目光触碰的刹那，王永江的马车飞翔一般漫过了……

沉浸温泉，王永江暂时忘却了不悦烦恼；究其心思，无时无刻不在关注着省城动向。当王镜寰派人来报，张汤双方剑拔弩张，一场交恶之战在即时，王永江再也顾不了许多，索性回金州老家了，并派王镜寰将辞职信转呈张作霖。

此时，奉天街头谣言四起，人心惶惶不可终日。地方团体遂派代表面见张作霖，肯请千万别在省城燃起战火。张作霖身为父母官，当然顾及百姓利益。经再三权衡考虑，他毅然决然下令：包围圈网开一面，命五十三旅移驻新民！汤玉麟不得已带着一干随从，迅速撤离奉天前往新民。省城人心这才安定下来。

对于为官他乡的王永江来说，不知道为什么，遇有风吹草动隐隐受伤，他总是急不可耐地惦着回家。家不仅是安全的避风港，更是自我修复舔舐伤口的窝巢。想象蜗牛爬出躯壳晒太阳的情景，那种舒适和惬意正是家的感觉。是的，受伤了可以回家。王永江于是轻车熟路地返还家乡，为了避人耳目他选择乘坐夜车为掩护。从塔楼高矗天桥横亘的金州火车站下车，他招手叫了辆等候车次的值班马车。高头大马扎着小辫拴着铜铃拉着棚车，一路叮当作响毫不寂寞地将他运载古城。哦，巍峨的城楼高大的城墙身披着悠远苍凉的月光，在夜色中彰显着庄严厚重的轮廓，带给他一种亲切的踏实感。他移步换景，穿越瓮城门与南门楼，绕过放眼纵深的南街商铺，拐进一座南北向四合院。他轻轻地说，到家了。

星月播撒的小四合院，如水一般安谧和清澈。正中堂房是爹娘的居所；东厢房是自家的安身之所，从结婚到生产从没离开过；西厢房曾是兄弟永海的洞房，如今孤零零住着弟媳六凤一人。说来有趣，当初哥儿俩娶姐儿俩的大婚，还是在这小小四合院举办的。而犄角旮旯的枣树鸡窝，统统是娘勤劳的杰作，说是为了早生贵子，说是为了补养身子。往深里一步说，整个儿四合院皆为老泰山曹秋水的手笔，这中间的背景故事说来话长了。

要说王永江、王永海二位兄弟，在金州那可是响当当的人物。南城门与老爷庙的砖墙上，每每张贴着县学考试大红榜。嘿，这哥儿俩就好像商量好似的，携手共进、稳居三甲、难以撼动，王永江更是稳坐钓鱼船——独占魁首！自晚清举办县学以来绝无仅有。故而一时间饮誉乡里，被誉为金州二王、二陆双丁（以晋朝陆机陆云兄弟作比）！自然，这跟二王聪颖好学、勤奋刻苦、饱读诗书不无关系。二王的父亲王克谦是双兴贸易货栈的账房，而这家贸易货栈的老板正是曹秋水。曹秋水见多识广眼光独到，他十分欣赏并看重二王兄弟的才华和前途，居然将两个貌美典雅、温柔贤惠的宝贝女儿五凤、六凤，齐刷刷地嫁给了金州两大青年才俊永江、永海兄弟。古城人皆竖大拇指，交口称誉郎才女貌！对于深谋远虑的曹秋水来说，这才仅仅迈出了第一步。既然与账房结为亲家，曹秋水就不好再支配王克谦了，于是筹划出资替王克谦在南街买下店铺，另起炉灶开设起永庆和贸易货栈。这是一种前店后家的模式，而后院的房屋小四合院，正好用以解决王家添丁添口。

王永江从天而降，顿令五凤惊喜异常。

“咦，怎么突然就回来了，也不提前打声招呼？”五凤脸色红润，拢了拢披散的长发，整了整贴身的睡衣。

永江随口推说休假，想回来就回来了。语气上故作轻松。

五凤赶忙拾掇饭菜，还斟上一小盅烧酒。永江趁机蹑手蹑脚地来到对面屋，怔怔地站了半晌儿。炕上睡着长短不一、七歪八扭的四个儿子，他仿佛欣赏四幅画一般一双眸子从每张容颜上掠过。他小心翼翼替他们盖好踢开的被子。

久别重逢，永江五凤紧紧地相拥爱抚。

“臭小子们快挤成一锅粥了！”永江坐定，端起酒盅，呷了一口，“就数惠翎最舒坦了，单独住在堂房西间。”

“咱家就这条件，有啥法子？”五凤又替永江斟下一盅，“儿女一个个都长大了，毕竟男女有别嘛！”

“哎，惠翎婚事咋样了？”永江夹了口菜，送进口里。

“一切按计划进行，应当说板上钉钉！”五凤兴致勃勃，亲昵地拍打丈夫，“现在是万事俱备只欠东风，这东风就是等你归来！”

“哦哦，东风夜放花千树，我这东风岂能拖后腿！”永江思维敏捷笑道，继而神情庄重起来，“正好这几天赋闲在家，要不咱们提前把婚事办了？”

五凤微微颔首：“恐怕要跟霍家商量，估计问题不大。人家早就有言在先，令尊什么时候回来什么时候办！”

“那就好！”

次日，当永江慢慢地睁开双眼，蓦然发现自己如众星捧月般被儿子们簇拥，那错落的个头儿竟众口一词一口一个“爹”地叫着。永江登时心花怒放，仿佛打了鸡血赶忙爬了起来。

他拍了拍穿马甲的泽汉，关切询问：“后背还疼吗？”

泽汉摇着头：“不怎么疼了。”

这孩子为了学习“六艺（礼、乐、书、数、射、御）”中的御术，一次跟小伙伴们在北门外偷偷骑马。那匹高头大马野性难驯，除了主人无人驾驭得了。见陌生的小毛孩胆敢上身，便大耍威风摇摆肥硕的屁股，泽汉从马背上摔了下来，紧跟着又被马踢了一脚！泽汉后背疼痛不已。前段时间赴省城看病，日本大夫诊断为脊柱结核。为了防止脊柱后突畸形，医院配备了一种“硬壳”套穿身上，瞅着像是乌龟套上马甲。

打量泽唐个头儿直逼泽汉，大有奋力赶超之势，永江便往泽唐胸脯上捶了两拳，一边满意地点头：“是够结实的。”

嘿，这小子顺着杆往上爬。“爹，等我将来长大了，一定会超过泽汉，像您一样高大！”

泽汉乜斜着眼揶揄道：“臭小子就凭你，口气也太大了吧！”

泽唐小脖儿梗梗着，伸手要跟泽汉掰腕子。

喜欢找乐的泽华趁机加油助威，被泽汉狠狠瞪了一眼：“瞧你那鼻涕鬼样儿，一边闪着去！”泽华无意中受了提醒，赶忙拿袖子揩鼻涕泡。

泽来蹙着眉头左环右顾，像是观摩一场热闹的演出，这云里雾里的且够他琢磨，穿活裆裤的他尚无主意。

望着个头儿神态不一的小哥儿几个，王永江忽然萌生了一种疏离感，以及作为父亲在尽责教育上的缺失。他拿手捋了捋八字牛角须，不失时机语重心长地强调：“你们哥儿四个都听好了，将来长大了不管干啥，首先要自食其力，一定要有谋生的本领；其次要做正人君子，正直，高尚，为善，谦和；第三，你们都给我记住，兄良弟悌，长惠幼顺！什么意思呢？兄长要像个兄长的样子，以身作则，用心照顾好弟弟，弟弟必须尊重兄长，一定要听从兄长的话，兄弟之间不能计较，切不可伤害，因为你们都是自家兄弟，一奶同胞！”

“爹，一奶同胞啥意思？”泽华不甘寂寞，大胆发言。

“你们都是娘生的，都是娘身上掉下的肉，都是吃娘的奶长大的！”正好五凤进屋，当即得意率性地诠释。

永江颇为赞赏重重点头。

儿子们面面相觑，似有所悟。

永江来到堂房看望父母。外屋地的布设普通寻常，无非是八仙桌、长条凳、灶台、水缸、碗柜以及神龛之类，只是八仙桌上方两侧悬垂的一副对子耐人寻味：

种树者必培其根　种德者必养其心

中堂是一块黑底烫金的牌匾，匾上题写着遒劲的四个大字：

商界义士

这块黑金匾可是有来历的。想当初清廷为了强固海防，建船坞、筑炮台、购军舰，并调来铭军镇守黄海与渤海。铭军恃强凌弱肆意妄为，非但占据金州城外大片农田，还借机敲诈金州商家。金州官民敢怒而不敢言。便有一仗义之士挺身而出，只身独闯铭军大帐，与铭军首领展开唇枪舌剑。这位义士早将生死置之度外，硬是凭着三寸不烂之舌，从天亮说到天黑，以至口干舌燥嘴上起泡，最终说服首领放弃对商家的搜刮。这位义士便是王克谦。金州商家感念其仗义，特请名家题字刻匾，敲锣打鼓送上门来。还有一回，副都统阎福陞在会馆庙召集金州商家开会，主旨就是由于甲午战争给古城造成了千疮百孔，为了修复古城重建家园，他希望商家胸怀大义慷慨募捐！战争同样给商家带来惨重损失，因此水波不兴无人响应。正当福陞大人慨叹人心不古心灰意冷之时，万马齐喑的会场忽然传来振聋发聩的声音："我捐!"此人正是王克谦！见商界义士带头募捐，曹秋水及一干商家纷纷效仿。

王永江既没有考取进士，又没有出国留学，其经世致用的大智慧从何而来？不妨透过父辈管窥一番，作为商界义士、账房先生的王克谦，对于正气凛然、理财卓越的王永江，毋庸置疑具有遗传基因、耳濡目染的深刻影响（只是王永江远远超越了父辈）。正如王家中堂那副对子所阐释的：种树者必培其根，种德者必养其心。

此刻，当永江跨过门槛迈进堂房的时候，衰老的爹娘令他的心微微一颤，鼻子发酸，泪眼打转。他主动给爹娘请安。

哦，来家了。爹并不过问此番回家的缘由，倒好像回家是最大的理由。曾经威风八面的爹呀，明显迟钝和驼背了。

怎么样，还好吧？娘深情地望了一眼永江，那一眼能把永江浸透，像深深的井暖暖的泉……永江心里清楚，自从弟弟永海客死他乡，二老明显衰老了，剩下我这个唯一的儿子，想必令他们牵肠挂肚，提心吊胆。

永江当即转移话题，或者说切入正题："关于惠翎的终身大

事，早已经板上钉钉。我跟五凤商量好了，想趁着这次休假在家，把惠翎的婚事给办了，不知二老意下如何？”

二老喜笑颜开，连声称许，再好不过了，能有啥意见！

“爹，回来了！”惠翎狐狸掀门帘——露一小手。

“嗯，进来呀！”看到惠翎笑脸透着红晕，永江心里已猜出几分，“你都听见了？”

“娘跟我说了。”惠翎羞赧地垂首。

“你有什么想法和要求？”永江发扬起家庭民主。

“父母之命，悉听尊便。”惠翎一阵风似的溜出屋。

五凤随后跟霍家商量妥当，双方选定了迎娶的黄道吉日。

喜兴笼罩着王氏家族每一位成员，唯独新娘的令尊王永江喜忧参半。此时此刻，他的心情极其复杂。省城那边杳无音信，前途未卜，他无能为力，只有静观其变。与此同时他不想扫兴，大家都在仰仗着他。他没有把声势搞得过大，只是就近通知了一些亲眷，在金州最负盛名的同陞楼，置办两桌丰盛的酒席，算是给女儿惠翎送行了。

那天，老泰山曹秋水神采奕奕，丈母娘曹韩氏雍容华贵，小舅子曹世科春风拂面，唯有小姨子六凤无精打采（回家这几日，永江早注意到了，六凤就像换了替身似的，除了闷头干活便是深居简出）。永江热情招呼，且一一让座。

五凤主动拿弟弟开涮：“哎哟喂，瞧咱们的大街长来了，真是大驾光临啊！”

世科便戳着兰花指拿腔拿调：“小女子好好伺候，如果偷懒耍滑，小心本街长收拾你！”

见永江疑惑不解，五凤赶忙解释：“哦，忘记告诉你了，世科现在是西街街长，正好管咱们这片儿！”

世科赶忙自我解嘲：“让姐夫见笑了，跟你这位省府高官相比，小弟连七品都够不上啊！”

永江嘻哈一笑：“县官不如现管！”

曹秋水跟亲家王克谦寒暄几句，便紧挨着女婿王永江坐下，且饶有兴致地攀谈起来。他对永江的青睐是显而易见的，永江便不厌其烦地应对自如。桌上堆满干鲜果与蜜饯，泽汉哥儿几个早开吃了。在贵妇人曹韩氏面前，王邱氏似有些自惭形秽，不知道该说什么好，于是以行动替代语言，将大捧干果堆放曹韩氏跟前，“吃啊吃啊”。曹韩氏微笑点头，象征性尝了一个。

当虾籽烧海参、脆皮鸭方、清蒸鳊板鱼、海参鲍鱼、干贝喂小鸡、小龙虎斗（里脊丝烹蛰皮）以及枣泥糕、菊花酥一一端上桌来，满桌人的眼神及味蕾统统昂奋起来了。

惠翎粉面红妆花枝招展地登场了！大家即刻齐刷刷地鼓起掌来。泽汉小哥儿几个更是起哄闹腾，弄得惠翎脸皮儿就跟红苹果似的。五凤朝小哥儿几个瞪眼，小哥儿几个这才有所收敛。惠翎重新找回自信，于是自然大方地敬糖、敬烟、敬酒。永江于无意中关注到一个镜头：六凤完全不在状态，呆若木鸡兴味索然，心里顿涌一股酸楚。大家轮番把盏，互致问候。

世科单独跟永江碰杯，并讨教如何当好街长。

永江呷了口酒，直言说道：“你现在虽为一街之长，但毕竟是日本人的天下，要注意把握好分寸，在夹缝中图生存求发展。你要切记：一定要为百姓谋福利，多行善举！”他拍了拍世科肩膀，“担子不轻啊！”

世科表情凝重，默然颔首。

当晚，永江、五凤来到堂房西间看望惠翎。永江捧着一大摞中药书籍递与惠翎，语重心长道：“闺女啊，你知道，爹平生最爱的就是书，时间也大都耗在这上头。有时候实在忙没工夫看，只能摸一摸翻一翻闻一闻，哈哈，也不失为一种享受！有道是，书中自有黄金屋！这些书既可以用来谋生，又可以用来治病救人，肯定会让你受益无穷的。”永江倚老卖老，骄傲地自拍胸脯，“跟爹学吧，你爹我正是自学成才的！”

“你爹当时的座右铭是：不为良相必为良医！”五凤兴致勃

勃地插话，“在旅顺开设采真堂那会儿，孙家沟爆发了大头瘟，你爹二话没有挺身而出，挽救了无数条生命！担任辽阳警务局长期间，辽阳冬季爆发了鼠疫，你爹临危受命根治鼠疫，为此还受到上级的嘉奖！”

“爹是女儿心目中的大丈夫！”惠翎竖起大拇指。

“闺女啊，不是爹当面夸你，你在中药上很有悟性。记得泽汉小时鼻子出血，你竟然用毛毛草煮水给他喝，当即止血。你是怎么想到这一验方的?”

“爹不记得了？你领我上南山采药，曾说起过验方。”

此番轮到永江竖大拇指了。“闺女啊，霍家是书香门第，应当错不了。嫁过去后，一定要相夫教子，好好经营家庭。此外，别荒废了学习中医药！”永江苦口婆心叮嘱着。

“爹，你就放心吧”。惠翎一边应答着，一边小心拾掇书籍。

五凤逐次打量着女儿的嫁妆，若有所思着什么。她瞄了一眼惠玲的手腕，冷不丁从自个儿手腕上抹下玉镯，熟练麻利地套进惠翎的腕口。“这是你姥姥当年送我的传家宝，现在轮到我把它传给你了！”

惠翎噙泪扑进五凤怀里，娘儿俩贴心拥抱无声啜泣。

喜鹊登枝的第二天，伴随着敲锣打鼓唢呐劲吹，长袍马褂的女婿小霍登门了。在泽汉小哥儿几个引领下，小霍穿过院子直奔堂房。嗬，长辈们早已正襟危坐，像尊尊佛似的期待拜谒。永江瞅着心下窃喜，这小伙儿文质彬彬，端庄清秀，礼貌谦和，不愧为书香门第。小霍一边叩见长辈，一边尊称爷奶爹娘。王克谦、王邱氏、王永江、曹五凤喜不自禁，争先恐后赏赐改口费。

小霍心里忐忑来到堂房西间。房门渐次打开，梦幻中的景象令他眼眸发亮，心花怒放，萌生一种既熟悉又陌生的美妙之感！啊新娘，凤冠霞帔，浓妆艳抹，一袭锦绣，楚楚动人，是京剧舞台上的女主角，还是从画儿里走出的仙女……按照规矩，他大口吞下热腾腾的饺子。

惠翎毅然挽起长发，预备离身荣登花轿。嘻嘻哈哈的小哥儿几个，忽然声音哽咽依依不舍，一口一个姐地叫着。泽汉手抹着眼角，泽唐坚忍着咬牙，泽华哭出了鼻涕泡，泽来紧扯着姐衣襟……惠翎轮番拥抱了四个弟弟。她拍拍泽汉、泽唐的脸蛋，替泽华揩拭了鼻涕，最后抱起最小的泽来，像是长辈一样叮嘱：“姐过两天就回门了，你们在家都好好听话，好好学习，姐回来给你们捎好吃的……”

王克谦情动于中不忍落泪，一把挽起王邱氏胳臂钻进东间。

五凤趴在东厢房硬是没敢出来，倒是永江直挺挺地立在大门口。女儿楚楚动人飘然而至，在父亲眼中无异于天使！哦，女儿主动凑上前来跟伟大的父亲紧紧拥抱，然后手捂着脸大步流星地上了轿。啊，这是女儿成人后第一次跟父亲拥抱，一种馨香一种温情在父亲心中荡漾……父亲蓦然忆起头一回抱女儿的情景，那还是在甲午逃难时的山东老家。女儿刚刚来世，小模小样，孱孱弱弱，精精乖乖，忽然破涕为笑。“她笑了，她认你，她爱你！”五凤脸色蜡黄，惊喜笑道。永江笑了：“我的小生命，我的小宝贝！”忽然鼻子一酸，眼泪溢淌出来……啊，乖女儿就这般上路了，背影依依、渐行渐远，从此将投身另一个男人的怀抱，在一个屋檐下共同生活……永江怅然若失，热泪溢淌。

回门的日子说到就到了。惠翎像只欢快的小喜鹊，大清早便声音脆亮地叫门！大人们于是绽放出太阳般的笑脸，慈爱的眼眸追随着小喜鹊的流动。嘻嘻嘻，还没睡醒的小哥儿几个，早被惠翎胳肢得蹦高。“懒蛋子，太阳照腚了，快起来，有好吃的！”

女婿小霍温文尔雅，恭敬呈上大包礼物，五凤一一承接下来：哦，益昌凝的糕点，聚增长的绸缎，以及烟酒糖果之类。永江示意小霍坐下，并与之亲切交谈。小霍是以教书为生的，果然腹有诗书气自华。令永江没能想到的是，小霍居然同样对中医药感兴趣。而且，研读中药典籍与交流心得体会，已然成为小霍惠翎夫妻生活之一大内容。“好哇，难能可贵！夫妻俩志趣相投，具有共同语言，这样的日子才会和谐，才能幸福！”王永江满意地点头，吩咐五凤备下酒菜。

月儿弯弯照九州，几家欢乐几家愁。六凤忙忙叨叨地忙完家宴，简单地扒拉了几口饭菜，然后便早早地离席了。这种场合，她是越来越不适应了。热闹喜兴对她是一种压力，孤独寂寞已然成为一种常态。她走进西厢房，连衣服也没脱，便疲累地躺下了。不是身忙是意忙，不是身累是心累……我们姐妹二人本是同一天乘着八抬大轿双双嫁给王家兄弟，如今居然是天壤之别！看看人家，夫妻双全，人丁兴旺，喜事连连。再看自个儿，丧夫丧子，孤家寡人，以泪洗面。我的命咋就这么苦哇！这日子还怎么过呀……

有时候，越是想排解越是执拗地涌现，被一团塞得溜满的心事折磨压迫着，几近乎身心交瘁。关于人生浓重的败笔——丧夫丧子，本该从记忆里彻底剜除，然后轻松洒脱重新上路，让心儿像风一样自由！然而为什么总是情不由己，铭心刻骨？就连做梦都是灵动活现，藕断丝连的。

啊，就说唯一的心肝宝贝——永海与六凤爱情的结晶，当时王家可谓双喜临门，五凤六凤居然同时临产。王邱氏棒打满树盈盈的红枣，小惠翎东一头西一头满地捡拾。王邱氏筛选洗净红枣，分送俩儿媳一家一笸箩，希冀着早生贵子。

接生前，六凤抚摸着一对大肚子，感觉兴奋和好笑：“姐呀，全世界少有哇，咱俩同一天结婚，同一天生产！”

倒不完全一样，你头胎我二胎！五凤心里说着，嘴上只是笑笑。

一对大肚子躺在炕上，像两只超级大乌龟。一位身经百战的接生婆被请了来。接生婆似大厨主理，王邱氏似帮厨打杂。巧合的是，一对产妇的丈夫均在外地。于是，伴随着挥汗如雨、声嘶力竭与痛苦不堪，当一对浑圆鼓凸的大肚子跌落平坦的时候，遗憾啊遗憾，仅仅听到了一个小家伙那稚嫩啼哭的报到声，而另一个小家伙则是难以启齿地无声隐退了。也就是说，六凤的婴儿由于脐带绕颈不幸窒息夭折。哦，二凤的愿景，一只起飞了，一只降落了。可怜天下父母心，可怜六凤空欢喜一场，耗尽了浑身气力，流走了大滩血肉。

……我的儿啊，我的宝宝哇，我的小乖乖呀！刚来世上就走了，一天都不想待啊，你跟妈妈无缘哪……六凤泪眼红肿，声音嘶哑，极度伤悲。她翻出亲手缝制的小巧新衣，战战兢兢，恍恍惚惚，欲罢不能……将婴儿穿扮齐整地送走了。

婆婆忍痛劝慰六凤，千万别难过伤了身子，这毕竟是头一遭。留得青山在，不怕没柴烧！

五凤固然顺产得子，然而她实在是高兴不起来，她为六凤意外丧子而深深难过。

六凤被接回娘家调养身子。六凤沉默寡言，神态失常，间或抽噎。曹韩氏瞅着心疼，背地抹泪，慨叹六凤真是命苦。于是，强装笑颜开心逗乐：

“从前，有一位教书先生坐船，艄公便同他攀谈年庚。问教书先生属相，教书先生答属狗；又问月份，答是正月。艄公当即感慨说道，我也属狗，是十二月的。先生是狗头，所以叫（教）一辈子；我是狗尾，所以摇一辈子。你说好不好玩？嘻嘻……”

六凤小时候最喜欢听笑话，没事儿总扯着爹妈讲段子，每次都笑得前仰后合，像母鸡笑嘎嘎脆生生。然而此时此刻，六凤既不开心又无反应，好似水米不进的木头桩子，只一味呆呆巴望着窗外。其实，她的心思是活泛的，她把情感交付了秋天。

……庭院的黄菊谢了，落英缤纷，铺陈凌乱，香消玉殒；再无往日的花团锦簇，斑斓耀眼，伸展飘逸，芬芳馥郁。她记起了林黛玉的葬花诗：花谢花飞花满天，红消香断有谁怜？……明媚鲜妍能几时，一朝漂泊难寻觅……桃李明年能再发，明年闺中知有谁……她欲效仿林黛玉，担着花锄，挂着花囊，扫花葬花，堆垒花冢……然而，她已身心憔悴，黯然神伤，无心而作，无力而为……模模糊糊影影绰绰之间，似走出了另一个六凤，一身秋菊的淡妆，担着花锄扫把，扫花葬花，堆垒花冢……

她终于平复心情迈出黑暗的隧道，满怀希冀深情拥抱簇新的太阳。啊，我的太阳就是永海！是的，永海科考中举被指派保定府候补知县，六凤腆着大肚子高声诵读着锦绣文书。此举可谓一石三鸟，兼具着念与自己念与胎儿念与家人听，她由衷深彻地替永海感到自豪荣耀。永海果然没有食言且如愿以偿，家族当中总算混出一名县太爷来！上路前曹秋水特意饯行并赠予盘缠。想不到永海在保定府竟然一待五年！期间永江只身前往探望一回，那次六凤主动提出随同前往，考虑到六凤身子虚弱以及男女不便，六凤在家人的规劝下勉强打消念头。然而出乎意料的事态发展令全家人为此懊悔不迭。最是伤心赍志没，半生浩气付东风。当永江千里迢迢用马车将永海的尸身运回，毫无知觉的永海像是刻着永海模子的黑瘦条石。六凤失魂落魄，泪雨倾盆，哭音凄惨……啊，顶梁柱断了，天塌地陷了，一切都没意义了，那就共存亡吧！六凤趁人不备，猛一头撞向棺材！永江眼疾手快，一把拦腰抱住！啊，冲击力太强，拦截缓冲了些许。六凤满脸淌血，背靠棺材而坐，五凤拿来纱布，含泪为其缠裹。头缠纱布的六凤，为至亲至爱的人守灵：

……我朝思暮想的丈夫啊，你一别五年终于回家了！你不是站着回来而是躺着回来的，你乘的不是官府的华车而是送葬的马车！你说走拍拍后腚就走，连个面儿也不照，连句话儿也不留。你太自私了，你好绝情啊！你心里还有我，还有咱们这个家吗！你可能从来就没想过，你金屋藏娇的居家媳妇六凤，我每天都是怎样熬过来的……哪怕留个种留个念想，有个依靠有个寄托啊！……虽然头一遭倒血霉孩子丢子，可失败是成功他妈呀！留得青山在不怕没柴烧，满心渴望精心准备第二次、第三次……天老爷真是绝杀呀，第二次连机会都剥夺了！……你心太狠心太硬，候补知县独在异乡苦撑五年，为了一顶破乌纱连小命都搭里了，连平头百姓都清楚，普天之下三界之内还有什么比性命更值钱的！大彪子王永海啊，王永海大彪子啊！……你一闭眼一蹬腿轻松上路了，我从守活寡变成了真寡妇！生不如死啊，笼罩着你死亡的阴影苟活，独自面对无尽漫漫的长夜，以及寂寞无助的日子，那种孤独凄清油干灯枯的滋味，我好害怕好恐惧呀！活着他妈的还有啥意思，王永江你凭什么拦我呀……

回忆是一剂毒药，让人沉沦和憔悴。六凤僵尸般地躺在那儿，任痛苦的泪水将自己淹没覆盖……

第三章　截械

邮差终于送来省城的来信，一看就是王镜寰的笔体。王永江急三火四地拆阅，一目十行地浏览。来信大意是：奉省兵祸总体已平息，督军敦请厅长尽早回奉。哦，一场风波总算消停了，所幸督军大人信任依旧，正所谓用人不疑，王永江对此颇感欣慰。

“什么事儿这么高兴？”五凤见缝插针。

“没什么，又来新任务了，我得马上回去。”永江机智回道，一边踏进堂房跟爹妈道别。

然而，令王永江始料不及的是，这场军警之争只是导火索，他竟于无意间捅了一个大马蜂窝，由此牵一发而动全身，一个巨大可怕的阴谋浮出水面。

原来，汤玉麟率部抵达新民后，张作霖授意袁金铠写下一封长信，派人直接送达。信中称，彼此是十余年患难之交的老弟兄，不要因为话不投机便毅然绝交，他奉劝汤玉麟念及旧情言归于好。汤玉麟余怒未消，连看都不看就塞了箱底儿。不久，张作霖接到情报，汤玉麟欲离开新民去北镇投奔二十八师，便急忙派部下前去做最后一次努力。然而为时已晚，汤玉麟已然成行。恰好此时，黎元洪大总统派秘书送来亲笔信。张作霖的部下随机应变冒充汤玉麟的亲信，会晤了大总统秘书并拿到了那封密信。太令人震惊了！黎元洪欲借助冯德麟拉拢汤玉麟举事，张作霖的二十七师险些成为案板上的鱼肉。

“妈了个巴子，原来他们早有勾结、早有图谋，老子差点上

当受骗！”张作霖如梦初醒，拍案而起。

张作霖急中生智，赶忙给不倒翁段祺瑞写信，一并附上黎元洪写给汤玉麟的密信。段祺瑞阅罢信笺，一双思索的眼眸里逼射出寒光，他果断决定襄助张作霖！于是电称已动员第九师和第十三师协助奉天戡乱。二十八师师长冯德麟闻讯大惊，只能按兵不动，不敢轻举妄动。就连前来投奔的汤玉麟所部，也只能眼巴巴地拒之门外。张作霖立刻下令：免除汤玉麟五十三旅旅长职务，他所率领的一干人马听候改编！

看来此地不宜久留！汤玉麟、冯德麟居然不谋而合，前脚跟后脚地投奔了徐州的张勋。汤玉麟别无选择地在张勋的复辟活动中签名。冯德麟则直截了当地派兵进京“赞襄复辟，保卫皇室”，他果然得到了宣统皇帝赐穿的黄马褂。张勋于是假借调解黎元洪总统与段祺瑞总理“府院之争”，率领一干辫子军进京拥立清废帝溥仪复辟，故而激起举国上下的强烈义愤。老谋深算的段祺瑞故意棋缓一招，放纵张勋复辟并将黎元洪赶下台，继而又以反对帝制拥护共和之名组织“讨逆军”，马厂誓师讨伐张勋。“讨逆军”与“辫子军”一交火，“辫子军”一触即溃。徐世昌继任大总统后，段祺瑞重掌实权再任总理。

张勋复辟一败涂地，汤玉麟化装逃出了京城。冯德麟在天津火车站被俘。徐大总统下令革职严惩。张作霖做人处事绝对高明，他念及与冯德麟的故情，竟联名二十七师二十八师军官，电请段祺瑞释放冯德麟。段祺瑞给足了张作霖面子，冯德麟非但得以顺利获释，居然还被任命为北京政府高等顾问。张作霖最终如愿以偿，借机彻底夺走二十八师兵权！自此奉天军事统一，均在张作霖掌控之下。

王永江如期回到奉天。

“督军，我回来了！”

“哎哟，岷源兄，妈巴子想死我了！”

张作霖、王永江一见面，宛若久别的老友亲热拥抱。

“走，咱们到外面转转！”张作霖引领王永江离开议事厅，来到大帅府后花园，在荷花湖太湖石旁坐下。

“岷源兄，起先接到你的辞职书，我心里明净儿，你是不想给我添乱，避开风头平息事端。谁知后来又接到辞呈，我就对送辞呈的王镜寰说，王处长想辞职这不成问题，但现在我是不会批准的。此端万不可开，此风万不可长！哦，我麾下的武将看谁不顺眼就闹，一闹我就把人家撸了，这可太不像话了！岷源兄胆子未免也太小，这点破事至于如此吗！再说出了事由我替你担着，你怕什么！”张作霖嘻嘻哈哈说道。

“行，有督军这番话垫底，岷源心里也就踏实了。”王永江抚摸着太湖石若有所思，他忽然饶有兴味地扯起了算卦，“哎督军，你知道古人是怎么算卦吗？我听一位老人说，古人抓住一只乌龟，在它身上压一碾盘，然后拿火把它尾巴点着。乌龟一疼，拼命往前一挣，身子挣出去，壳就留下了。古人就用这乌龟壳算卦。”

张作霖似笑非笑瞅着王永江，有些丈二和尚摸不着头脑：“岷源兄这上不着天下不着地的，给我讲王八盖子是啥意思？”

王永江正欲回答，张作霖忽然一摆手道：“我来猜猜看，你的意思是，汤玉麟就是那乌龟，我就是往乌龟身上压碾盘的人，压上碾盘还觉得不够劲，又在后尾巴上点了把火，这才把汤玉麟逼出奉天！”

王永江甚是得意：“督军所言极是！说真的，督军断不可能与汤玉麟动武，这一点，就连三岁孩子都能看明白。可汤玉麟为啥走出这一步，这一走又有什么奥妙，却不是谁都能看得出来的。”王永江诡秘一笑，“督军明知道汤玉麟护犊子，定然会死保部下，督军又不可能真要他部下性命，却硬摆出一副穷追猛打的架势，好像非要他部下的命不可。你这一把火在汤玉麟尾巴上一烧，汤玉麟只能拼着命往外挣了。而汤玉麟一走，督军也就解脱了。你可以说，不是我不想严刑峻法，人都走了，我有什么法子呢？于是，汤玉麟就成了千夫所指，而督军呢，却得到一个不徇私情铁面无私的清名。”王永江头头是道剖白着。

张作霖一阵大笑：“王岷源啊王岷源，你就是我肚子里的蛔虫！好啦，算你蒙对了。这样吧，我也给你讲个小故事。我府里的老陈头你见过吧，就是晚上看大门的。他是打新民府跟我过来的，从前是弹棉花的。搬进这大院后，他主动跟我说，白天也没啥事儿，我给你养花养鱼吧。我说，那就养吧。你看，就这养鱼池！”张作霖手指了指荷花湖，“他从井里弄来水灌满，把鱼全放了进去，可没过两天，全他妈巴子死了。老陈头蒙了，在池边一个劲儿转悠，差哪儿呢？差哪儿呢？岷源兄，你经得多见得广，你说差哪儿呢？”张作霖试探着问道。

王永江观了观养鱼池，一双眸子探出了端倪：“古人云：水至清则无鱼！刚打上来的井水太干净了，鱼无法生存。”王永江脑子忽然一转念，“哦，督军是想告诉我，官场也像这水一样，太干净了，人也不大好活，是不是？”

张作霖点着头，伸出三个指头：“现在奉天城三大衙门，都是我和冯德麟的人。我们的人从哪儿来，都是什么出身，拉人屎还是拉狗屎，这你都门儿清。想让这些人一下子变得斯斯文文起来，像包公海瑞一样大公无私，咱别瞎吹那是做梦！咋办？得慢慢来。汤二虎这次让咱俩吃了苍蝇，他又吃下了啥？正像你说的，连王八盖子都没了，他赔大了！你说，汤二虎留下这么个结果，往后谁还敢胡来？人们指不定会说，我的妈呀，可不得了，这张作霖六亲不认，汤二虎救过他三次命，手下人犯了事儿，他一点也不给汤二虎面子！往后可得注意了，别触那个霉头。你说，是不是这个理儿？”

王永江点了点头，算是认同和赞许。

“岷源兄，有句话你回头帮我想想，我说不太明白。你说，鱼池水不能太清，官府衙门也不能太干净，人的心里可不可以有一汪清水？是混沌一点好呢，还是咋的？这属于动脑子的事儿，我不灵光，你回去帮我想想。”

临别之际，张作霖意味深长地看着王永江，又郑重叮嘱一句：“好好帮我想想啊！”

王永江回到住所，也没正经吃饭，懒散地靠在沙发上，重新回顾琢磨一番与张作霖的谈话，登时惊出了一身冷汗！王永江啊王永江，你自视高明自作聪明，你怎么就忘了三国时杨修的教训？察见渊鱼者不祥，智料隐匿者有殃。曹操的心思，杨修一猜就中，因此，落了个可悲的下场。想你刚才一席话，把督军所思所想，直剖无疑，你王永江想做杨修第二吗?!想这张作霖绝顶聪明，并非采用对待武将直来直去的法子，而是旁敲侧击婉转点拨，真可谓用心良苦，巧施心机啊！

第二天，王永江遂向张作霖递了份辞呈，担心张作霖看不明白，用的大都是白话，我这个人太过耿直，见不得一点腌臜，且不会圆滑不会变通，所以，请辞省府警务处长和省会警察厅长职务。当年孙策临死前，叮嘱弟弟孙权，外事不决问周瑜，内事不决问张昭。如果督军遇事不耻下问，我就给督军忝为张昭吧。

虽然也是姓张，张作霖不知张昭何许人也，对那个“忝”字也不甚了了，待问了袁金铠，才明白了王永江的意思。于是，张作霖在辞呈后面写了首打油诗，派人送给王永江。诗是这样写的：

> 老汤裤子还没干（尿的），警察厅长还得干！
> 我兄怀揣才七斗，张昭怎能随汝愿！

王永江看了此诗，竟至泪水涟涟，尤其是那句“张昭怎能随汝愿”，更是激发了他无限的遐想。你就仅仅满足做张昭这类人物？看来督军对自己的期望值还是蛮高的！想起上次跟督军的谈话，王永江竟是彻夜难眠。思维发散缥缈悠远，他甚至遥想起古代那些大人物。从沛县酒徒刘邦到凤阳乞丐朱元璋，从太原留守李渊到禁军统帅赵匡胤，屈指细数，哪一个开国皇帝是秀才书生出身？有道是，秀才造反十年不成。这些人无非是粗人一个武夫一介，然而恰恰是这些人打天下坐江山！这就好比《周易》“泽风大过”那一卦，这些人善于采取非常行动，咣咣咣一上来就敢砸牌子，推倒重来另起炉灶。看看张作霖和他那些弟兄，再看看古代那些开国元勋，哪一个能做到纤尘不染谦谦君子？刘邦还当着重臣的面洗脚呢！抚今追昔，举一反三，反求诸己，如今只能说，文人书生太理想化了，太教条化了，太温文尔雅了，太幼稚可笑了！其实，张作霖是在婉转地劝喻点化自己，换了别人恐怕早就动粗口骂娘了。鱼池水不能太清，官府衙门也不可能太干净，人的心里可不可以拥有一汪清水？是混沌一点好，还是咋的？张作霖假装让我帮他想想，实际上是劝我自个儿好好想想！我是不是也该做出一番调整？说得文绉绉一点，理当放下清高，鱼水混沌，难得糊涂，和光同尘。只要保持心里干净，拥有一汪清流。说得现实一点，应当放下自我，融进那个圈子，工作生活不分彼此，最好能处成哥们儿！这样才能适应，才算和谐，才好共事啊！王永江是极富悟性的，他清楚自己该怎么做了。

他自斟自饮，兴致盎然，连日来的沮丧懊恼竟一扫而空，当即挥毫疾书，于张作霖的诗后留下一行字：士为知己者死！

张作霖拥有一项发明专利，就是一边搓麻一边开会。出身响马的他，没怎么正经念书，因此讨厌繁文缛节，讨厌文山会海。有一次，张作霖正在打麻将，袁金铠前来汇报事项，正好麻桌上几个人都跟此事相关，大家你一言我一语，便议出个方案，麻将也没耽误打。这岂不是一举两得，一箭双雕！张作霖乐此不疲。

这不，又是麻将会议的一天，议题只有一个却十分重大，甚至攸关奉系生死存亡。打麻将一圈四人：张作霖、张景惠、王永江、袁金铠。旁边还有一个伺候局子的，此人即是日后风光无限

的杨宇霆。当时他只是小小的军械厂长，能坐到这个牌桌旁，为一班大人物端茶倒水，已经是烧高香了。

伴随着氤氲茶香，麻将会议开局了。此次会议不同寻常，小人物唱主角大人物旁听。原来，杨宇霆为张作霖带来了一份重要情报，或者说，杨宇霆借助留学日本的同学——北洋政府陆军次长徐树铮，获取了一份绝密军事信息：冯国璋、阎锡山向日本政府借款四千万，购买了一批军火，共有大炮、机枪、步枪三万余件。日本商船“武德号”已满载这批军火在日本启程，不日就将抵达秦皇岛！

无论对于奉系军阀还是对于杨宇霆本人，这堪称一次殊为难得的建功与提升的绝佳机遇。而此次麻将会议正是讨论要不要将这批军火截下。

张作霖首先发牌打出幺鸡，仿佛抛出垂钓的诱饵：“你们说，咱要是截了这批军火，冯国璋、阎锡山能不能急猴子？”

临到下家了。王永江摸起一张牌，看了看道：“四千万的枪炮，够武装一个军的了，不亚于挖了他们的祖坟，弄不好兵祸连连啊！”他把刚摸的一张牌打出去，“将军三思啊！”

张作霖将王永江打出的牌拿过来，碰！“有了这四千万的枪炮，我还怕谁呀？谁来我就灭谁！再打！”张作霖把牌砸在桌面上，啪的一声响。

王永江又摸起一张牌：“就是军火到了咱们手上，现凑起这三四万人马，也得有个时间过程。截了军火，如果不出所料，第二天他们就能打过来！谁愿意做这种赔了夫人又折兵的买卖！将军，到时候，怕是来不及啊！”王永江抛出一张牌。

张景惠边摸牌边说：“冯国璋阎老西的兵加起来有二十来万吧，真打起来，咱们怕是顶不住哇！”张景惠推出一张牌。

袁金铠一边吃牌，一边发表意见：“这就跟咱们打麻将一样，要想和牌，就别怕点炮！”他随手打出一张。

张作霖抓起一张牌，捏在手心里，爱不释手地用大拇指摸着：“邻葛（杨宇霆字），徐树铮怎么说?”张作霖把好牌留在最后。

杨宇霆往张作霖茶杯里续了热水，一边说道：“督军，他希望我们截下！他这次带来一个陆军部的批文，把这批军火批给了我们。”不知杨宇霆是否知情，其实，徐树铮送的是空人情或空头支票。他玩了一个小把戏，那是一张盖了大印的空白介绍信，可以根据需要随时填补内容。

张作霖又问王永江：“你看呢?”

张作霖这副麻将有一项特殊功能，牌面上刻着八卦，几张牌打出来，看其组合，吉凶立现。当然，如此八卦牌仅王永江看得懂。

听张作霖发问，王永江往刚打出的几张牌上一瞄，双目灼然有神：“地二有火，天七成之!”

张作霖道：“直接说，啥意思?”

王永江点点头：“可行。”

“那还等个屁!”张作霖把手中的牌往桌面上一扣，“九万，和啦!”

张作霖把眼前的牌亮开，对张景惠说：“点了戏就得有人去唱，叙五（张景惠字），你跟邻葛马上出发，带一千兵马，等日本船一靠岸，把军火都给我装上火车，统统拉到奉天来!”

张景惠把牌一推，对杨玉霆一挥手：“走，咱们走!”

于是，张景惠、杨宇霆带着两个营士兵星夜赶往秦皇岛。真是六六大顺啊，竟然不费吹灰之力就将这批军火截到了奉天。张作霖用这三万多枪炮装备了七个旅，再加上二十七师二十八师和后来成立的二十九师，手下人马已有十万之众。

这就是发生在1918年2月的“秦皇岛军火大截案”。京城沪上一些主流媒体称之为“大截案”，东北所用词语是“截械”，王永江解释说是截留，而不是抢劫。

正像张作霖说的，戏一旦开演就停不下来，而且往往是好戏连台。这不，帅府西边的通天街花柳巷，坐落着几家三流妓院。那花柳之地果然通天，大白天的时候，莺莺燕燕们时常招摇过市漫过大帅府，叼着烟卷，一步三摇，那小腰就跟水蛇似的。到了晚上，这条巷子就更热闹了，肆无忌惮、花样翻新的浪笑、贱笑、淫笑、荡笑，不绝于耳，此起彼伏……

女人跟女人天生是和不来的，又何况，风头竟被这班下贱的窑姐抢尽了！这令奉天的第一夫人们十分不悦，她们怒气冲冲、不遗余力地向张作霖提出：把这些窑姐统统赶走，滚得越远越好，省得搅扰了大帅府的清净，玷污了孩子们纯洁的心灵！张作霖默然颔首似有同感，帅府与妓院为邻实为不妥，实在不雅，倒好像是妓院冲着帅府而设，而帅府的人可自由进出妓院似的……他唯一担忧的是，刚上任就强迁妓院，传扬出去恐有霸道之嫌，还是应当统筹考虑。待帅府周边清场之后，张作霖开始动心思了。

王永江拿手捋了捋八字牛角须，不失时机和一箭双雕给张作霖出了一个金点子：“眼下日本人在南市场无缝不钻，四处插手，老百姓有限的钱就像流水一样淌进日本人口袋。这种状况对奉天经济大为不利，咱们不妨另起炉灶再建一个类似的市场。”王永江拿来一幅奉天地图，指着城外西北方向一处地脚说道，“督军你看，这里距内城八里，是一片无主的坟场，这边有一座庙，还有一座寄骨寺。这个小村子叫十间房，大都住着在城里打工的伙计。我看了看这一带风水，是一个聚宝盆地形。而且，十间房在西，奉天城在东，紫气东来，肥水往东流。因此，在这里建一个商圈儿，应该是很不错的选择。督军既然要迁这几家妓院，正好借机把她们迁到那里。栽下梧桐树，引来金凤凰！”

“这个主意不错！我也一直在想，在哪儿再开设个类似于南市场的热闹场所？咱不能眼看着小鬼子干挣老百姓的钱哪！”张作霖固然表示赞赏，然而仍是心存疑虑，“把那几家妓院迁到坟地里去，抛开繁华地带来到荒凉地界，这些个窑姐们能干吗？”

王永江胸有成竹诠释道：“我说栽下梧桐树有两层含义：一是妓女首先过去了，嫖客自然跟随过去，妓女与嫖客都要吃、要花、要穿，附近的生意自然而然就兴旺了；另一层含义是，督军需要做出姿态和表率，栽下另一棵梧桐树，督军不是有个三畲堂吗？管它是粮栈还是当铺，先迁一个过去再说！老百姓一看，连督军都把买卖迁来了，这里肯定差不了！我估计用不了几年，这里肯定兴旺发达！”

张作霖兴奋地叫一声“好！”继而班门弄斧大胆起名：“既然南边的叫南市场，这北边的就叫北市场！”

“好一个北市场，与南市场遥相对应！”王永江表示赞赏，进而引申发挥，“日本人打南市场的主意，咱们就做北市场的文章！”

果然，张作霖一声令下，通天街几家妓院统统搬迁十间房。紧接着，三畲堂粮栈从华山路乔迁而至。出人意料的是，张作霖独出心裁，竟在北市场特设了督军府办事处！牌子一经悬挂，人气蜂拥聚来。

设立办事处一事，让王永江钦佩不已。背地里跟袁金铠道：“谁说张作霖粗人一个，不懂经济，这一招儿我就没想出来，这才是真正的梧桐树啊！”

“你能看清这一点，我也就放心了。”老道的袁金铠并没有直接评论，反倒稀奇古怪地冒出这么一句。

“你这话什么意思？”王永江不解问道。

袁金铠淡淡一笑，侃侃陈述：“张作霖礼聘于你，对你欣赏有加，每每言听计从，时不时地在会上说：听岷源的，岷源咋说咱咋干！你认为这是好事还是坏事？你要是自个儿也这么看待，那可就大错特错了！老戏看过不少吧，咱们都是戏里那些叫春红、秋月的丫鬟，挎着家里的钥匙，谁想动钱，老夫人就说了：找春红去！找秋月去！听着这春红、秋月像有多大权似的，可你擅自动一文钱试试？所以，咱得明白自个儿的身份，再怎么能干也是丫鬟，不明白这一点，要吃大亏的！”

王永江嘻哈一笑，似不以为然：“洁珊兄，还记得咱们在萃升书院备考，我题写在墙上的那几句诗吗？如果现在让我写，我会改成：才高七斗枉自狂，只因未曾识刘郎。放心，雨帅（张作霖字雨亭）知我，我亦知雨帅也！”

王永江嘴上这般应付着，心里多多少少泛起涟漪……咱得明白自个儿的身份，再怎么能干也是丫鬟，不明白这一点，是要吃大亏的！袁金铠这一番话该怎样理解？是出于一个老朋友的忠告，让自己头脑清醒摆正位置？还是嫉妒雨帅对我的器重，由于自己锋芒毕露而使他人黯然失色?！不管怎么说，雨帅对我有知遇之恩，我必须尽心竭力报答！雨帅说得颇有哲理：水至清则无鱼！适应了环境才能立足，拥有了位置才能做事。嗯，自己好像不知不觉已融入圈子，这对于自己来说确属难能可贵！虽然这种融入异常艰辛、勉为其难。面对粗俗、平庸与碎屑，有几回他差点一甩袖扬长而去！然而，作为成熟人的理智一再敲打自己：一定要克己，一定要忍耐！我必须克己，我必须忍耐！雨帅不是提醒我须难得糊涂吗？那我索性糊里糊涂地假寐小睡……

夜不成寐的时候，王永江心里忐忑纠结，竟然萌生暗室亏心之感。望着镜中自己的容颜，高宽的额，敦厚的脸，凝思的眼，一对八字牛角须，王永江仿佛在审视着另一个人，哦，你还是原来的王永江吗？是那个“商界义士”的儿子，人称“二陆双丁”的古城才俊，“不为良相必为良医”的有志之士吗？瞧瞧你的所作所为，你都变成什么嘴脸了，真是豁出这张脸了，你还有脸见人吗?！你真够可以啊，狼狈为奸，同流合污，沆瀣一气，又是参与谋划盗抢军火，又是狠狠算计一通妓院，非黑即黄，巧取豪夺，全是下三滥、下三滥呀……你快成了十足的土匪流氓了！他扮了个凶神恶煞的表情，扯把将镜子翻转过去。

望着如水清澈的明月，王永江扪心自问，喃喃自语：我真的黑心了吗？我真的堕落了吗？人在江湖，身不由己。常在水边行走，哪有不湿鞋的……明月啊，让我捧出一颗滚烫的心，请见证、洗濯、照亮我的赤子情怀吧！蟾宫啊，在这黑暗与龌龊的尘世里，只有你不嫌不弃专注于我，就让我们彼此交融皎洁清白吧！我知道，莲花之所以清丽，是因为汲取了污泥；太阳之所以明丽，是因为穿透了黑夜！一切都是相辅相成的，正如道家文化所言：黑中见白，曲成万物。我心里的确有一汪清水啊，鲜活鲜活的清水，好纯好纯的净水……待到我羽翼丰满之日，我将像太阳一样明亮，我将像莲花一样高洁，绝不会再干这下三滥的事儿！可哪一天才是我的出头之日啊？

第四章　酷吏

1917年滴水成冰的严冬，省城郊区残雪迷茫的法场，凛冽的气流令人缩手缩脚，一股阴沉可怖的肃杀之气正放射性地弥漫。那偶尔流窜的鸟鸣令人心颤，醒示着关于生与死的界限。两排人楚河汉界相向而立，一排人执行着权威庄严的毙命使命，一排人领受着别无选择的受死归宿。哦，面对着幽灵魔爪般的一排枪口，十几个高矮胖瘦、白发黑发、人模狗样、神态各异的家伙，正面无血色、眼神黯淡、脑袋耷拉、膝盖发软、瑟瑟战栗（唯有一个脑满肠肥、满脸横丝肉的家伙，显现出一种死猪不怕开水烫的模样）。要知道，这十几个家伙可不是普通罪犯，一度是官服加身、权力显赫、威福一方的税捐局长。他们通过贪污挪用、索贿受贿、徇私舞弊、玩忽职守、滥用职权，如官仓硕鼠一般给政府税捐造成了致命伤害，是可忍孰不可忍！这时，训练有素的王镜寰，带着王永江的手谕，以及张作霖的圈批，步态沉稳，目光威严，如验货般一一验明正身。他发现有的站立不稳双膝跪地，有的丧失知觉水裆尿裤，当他漫过那个满脸横丝肉的家伙跟前时，他的眼神触碰了一双犹如鹰隼、恶狼狰狞、阴鸷的眼神，不由得心里一颤倒吸一口冷气。真是个亡命之徒啊！他找回勇气重新审视，二人针尖对麦芒竟对视了数秒。满脸横丝肉的家伙目光游离了，须臾忽然歇斯底里地吼叫：“王永江，算你他妈狠！看你横行到几时，我的兄弟绝不会放过……”“执行！”王镜寰退到一边一声令下。一排荷枪实弹的士兵早已瞄准射程内的

目标，罪恶的脑袋在他们眼中无异于冬瓜白菜。伴随着一声断喝，拉动枪栓，扣动扳机，阎罗的子弹从魔窟的洞口一跃迸射，直奔十几个家伙的要害夺命而去。十几个家伙倒栽葱似的顷刻栽倒。满脸横丝肉的家伙竟是耷拉脑袋屈膝双跪，被王镜寰扒拉一下，才扑通一声四脚落地。

此事在省城引起巨大震动，人们议论纷纷莫衷一是：

自古以来，中国当官的哪儿有不贪的！大大小小从上到下，还从未听说因为贪污腐化丧命的！这个王永江真是不同凡响，犹如海瑞包公当朝在世！

哼，这个王永江简直就是酷吏！人家既没杀人又没放火，更没搞政变谋反，仅仅因为贪污腐化，一下子就毙了十几个税捐局长！闻所未闻啊，下手实在够狠！

没错儿，这是王永江就任奉天省代理财政厅长后，踢的头一脚，点的头把火，砍的头板斧。山穷水尽荆棘丛生，不杀一儆百如何打开局面！

张作霖总揽奉省大权之时，财政困窘已相当捉襟见肘。外债高达 1000 万元，每年亏空二三百万元。巧妇难为无米之炊，如此债台高筑恶性循环，奉省如何走向丰实走向富强！妈个巴子，上死火了！张作霖为此寝食不宁。虽然，他心里十分清楚，整理财政已成燃眉之急。然而，环顾周遭谁堪如此重任？他左思右想右思左想，最终竟然想到了王永江。

回顾王永江从政的履历，除了警察局长还有税捐局长，据说从地方税捐局长一直到省城税捐局长，一路风风火火干得相当出彩。张作霖一拍脑门笑了，我这不是骑驴找驴嘛，哈哈，王岷源岂是张昭之辈！张作霖主意已定，不容分说，当即下发训令：准予王永江辞去奉省警务处长，省城警察厅长；同日下发任命状：任命王永江代理奉省财政厅长。

张作霖当即找来王永江，吩咐说道：“东北这么大，为什么

穷得叮当响？你去接财政厅长，看看毛病出在哪儿？”

王永江沉稳平和、双眸有神，于是不假思索回道：“我接财政厅长可以，只要巡阅使信任我，我想二三年之内，便可以自给自足，外债也可以偿清。只是一旦动作起来，担心有人说闲话。”王永江没有明说，但的确心有余悸。前番执法险些酿成军警火并，好像就发生在昨天。

“你只管干，我啥也不听！”在张作霖心目中，王永江最值得信赖与期待。

“有巡阅使这句话，我心里就有底儿了。”王永江略作沉吟，深沉冷峻地说道，“奉省财政一塌糊涂，积弊深重，要想真正扭转局面，就必须动大手术，弄不好是要开杀戒的。”

“该杀就杀，杀几个鸟人算啥！”张作霖毫不含糊，表态明朗。

“幸有尚方宝剑！”王永江抱拳作揖。

王永江旋即出任代理财长，时间是1917年5月。

王永江好似一位穿着白大褂的医学专家，预备实施重大手术之前，趴在显微镜下认真查验着病患起因。他总结反思了财政以往收支失衡的根源，其缤纷的思绪穿越了历史的尘烟，锐利的目光探照了黑洞的病灶——

清初满洲乃是封禁之地，及至清中叶打破封禁，汉族人由禁止迁移到日渐增多，人烟稀少的状况方得以改善。而实施课税，财政困难也得以缓解。然而毕竟底子薄基础差，奉省财政仍是入不敷出，每年必须仰仗国库补贴。

光绪三年日俄战争过后，胸有韬略、才干过人的赵尔巽接替曾祺担任盛京将军。赵尔巽一边整治战争后患一边建立充盈财政，铸造银货，开创东三省官银号，发行纸币。光绪三十三年赵尔巽转任中央官员，徐世昌继任奉省新总督，此时奉省金库贮金高达六百数十万两！奉省不但一跃成为富足省份，而且黄金时代

曙光初现。究其根由，除了赵尔巽的理财举措，其清廉人格是制胜的法宝。无可否认，赵尔巽为日后的王永江树立了标杆。

家大业大容易造成铺张，败家子儿须有败家的资本。果然，徐世昌好大喜功，大胆扩张，实施新政，振兴教育，开发实业。然而，除了那些形象工程，以及官府的楼堂馆所，并无真正实质性建树。而且，徐世昌因循私情任人唯亲，造成巨额的政费滥用，丰厚的省库日渐山穷水尽。后来，伴随着慈禧光绪的驾崩，以及袁世凯的下野，徐世昌任职两年威望扫地，奉省财政疮痍满目。

宣统元年，锡良转任东三省总督，他于是反其道而行之，采取了矫枉过正的极度紧缩政策。设立奉天清理财政局，整顿财政节约经费。于是，裁减政府冗员一千一百余名，自行节约经费一百数十万两。这些不过是盘子里的小蛋糕。锡良没能做到两手抓两手都过硬，也就是说徒有节流没有开源。结果年终核算收支相抵后，仍存留着三百六十万两巨额亏空。没有补益的途径，财政日益告急。锡良无奈辞官，折返京城。

宣统三年，作为清朝最后一任东三省总督，赵尔巽前度刘郎今又来。看到奉天财政紊乱竟超出了想象，他大跌眼镜大为震怒。妈的，几百万两与几百万两，全在于正负之间！当年积累的家底血本无归，后来累计的亏损债台高筑！呜呼哀哉，难以为继！申请中央政府财力救济毫无可能，中央财政同样是巨额不足。为了维持正常运转，赵尔巽不得已向日本正金银行借款二百万两。悲哉，能人也有智慧穷尽的时候。

民国元年，张锡銮将军接替辞官的赵尔巽担任奉天都督。张锡銮正可谓受命于危难之际，财政一贫如洗不说，署衙居然数月不见俸禄，东三省官银号垫付财政厅达五百二十万元！唯有采取募集奉天公债的救济手段了，目标指向五百万元，实际上募集刚刚过半。

民国四年南北交流，奉天将军张锡銮与湖北将军段芝贵对

调。段芝贵忧心忡忡地思忖：为什么财政亏损状况始终不见好转？他下决心研究并解决财政危机，于是任用张厚景为财政厅长，并于财政厅设立财政研究所，开展重大课题研究。次年，张作霖开始执掌奉天大权，他干脆一不做二不休，尚未见到研究成果就将财政厅长免职。

外债累计一千万元，当年亏损三百万元！张作霖寝食难安如坐针毡，于是急调王树翰为财政厅长。王树翰换汤不换药，好像玩了把文字游戏，废止前任设立的财政研究所，代之以新设的财政研究会。由于没能从根本上解决燃眉之急，而且缺乏与张作霖的沟通，王树翰因冲突而辞职。王树翰作为财政厅长最大的动作无非还是举债，先后以奉天省的契税、酒税以及奉天电灯厂、电话局、商埠地的土地房屋作为担保，先后两次共向朝鲜银行奉天分店借款二百万元……

透过现象看本质，透过切片看病变。王永江深感奉省财政病入膏肓，几乎是患了绝症。那些理财的官员仿佛穿着病号服的患者，在医院长长的走廊里你来我往摇来晃去，就是开不出灵丹妙药的方剂。实际上，历任财政厅长口头上提倡整理，背后却往往为了方便挪用公款，逃避问题的根源，而追加弥补的措施。而税收的大半通常是被县知事与税捐局长等私吞，未能真正上缴省库，报告财政厅的只是一纸虚假文书。每年的收支数额，只是在预算表上做文章，实际状况大相径庭。因此，必须实施大的手术，做到快刀斩乱麻！对税捐局长中饱私囊之丑行，必须以秋霜烈日之勇，肃正纲纪，彻底根除病源！

经过调查研究，殚精竭虑，有的放矢，王永江创造性地提出了一系列根治之举与聚财之道。这些政策举措，犹如流水一般被财政厅上下传递着，犹如铁板钉钉被一丝不苟地贯彻着——

货币改革。针对奉省发行流通的货币贬值问题，决定放弃自1905年以来使用的小洋票，代之以大洋票或银元标准。其实，

民国政府早已采用银元标准，奉省此举可使东北的货币体系与中央规定的体系相统一，以便更好和更广泛地参与全国的经济交流。与此同时，确立银元标准还可得到国际公认的贵金属的坚实支撑，如此一来，新银元的初始价便可定在与金元票相等的水准。这是一个相当大胆的改革，需要的不仅仅是勇气，更需要对国内外金融形势的深刻洞彻与精准判断。要知道一旦此举失利，奉省经济即刻彻底崩盘。由此，我们不禁联想到国际金融财团为了控制货币发行权，横加抵制金本位银本位，乃至于连连刺杀总统。1917 年 8 月，采用新银元标准正式公布。鉴于措施得力，奉天元在流通过程中实现了与日元的平价。更为可喜的是，奉天元作为稳定性货币赢得了国际公认，从而大大提升了奉天省政府从东瀛、欧美银行获取贷款的能力。

剔除中饱。官吏之所以贪污腐化，盖因法制涣散环境污染。王永江毫不手软大动干戈，上任伊时，就将十四个贪污腐化的税捐局长正法，以儆效尤。此外，硬性淘汰了一批不称职的局长与不务实的冗员。此举虽似酷吏，但税收终于得以整饬。

奖惩分明。没有奖惩，通吃大锅饭搞平均主义，永远调动不了积极性，而吃亏的恰恰是踏实肯干的劳动模范。于是，按地方财富规定比额，每个税局定考核成绩。超比提成重奖，不足者撤换，舞弊者严惩。

规范征收。针对以往税目繁多、征收不便、百姓赋税过重等问题，集中精力整顿税捐项目，删繁就简条分缕析，既做到内部规范又做到外部清明，以便于合理规范有条不紊地征收。

清丈土地。将清室遗留的官地如皇庄、王庄、围场、牧场、校场等，一律予以清丈。将官商各界历来瞒报的土地及移民垦殖荒地迟报或少报者，统统予以清丈。这是政府财政的最大进项与重头戏。

严格节流。开源节流必须从细节做起，包括从我做起。各机关预算内用款屡经裁减，各机关预算外用款概不批准。厅长上下班均承人力车，不准购买小汽车。王永江竭力建立“小政府”，如省长公署第一科，掌管着人事、吏治、财政、外交、蒙旗诸事项，刨除会计、庶务、收发、管卷部分不计外，仅设主任 1 人、主稿 1 人、科员 4 人、办事员 3 人，总共不足 10 人。其精简程度可想而知。至于王永江本人更是以身作则，坚持身边不设秘书，凡事亲力亲为，公文亲自起草批阅。在经济上务求清廉小心谨慎，他的家就住在财政厅前院，但家中所需物品绝不到财政厅领取，并责成庶务人员严格区分界限。

明眼人不难从中管窥，王永江依循的是大财经的理念，师古代理财能手管仲、刘宴之所长，且经世致用活学活用。为了减轻政府的财政负担，达到资源配置的最优化，他举一反三拓展思路，对全省产业结构进行了有力调整，如废止没有收益希望的官办小公司；开垦荒地，鼓励移民；将省内矿山完全收归官营；政府投资的一些企业，有归民办必要者速归民办……

从来真正意义上的改革，必须大刀阔斧伤筋动骨，否则轻描淡写难奏奇效！然而仅仅上述几项，对于那些钱财来路不明、且拥有过分私利的人来说，已是风声鹤唳、草木皆兵、剜肉剔骨、抠心挖胆。一时间，从事专卖业税收的官吏，皆战战兢兢唯唯听命。

空气中流布着不和谐音，一些土豪劣绅气不打一处来：这个王岷源，简直就是万民怨！下手太狠了，太能算计了！损下而益上，一点不留余地，这一下得不偿失，损失惨重了！要不是张作霖给他撑腰，非把他千刀万剐扔下油锅不可！

老子曰：祸兮福之所倚，福兮祸之所伏。正当王永江大刀阔斧力推经济改革之际，一场飞来的横祸险些令其小河沟里翻船。

他的车子平稳行驶于城郊公路，他靠在后座上闭目养神。蓦然，一辆卡车犹如半路杀出的程咬金，斜插着横冲直撞切近。不好！司机欲加速躲闪，那卡车不偏不倚，竟直冲轿车而来！司机

急中生智赶忙打轮，将轿车屁股撅向卡车。你撅屁股我就干！那卡车不管三七二十一，前端凶狠地撞向轿车，咣！王永江从后座上弹了起来！

厅长，坐稳！司机叮嘱着，赶忙挂挡加油，欲冲刺甩掉卡车。妈的，一辆牛车晃晃悠悠地挡在正前方。

厅长，趴下……司机话音未落，咣！卡车从后面又干了一家伙！由于撞击剧烈，王永江人整个飘飞了起来，仿佛足球鱼跃冲顶射门，平行着冲向前排挡风玻璃，司机眼疾手快紧紧抱住王永江大腿！但是动作还是稍显迟缓，于是躲闪不及无可避免，王永江的头部与挡风玻璃有了亲密接触！挡风玻璃顿时四分五裂支离破碎。王永江表情痛苦扭曲，捂着脑袋坐于前排。司机不再等靠，贴着狭小空隙精准地绕过牛车，然后开足马力奋力向前，将卡车远远地甩到后面。

经奉天省城医院检查，王永江呈轻微脑震荡，部分关节扭伤，皮肤软组织划伤……

遵照医嘱，王永江须静养几日。他不事声张，悄然回到财政厅公寓休憩。然而，此事还是不胫而走。

这天，一长串轿车宛若仪仗队停靠在财政厅公寓门前，从车上下来的个个儿气宇非凡、都是奉天和东北举足轻重的大人物：张作霖、张作相、吴俊升、张景惠、袁金铠、杨宇霆。毫无疑问，他们是结伴前来探望王永江的。好家伙，还捎来一大堆补品与野味。

见面自然是关切询问。王永江简略讲述了撞车经过。

“在奉天境内，竟敢有车子明目张胆撞你，而且一而再再而三，这一定是蓄意加害！”袁金铠判断分析说道。

“妈个巴子，谁不给你面子，就是不给我面子！这分明是公开挑衅，鳖羔子活腻歪了！”张作霖怒气冲冲道。作为利益共同体，张作霖深切感到：谁伤害了王永江，就是间接伤害了我。

“妈个巴子，竟敢……太……岁……头上动土！有没有……

什么线索，老子……绝……不轻饶！”大舌头吴俊升气哼哼道。

“我根本来不及留意。据司机回忆：那辆卡车好像无照，司机还戴着墨镜！”王永江缓慢说道。

“怎么样，不出所料吧？这更证明了咱们的判断，一定是有预谋有准备的！为了防止露馅儿逃避打击，卡车故意不上牌照，司机故意戴着墨镜！”端庄稳沉的张作相肯定说道。

大家纷纷颔首，表示认同。

“岷源兄，你想想看，到底得罪什么人了？这不像是一般的仇恨，这分明是要夺命啊！”半晌不语的肿眼泡张景惠，此时提醒说道。

王永江启动思维联想，忽然一阵头疼欲裂，他双手捂着脑袋，自顾不暇地侧卧靠枕上。

“别让岷源兄费神了，脑震荡需要静养。”杨宇霆小声道。

张作相提议安排人手过来照顾，王永江坚辞不就连连摆手。

张作霖嘱咐王永江好好休息，什么都不用寻思，一切等病好了再说。张作霖提溜着捆绑成串的飞禽走兽，兴致勃勃道：“这些野味是弟兄们昨天在郊外打的，是专门用来犒劳你的，补补身子补补脑子！”

王永江双手合十表示称谢。

大家于是纷纷告辞。王永江正欲起身送行，猛被袁金铠一把按住。王永江当即对袁金铠道：“让王镜寰过来一趟。”

王镜寰如一阵风赶到。王永江令其将野味全部拿到食堂。不长时间，王镜寰端回了喷香四溢的野味。

“我从不吃血腥之物，还是你拿回去吧。”王永江眉宇紧蹙。

“咱先不说这是督军和兄弟们的美意，单说这些野味对你恢复身体是大有好处的！”在王镜寰再三规劝之下，王永江勉强答应留下野味。

王永江头缠绷带仰靠床头，像是从前线撤回的伤病员，他的表情瞅着是那样凄苦，然而眼神透射着一股坚忍。真是天公不作美，平白无故竟遭此厄运，风鹏正举的大业被迫搁浅……野味的香气蛇一般萦绕屋里，他竟然情不自禁地舔了舔嘴唇。他决定听从王镜寰的规劝，破例开斋饕餮一回！倒不是因为兄弟情分的事儿，而是急切渴望早日康复投身工作。他硬着头皮横下心来，大口吃肉大口喝汤，直至撑得饱嗝连连。须臾，他就着王镜寰烧的热水大把吃药，然后空空荡荡挺尸一般倒头大睡。哦，当他迷迷瞪瞪地睁开双眼，发现窗外黑沉沉不见日月。他感觉自己好像精神了许多，便坐到椅子上大口吸烟。

尽管大脑混混沌沌模模糊糊，但是潜意识的海洋里还是浮现了坐标。他想起了被他毙命的十四个贪腐的税捐局长。据王镜寰事后追述：行刑之前，有一个姓钱的疯狂咆哮：王永江，算你他妈狠！看你横行到几时，我的兄弟绝不会放过你！是啊，袁金铠、张作相分析得没错儿，这一定是蓄意加害，有预谋有准备！如此说来导演这起车祸的，十有八九是那姓钱的兄弟。他们衔恨却不敢公然报复，于是想出制造交通事故这一非常手段，必欲置我于死地而后快！真是穷凶极恶，心狠歹毒啊！当过警察局长的王永江，对这起案子初步有了判断。

且说这姓钱的税捐局长，打小便是个荒料混子，为非作歹无恶不作。一次跟人家打架斗狠被捅了一刀，肠子哩哩啦啦往外溢，险些要了他小命儿。为了活得体面一些并拥有一份安全感，钱家花钱买官让这小子当上了税捐科长，算是谋取了一份令人尊敬的差事，以便拉开与混子流氓的间距。这姓钱的父辈从大商号采购员一路起家，颇为洞明世事，善玩人际关系，其座右铭是：当官不打送礼的，欲产出必先投入；小舍小得，大舍大得；总而言之，必须舍得投入！哪怕在风烛残年的最后时光，仍然恪守着信条为儿子铺路。好家伙，儿子终于被扶上副局长的位子。伴随着父辈的诀别与家境的衰落，这小子在黯淡与泪光中开始反思，终于深彻领悟了父辈的信条与所为。他暗暗发誓：一定要继承父辈的遗志，将送礼进行到底！获悉上级主管领导患病住进了省城医院，他认为这是巴结与表现的绝佳时机！尽管经济困窘手头拮据，但是他坚信父亲的话千真万确，于是夸下海口许下诺言，遍向亲眷、好友、同事借钱。他带上沉甸甸的银子乘火车很快抵达省城，不但像孝敬长辈一样向上级领导献上大礼，临走的时候还不事声张地将住院花销全部买单。上级领导一旦闻知大为感动，领导夫人更是反复念叨：“没有比小钱更懂事儿更讲究的了！”平常关系的小钱即刻被划定为领导心腹。作为一种奖励与回馈手段，上级领导出院后行使的第一要务，便是借助人事调整将姓钱的晋升局长。父亲说得没错儿，有投入必有产出，而回报往往是超值的。自从坐上县税捐局长的宝座，姓钱的犹如猛虎下山饿狼扑食，大肆搜刮疯狂敛财，以加倍弥补前半生的损失。他利用税捐征管职权之便，通过采取分头设立银行账户、税款不及时足额入库、滞留账外转移侵吞诸种手段，短短几年下来，贪污税款公款竟高达数以千万计。姓钱的不可一世，并且脚踩两只船：一方面继续保持和维护与领导的特殊关系，一方面与藕断丝连的黑社会重续前缘。好嘛，凡是黑道经营的场所概免税捐，凡是姓钱的吃大户难以奏效的，由黑社会出面摆平。由于姓钱的仗义和霸道，雄踞横跨黑白两道，在当地跺一脚大地乱颤，黑道兄弟统统尊称他为老大。

扳倒姓钱的颇费一番功夫。接到百姓的匿名举报后，王永江派出得力人员前往暗访。人证物证俱在之后，先是调离了他的领导，然后派人带着尚方宝剑，一竿子插到底！在当地警方的密切配合下，将姓钱的直接押进警局。

姓钱的局长因犯罪被正法，在家乡立时引起了轰动效应。倒好像燕赵悲歌、壮士一去兮不复还似的，送葬那天倾城肃穆乌烟瘴气。纸人纸马纸花纸钱浩如雪海，鞭炮哀乐振聋发聩声震九霄。送葬车队铁流滚滚绵延数里，黑白两道一路同行共举哀业。围观者呆若木鸡眼花缭乱，这黑白混淆的世界实难分辨！因为那天，黑道全穿白的、白道全穿黑的……

从高大的墓碑那里下来，黑道兄弟扎堆一块儿议论纷纷：

这个说，老大不能白白被杀，老大对兄弟们仗义，咱们要替老大报仇，干掉那个王永江！

那个说，干掉王永江并不难，关键是替他撑腰的腰杆太硬，张作霖不但手下有一批弟兄，还有十万大军车马炮！此事还得从长计议。

经过黑色会议研究讨论，决定派出身手敏捷的弟兄，深入省城一带活动，伺机干掉王永江！为了避免引火烧身惊动军警，力争做到神鬼不知不留痕迹！

那天见王永江的车子出城，黑道兄弟决定制造车祸，于是想法弄来货车，在城郊半路设伏，从傍晌直等到傍晚。眼瞅着人困马乏预备鸣金收兵时，却惊喜发现了王永江的车子如期出现。

如何处置是好？王永江喷云吐雾，开始了理性思考。假如像吴俊升所说，顺藤摸瓜，斩草除根，一报还一报，这一点恐怕不难做到。只是如此一来，势必兴师动众，撒网捕鱼，劳民伤财，是否有这个必要呢？眼下财经改革进入攻坚阶段，逆水行舟不进则退，胜败在此一举！绝对耽搁不起，不可分心啊！何况两厢比照，孰轻孰重？为一己复仇终归是小事，好在我跟司机并无大碍，只是受了一点轻伤而已。退一步海阔天空，小不忍则乱大谋，何必结下生死之仇，冤冤相报没完没了?!倒不如，这次暂且放姓钱的兄弟一马，沉默是金，以静制动，以观后效，我倒是要看看黑道是如何讲究的？如果他们胆敢故伎重演，纠缠不休，一条道儿走到黑，好吧，那可别怪我姓王的不讲究了！我肯定要后发制人，新账旧账一起算，让黑道兄弟找姓钱的老大报到……嗯，他终于厘清了思绪。

黑道兄弟不敢贸然进城，只能猫在新开发的北市场，静候王永江凶多吉少的噩讯。闲来无事，黑道兄弟把北市场逛了个遍，吃喝嫖赌抽潇洒走一回，直至囊中羞涩捉襟见肘。这时，王永江伤愈复出的消息传出，黑道兄弟登时傻眼了。围绕着继续复仇还

是就此罢手，黑道兄弟展开了激烈争执，险些大打出手。渐渐地，黑道兄弟终于厘清思路，实现了认识上的集中统一。

是啊，一手制造了这起车祸，也算是替老大复仇了。虽然结果差强人意，没有送王永江上西天，怪就怪王永江福大命大，命不该绝。现实的问题是，兄弟们劳师袭远，没有根基，出门在外，消耗巨大，都快有些撑不住了，往后恐怕就更难办了。其实，无论是重兵在握的张作霖，还是当过警察局长的王永江，完全可以兴师动众清剿搜捕。令人难以捉摸和忐忑不安的是，交通肇事之后居然风平浪静，连丝毫的风吹草动、鸟惊四散都没有，这越发让人心里没底儿……看来王永江这厮非等闲之辈，这家伙够得上老江湖了。或许，他大人大量高抬贵手，棋缓一招放过一马，以免结隙冤冤相报……得，黑道兄弟也不能不识抬举，给脸不要脸啊！何况老大早已经上西天了，何苦为一死人连命都搭里……这一页就他妈的算翻过去了。

第五章　奇迹

两座山走不到一起，两个人迟早会见面。

这天张作霖过生日，他特意召集属臣看戏，一干文臣武将应邀出席。

光线暗淡，锣鼓奏鸣，胡琴悠扬，戏剧开场。大家悄无声息，沉静观赏。

戏中有一出是《古城相会》，描述三国关羽与兄弟失散，一路上过五关斩六将，最终在古城与兄弟重逢的故事。

肃静的观众席传来嘤嘤的哭声，那声音不大不小不绝如缕。咦，是谁的眼泪在飞？大家聚焦目光一看，啊，是张作霖在流泪哭泣！

大家赶忙起身探询：督军怎么了？

张作霖像个委屈的大孩子，嗫嚅道：“人家兄弟失散了还能相会……可咱兄弟一去就不回来了！”

大家便知，是张作霖想念汤玉麟了。唉，在场者无不为之动容。

雨亭兄重情义啊！袁金铠悄声感叹。

无情未必真豪杰！王永江同样慨叹。

于是戏散了人没散，桃园三结义一幕仍在戏外上演。

张作霖的饮泣让张作相心里好生难过，明亮的大眼悄然溢淌了两行清泪。唉，说起来跟随雨亭时间最长的，也就数叙五（张景惠字）、阁忱（汤玉麟字）跟我辅忱（张作相字）了！那些过

五关斩六将的往事，犹如舞台剧一般在大脑上演。兄弟们每每都是出生入死，同甘共苦，不离不弃，义字当先！因此，他最理解、最感触、最同情雨亭此时此刻的复杂心情。散戏后，他大步撵上张景惠，主动说道：“我看现在是时候了，想法把汤二虎找回来！

“我也正有此意！线索应当不成问题，咱们这就派人联络！”张景惠赞同说道。

秋风漫卷的大荒原上，草屑漫无目的地轻飏。旷远粗粝的荒原之上，星罗棋布着几顶帐篷。天空上鸿雁排成放大的人字，脆唳声声渐行渐远。拴在马桩上的高头大马，仰望着美丽的大雁背身而去，禁不住尥起蹶子奋力嘶鸣。

一张沧桑面孔探出门来观望，随即又缩了回去。

自从张勋复辟失败，汤玉麟化装逃出京城，一路狂奔居然毫无出路，最终索性带上老母重返内蒙古荒原，重打鼓另开张干起土匪老本行。西方哲人说：人不可能两次踏进同一条河流。同样是风风火火打杀劫掠，同样是大口吃肉大碗喝酒，然而，他莫名其妙地感觉怅然若失，心好像被掏空了似的六神无主。望着大雁排列成行，望着草场无垠青黄，时光无情地流逝，让他备感到苍凉。于是，他情不自禁想起了那只头雁，啊，头雁还有群雁……当张作相、张景惠托人捎信，转述张作霖看戏流泪思念兄弟时，汤玉麟登时心有所动情有所感，他终于感悟到怅然若失、深沉渴念的症结所在！那日，他一反常态心浮气躁，纵马狂奔酩酊大醉。当他迷迷瞪瞪地醒来，已是万籁俱寂的深夜。风刮得帐篷油灯有些摇曳，强势的狂风裹挟着野狼嚎叫。他一竿子插到底翻箱倒柜，果然翻出张作霖那最后的信函！他小心翼翼地拆阅，一边捧读一边流泪——

“阁忱仁兄：

十七年患难之交，临别亦未唔，弟心伤矣！我兄之

心能勿伤乎？回忆在桑林子时，我兄、辅忱及弟等共二十四人，屡受洪辅臣、徐翰武等大股欺侮，金寿山勾结俄兵，乘夜袭击，我等冒死冲出重围，孙德山背负赵氏出险，投到老达房，叙五大度优容，推诚相处，稍得喘息。及投诚新民，弟任管带，兄任左哨哨官。我兄生擒杜立山，首建奇功。弟因升前路巡防统领，兄升马二营管带，后开赴洮南，剿办蒙匪六十三牙签及陶什叨等。弟两次被围蒙古包内，兄均冒死冲到，弟感激涕零。兄劝慰说：不愿同生，但愿同死。言犹在耳，永矢弗谖……人生最宝贵者，莫过于生命，昔当患难之时，誓同生死，偶以言语之差，视同陌路。今日不辞而行，挽留无术，何时意转心回，肯来聚首，富贵与共，决不食言！”

那些刀光剑影、生死与共的往事，历历在目熠熠生动，仿佛电影在大脑闪回，令人心颤，令人留恋……汤玉麟忽然放声大哭，将酒瓶子摔个稀巴烂！

母亲商氏心知肚明，边跟着流泪边抚摸儿子脊背，苦口婆心循循善诱：“阁忱呀，娘了解你的心思。你们兄弟曾经一道出生入死，到头来人家享受荣华富贵，而你却沦落为草寇。我看人家雨亭没有忘记你，不行就认个错吧。一个人总是势单力薄，兄弟聚首比啥都强！”

汤玉麟默然颔首了。

于是，承蒙张作相、张景惠与汤母共同请求，张作霖终于开启金口，应允汤玉麟重返奉天。

一个风和日丽的艳阳天，汤玉麟在老母亲陪伴下，来到了奉天大帅府。张作霖、张作相、张景惠、吴俊升一行出门迎接。

啊，思念的兄弟一别数载，今天终于有缘再聚首了！汤玉麟光着膀子背负荆条，扑通一声当场跪下：“我是来负荆请罪的！”

张作霖终于憋不住了，赶忙上前，双手扶起汤玉麟：“兄弟，想你啊！”

“大哥，我也想你啊！”汤玉麟坦诚思念。

二人抱头痛哭。在场者无不落泪。

兄弟们争先恐后地跟汤玉麟拥抱。

俄顷，汤玉麟刷刷抖搂开一张老虎皮：嗬，宽大厚重，色彩斑斓，线条粗犷！

“大哥，这是兄弟的见面礼，是我亲自狩猎捕获的！大哥如今是东北王，应该坐一把虎皮交椅！”汤玉麟郑重呈奉。

“是啊，东北王就像东北虎！”

“东北虎的脑门写的是王字！”

兄弟们议论纷纷。

“好兄弟，打虎英雄啊！”张作霖双手承接，爽快表态：“好，我就在大帅府设一老虎厅，坐虎皮交椅！”他当即吩咐道，“在大帅府宴会厅摆上酒宴，为干娘、阁忱接风洗尘！”

众兄弟纷纷赶往宴会厅，王永江应邀一道出席。

大帅府宴会厅堂皇典雅，棚顶悬垂着西式吊灯，壁面缀饰着各种小品，中央摆放着豪华方正的桌椅。

大家一一坐定，酒菜一一端上。

张作霖居于主人席位，举杯致辞简洁痛快：“今天是个好日子啊，我们兄弟终于古城相会了！妈个巴子，干杯！”

“干杯！”大家应声同饮。

张作相、张景惠又一一张罗干杯，并相继同汤玉麟碰盏。

汤玉麟欲跟张作霖碰杯，张作霖当即使了个眼色。汤玉麟心领神会，他定了定神鼓了鼓劲，毅然走到王永江跟前，深鞠一躬道：“岷源兄，小弟有眼不识泰山，多有得罪，还望见谅！”

王永江释然道：“二虎兄弟，历史一页翻过去了！太阳每天都是新的，让我们忘掉不快，重新开始，干杯！”

“干杯！”

二人碰盏一饮而尽，然后微笑着致意。

“全体——干杯！”张作霖瞅着高兴，再度张罗干杯。

那天，大家一时呈欢，均喝得东倒西歪。

这段小插曲很快被报纸登载了。

几天后，报纸又转载了一则日记，原来出自国学大师、文学泰斗胡适之手，他喟然感叹：这个故事很美。老张宁愿自己的老弟兄造反，而不肯减轻他对王永江的信任，这是他最不可及之处！

宽绰明亮的玻璃窗上滚动着日出日落，粉墨登场着春夏秋冬的雨雪风霜，如此已不知往来交替了多少时日。偌大的厅长办公案台上，那幅“任事无论常变大小，均须用全副精神”的座右铭，应当说，早已融入在了王永江的血液与行动当中。

对待工作要像夏天一样火热，是令人们记忆犹新的一句格言。七月流火的自然天气兼之财经攻关的灼然心火，双向里外折磨煎熬着王永江。那滋味是可想而知的，情同于深入火焰山借取芭蕉扇。哦，闷热的天气好似倒扣了蒸笼，连一丝一毫的风都透不进来，所有生命的活力均遭受着挤压，仿佛患了自闭症一般无精打采。王永江无论走坐都是汗涔涔的，他一边扇着扇子一边补充水分，然而就连喝水都能喝出汗来，他脖颈上搭着毛巾不时地擦汗。他查阅资料批阅文件，随时随地找人谈话部署工作，他徘徊着思索往本子上记着什么。他终于可以喘口气靠在沙发上抽烟了。这时，焦躁难耐的知了蹦了出来，待在树上穿得超薄，扯着嗓子嚷嚷酷热，嗓门特大似高音喇叭，一扯嗓子能嚷嚷半天：热得受不了——哇！热得受不了——哇！充斥于耳，烦乱于心。

王永江情不自禁追忆起在辽阳工作那会儿，也曾遭遇过毒热的天气以及知了的骚扰，让人心浮气躁，想读书也读不进去。为了迫使自己淡定，王永江忽然想到作画，于是翻出狼毫画笔，铺展宣纸悠悠研墨，着手描画心仪已久的画眉。他学过花鸟画，尤善画眉之类。于是，从坚挺的鸟喙起笔，用细笔画眼睛，用淡墨画丝毛，用短笔画背部……画眉描画成型，丰润饱满，跃居枝头，栩栩如生。王永江端详着画作，自我陶醉欣赏。

知了轮番来袭，嗓音嘶哑像是破锣，借刺耳的噪音提醒：画眉虽美那是假的，我声虽糙那是真的！我是真唱不是假唱，你应该画我才是呀！画我、画我……

哦、太好了！落日登场了，轻风吹拂了，树草摇曳了，热汗蒸发了。

永江决意出外走走，让知了一边闪着去！说起来，来辽阳好长时间了，一直未能抽暇转转。往哪个方向游走呢？古城方圆，虽有兴建辽代的白塔。但此时此刻，他更想到近郊转一转。

出了古城天佑门，跨过太子河木桥，一派田园风光尽收眼底。篱花落尽，菜花正肥；浅草漫堤，足踏落晖；风生水起，红寥响动；一双鹭鸟，背向而飞。王永江顿感心旷神怡，满脑子的诗情画意。

哦，著名的东京陵举目可及、举步可攀，努尔哈赤的胞弟、长子均葬埋于此。小小墓园五脏俱全，又是山门碑亭、又是缭墙宝顶。然而，无论因何种名义被治罪、被埋没，往事无语，逝者如风，尘埃落定。这不是旅顺黄龙墓，王永江无意于探究，眼下他更在意的，倒是陵园周遭的景致。

城市苦多暑，郊原生细凉。
河移沙岸阔，风静水纹长。
桥影吞斜日，塔阴倒夕阳。
林英自开落，知否几沧桑？

王永江豁然想起什么猛一拍桌子，当即唤来王镜寰吩咐道：“这样的天气实在难为大家了！本该休整休整，回到大自然的怀抱避暑，在水里泡着。但是任务吃紧，谁都不肯松懈，大家都在玩儿命工作！这样，你去买些冰棍汽水之类，让大家解解热，省着出错，也算是鼓鼓劲提提神！”

“太好了，我马上办！”王镜寰擦着额头的汗珠。

天高云淡秋风送爽，田野上呈现了金黄的风景。

这天，王镜寰兴高采烈地跑来报喜：“厅长，告诉你一个好消息！经过两年整治，财政终于彻底好转，你猜是怎样的结果？”王镜寰故意设问。

王永江一时语塞，心里忐忑，不敢奢望，当即敦促：“你就别卖关子了，赶紧报告结果！”

王镜寰清了清嗓儿，响亮如实地禀报：“经过统计，截至目前，我们不但填补了前任累计的所有赤字，还结余了一千一百万元！奇迹啊奇迹！厅长，你创造了历史！”王镜寰舞动着手臂。

王永江接过王镜寰呈上的统计报表，约略浏览着：

岁入项目	岁入额
一般收入	15759991 元
田地	4058290 元
统捐	5048370 元
正杂各税	3277386 元
官业收入	110467 元
杂收入	3265478 元
监税收入	6600000 元
奉榆线收入	10000000 元
岁入总计	32359991 元
……	

像是一阵和煦温暖的春风，财经人员自动聚拢前来，大家由衷感佩情不自禁，齐刷刷地朝王永江鼓掌。

王永江激动万分泪眼打转，他谦逊恳挚地对同仁说道：“两年来，大家辛苦了！功劳是大家的，感谢大家！”他朝大家深鞠一躬。

大家的掌声更热烈更爆棚，一些工作人员擦拭着泪眼。

此时此刻，王永江的内心正翻江倒海：……啊，自1875年以来40年间，奉天历届财政当局惨淡经营未竟其功，经我两年奋斗终于整理一清……如此看来，我真的创造了历史和奇迹！

忽然，他大脑一阵晕厥，身子如铅坨沉重下坠，双腿似棉花绵软乏力，难以支撑，竟扑通一声倒地了。

“厅长，厅长！”

“快醒醒，醒醒啊！”

“快送厅长上医院！”

大家惊慌失措，忙乱一团。

王镜寰赶忙调车，将王永江送往医院。

大家恋恋不舍悠悠牵挂，均拥堵在门口送行。

树上的鸟儿叽喳着，身披着晨光跃居窗台，探头探脑缓缓移步。

阳光的羽毛撩拨着王永江的眼睫毛，眼睫毛是经不住撩拨的，王永江眼皮抖动慢慢苏醒。

“厅长，你醒了！天哪，你已经沉睡两天了！”王镜寰欣喜说道。

“哦，昏昏沉沉的……我怎么在医院里？没啥大毛病吧？”王永江紧张问道。

“医生说没啥大病，只是疲倦劳累，心情亢奋所致。”王镜寰宽慰道。

“哦，是吗？或许是如释重负，搬掉了一座大山，一座横亘心中两年、令人望而生畏的大山啊！”王永江释怀说道。

“那厅长就是愚公移山了！但比愚公干净利落，讲究效率！”

王镜寰发挥道。

王永江努力坐了起来，王镜寰忙把枕头垫高。王永江一眼瞥见床头上硕大的花篮，还有床头柜上那些精致的营养品：“这是怎么回事儿？”

“哦，督军大人亲自来过，而且先后来过两次，这是他赠送的花篮，还有高级滋补品。他说你是有功之臣，是奉天的头号功臣！因此，放你几天假，好好休息一下！”王镜寰兴奋道。

王永江难得露出了笑容，静默享受着快慰与满足。没有经历过攻坚克难，是体味不到这样一种感受的。“既然督军大人准假，那就恭敬不如从命了！”王永江轻松说道，继而话锋一转：“医院毕竟不是休息场所，何必躺在这里花冤枉钱，我看还是回家吧！”王永江起床下地，忽然一个趔趄。

王镜寰一把拽住，努力扶持。

见王永江执意要走，他只好搀扶着厅长，缓步迈出医院。

这几天，张作霖心情出奇的好，仿佛雨过天晴艳阳高照，自打执掌奉天乃至东北大权以来，腰杆从没有像现在这么硬朗，就连喘气似乎都变得粗重了。“妈巴子终于有钱花了，老子再也不用为钱发愁了！”每每见到政界或军界要员，他总是情不自禁地自我夸耀；“连做梦都没想到哇，你们一个个谁能办到？！”那些政界或军界要员的反应大致相同，一边恭喜祝贺一边自惭形秽。“奇才、奇迹，王永江是我的财神爷！”张作霖高调颂赞，不吝溢美。

张作相、吴俊升、张景惠诸将领均心悦诚服。“督军果然好眼力，王岷源的确是能人！兄弟们以前失敬了，往后一定敬重他！”

“怎么说你们好呢！”张作霖挨个儿数落着：“有眼不识泰山，不见棺材不落泪！老子看上的人没几个，你们要像敬我一样敬他，懂不懂！”兄弟们纷纷点头。张作霖来回走了几步，遂进

一步借题发挥：“当今世道，没有钱什么都玩不转！男人没有钱腰杆怎么硬得起来？连妈巴子女人都不跟你，更谈不上什么荣华富贵！有了钱才能有尊严，有了钱才能办大事，有了钱才能得天下！”张作霖立于虎皮椅前晃动拳头，整个一个威风凛凛的东北虎。“你们说，是不是这么个理儿？”

兄弟们心服口服，纷纷称道附和。

这天见到袁金铠的时候，二人自觉不自觉地谈到王永江。

袁金铠得意洋洋旧话重提：“我早就跟你说过，督军身边无出其右者，王岷源乃是将相之才！”

“哦，将相之才！”袁金铠的话触动了他某根神经，他豁然开朗心中有了主意。这两天，他正为如何奖掖而犯愁呢。

几天后，在奉天巍峨显赫的督军公署，张作霖约请王永江单独谈话。

“岷源兄，我刚从京城回来，大总统徐世昌任命我兼任蒙疆经略使，节制热河、察哈尔、绥远三个特区，并主持征蒙事宜。我原本还是东三省巡阅使，奉天督军兼省长，有些招架不过来了。因此，想把省长位子倒给你来坐。”张作霖开门见山满含期待。

“万万不可，使不得啊！”王永江赶忙摆手推辞：“承蒙督军信任与提携，岷源愿效犬马之劳，可是担任省长实为不妥！”王永江毫无心理准备，一时猝不及防，遂本能地做出推辞。暗自思忖：或许督军在考验自己，自己已经显山露水，功绩昭然。古往今来，功高盖主难以自保，督军是否不大放心，试探自己有无野心？

张作霖敏锐狡黠的目光，似乎洞穿了王永江的心窍，于是哈哈大笑道：“王岷源，你用不着顾虑，我是真心把省长倒给你，因为你是有功之臣，是奉天的头号功臣！你既能干警政，又能干财政，这是政府的两大台柱子，你当省长绝对够格儿！”见王永江缄默不语，于是拐弯抹角恳求，“你就是不为我张某，为东北的老百姓着想，也应该挑起大梁啊！何况咱们兄弟相处多年，你有什么信不过我的！只要我交给你去干，你就放手大胆地干！往后哇，省里的行政事务我就不管了。”

“容我考虑考虑，看看是否可行?”王永江见推辞不掉，故作沉吟思索状。

“怎么婆婆妈妈的，你想急死老子啊!”张作霖明显不高兴了。

见张作霖真心让贤，且一而再再而三，看来是难以推脱了。王永江于是开动脑筋，竟想出一个两全其美之策，当即中庸妥帖回道：“督军既然如此器重，我就代你办理省长事物，但是不任省长之名，省长仍旧归你兼任。”

代理省长？嘻嘻，这答复太出人意料了！张作霖灵动机敏的眼眸，绽放出欢喜祥和的光亮。他当即顺水推舟道：“这样也好，这样也好。”

孰料王永江后发制人倒打一耙：“但我有一个条件，如果督军不答应，这代理省长就免了!”

张作霖松弛的心再度紧张，不禁蹙眉问道：“岷源兄，有话直说!”

王永江表情凝重，目光深邃，一板一眼说道：“要想真正做好事情，就必须拥有权威性！为了切实搞好省政，希望督军授权并保证：凡省内大小官吏，必须由我任命，督军无需干预!”

张作霖眨巴着小眼睛，手挠着光秃的脑门儿，心想这一招真够厉害！不图虚名但要实权，而人权恰恰是第一位的！王永江果然非等闲之辈！不过，相对于老子大权在握，这小小的省政权力，只能是小巫见大巫了!

于是，张作霖朗声拍板道：“妈巴子就这么定了!”

第六章　过年

当永江赶回金州过大年的时候，一场铺天盖地的大雪不期而至。

茫茫无际的天穹上，那纷纷扬扬的雪花，像爆爆米花似的迸溅飞扬。在风的巨大魔力下，雪花推推搡搡拥挤不堪，像是世人排队抢购紧俏商品。雪花飘东忽西快速旋转，宛若巨人的冰上芭蕾。雪花绵密无限洋洋洒洒，仿佛天库清仓了鹅毛，又似洁白的蜂群长途奔袭……

一觉酣睡醒来，满眼皆为冰清玉洁。

“瑞雪兆丰年哪!”王克谦起早扫雪，尽管满头霜雪年迈背驼，干起活来却是结实有力。王邱氏、五凤、六凤前脚跟后脚，各自从堂房、东厢、西厢出门，各自拎着犹如暗黄灯笼的陶瓷尿罐进出茅房。五凤殷勤地要替公公扫雪，公公摆了摆手推辞不肯，他已将小院中央清出一条通道。婆媳三人于是洗脸净手，然后纷纷钻进了厨房，那才是女人真正的战场。每年这个时候，女人是家天下最忙的，同时也是她们花费心思、大显身手、展现成果的最佳时机。这不，才短短几天，婆媳齐上阵，备年货，缝新衣，蒸馒头，蒸年糕，蒸面鱼，炸鲜鱼，炸丸子，大扫除，贴春联，摆供品，成果历历可数。应当说干劲十足，只是劳动的热情程度不同。王邱氏和五凤是有说有笑，磨刀不误砍柴工。六凤则一声不吭机械忙碌，像机器人一样毫无生气。

伴随着脆亮的笑声滚进雪地，王家童子军们倾巢出动，在小院儿里团雪球打雪仗，追逐着嬉戏，嬉戏着追逐……直至闹腾够了，浑身燥热了，脸蛋红润了，呼吸均匀了，于是合兵一道，齐心协力堆砌雪人。

永江迈出独门小院，独往独来拐来绕去，欲站得更高看得更远，便信步登上南城门楼。好嘛，城楼扣上了白帽，城墙披上了白肩，树木裹上了白衣，那一墙之隔的原野，则铺盖了无边的白席。山林、河谷、田畴、民居，都隐没在了凸凹有致的白色世界，像是一幅恬淡悠远的淡青国画。行人、单车、马车、汽车，均按照各自的笔画与轨迹行进，仿佛往雪白的宣纸上点染墨迹。如此景象令人清爽、着迷和惬意，王永江心中顿涌一种诗情画意。他轻松挪步哈着热气，吟诵起自己的诗作《秋日登城》：

独上城楼景气幽，山环海抱旧金州。
涛声远送秋林外，日嫩风和不似秋。

张灯结彩除夕之夜，王氏家族团团围坐吃年夜饭。八仙桌上蒸腾着热气，除了冷荤热炒还有虾仁水饺。五凤摆放碗筷，六凤往来端盘，王邱氏于神龛前摆贡上香念念有词。泽华两眼溜直垂涎欲滴，见人人都是干坐着，便嘟囔：“奶奶怎么还不来呀?”“奶奶在供奉祖宗。”五凤解释道。这小子真够机灵，便接了句：“咱家祖宗不是在座了吗?”遂将目光瞄向爷爷。王克谦登时喜笑颜开，正襟危坐。泽汉立马纠错：“供奉祖宗，是指不在的先人，爷爷活得好好的，净瞎说八道!”泽唐乜斜泽华一眼，轻轻蹦出几个字：“瞎掰，臭嘴!”弄得泽华好没面子，面露囧相。泽来左右环顾，似同情弱者抚摸着泽华。“大过年的，能不能说点好听的!”王永江瞪起了眼睛。小哥儿几个立马偃旗息鼓。“好了好了，吃饭也堵不住嘴!”五凤和稀泥打圆场。“是我耽搁大伙了，咱们这就开造!”王邱氏笑容可掬地坐下，故意夸张道，“哎哟，这么多好吃的，真是过大年啊!”王永江主动跟父亲碰

杯，父子俩均喝下大口。童子军狼吞虎咽热火朝天，大人们不紧不慢细嚼慢咽。

酒过三巡菜过五味，惯于缄默的王克谦，居然开启了话匣子——

“泽华说我是咱王家祖宗，这话没错儿，但也不准成，我可不是孙悟空从石壳里蹦出来的！”他手指着冥冥之空，“我的上头，上头的上头，还有祖宗啊！咱们王家的血缘关系，就是这么一辈一辈传下来的。”他呷了口酒，哈着酒气道，“咱们王家祖居山东蓬莱，临了你们太爷那一辈儿，有一年发大水，有钱的坐船没钱的凫水，眼睁睁看着淹死无数，就这样闯关东来到金州。当时一无所有哇，只有靠沿街乞讨，出卖劳动力过活。早先连年征战，金州人烟稀少，四野一片荒凉，咱们老祖宗辛勤开垦了几亩荒地，总算落下脚来，开始繁衍生息。”他环顾着依次排座的孙子们，抬手指了指老伴王邱氏，“后来我娶了你们的奶奶，你们的奶奶又生下你们的爹爹、叔叔。其实，咱们王家世代是从商的，自从移民金州就再也没有独立经商。你们的太爷辛苦忙碌了一辈子，直到临秋末晚才悟出几分道理。他紧紧攥着我的手，一字一句交代着：一定要念书啊！就是砸锅卖铁……也要供儿子念书！我算是看明白了……唯有读书高！只有念书……才能改换门庭！只有念书……才能成为人上人！遗憾我让他老人家失望了。我被送到货栈学徒，后来成了账房先生。我也就到此为止，再往前迈不动了。文化水儿浅哪！为了实现祖宗最后的遗愿，为了实现王家最高的理想，我发誓、并发狠：一定要供你们的爹和叔念书！”老人家郑重望了眼长子永江。“你们都非常清楚，咱家日子并不宽头，勉强对付着过日子！我平时起早贪黑地忙乎，你们的奶奶更是省吃俭用……其实，这些都不在话下。只要你们的爹和叔能发奋用功，金榜题名，哪怕砸锅卖铁，倾家荡产，沿街乞讨，我也认，我也供……”他将杯中酒一饮而尽，接着又倒下大半杯。王邱氏小声嗫嚅着：“少喝点儿！”王克谦我行我素地讲述：“庆幸的是，你们的爹和叔没有让我失望，还为咱们王家光宗耀祖了！你们的叔考取了前清举人，候补知县！你们的爹更是厉害，刚刚升任奉天省长！祖宗显灵，祖宗保佑哇！我骄傲，我感叹哪……”王克谦仰天长叹，那止不住的清泪竟滴落酒杯。他的潜台词不言而喻：可惜永海过早离世了，王家断了半根顶梁柱！

永江、五凤泪水盈盈，六凤低垂头颅，泪水像断线的念珠。王邱氏掏出手绢揩拭眼角，又转过身替丈夫擦泪，但见她掠过丈夫的酒杯，一仰脖儿吞下，然后喷吐着酒气，训教着四个大孙子：“你们的爷爷语重心长啊！千万别辜负了长辈一片心哪！事实证明，王家的儿子们个个儿都是好样的！我相信，王家的四大孙子们也一定差不了，一定不会让长辈失望！你们说，是不是啊？”她的眼眸征询着孙子们。

啊，这场面太出乎意料了！四大孙子颇为震撼感动。一个个瞪着湿亮的眼眸，此时此刻全都无语了。半晌儿，泽汉代表小哥儿几个表态：“嗯，请爷爷奶奶爹爹妈妈放心，我们一定好好用功，发奋读书，向省长爹爹和举人叔叔看齐！争取科举扬名，光宗耀祖！”

“你们都记住，不光是光宗耀祖，还要胸怀天下，心系苍生，修身齐家治国平天下！”半晌无语的永江，陡然提高了声调，算是一种画龙点睛。

小哥儿几个齐刷刷地点头。

街上传来鞭炮声，王克谦猛然醒悟，当即吩咐老伴：“快赏孙子钱哪！”

“着什么急，还没拜年哪！”王邱氏嘴上说着，手却伸进了衣兜。

永江示意一眼五凤，五凤同样掏出压岁钱。

小哥儿几个于是就地跪拜：“爷爷奶奶过年好！”“爹爹妈妈过年好！”“小姨过年好！”

爷爷奶奶爹爹妈妈自然赏赐小红包，只是六凤无动于衷。唉，没有孩子自然缺少这根弦儿。六凤自觉尴尬正欲离席，王邱氏紧随其后眼疾手快，忙将一红包硬性塞予她。

大年初二回娘家。永江一家六口，六凤孤家寡人，一队人大包小卷着，像水流一样涌进曹家。

阡陌纵横的西街民居，一座庭院别具洞天：一对石狮子把门，照壁缀饰着龙凤，厢房围拱着堂房，花树萦绕着水池。

来到摆布着红木家具、青花瓷器、西洋钟表、植物盆景的堂房，永江、五凤、六凤打躬作揖向曹秋水、曹韩氏问候，曹秋水、曹韩氏微笑点头礼貌回敬。五凤随即嘱咐儿子们给姥爷姥姥拜年。

四大外孙便如精灵乖觉的动物，匍匐于地叩首拜年！

曹秋水、曹韩氏喜不自禁，亲热地一一赏赐小红包！

“姐姐、姐夫过年好！”曹世科蓦然出现在门口，陪伴着一位白净温婉的女人，原来是新近过门的媳妇。

“世科结婚那会儿，正是我最忙的时候，虽然收到了请柬，但实在脱不开身，真是不好意思啊！”王永江主动致歉。

“哎，一家人不说两家话，我们全都理解，日理万机嘛！”曹秋水适时插话，“好在收到了你的贺信，并且当堂宣读了，这已经够体面了！”

原本清癯的世科明显发福，男人婚后极易发胖，这一定跟舒适有关。世科媳妇殷勤热情，一边沏着上好的茶叶，一边示意姐夫喝水。

曹秋水猛然醒悟：“光喝水成何体统？人家永江可是凑份子了，应当点烟敬酒才是啊！”

世科当即掏出香烟递与永江，世科媳妇随即划着洋火点烟，永江并不难为新娘子，在童子军的起哄声中，使劲大口地吸着，烟吱吱啦啦点着了，火光映照着新娘子含笑柔媚的表情，永江欢喜地感叹：“世科有福哇！”

“借姐夫吉言！”世科傻傻地憨笑，一看就是泡在福缸里。

世科媳妇又将糖果撒给童子军，童子军哄抢着热闹非凡。

六凤只在屋里逗留片刻，便一声不吭径自下了厨房。她似乎害怕热闹畏惧团圆，像灰蝴蝶似的忽忽悠悠。心细的曹韩氏觉察了，便尾随着来到厨房。

曹韩氏一边择菜一边询问：“这一向可好？”见六凤一筹莫展的样子，曹韩氏索性直言相劝，“女儿啊，妈最懂你的心思，如果感觉心里苦，就使劲往外倒，千万别自个儿硬憋着，容易憋出毛病啊！”

六凤扑簌簌着清泪，一双忙碌的手僵住了，猛然扑进曹韩氏怀抱，颤抖着唤了声：“妈……”

“女儿……受苦了！”曹韩氏一边溢淌着泪水，一边爱抚哄劝着女儿：“妇道人家必须耐得住寂寞，不是有那么句话吗？耐得住寂寞，才能守得住繁华！风水是轮流转的，人不可能总走背字儿，一切都会好起来的……大过年别丧唧唧的，小字辈儿都看着哪，喜兴一点，啊！”

六凤在泪光中致意，然后使劲抹了抹面颊，好似一下抹掉了愁云。

男人们总是关注外面的世界，大格局抑或大气象。

曹秋水不失时机地探询起省财政状况，王永江简略讲述了历史亏损与现实改革。

“做生意的人都清楚，最讨厌陈年旧账了，剪不断理还乱，还不如从零开始！”曹秋水倚老卖老谈起商经，又不无忧虑地探讨财经：“永江真是难为你了，这可是一件前无古人的大事儿，即使失败了也可以理解！你知道吗？我最赞赏你用土地做文章的做法，这就好比商家无本的买卖！要说改革，弄不好会得罪人的，你自己千万要当心哪！”他欲列举古代商鞅变法的例子，因得罪权贵最终被五马分尸，但感觉不吉利话到嘴边又咽下。他最后话锋一转说道，“不过，一旦财经改革大功告成，填补了窟窿，甚至扭亏为盈，你将是奉天的头号功臣！”

“其实，功不功臣倒是次要；关键是，我要对得起张作霖的信任与倚重！”王永江坦承肺腑之言。

“永江，我发现你越来越成熟了！”曹秋水流溢着笑意，笑意也是一种满意。

“唉，可惜金州不是奉天，下村育史更不是张作霖！”曹世科由此及彼地慨叹。

“你也不是你姐夫，你要好好向你姐夫学习！”曹秋水顺势利导地教训。

“爹，告诉你一个好消息，永江财经改革已大功告成，而且扭亏为盈，最近已经提升代理省长了！”见永江含而不露秘而不宣，五凤于是得意洋洋地宣布。

举座皆惊。

“好风凭借力，送我上青天！”曹秋水大喜过望，兴奋异常，亲自为永江斟酒，郑重向永江道贺：“这省长相当于朝廷的尚书，是正二品哪！”

既然说起为官，曹秋水兴致勃勃说起了家世——

“咱们曹家祖居安徽贵池，明朝的时候，一位老乡做县官北上金州。县官当时仅仅带来两个人，一个是厨师一个是裁缝，而曹家祖上正是裁缝，专门负责制作官衣！这样，曹家就在金州定居下来。世事变迁，难以预料，临了我上一辈儿，开始改行做生意。曹家一直是香火单传，不光我是独子一个，连世科也是独子一个。有人说曹家枝叶不旺，依我看哪风水轮流转！这不，随着爱婿永江的飞黄腾达，咱们曹家，哦不，咱们整个大家庭，一定会枝繁叶茂，兴旺发达！”

“姐夫，小姨子敬你一杯！”六凤罕见地主动起身敬酒，其轻松与洒脱令人刮目相看。

“爹爹，女儿也敬你一杯！”

“世科，姐姐最后敬你！”

六凤整整打了一圈儿！天哪，好像密布的浓云瞬间绽放出绚烂的亮色，令人眩晕，令人感叹，令人着迷。

回到家中，六凤意犹未尽心情漫溢，她解除武装层层剥落，自自然然从从容容，让白净翘挺的奶子，丰肥浑圆的大腚，在温馨从容的空间绽放……哦，这空间曾属于她和永海，忘情的爱曾涂写每一寸角落——

“我有一个提议，咱俩喝点酒啊?”永海兴致勃勃，挑起兴头。

六凤情致盎然，当即笑着点头：“随你。”

永海立竿见影，猫一般钻进厨房。然后像个能干的伙计，拿托盘端来喜宴的剩菜，以及烧酒杯筷之类。

六凤赶忙接过，一一摆放书桌，一边互斟锅烧。

永海举杯，致祝酒词：“古语道：百年修得同船渡，千年修得共枕眠。茫茫人海，滚滚红尘，咱俩有幸走到一起，结为夫妇，这是上苍的旨意，宝贵的姻缘！让我们珍惜，直到永远！干杯！”

永海一饮而尽。

六凤略作沉吟，吞饮一大口，随后再次斟满。

永海潇洒自如，洋洋得意：“今天真是喜气冲天锦上添花，想不到海防同知谭大人能亲自莅临！他盛赞咱们的婚礼是金州城最尊贵最美满的婚姻，哦，咱们真该为此而感到无上荣光！谭大人夸二凤娇美优雅，温柔贤惠，独具慧眼，以身相许，你俩真是有眼光有福气啊！实不相瞒，毕业考试结束后，谭大人亲自召见了俺哥儿俩，还专门实施了奖励！”在六凤好奇关切的目光中，永海生动追述着会晤场面——

那还是县试大考刚刚收官，海防同知谭大人在孔庙明伦堂，破例单独约见了二王兄弟。

永江永海跨进明伦堂高高的门槛，一位官服加身的人从座位上站起来，笑容可掬地主动上前伸手相握，想来这就是担任主考官的谈大人了！谈大人一边让座让茶，一边随口夸赞道：“久闻二王大名，今日一见，果然个个儿一表人才！”大家重新坐定，永江永海被请到正位上就座。“有道是：打虎亲兄弟，上阵父子兵！二位久经考场，稳坐三甲，而且屡试不爽，堪称古城一大奇观！我对此充满好奇，今天请二位前来，想当面交谈交谈，请二位不必拘谨，直抒胸臆！”谈大人道了开场白。

永江永海相互瞅瞅，均默然颔首。

“请问二位，在学习上有什么诀窍？”谭大人随机抛出题目。

永海不甘寂寞，积极大胆发言：“谈不上什么诀窍，可能是兴趣使然。天生就喜爱读书，从没有生厌的感觉。我爹说这是上辈子亏欠的，但俺们从不靠家长督促。另外，注重学习质量和效率，上课的时候，眼珠子瞪起来，脑瓜儿转起来，笔头儿动起来，每天保证当堂做完作业，绝不把今天的任务留待明天！课余时间，复习消化，增进理解，提前预习，心中有数……”永海滔滔不绝阐释着。

谭大人点着头，表示理解认同，继而又转向永江：“请你也谈谈感想？”

“我的感受有两点：一是多读书，所谓读书破万卷，下笔如有神；二是多思考，所谓学而不思则罔，思而不学则殆！”永江言简意赅，简洁明快。

谈大人呱唧呱唧鼓起掌来：“精彩！我想，把二位的感想体会叠加一起，就是关于学习完整的方法论了，值得其他学子借鉴！”谭大人敦请二王喝茶。他饶有兴味地直趋永江跟前，单打一锤询问道：“读了你县试的文章，刚才又听了你的谈话，我的确感到你善于思考，而且关注国情现实并富有见地，因此我要多问一句，你的人生追求是什么？”谈大人的目光严肃而深沉。

“穷则独善其身，达则兼济天下！”永江不假思索心到口到，出于礼貌他站起身来。

“这是典型的中国文人情怀！”谭大人信步往来，一边思索阐释：“穷则独善其身，使人怀想道家的豁达态度，出世境界；达则兼济天下，使人怀想儒家的理想主义，入世精神。嗯，很好！”

“中国文化的精髓在于儒释道互补。”永江不失时机地补充。

永海一味低头沉浸地品茗，对于这些云里雾里不着边际的东西，他一向采取敬而远之的态度，因为这些东西与科考范畴关涉不大。想不到谈大人居然饶有兴致。

“是啊，”谭大人深沉凝重说道：“重在经世致用，知行合一，就像曾国藩李鸿章大人那样！他们既是天朝当代的大儒，又是治国安邦的赫赫功臣。看来你是有承担的。”谭大人一脸兴奋喜形于色，宫灯映照着他清秀的脸庞，一袭珊瑚顶戴蟒龙官袍喷薄着亮色，流溢着无限的暖意。谭大人深情凝视着永江道，“金州人杰地灵，英才辈出，我坚信，长风破浪会有时！”

“直挂云帆济沧海！”永江铿锵附和。

谭大人会心地笑了，猛拍了拍永江臂膀。

“我的理想是金榜题名，建功立业！”永海不甘居后，昂然站立。

“嗯，很好。”谭大人清了清嗓儿，拿腔拿调做着总结性发言：“我今天请二位来，正是这个意思。金州自元明以来即重教兴学，雅尚诗书正是金州的传统。本官任职期间，更是倾力重教。二位是金州的佼佼者，是未来的希望之星，希望本官有幸目睹，二位科考一展身手，勇夺魁首！为金州争光，为朝廷效力！”

谭大人当即拿出一张银票，敦促永江无论如何收下！

“无功不受禄！”永江坚辞不就。

永海耐不住了，伸手承接下来。

“听说二位的家境不算富足，这点银两是本官一点心意。既是对二位过往的褒奖，也是对二位今后的激励！”谭大人打拱作揖：“预祝二位旗开得胜，马到成功！”

永江、永海满含感激，赶忙回礼：“承蒙谭大人厚爱，我们必当竭尽全力，厉兵秣马，奋力冲刺，为金州争光，为朝廷效力！”

“为谭大人长脸！”永海续貂一句。

“天生我材必有用，我辈岂是蓬蒿人！”永海志得意满，滔滔不绝：“过一段日子，我将肩负着谭大人的重托，代表金州学子参加科考，争取科举扬名，仕途荣耀，封妻荫子！你就情等着跟我享福吧，我的媳妇！”

听到永海称呼自己媳妇，六凤一时激动万分，点滴不剩地陪永海喝干。

“别光喝酒，吃点菜呀，这样伤身子。”六凤关切说道，一边亲自夹菜，送进永海口里。

“嗯，好吃！”永海大口咀嚼着，竖起了大拇指：“同陞楼大厨子，真不是白给的！今天除了兴奋紧张，就是敬酒喝酒，没完没了，疲于应付，还真就没怎么吃！”

见六凤含情脉脉地凝视自己，永海忽然不好意思起来，赶忙解嘲道：“一块儿吃呀，动筷子呀！”

六凤象征性陪吃着，樱桃小口细嚼慢咽，见永海吃得差不多了，六凤居然后发制人张罗举杯：“夫君，我敬你一杯，从今天开始，咱俩就不分彼此了！蓝天屋檐之下，我把生命托付给你，从今往后，我就完整属于你了！（六凤眼眸温润晶亮）作为妻子，我衷心祝你科举扬名，仕途精进，鹏程万里，大展宏图！我同时希望，彼此心心相印，情同手足，相濡以沫，白头偕老！干杯！”

永海心有所动，情有所感，刚要举杯，却被六凤一把拦住。永海正诧异着，六凤举杯的手臂，穿过永海举杯的手臂。

“交杯酒？”永海惊喜道。

六凤含笑不语，使劲颔首。

无人见证，彼此见证，夫唱妇随，一饮而尽。

永海情绪受了浸染，遂寻找由头连连碰杯：“希望你好好照顾我，让我无后顾之忧，一心一意博取功名……希望你给我生一大堆孩子，让他们像音阶一样排列，一个个像雏鸟似的张着小嘴爹爹爹爹地叫着……啊，爬树翻墙，喝酒打架，闻鸡起舞，莺歌燕舞，敢爱敢恨，笑傲江湖……”

“哈哈哈哈……”六凤开怀大笑，前仰后合。一种女人忘情恣肆的笑态，永海闻所未闻，惊艳感受率性之美！

“六凤，你真美，我真幸运！”

“我爱你！”

两人零距离亲热着，彼此融化了彼此。

六凤忽然焕发了生命活力……她面对镜子，搔首弄姿，情不自禁，舒展歌喉：

“海岛冰轮初转腾
见玉兔玉兔又早东升
那冰轮与海岛
乾坤分外明……”

那歌声钻出西厢，溜进东厢，蛇一般缭绕着空间，一家子不得安宁。

泽汉泽华辗转反侧。

“小姨唱得真好听！”泽华夸赞着。

“想不到小姨还会唱戏！”泽汉感叹着。

泽华咿咿呀呀着不睡觉，仿佛是六凤京韵的伴唱。

“永江，告诉六凤别唱了，孩子没法睡呀！”五凤嘱咐道。

永江默然下地，默然出门。

永江站在西厢门外，喊了两声没反应，敲了两声无回应，他轻轻一推门自动开了：“六凤还没睡呀!”他说着从外屋拐进里屋。六凤正忘情地浅吟低唱，一丝不挂地婀娜着身段，猝不及防之间，两人顿时骇得大惊失色。六凤赶忙捂紧身子，永江急遽退至外屋。

“……哦，不早了，该歇了!”永江嘱咐道。

“知道了，姐夫。”六凤即刻恢复了平静，见外屋地毫无动静，断定永江并未离开，于是娇滴滴大着胆子道：“姐夫，反正暴露无遗了，你觉得……我好看吗？你能不能……陪陪我呀?”六凤赤身来到外屋地，见永江眼神贪恋迷蒙，竟一把将永江扯进里屋，将那丰润娇嫩的身子紧紧拥裹了永江。哦，一种凝脂的滑爽气息连带着酒味儿令永江几近窒息，他滞涩着僵硬着悸动着浑噩着，于是乎情不自禁地伸出手来，触摸了那冰凉细润质感的肌肤……啊，六凤更加亢奋更加激越，她躁动着正欲做出更加亲昵的动作，忽然间竟被永江一把推开!“……别这样别这样……不能对不起永海……”永江如梦警醒，说罢转身，大步流星出屋。

“是他对不起我的!”六凤的嗔怨余音袅袅。

此一夜无话。

初三清早，闻听敲门。

“谁?”五凤问。

“我。”是六凤。

永江起身开门，不敢正视。

嗬，热气氤氲，喷香扑鼻！六凤油头粉面，穿扮时尚，笑容可掬，忙将一碗鸡蛋水泡光头饼，连带一双含情脉脉的眼神，实实惠惠塞给了永江!

“送给你姐吃吧。”永江推脱着，没能推脱掉。

“你照顾我姐有功，又是王家的顶梁柱，可没人照顾你呀，让小姨子伺候你。姐夫，趁热吃了吧?”六凤居然看都没看五凤一眼，只是定睛瞅了瞅永江，抿笑着转身走掉。

永江一时窘迫，不置可否。

五凤表情阴冷，醋意大发，冷嘲热讽：“太阳打西边出来了，小姨子伺候起姐夫了，小姨子是姐夫的半拉腚！”

“什么乱七八糟的！”永江丧着脸出屋了。

五凤从鼻腔里哼了一声。

初四清早，六凤正欲打鸡蛋水泡光头饼，蓦然回首，发现五凤雕塑般僵立身后！

六凤心慌意乱，鸡蛋水泡光头饼晃荡洒了。

五凤横眉冷对，面色铁青，声色俱厉：“我还没死呢，轮不到你表现！管好自己那一亩三分地儿！半拉腚，瞎操心！”

“哼！”六凤怒目相向，嘴唇噘噘着，悻悻地走了。

正月十五元宵节，古城金州煞是热闹。永江、五凤领着儿子们，永江让泽来拽着六凤，大家一道上街看光景。

街面张灯结彩，夜空天女散花，百姓比肩接踵。一些店面悬挂着走马灯，五颜六色眼花缭乱：八仙过海，三国演义，二十四孝图，唐二主征东，卓文君与司马相如，穆桂英大破天门阵……家家门前花灯尽燃，万家灯火满城闪烁：一团和气灯，二龙戏珠灯，三羊开泰灯，四季平安灯，五谷丰登灯，六六大顺灯，七星高照灯，八仙过海灯，九天揽月灯，十全十美灯……

灯官老爷露头了！这是龙舞进城的前兆。但见灯官身穿毛皮袄，头戴一顶大皮帽，脖上戴串铜铃铛，手里擎着大烟袋；身后跟着灯官太，两个耳鬓斜插花，两个红椒当耳坠，左手拿着大棒槌，右手持着大蒲扇。于是，灯官老爷、灯官太太，各自坐在太师椅上，中间绑着长长的木杆，木杆固定在手推车上。挑杆之人杆子一挑，灯官浑身颤抖铃铛脆响。孰料那太师椅没绑紧，挑杆之人空中一抛，灯官老爷大头朝下，连喊带叫丑态百出，围观的人齐声高喊：灯官倒（到）了！灯官倒（到）了！满城的人哄堂大笑。

灯官脖上铃铛一响，隆隆鞭炮霎时齐鸣，唢呐吹出了龙摆尾，锣鼓奏出了水动音。龙舞开始了！灵动活现，摇头摆尾，绵绵延延。看似不动声色，实则能力惊人，动静、升降、旋转，一切皆有可能。盘龙、塔盘、蠕动、越脊、卧龙、蹦龙、翻身……龙打滚、龙抬头、龙搅水、龙摆尾、龙咬尾……呼风唤雨、蛟龙出海、翻江倒海、二龙戏珠……二龙旋风转、金龙盘玉柱……满街的热闹，倾城的喧腾。山呼海啸的百姓为了共同的目标纷至沓来，十里八村的乡亲为了共同的目标乘马车赶来，那就是不看龙舞不进城！移植于晚清铭军的园艺村龙舞，经过后人改良不断发扬光大，已成为最吸引人们眼球、最能代表金州神韵的文化品牌。

舞龙过后跟着闹海，鱼鳖虾蟹倾巢出动。鱼儿的摆尾，虾儿的翕动，竟是那般活灵活现。大蛤蜊是位小伙子，扮成俊俏小媳妇，蛤壳一开一阖，老鳖紧随其后挑逗，那蛤蜊竟喷溅出一股水来，激得老鳖跟落汤鸡似的。人们哈哈大笑，五凤、六凤好不开怀。

高跷、地蹦（扭秧歌）来了！跑旱船、挑花篮来了！划旱船的艄公，不时地划进人海，一边圆圆地打着场子，一边跟孩子们抛媚眼。小哥儿几个咯咯咯咯笑，像是母鸡打鸣下蛋。

扭秧歌男扮女装，丑婆子穿大红鞋，表情丰富扭捏作态，一边振振有词说唱：

“人家那个脚儿
真是个脚儿
越包越瘦越小赛辣椒
咱们这个脚儿
也是个脚儿
越包越肥越大越上膘……”

五凤、六凤快笑弯了腰，禁不住你看看我的脚儿，我再看看你的脚儿。

从动感十足的表演现场来到沉静思索的灯谜现场，不时有熟人打着招呼。但见灯谜现场条幅成串一溜两行，光线迷蒙闪闪烁烁。泽汉选择了四大地名灯谜，于是一字一句念道：

“雾气腾腾刮北风
蝎子掉在海当中
三两银子买碗饭
一只鞋子四人蹬”

永江、五凤、六凤不假思索，抢答谜底：

“云南”

“浙江”

“贵州”

“四川”

这让小哥儿几个刮目相看，泽华惊讶感叹：“你们怎么都知道哇！”

“我们吃的盐比你们多啊，我们打小就猜灯谜。”六凤笑着阐释。

这次，泽唐一板一眼念道——猜四大菜名：

“煮不烂的菜
轧不死的菜
够不着的菜
洗不净的菜”

五凤赶忙递来眼色，大人们缄口不语；小哥儿几个轮番抢答，居然百发百中：

“生菜”

“车轱辘菜”

“云彩”

“灰菜”

尤其是最小的泽来，居然也猜中一条，这让大家喜出望外。

“脑瓜儿都挺好使的，王家后继有人了！”五凤竖起俩大拇

指，挨个儿指向四个儿子。

永江兴之所至，说了一个段子：

“话说一位庄户人正月十五进城，正赶上一家饭馆跑堂的吆喝卖元宵，快来啊，烧热儿（趁热）吃啊！这位庄户人听到后，就进去吃了一碗。到了二月二，这位庄户人再次进城，又赶上这家饭馆跑堂的吆喝卖馄饨，快来啊，烧热儿吃啊！这位庄户人又进去了，刚端起碗，忽然发现异样，于是顺口说道，哎哟，半个月没进城，这‘烧热儿’都长耳朵啰！”

孩子们咯咯咯咯大笑，五凤、六凤也禁不住笑。六凤好似重回童年，忘情地拍打着五凤。

第七章　惊诧

大年已过，生活如常。那满地溅落的残红，如一场消隐的红雪。繁闹喧腾烟消云散，一切重回平平淡淡。在静寂这头可怕的猛兽面前，人们即使制造再大的动静，无非是打了水漂儿而已。于是，日子如深不可测的湖泊，悠悠荡荡着恬淡与从容。

永江眼瞅着就要返回省城了，这天趁着孩子们外出玩耍，五凤单独跟永江说起一件要事。原来年前泽唐闯了场大祸，他跟曹一心的儿子曹德麟，把赫赫有名的刘秧子给揍了！此事非同小可，泽唐和德麟当场就被警察抓走了！

“我急得没着没落儿，想通知你吧，远水解不了近渴。要怎么说姜还是老的辣呢，后来俺爹跟曹一心凑到一块儿一核计：警察署长必须听民政署长的，民政署长下村育史是日本人，刘秧子又是日本人眼里的红人，中国人出面求情肯定不成！他俩主意真正，竟不约而同想到了岩间德也！于是登门拜访说明实情，希望岩间德也能出面搭救！人家岩间德也二话没说，当即出马找下村育史要人。可也别说，岩间德也面子真够宽，泽唐、德麟立马就释放了。”五凤滔滔不绝陈述着。

“居然还有这种事儿，你怎么不早说呢！”永江颇感惊诧。

“大过年的怕影响心情，再说，这一页早就翻过去了！五凤释然说道。

“凡事都有个缘由，这平白无故的，泽唐、德麟为啥要打刘秧子？”永江眉宇紧蹙问道。

“说白了，是刘秧子欺负曹世科在先，泽唐、德麟看不过才教训了他！”五凤气呼呼道：“这个可恶的刘秧子，早就欠收拾了，这回总算遇到吃生米的了！”

说起可恶的刘秧子，辽南一带无人不晓。甲午战争那会儿，当日军凶狂攻占了金州古城，在一片战火瓦砾与血污尸首之间，竟然出现了一个怪物，这家伙行头大大地与众不同，戴着日军战斗帽，套着日军大皮鞋，腰间横竖别着把日本战刀。更加出人意料的是，这家伙不是独自一人前来，而是指挥着十余辆马车车队，满载着牛马猪羊和黄酒。这家伙摇头晃脑哼哼着小调：牛啊羊啊送到哪里去？送给咱干爹和皇军！哎嗨哎嗨哟，哎嗨哎嗨哟，送给咱干爹和皇军！这便是大名鼎鼎的汉奸刘秧子，特为进城向日军和干爹献礼。

“干爹攻城辛苦了，儿子备下酒菜专程犒劳皇军！”刘秧子点头哈腰说道。

“吆稀吆稀！”大山岩元帅竖起大拇指，厚墩墩的大脸盘流溢出笑意，他热情拥抱了刘秧子。

且说日军自打庄河花园口登陆，没有遭到任何抵抗地挥师南下。途经普兰店那个发掘了古莲子的村庄，忽然冒出了如远房亲戚般的刘秧子，人们完全可以想象见到亲人格外亲的场景氛围。人们不禁大脑画弧：这刘秧子为啥跟日军“一见钟情”？是因为曾接受过亲日派老师的栽培？还是为了保全其地主家庭的丰厚资产？或许兼而有之。反正这家伙泥鳅般精灵圆滑，见日军军威浩荡气势非凡，于是主动献媚卖力表现，又是奉献地图担任向导，又是捐献物资馈赠金银，还认下大山岩为干爹！如此收获令人惊喜，日军何乐而不为！

哦，想不到干儿子这么讲究，竟然踏着战火一路追随，而且带来了丰盛的慰问品，整个一个编外的后勤给养部队！大山岩真真切切地感动了，他为干儿子的真诚付出感到荣光。他当即号令日军将士饱餐一顿，绝不辜负干儿子的一番美意。

当他目睹着血迹与尸骸、品尝了黄酒与牲畜之后，面对着硝烟背景下的日军将士与抬运尸首的城内百姓，陡然间来了兴致，移步站到马车上面，就像往日站在日本陆军大学的讲坛，慷慨激昂指点江山——

“中国自从唐宋以来，屡屡被荒蛮异族统治，最令日本人瞧不起！曾经令日本人景仰的大唐王朝，伴随着战火硝烟与岁月风尘，早已经虚无缥缈尘埃落定！事实上，只有在一衣带水的大日本帝国，你们才会发现曾经消失的唐朝，无论是物质成果还是精神遗产，都得到完美的保留和延续。因此，日本才是开明盛世大唐的真正传人！江山代有才人出，各领风骚数百年。我们理当秉承天职，建立共存共荣的大东亚共荣圈，替代衰朽的中国实现东方文化的伟大复兴！”

在一片仰慕的目光与如潮的掌声中，大山岩腆着大肚子缓缓挥动手势。他不失时机地将刘秧子引荐给大家：“有道是识时务者为俊杰，刘先生正是识时务的俊杰！”他号召大家以刘秧子为榜样，为中日亲善共荣做出贡献！无数沾血的双手拍出痛快的掌声。刘秧子挥舞战斗帽微笑着致意，一边效仿大山岩的做派当场表态：“啊，听君一席话，胜读十年书！大山岩元帅一番宏论，真是令在下茅塞顿开！本人虽然取得一点点成绩，但是离大日本帝国的要求还相差很远。本人一定牢记大山岩元帅讲话的精神内容，认真学习领会，努力贯彻执行，发扬成绩再接再厉，以实际行动和优异表现，努力成为让敬爱的大山岩干爹感到满意乃至骄傲的中国儿子！”

大山岩笑嘻嘻纠正道：“不是区区中国儿子的概念，而是大东亚共荣圈的儿子！”

“嗨，大东亚共荣圈！”刘秧子立正道。

甲午风云过后，刘秧子的运气一落千丈。因其认贼作父卖国求荣，受到了大清朝廷的通缉追捕！刘秧子不得不变卖全部家

产，追随义父大山岩逃往日本。从此，中国辽南的刘秧子消隐了，日本东京街头忽然冒出了龟山松太郎！穿扮一身和服，满口日语，揣着日本护照，搂着日本娇妻。可也别说，大山岩对干儿子还真够意思，力荐他到日本陆军大学教授汉语。自此，刘秧子拥有了一份稳定的工作与薪水，整日优哉游哉乐不思蜀，完全淹没在樱花丛中。就连孙中山先生邀请他参加同盟会，都被趾高气扬的他嗤之以鼻。伴随着日俄战争轰然爆发，刘秧子蠢蠢欲动跃跃欲试，这下又可以大展身手了！他于是主动给日军当向导，且跟乃木希典大将打得火热，也算立下了汗马功劳。战后受到了日本天皇的亲切接见。自此光宗耀祖载誉归来，创立普兰店公学堂和辽东银行。

那天，金州孔庙举行隆盛的祭奠仪式。金州会长曹世科，辽南名流刘秧子，以及若干人等均出席。阳光折射着金瓦红墙的孔庙辉煌而艳丽，那罗列的旌旗、祭祀的案台、击打的钟磬、古装的司仪、如织的人流，彰显着一种神圣庄严的气象。孔庙在古城百姓心中矗立着神圣，这不啻因为孔庙供奉着先师圣哲，还因为孔庙西院曾是名闻遐迩的南金书院，从中走出的进士、举人、秀才层出不穷。

孔庙大院以花墙隔断出三个院落：东院为文昌殿，东厢房；西院为乡土馆，西厢房；中院占据了孔庙半壁江山，雕梁画栋飞檐斗拱的大成殿居中，南有大门厅，北有后殿房，东西两庑一应供奉着先贤先儒。孔庙正门外，竖立着明万历年间、清乾隆年间纪念先师、县学的石碑及文武官员下马碑。孔庙大院内，是大面积的侧柏，两三围粗的古槐，吐着嫩绿丝条的龙须柳，繁盛灿然的黄玫瑰，硕大拱形的紫藤架。祭奠仪式选择在大成殿门前空场举行。

伴随着焚香的缭绕、钟磬的奏鸣、人们的叩拜，主祭官曹世科敬奉了鲜花，随后神情庄重、声情并茂、一唱三叹地宣读祭文：

“文圣吾祖，恩泽海宇。千古巨人，万世先师……
薪火相传，百代不熄。而今吾辈，见贤思齐……
仁为己任，见利思义。中和至德，过犹不及……
和协万邦，摒弃暴戾。刚强有为，自强不息……
伏惟尚飨，为祷为祈！”

当曹世科如释重负地站回贵宾行列，想不到玩世不恭的刘秧子竟然动了心思。旁观曹世科一脸庄重虔诚的神情，刘秧子乜斜着眼暗想：搞这套把戏有用吗？简直是愚不可及！井底之蛙的曹会长啊，你还没有远走东洋呢，更没有谒见过日本天皇！什么叫神圣、什么叫偶像？那才叫神圣、那才叫偶像！曹会长啊支那人，支那人啊曹会长，说你们愚昧一点儿都不冤枉！有一个成语叫什么来着？刘秧子蹙眉凝思左摇右晃，哦，想起来了，食古不化！死抱着两千年前古人的大腿不放，两千年前的古人管得了两千年后的天下吗！日本人的目光是瞄向蓬勃兴旺的西方，中国人的目光是瞄向腐朽僵化的坟墓，这就是差距，天壤之别啊！嘻嘻，愚昧，愚忠，彪子……刘秧子感觉心里像猫爪子挠过，好像非要折腾点什么不可。他斜楞着曹世科决定恶作剧一把，他甚至为自己好玩的想法而窃笑。他如黄雀一般悄然窜跃至曹世科身后，顺手从衣兜里摸出把东洋小剪刀，左右稍一环顾，竟似剪刀手一阵咔哧咔哧……曹世科隐约感到了背后的异样，他拿手捋了捋后发际，发现状如猫咬狗啃，登时大惊失色，万分气恼，猛然回首！啊，呈现眼前的，竟是一张厚颜无耻、恃强凌弱的无赖面孔！

他怒目相向，目光如炬，暗暗骂道：臭流氓，狗杂碎，狗汉奸……但考虑到场面和氛围，他终于忍气吞声没有发作！

从臭流氓鼻腔里哼出了冷笑，意思是：老子就敢太岁头上动

土，老子今天就欺负你了，你能拿老子怎么样！

这一幕，恰好被曹世科的外甥王泽唐目睹。这个臭彪子，臭流氓，臭德行！王泽唐恨得牙根发痒握得拳头嘎嘎响。他稍一环顾，遂凑近不远处的曹德麟，如此这般述说一番。曹德麟瞄了眼刘秧子的“杰作”，更是气不打一处来。两人于是窃窃私语。

“刘大人，能得见你真是万分荣幸，你是识时务的俊杰，晚辈们佩服你！”

“刘大人，想向你报告一个重大秘密，这里实在不方便，能借一步说话吗？”

王泽唐、曹德麟凑近刘秧子，人人脸上堆着笑容，又是作揖又是恭维。

想不到在这种场合，居然有人仰慕巴结于我！刘秧子既受用且宽慰。他甩了甩五五平分的长发，捋了捋一撇一捺的小胡子，趾高气扬道：“小兄弟们，算你们有眼力见儿！识时务者为俊杰，什么叫识时务？抱着古代朽烂的僵尸不放，中国猴年马月能撵上日本啊！人家日本早就背弃中国，转身投向西方怀抱了！除非中日两国成为一国，日本统领中国才有希望！咳，这天下世道，我看得是最清楚了，所谓合久必分、分久必合！好在你们年轻有悟性，跟着我混肯定有出息！”

“刘大人所言极是，我们谨遵教诲！”王泽唐、曹德麟点头哈腰。

泽唐、德麟就仿佛三明治的面包，将刘秧子这个肉馅夹在当中，三人迈出孔庙大院，一头扎进了巷陌。

“好了，这下可以说了吧？”刘秧子刹住脚步，环顾周遭空空荡荡，于是急切敦促。

“刘大人，这个秘密……藏在城墙里，咱们只能……到墙根儿说话。”王泽唐急中生智，递进一步。

刘秧子诡秘地挨个儿审视，逐一过问着姓名、出身及职业，泽唐、德麟一一作答。

“吆稀，王泽唐、曹德麟，咱们就到城墙根儿说话！”刘秧子甩了甩长发，捋了捋小胡子，一边阔步向前一边玩味评说：“我发现，你们俩年纪不大，做事倒是蛮谨慎，很适合做谍报工作，就像日本特高课似的，将来我负责推荐你俩！”

“多谢刘大人提携，俺们忘不了你！”曹德麟一语双关。

三人果然来到南城墙下，层叠的灰砖墙耸立如山。泽唐冲德麟使一眼色，二人忽然齐刷刷地变脸，瞅着就跟怒目金刚似的。二人并不废话，泽唐率先瞄准下三路，飞起一脚直踢刘秧子下部，刘秧子哎哟着双手紧捂。恰好暴露上部门户大开，德麟瞄准上三路封门，打得刘秧子鼻口蹿血。

“好小子，敢耍我？胆儿肥了，活腻味了！”刘秧子色厉内荏，倒驴不倒架。

初生牛犊不畏虎，管它三七二十一。泽唐、德麟毫不理会，只管拳打脚踢火星四溅。

刘秧子稀松平常毫无防范，突遭暗算，徒有招架之功毫无还手之力，想逃又逃不掉，索性耍赖倒地不起。

“我叫你耍死狗！”泽唐余怒未消，一把拽起刘秧子大腿。

“我让你扫大街！”德麟紧随其后，拽起刘秧子另一条大腿。

他们相视而笑默默颔首，彼此心领神会依计而行。好嘛，既然你刘秧子在神圣的孔庙祭典仪式上侮辱了曹大会长，我们就要让你刘秧子在古城父老面前颜面尽失丢盔卸甲！

于是乎，两人像拖死狗拖死猪似的，一人一条腿，从南门口直往老爷庙拖。刘秧子颠簸着抓狂着，如犁杖将南街地面犁出一道辙印，浑身泥一块血一块跟泥猴似的，鼎鼎大名的刘秧子生生栽在了小嫩茬儿手上。

磨刀不误砍柴工。泽唐德麟一边拖拽一边斥骂：

“你明明知道今天是祭祀的日子，却跑到孔庙来撒野捣乱，臭彪子，你是诚心不给金州人面子！”

“你凭什么欺负曹会长！曹会长不跟你一般见识，摊上我俩

算你倒血霉了，臭流氓，我们就是要替曹会长出口恶气!”

两人你一言我一语，声讨逐步升级，新账旧账一起算：

“你不是鼓吹中国迟早必亡，与其迟亡不如早亡吗？你当着关老爷面儿，再大声嚷嚷，看关老爷怎么收拾你!”

“你不是叫嚷世人为岳飞修武庙，你早晚要为秦桧修文庙吗？问问武圣人关老爷，看他手中的青龙刀答不答应!”

仿佛是一场行为艺术，抑或是街头活报剧，围观者越来越众，观者无不喝彩叫好。

此事终于惊动了警察署。伴随着口哨声与步履声，日本警察荷枪实弹赶来，遂将当事人双方悉数带走。

“事情的经过就是这样。我的意思是……”五凤正欲说明意图，永江一摆手挡住了。“你的意思我明白，让我代表孩子家长，登门致谢岩间德也，对吧？”

五凤张口笑了：“你就是我肚子里的蛔虫!”

“有我这么大个儿的蛔虫吗!”永江嘻哈着踱步着，一边分析说道：“依我看哪，岩间德也肯于出面搭救，还不是冲着曹德麟他爹！对于南金书院来说，曹一心属于教父级的人物，身兼南金书院校董和基金会会长。而曹德麟恰好又是南金书院教师，他岩间德也出面搭救理所应当！因此，泽唐是跟人家德麟沾光了!”

“可话又说回来了，要不是你的宝贝儿子提出打刘秧子，人家德麟好好的干吗要跟着背黑锅呢！我的省长大人，你就不要考虑个人面子，摆什么官架子了！据说，岩间德也还是很赏识你的，你们不是曾经还共过事吗？”五凤添油加醋着。

永江摇头晃脑：“不可同日而语。”

说起来都是陈芝麻烂谷子了。

王永江确曾跟岩间德也共过事，南金书院恰恰是媒介和平台。南金书院历史悠久滥觞于清乾隆年间，甲午之役日军攻占金州被迫停歇。三国干涉还辽沙俄趁火打劫占领金州，臭老毛子大国沙文主义猖獗，居然大拆大卸将书院建材悉数挪用，大兴土木另起炉灶，选择城东门外空地兴建俄式俄清学校。金州一些著名乡绅等有识之士，对此甚为不平耿耿于怀。

这天，包括曹一心父子及王永江在内，大家雅集古城日后用作图书馆的绿满斋，共商恢复重建南金书院事宜。绿满斋名堂齐整庭院宽敞，栽种着花卉植物蓄养着名贵金鱼。大家围坐在藤蔓交织的藤萝架下，以茶代酒共商大计，你一言我一语畅抒己见，最后达成共识：重教兴学与雅尚诗书是金州由来已久的传统，在目前清廷忙于战争赔款尚无能力顾及之下，应当发动社会力量恢复重建南金书院！王永江提议南金书院选址就在旧址，从而使书院富有象征与纪念意味。富甲一方的曹一心拍着胸脯表态：“所有重建费用由我一人承担!”

这时，院门吱呀一声开了，登门一位不速之客。戴着圆边儿眼镜，一张鲛鳒鱼般苍老的脸，嘴唇弯曲耷拉像挑担儿，穿着极为普通的西装，一副点头哈腰的样子。天哪，竟然是一位小鼻子（日本人）！他自报家门叫岩间德也，毕业于上海东亚同文书院。作为占领区抚民举措之一，他经军方举荐特来筹办学校。听说金州士绅也在筹办学校，他特意赶来探讨合作，希望能够共举大业。

“我们是民办性质的，跟日本当局无关。不过作为礼仪之邦，我们一向讲究从善如流。你既然迈进了这道门槛，希望听听你的高见?”曹一心开诚布公地表态，一边示意岩间德也就坐，

岩间德也略显局促地坐下。他扶了扶黑镜框，镜片后小眼睛眯缝着，那一副表情透着谦抑和恳挚：“虽然我是日本人，但我的确是为金州教育而来，应当说我们的目标是一致的，都是为了培养造就金州的后生!”他顿了顿，继续道，“就我个人而言，我崇尚孔圣人的有教无类，希望教育平等一视同仁。同时，我还希望引进近代西学，使教育融合中西追逐潮流。而且，这正是我

所熟悉的日本经验。此外，来金州之前，我专门考察过台湾，对台湾教育的实情及制度有自己的评判，希望在金州的学校经营和教育方针上，能够有所借鉴。”

大家一时陷入缄默，似乎被这番说辞所打动，然而毕竟是事出意外，因此交头接耳议论着。曹德麟主动给岩间德也倒茶，岩间德也点头称谢。斑斓的鸟儿翩翩脆鸣着从藤萝架栖落鱼缸边沿，陡然平添了绿满斋自然和谐的氛围。

王永江捋了捋八字牛角须，以开放平和的心态说道：“岩间先生所言，听来不无道理。果真能够做到言必信、行必果，真正实现教育平等、中西融合、追逐潮流，起码我是持欢迎态度的。”王永江略作沉思，品茗说道，“看来岩间先生对中国文化不无了解。其实从洋务运动到戊戌变法，我国一向主张中学为体西学为用，遗憾一直缺乏成功的经验和范例。假如岩间先生能够在金州教育这片试验田上带来奇效，我自当力挺，且拭目以待。”

经曹一心、王永江等人商议，并察验上海同文书院毕业手续，最终决定吸收岩间德也加盟并担任总教习，以使南金书院中西融合追逐潮流。

终于能够借风行船，一展身手了！那天，岩间德也情绪高涨信心满怀，竟鱼儿漫游大海一般穿行于古城街巷，并踏进孔庙大成殿顶礼膜拜，最后登临南城门望楼，俯瞰金州大地，豪迈书写俳句：

……

仰望日月没有什么不同
俯看苍生都成夷人
若日中亲善有知己
做民族友好像比邻
怀念曾子笃实不断
感怀邑民至诚上升

贯彻一视同仁明德
安抚天下行大伦不犹豫
……

经过一个阶段的紧张筹备与建造，金州私立公育南金书院正式开学！于是，一种披红挂彩敲锣打鼓的隆庆造势必不可少。

那天，晨光点染着东南城墙上左手提斗右手举笔的魁星雕像，白色鸽阵摩擦着电声萦绕着南金书院的上空盘旋翱翔。曹一心、王永江、岩间德也、曹德麟齐刷刷地站在校门口，一个个收拾得利索齐整，微笑迎迓着天真稚嫩活泼可爱的孩子入学。人头攒动，夹杂着家长和百姓。一些因战争辍学的书院学子再度返校。一度跟王永江念童塾的孩子追随而来。曾经跟阎桃李念义塾的孩子同时加盟。一些日本军官以及移民的子弟慕名前来。打眼望去，这些孩子穿扮不同，做派不一，家境迥异，但在先生心目中，等量齐观，一律平等，皆为可造之材。针对个别天资聪颖、喜爱读书、家境贫困的孩子，曹一心二话没有、照单全收、无偿襄助。

文庙上空再度飘漾起亲切昂奋的南金书院院歌——

辽东模范文化源泉
书院跨南金
其地之人
其人之杰
几辈出蔚林
光历史
飞腾誉
人尽国之梁
可爱哉
诸学友

飞腾共匡乡

……

意想不到的是天地说变就变了，变得面目皆非人妖颠倒。日俄战争过后，南金书院从孔庙西院迁至俄清学校。此时，俄清学校易名关东州公学堂南金书院。在关东军大将乃木希典的强力举荐下，殖民当局直接锁定岩间德也担任院长。在岩间德也院长的极力挽留下，曹一心、王永江则礼聘为校董。南金书院仿佛做了变性手术，由表及里地发生质的蜕变。王永江仿佛置身于陌生的疆域，与一些陌生的词与物打交道，这令他实在难以忍受！他的人生信条与处世底线，正遭逢着异常严峻的挑战！

学生们清一色穿着协和装，每天清晨齐刷刷地遥拜东方——日本天皇所在的方位！然后迈进装饰着大和魂、武士道、同文同种、日满亲善招贴画的教室，操着“老师，早上好”的日语替代了汉语的“南金书院院歌”，然后在大剂量的日语灌输中，大幅度地削弱了汉语，狠狠踢走了历史地理！

在浓荫蔽日的校园林丛，在斑驳矗立的古城东门，王永江踽踽独行，如铅如坠，就仿佛古代的智慧隐者，或是登临楼台的感怀诗人，念天地之悠悠，独怆然而泣下……哦，打雷下雨了，浑身浸湿了，他感到自己是那样清冷，然而却又是那样清醒。烟雨迷蒙，大地一片混沌，混沌得让人睁不开眼，然而，他正透过第三只眼透视着南金书院，他发散的思维已具有了雷电的穿透力。他深切痛彻感到：日语的强化与汉语的削弱，包括历史地理横遭取缔，这是一个危险的信号啊！继军事占领、政治统治、经济掠夺之后，这是文化侵略的开场啊！事实上，无论是吉普赛人还是印第安人，他们虽然失去了栖身的家园，但是语言却像血脉将他们紧紧地维系，词语搭建的语言是存在的家呀！失去了母语无异于断送了血脉，与地震海啸天塌地陷无异！想想看吧，没有大量的母语作品阅读，没有训练思维的母语写作，没有国学传统和四书五经，没有大好河山和沧桑记忆，没有引导炎黄子孙感受母语之美，从中感悟母语积淀的民族情感文化精神，莘莘学子鹦鹉学舌人云亦云的结果，只能最终导致丧失母语之痛，沦为亡国奴之莫大悲哀……他的脑海往复萦绕着勾描秦淮歌妓的古诗：商女不知亡国恨，隔江犹唱后庭花。

王永江难抑不平之气，毅然闯进岩间德也办公室，当面质询好不开面：“岩间德也院长，如今南金书院发生了翻天覆地的变化，原本意义上的南金书院已不复存在，我想请问，当初你是怎样表态的？现在又是怎样做的！”

岩间德也扶了扶黑框眼镜，笑容可掬示意王永江请坐，见王永江站如松柏横眉冷对，于是摇头叹息诠释说道：“啊，当初是当初，现在是现在，当初是民办性质，叫作南金书院；现在是官办性质，叫作关东州金州公学堂南金书院！你必须无条件地听人家指挥，这是民政署硬性的指令，我实在无能为力呀！”岩间德也摊开双手，笑意仍然挂在脸上。

“既然如此，我提出辞职！”王永江表情冷峻，掷地有声。

“岷源兄，请你理解我的处境。我劝你也现实一些，别意气用事嘛！”岩间德也起身离座，相劝挽留。

“这是我的辞职书！”王永江显然有备而来，遂将辞职书“啪”地往桌上一甩，扭头走人，一去不回头！

“哎——哎——”岩间德也愣怔了半晌儿，终于缓缓地回过神儿来。他甚至抹了抹眼角的泪滴，一边喃喃自语着：“走吧，走吧，你们一个个都走吧，你们都走了地球照样转！只要我岩间德也在位一天，南金书院就一定要办下去！天降大任于斯人也……”他扭曲着脸咬牙切齿，猛地一拍桌子，拾起辞职书撕成碎屑，像雪花一样抛向窗外……

“可人家毕竟做到了呀，泽唐少受了多少皮肉之苦！来而不往非礼也，为了你的宝贝儿子，你就尽一回人情吧！”五凤哭丧着脸儿近恳求。

永江眨了眨眼皮，感觉五凤言之有理。礼数是不可或缺的，过场又是必不可少的。他略作沉吟，转念一想：本来无一物，何处惹尘埃！于是慨然允诺。

五凤高兴异常，主动陪伴丈夫选购礼品。沿着繁华热闹的古城南街，夫妇二人自南向北逶迤前行。对于他们二人来说，大白天逛街实属难得的浪漫。

“还记得上一次一块儿散步，是什么时候吗?”五凤兴致勃勃地问，像是撒娇的女孩儿。

永江若有所思，却又不置可否。

“哎哟，真是贵人多忘事儿！那还是人家头遭怀胎呢！”五凤噘起了嘴巴，狠狠白了永江一眼。

永江恍然大悟：“哦哦，是在山东老家！”转而笑着主动牵手。

是甲午战火将他们放逐山东老家的。当时五凤怀有身孕肚腹日隆，永江便每天陪着她沿着村屯土路溜达散步，乃至于形成了荒凉地界的风景线，令土得掉渣儿的村妇们眼热和嫉羡。“瞧瞧人家城里人就是不一样，大白天压马路一点儿都不避讳!”“只是这穷乡僻壤的，有什么逛头儿呀!”看来村妇的确不懂爱情哲学。真心相爱的人在一块儿，一切都是浪漫而美妙的。在相爱的人眼里，尽管路途坎坷、泥泞、荒凉，但那是通向大森林的路径；尽管山风干燥、土腥、滞涩，但那是夹杂着细沙子的海风……只是从那以后，夫妇二人好像再无携手徜徉过。

他们来到南北街交汇处的聚增长绸缎庄，五凤挑选了两块精美的绸缎料子。接着夫妇二人掉转头来，直奔南街南端的益昌凝糕点铺，其代表性软硬八件是送礼的最佳食品，五凤张口即来一下买了两盒。五凤琢磨着还想买点啥，永江脸色难看地“够了够了”。对于王永江而言，这已是大大破例。于是，王永江提溜着礼物乘上一辆马车，当即道明了去处。马车夫竟然对岩间院长毫不陌生，原来岩间德也时常乘马车往返。马车载着永江一路扬尘来到南山脚下。

这是一幢造型别致宽敞明亮的二层洋楼。外围环砌着间隔的院墙，楼前造设着假山鱼池，前院荟萃着植物鲜花，后院环绕着桃李果树。这鹤立鸡群独树一帜的建造，着实令王永江叹赏不已。他知道，这是金州乡绅送给岩间德也的大礼。

自打岩间德也迁居金州，王永江这还是头一回造访。追忆辞职南金书院校董的一幕，他仍有些耿耿于怀心有余悸。妈的居然登门送礼，他甚至瞧不起自个儿！他懊悔不迭，都怪五凤瞎鼓捣！他急中生智忽然想到一个典故：孔子为了避免尴尬，故意选择阳货不在家时拜访。嗯，他决定把礼物放在岩间德也家门口，以表心意，然后掉头走人。

“岷源兄，岷源兄！”糟了，有人正喊自己！王永江环顾一下周遭，岩间德也正于二楼窗户上招手致意。

“妈的，想走也走不成了！”王永江感觉脸皮发烫。

“哎呀呀岷源兄，真是大驾光临！既然到了门口，干吗不进屋呢！”岩间德也下楼出门，一边热情握手寒暄，一边引领着王永江，穿过客厅直上二楼。

“……犬子泽唐给你添麻烦了，我代表全家特来致谢！”王永江笨拙地说明来意，一边将几样礼品呈上。

“岷源兄太客气了！咱们算是老相识了，这是我应当做的！”岩间德也嘴上这么说，手却早承接了礼物。

二楼是一个偌大书房，一看就是没怎么拾掇，一切都是简易和质朴的。地上平铺的地毯是拼接的，像沙发茶几、书柜桌椅明显是折旧的，大小植物盆景似乎还说得过去，总体感觉还是空落落的。墙上悬挂着正冈子规的俳句：

在金州城
子规沐浴春天里

承蒙厚爱赐美酒
还有军营啊

王永江端详凝视着……

“哦，正冈子规是日本俳句的先驱和旗手，日清战争（甲午战争）时作为随军记者来过金州。想不到在这里遇见了外祖父的学生——世袭伯爵的近卫师团副官久松。”岩间德也饶有兴味地诠释着，就好像正冈子规是他的亲朋好友。“久松便在城北最好的同陞楼宴请了正冈。正冈作为随军记者没官没职，待遇偏低，而且当时身体病弱，承蒙久松的热情款待，品尝从未享受的奇珍美味，十分兴奋诗兴大发！当夜便在下榻的会馆庙，写下这首著名的俳句。”

位于古城西街的会馆庙，王永江再熟稔不过了，小时候常在那一带玩耍，几乎闭着眼睛就可以摸到。那是山东船帮集资兴建的。而会馆庙大戏台的楹联及横匾，恰恰征自一位流浪金州的山东文人之手，正可谓天意巧合、画龙点睛。道是：

优孟衣冠假笑啼中真面目
骚人游戏小风流处大文章
省观世迹

反观墙上那首著名的俳句，怎么说好呢，实在是不敢恭维。两厢比照，孰优孰劣，明眼人一看便知。嘻嘻，要讲古典诗词，中国才是祖宗！王永江心里嘀咕着。

岩间德也吩咐保姆，弄点酒菜上来。

王永江赶忙推脱告辞。岩间说啥不肯执拗挽留。看来只好客随主便了。

保姆陆续端上酒菜，竟摆了满满一茶几：煮菜、沙拉、生鱼片、炸鸡块、酱汤、寿司，清一色日本料理。哦，还有清酒。

听说女保姆是当地人，王永江不由自主地夸赞：“真是不简单哪，能做一手日本料理！”

女保姆头挽发髻，涂脂抹粉，身穿和服，脚趿木屐，点头哈腰，毕恭毕敬，满口的海蛎子味儿，她微笑着将功劳归于主人：“都是岩间院长的功劳，他是师傅我是徒弟！”一看就是训练有素。

岩间德也得意非凡，一边恰当地回敬着：“关键是她烹饪底子好，一点即通哇！”二人一唱一和，仿佛配合娴熟的双簧。

这着实让王永江刮目相看。“岩间先生不愧是教育家，真正做到了有教无类。而且将教育渗透到了日常生活，其大无外其小无内呀！”

“岷源兄过奖了！”岩间德也扶了扶镜框，若有所思道：“或许，只是为了追求家庭氛围而已！我承认，中国的饮食文化博大精深，比如，过年包饺子就别具风味。但是，对于我和一双儿女来说，毕竟是吃日本料理长大的。何况，孩子的母亲长期住院，连正常的家庭生活都过不了，我对保姆如此教化，也是情势所迫，实属无奈呀！”岩间德也勉强苦笑着解说，那紧蹙的眉宇、耷拉的嘴角，好像鲅鱇鱼受了莫大委屈。

王永江简单过问了岩间夫人的病情。原来，岩间夫人自从日本秋田搬来金州，竟然不幸地患了伤寒。因此，在大连满铁医院长期隔离治疗。崭新的小洋楼根本就没怎么进驻，更谈不上坐享院长夫人之清福了。看来人世间十全十美是不存在的，任何事物都是相反相成、圆中带缺的。就拿命运转换的岩间一家人来说，岩间及子女的幸运附带着夫人的不幸。

岩间德也振作了一下精神，一边亲自斟上清酒，一边举杯祝愿说道：“就为岷源兄鹏程万里，大展宏图，干杯！”

王永江呷了一小口清酒，感觉味同嚼蜡寡淡无味，远不如中国烧酒浓烈醇厚。于是借花献佛举杯回敬道：“谢谢岩间先生热情款待，再次感谢岩间先生挺身而出救赎犬子，同时祝愿岩间一家在金州生活愉快!”

“来来来，品尝一下日本料理!”岩间德也礼让着，并示范生鱼片佐辣根的吃法。

当王永江夹着生鱼片蘸着辣根汁吞进嘴里，忽然一股强烈的气味直冲脑门直透鼻翼，生生把他的眼泪给挤兑出来了。

“岷源兄，没事儿吧?”岩间关切问道。

“……使我想起先人来了。”王永江抹着眼泪，调侃说道。

岩间德也哈哈大笑：“岷源兄太幽默了！这一小小细节，折射了你的风格，无论遇到什么难处，都会冷静机智地面对，这才是大将风度！我说得没错儿吧?”岩间德也深度眼镜的背后，仿佛还长着第三只眼。

“我天生一副中国肠子，只能对付中国饭菜!”王永江直言不讳。

“中国美食博大精深，讲究色香味俱佳；日本料理做工精细，讲究营养成分搭配，应该说各有千秋！没事儿常过来坐坐，你会逐渐适应的!”岩间德也摆出一副主人的姿态，婉转发出了不成文的邀请。

王永江并未作出肯定性答复，而是适时恰当地转移话题，或者说回归到主题上来，他详加追问了岩间德也是如何摆平刘秧子，从金州警察署救出德麟和泽唐的?

岩间德也呷着清酒，仿佛品味着别人的故事，然后叼着烟卷喷云吐雾，慢条斯理津津有味地讲述着——

岩间德也大步流星地踏进民政署小洋楼。穿越走廊和楼梯的时候，他看到一些身穿和服，脚趿木屐，盘着头发，画着浓妆，以及皮肤粗糙黝黑，剪着清爽短发，显然是来自爱川村的日本侨民，手持着签章文本鱼贯从容地穿行。二楼署长室的舒适沙发上，下村育史和刘秧子正有说有笑。岩间德也木桩一般立在门口。

“哟，岩间院长，来得正好，请坐！”面对级别高于自己的教育专家，下村育史不得不起身让座。

岩间德也客气地摆摆手。

刘秧子趾高气扬，跷着二郎腿，既没有让座，更没有打招呼。

岩间德也同样熟视无睹。他约略环顾一周，开门见山道：“下村署长，我的教师还有学生，你打算怎么处置？”

“你是说曹德麟和王泽唐？”下村育史明知故问。

岩间德也点了点头。

“他俩现关押在警察署，岩间院长来得正好，想必你已经清楚了事件，正想听听你的高见呢？”下村假装客气地讨教，细长脸露出老山羊的笑。

岩间德也看都不看刘秧子一眼，直言不讳发表观感：“这件事就像秃头上的虱子——明摆着的，是刘秧子欺负曹会长在先，他们俩看不惯报复在后！”

刘秧子一听火冒三丈，拍桌子瞪眼睛：“我就欺负曹会长怎么了？两个臭小子欺负我就不行！”

“只许州官放火，不许百姓点灯！”岩间德也不温不火晓以利害：“不知你想过没有，你这是一石三鸟哇！你欺负曹会长直接得罪了他。因你被抓的两个小伙子，一个家父是金州著名士绅，一个家父是奉天省代省长，你又间接得罪了金州著名士绅，还有奉天省代省长！这年头儿交人都来不及呀，你何苦一下子得罪仨呢！”

“我郑重提醒你，现在是大日本的天下！什么著名士绅、代理省长，狗屁呀，跟我没有一毛钱关系！我现在是日本人，我根本就不怵他们！”刘秧子狂妄自大不可一世。

“口气不小哇，唯我独尊！只怕将来光腚推磨，俩卵子露外面！”岩间德也讥讽挖苦，并巧妙地借用了当地俗语。

“多鸡子鱼，多鸡子虾，多鸡子螺！”刘秧子一连串骂人的

话，竟然捎带出海味儿特点。“我真就纳了闷儿了，你也算是日本人啊，你究竟向着谁说话！”刘秧子不知深浅，反戈一击。

“我声明一点啊，”下村署长举手示意公然表态：“刘先生光荣加入日本籍，名叫龟山松太郎，因此，我要维护日本公民的权益！”

“哼，孙悟空七十二变，说到底还是一猴子！他老祖宗是不是中国人？他家祖坟是不是埋在金州！”岩间德也穷追猛打。

“你不过是占领地的中学校长，我可是日本陆军大学的教授！”刘秧子嘭嘭地自拍胸脯：“大山岩元帅是我的义父，乃木希典大将是我的朋友！你有什么了不起的，我就不信这个邪了！”话音未落，刘秧子从兜里掏出照片，啪地往桌面上一摔。

下村育史赶忙拾起观赏。哟，乃木希典与刘秧子的亲密合影！不禁肃然起敬。

道高一尺魔高一丈。孰料岩间德也早有准备，随即掏出信笺往桌上一拍：“乃木大将跟我是知己，他亲自给我写信，向我致敬！”

下村育史再度拾起观赏。哟，确是乃木大将笔迹！而且结尾言称：有事尽管吩咐，乃木全力以赴！下村心里登时发毛，眼皮快速跳闪，都他妈不是好惹的，我没法公开偏袒呀，三十六计走为上策！于是泥鳅般借故溜掉。

“这件事儿跟你无关，赶紧滚蛋，我不稀罕待见你！”刘秧子别过脸去，手指着门口。

“你也算是在中国长大，根本不懂江湖二字，做人处世实在太浅！实话告诉你吧，这件事我还管定了！”岩间德也咬紧牙关，掷地有声。

“……他俩已构成欺骗罪，诽谤罪，伤害罪！”刘秧子手指着岩间鼻子唾星飞溅：“我要让这两个臭小子判重刑，坐大牢，砍脑壳！就凭你小小的中学校长，就想把他俩救出牢笼？哼，别说我门缝儿里看人！”

岩间德也冷冷一笑，拨开刘秧子手指：“先别急着发狠，省着搬起石头砸自己的脚。先听我讲一段真实秘闻，听完之后随你怎么发落。”岩间德也从茶几上拾起香烟，点燃之后喷云吐雾，仿佛火车鸣笛喷气，然后启动步入正轨——

“金福铁路原本设计从蚕厂取直线到登沙河。有人担心横穿祖坟，破坏了上风上水，便买通日本设计师，将铁路绕经亮甲店，绕程高达8公里！如此一来多占民田240亩，多发放土地赔偿费8万银洋！非但如此，有人还串通当地头面人物，将本该发放农民的赔偿费侵吞大半！如此这般算是什么性质？该判重刑、坐大牢，还是该判绞刑、枪毙呢？”

岩间德也目光凛冽，犹如冰雪闪着寒剑。

此言不虚，岩间德也所言正是刘秧子。刘秧子祖坟埋在金州石城村，举家迁至普兰店古莲之乡后，虑及祖坟占尽了地利风水，犹豫再三没敢迁移。日本人决定修建金福铁路，原勘测设计从蚕厂经石城村，取直线直达登沙河。刘秧子心想这下坏了，我家祖坟那可是风水宝地呀！没有这风水佑护，哪有我的今朝哇！他思来想去，凭借他跟日本人的关系，疏通上层倒是可以一试，但是如此一来，日本人定将刮目相看，认为他对天皇不忠，损公肥私！他在天皇面前那可是发过誓言的！再说疏通上层关系肯定破费巨大。解铃还须系铃人，倒不如直接找那日本设计师，在他身上打主意做文章，来它个瞒天过海，明修栈道暗度陈仓。他打定主意，径直来找亮甲店会长疤瘌眼。

疤瘌眼一眼大一眼小、一眼单一眼双，故此绰号曰疤瘌眼。年轻时曾纠结土匪抢劫成为暴发户，后来远赴黑龙江倒卖荒地发财。日本人占领金州后，他一跃成为地方头面人物。无可否认，刘秧子在背后助推了一把。这天，见刘秧子亲自来找，疤瘌眼受宠若惊，两只眼或大或小跳闪着：“我的天呀，刘大哥百忙之中，亲自登门造访，小弟受宠若惊啊！走，困盘子（吃饭）去！”心想：你刘秧子无事不登三宝殿哪！

两人来到亮甲店最好的馆子最好的雅间坐定，疤瘌眼不看菜谱倒背如流。特色菜肴顷刻间端上，二人边吃喝边闲聊。

“臭小子，想发财吗？”刘秧子抛出悬念。

“谁跟钱有仇哇？我跟钱是亲戚！”疤瘌眼毫不含糊。

“那你必须听我的，我保管你发大财！”刘秧子半是指令半是许诺。

“那肯定了，谁让咱俩是铁子！哦不，铜的！嘿嘿，没有你刘大哥提携，哪有我疤瘌眼的今天！”疤瘌眼油嘴滑舌。

刘秧子于是详加细说策划方案。疤瘌眼两只眼快速开阖，像两只灯泡明灭闪烁；然后眉峰紧蹙眼神凝滞，此时此刻，两只眼形状大小一致；最后眯成一条缝，看不出大小单双了。

“来，就为哥儿俩齐心协力，大功告成，喝！”

“喝！”

过了两天，刘秧子果然请来了日本设计师，并驱车来到亮甲店最好的馆子。疤瘌眼早已候在门口，身旁还候着一妖冶女子。

“してください（请）！”刘秧子向日本人伸手示意。

“打枣！”疤瘌眼不咸不淡附和一句。

店小二引领设计师前行，刘秧子、疤瘌眼、小女子殿后。刘秧子乜斜一眼小女子，好鲜灵好娇媚好浪荡！便悄声数落疤瘌眼：“你小子就吃独食吧，这么新鲜的美味儿，从来没说让我尝尝！”

“你刘大人还缺这个？”疤瘌眼紧贴刘秧子耳郭：“她可是白虎星啊！”

刘秧子瞪着疤瘌眼：“白虎星你怎么不怕？”

“我是大青龙啊！嘿嘿……”疤瘌眼解开衣扣，裸出浓密的胸毛：“我是借用白虎星，来对付小日本的！”

刘秧子捅了疤瘌眼一拳：“真有你的！”

“こんにちは（你好）!”来到雅间坐定，刘秧子当着小女子面儿，故意用日语问候，借以炫耀他是日籍华人。

小女子抿嘴一笑，不知所云。

“彪样儿，刘大人问候你!”疤瘌眼瞪眼睛。

“你好!”小女子回敬刘秧子。

疤瘌眼受了启迪，转而问候小日本，那洋文实在老土，而且龌龊蹩脚!

设计师蹙眉凝思，似懂非懂。

刘秧子分明听出“操你血妈”，便使劲朝疤瘌眼瞪眼睛!

小女子捂着嘴偷着乐。

哦，嫌我声儿小了，太君没听清楚？还是不够礼貌，没有点头哈腰？疤瘌眼于是站直身子，点头哈腰面带微笑，扯着嗓门问候：“我操你血妈!”

设计师满含微笑，缓缓点头致意，又起身主动握手，好像终于盼到了后爹，对中国疤瘌眼操日本他亲妈，深感荣幸引以为傲。

“太君听懂了!”疤瘌眼得意着。

刘秧子捂着嘴浑身颤抖，仿佛过电痉挛一般。小女子笑得前仰后合，仿佛动物运动会上耗子跳高似的。刘秧子扯着小女子钻进了桌底，直到捧腹大笑完毕这才抻头。小女子裤衩净湿，匆忙如厕。

刘秧子板起面孔训斥疤瘌眼：“从现在开始，你给我闭嘴!”

疤瘌眼疑惑地缄口了，心想：连小日本都高兴，你有啥不高兴的!

设计师沉湎于回味，他的发音实在好玩，那问候就像北海道小调。

刘秧子用日语跟设计师阐明详情，将金福线穿越的祖坟算到疤瘌眼头顶。

设计师发话了，他对疤瘌眼道：“你有孝心很好，我表示理

解同情。但这条铁路是上峰决定的，我只是具体搞设计的，我无能为力，抱歉！”

刘秧子使一眼色，疤瘌眼忙将置放一隅的木箱拿来。打开一看，我的天呀，设计师、小女子全傻了！满满一箱子黄澄澄沉甸甸的金条哟！黄金映亮了设计师的秃脑门、眼镜片。

“这十六根金条，全都归你了！”疤瘌眼说着，刘秧子译着。

小女子眼睛贼亮正欲动手触摸，被疤瘌眼打一巴掌。

看来钱是上帝，是万能的上帝！设计师终于点头了，犹如蚂蚱磕头给饽吃，连连深度地哈腰点头：“好吧成交，你们很有诚意！我知道该怎么做，我肯定可以做到！”设计师接过箱子，塞到了腿底下。

小女子转而卖力表现，公然躺靠于设计师身上，又是撒娇又是劝酒，还不时扒拉着设计师的大腿……

散席时，刘秧子精神一溜号儿，疤瘌眼竟又蹦出洋文，大约是再见的意思，居然说了两遍：“撒尿去吧（さようなら，再见）！撒尿去吧！”

小女子嘻嘻哈哈傻笑，果然响应号召撒尿去了。

刘秧子扑通一声跪下，脸色煞白、大汗淋漓：“岩间……大爷，小人有眼不识泰山，不懂江湖处事太浅，多有冒犯多有得罪！”一边扇着自己耳光，“我浑蛋我该死！”一边又作揖又叩头，“只求岩间大爷放过小人，小人必当感激不尽，哪怕赴汤蹈火在所不辞！”

“此话当真？”岩间德也冷言冷语。

“绝不食言！”刘秧子对灯发誓。

“那好，我的教师和学生呢？”岩间德也切入正题。

“马上放，我保证！我找下村说去！”刘秧子当场表态。

“这件事我可以保密，但往后不许来金州闹腾！我不稀罕待见你，滚蛋！”岩间德也以其人之道还治其人之身。

刘秧子点头哈腰，退身出门找署长了。

果然，王泽唐、曹德麟步履蹒跚，迈出了庭院深深的警察署（由清副都统衙门改造而成）。至于遭受皮肉之苦，已在情理之中。

王永江再度口头称谢，心里却不由得大吃一惊！眼前这个日本小老头儿——岩间德也，果然厉害啊，他不像是一个简单的中学校长，其厉害的程度已远远超出想象！王永江装作若无其事地将目光转向墙面。与正冈子规俳句并驾齐驱的墙上，还同时悬挂着陶渊明《归园田居》的诗句：

少无适俗韵，性本爱丘山；
误落尘网中，一去三十年；
羁鸟恋旧林，池鱼思故渊；
开荒南野际，守拙归园田……

“岩间先生好心态啊，返还自然怡情田园！”王永江故作轻松，随口称道。

“这只是抄录古人悬挂于墙的诗句，还有深藏书柜专属于我的宝贝！”岩间德也神神秘秘，犹抱琵琶半遮面。

“哦？”王永江不知所云，疑惑不解。

“嘿嘿嘿，跟我来！”他引领王永江来到邻接的陈列室。嗬，仿佛置身另一番天地，那精装的棚壁，那叠彩的地毯，那天鹅绒窗帘，那八角式宫灯……当他开启陈列柜玻璃门的一刹那，王永江登时骇得目瞪口呆！

天哪，足有上万册的线状书籍，密集排列整齐码放！

“这是珍贵的《汉书》，这是稀缺的《四库全书》；这是殷墟出土的甲骨，这是敦煌出土的木简……”岩间德也如数家珍，一一道来。

“兼收并蓄，海纳百川啊！”王永江由衷感叹：“想不到岩间先生还是一位收藏家！”他心存疑窦大脑画弧儿：书房是那样简陋陈列室是如此考究，那收藏品自不必说价值连城！这是故意设置的含而不露、沙里藏金的假象？还是把有限的资金全部倾注于古典文物收藏？有一点他是清楚的，岩间德也的经济状况并不乐观。这个日本小老头儿不容低估，绝非等闲哪！

“我对中国文化抱有浓厚兴趣，因此爱屋及乌喜欢收藏。包括闲来无事，专门研究一下甲骨文。”岩间德也拿起一枚“超级”甲骨片，有板有眼诠释道：“这是商纣王安抚镇压的卜甲，上面刻有甲骨整字258个，字数在现存甲骨中位居第二。郭沫若先生在《卜辞通篇》中，单独引用过这片甲骨，还命名为‘岩间大甲’。”岩间的嘴角快咧到腮帮子上了，想我岩间德也也是鼎鼎大名啊！

王永江接过来细端详：哦，麻雀虽小五脏俱全，一枚不大不小的甲骨片，竟密实凿刻着258个上古篆字，储存着殷商极为难得的信息……于是叹道：“真是百闻不如一见哪！殷墟出土甲骨卜辞轰动一时，‘岩间大甲’应当属于国宝级啊！”

“是的，连日本本土学者都跑来开眼，但只需在这儿看不许带出屋。”岩间德也的表情由严肃而温婉：“不过，如果岷源兄喜欢，我送你一些甲骨片，这都是我不辞辛苦从殷墟收购来的。”岩间德也说着，当真往永江包里塞甲骨片。

“实在不成敬意啊，看来恭敬不如从命了！”王永江也不推辞，文人与文物是一种天缘。

然而不无遗憾的是，世事风云变迁之后，当苏联军官堂而皇之地进驻岩间德也的小洋楼，这些珍稀的国宝级文物于是成为苏联军官的战利品。

“说句心里话，在我的印象中，你是金州最杰出的人物，也是我最欣赏的大才子！曾经一道共事是咱们的机缘，那些不快的往事就当过眼烟云，能拥有像你这样的朋友，我深感荣幸和自豪！对于岷源兄，我是无条件的！”岩间德也眼眸晶亮，话语恳挚。

“承蒙先生抬爱，岷源深感惭愧，我做得还远远不够哇！”王永江谦逊回道，一边心有所动，颇有感触：“岩间先生，我发现，你对中国人很友好，不像有一些日本人，抱有歧视甚至敌视态度！”

“我只能说这些人肤浅，犹如井底之蛙！其实，中国人是讲礼仪讲情义的。就拿这座小洋楼和果树园来说吧，正是曹一心等士绅赠送的！我在日本也从事教育，我的家庭是士族家庭，父亲过世早全靠我支撑，但何曾享受过如此待遇！大大地出乎意料哇，我居然在关东州的金州得到了！这是一片非凡的土壤啊，不但文化土层深厚，而且拥有伟大的士绅，哪怕慷慨解囊不计回报，也要兴办教育弘扬文化！这是金州最宝贵的精神财富与无形资产！我仅仅做出了微薄的贡献，金州人就给了我最优渥的待遇。我知道这是对教育的奖掖，更是对育人的鞭策啊！我发誓要倾尽毕生之力，让金州教育实现腾飞，桃李满天下！”岩间德也溢淌清泪倾吐肺腑。

……啊，一个令人魂牵梦绕的日子，一个令人永生难忘的日子。那天，碧空如洗祥云朵朵，绿意葱茏山花烂漫，一场别开生面的赠予仪式在南山山麓举行。当岩间德也意外领受了一份特殊礼物——一幢西洋别墅的钥匙，竟受宠若惊喜极而泣。

啊，父亲早早地撒手人寰，作为全家唯一的男子汉，岩间过早地承担起家庭重任。记得上学的时候，趿拉着一双不成对的木屐；出席毕业典礼时，穿着父亲遗留的肥大外套。还不都是因为穷困导致。

啊，辛勤求学，东奔西忙，除了一路的艰辛劳顿，苦楚凄凉，好像从未领略过温暖的温度。今天太阳打西边出来了，岩间德也终于体味到宾至如归家的感觉。岩间德也毕恭毕敬地承接钥

匙的一刹那，深深地为金州士绅的壮举所震撼折服……

“先生真诚善待中国人，孜孜不倦，呕心沥血，献身教育，同样令金州人感佩！而且教育实践的成果越来越显著，为此还受到了清廷的特殊嘉奖。”王永江客观评价道。其实他只说了一半话，另一半话不合时宜不便启齿，他对剔除中国传统文化的现行教育深恶痛绝。

“哦，还有一点，我仰慕中国文化，崇奉孔子和儒学，儒家推崇仁爱，讲究有教无类，一视同仁！作为孔子的弟子，曾子则强调忠恕，也就是体谅之道，恻隐之心。”岩间德也兴致盎然，谈论起儒学话题。

“是呀，儒家文化是博大精深与经世致用的。”关于儒家道统，饱学之士、科考人士王永江还是非常有发言权的。他于是张口即来滔滔不绝，从仁爱谈到孝道以及礼仪纲常，从格物致知、诚意正心、修身齐家治国平天下，谈到为天地立心、为生民立命、为往贤继绝学、为万世开太平……王永江卒彰显其志，高屋建瓴坦陈己见：“在我看来，家国是同构的，国与国相处，人与人相处，道理大同小异。只要你与人为善而不是以邻为壑，你自然会得到礼敬和善待！”

“满腹经纶，令人佩服！岷源兄如不嫌弃，往后咱们常走动。”

“一定。”

“哦，岷源兄在奉天代理省长，感觉如何？”岩间德也关切地询问起现状。

“还好。想糊弄很好办，想干好不简单！”王永江实话实说。

“听说岷源兄从事警政改革，借鉴了日本警务制度？”岩间德也饶有兴味地问道。

“是的，说起来应当感谢你！日本的警务制度的确先进，我们借鉴了先生提供的资料，并结合了中国国情的实际。他山之石

可以攻玉。”其实，闲来无事居家的日子，王永江精骛八极地钻研了日本的方方面面，包括政治、经济、法律、教育等，他如诸葛亮一般为最终出山备足了功课。也就是说，机会往往是给有准备的人准备的。

“岷源兄果然是干才！知行合一，学以致用。其实，我们所做的一切，都是为了和平与发展。希望中日和平相处，亲善共荣！”岩间德也悄然渗透着政治主张。

“的确，和平与发展，是人类共同的愿望。至于亲善共荣，你们自然有你们的解释。我想亲善的目的、共荣的主体，必须符合中国人民的根本利益！岩间先生既然对中国文化感兴趣，那就应当了解中国人历来的追求，那就是：天人合一，天下大同，和而不同，求同存异，和谐共生……我想只有这样，才能真正实现和平共处，兼济天下！”王永江不失时机阐释着政治立场。

“富有见地！”岩间德也竖起大拇指。

“哦，时候不早了，我也该走了。”王永江就此告辞。

岩间德也直送到大门口。背望着王永江渐行渐远，顿生一种复杂奇妙的感受……他不得不感喟一点：王永江的确是个人物！

第八章　权力

如果说，现实世界最致命的诱惑是权力的话，那么萦绕着最高权力而展开的争斗，从来就没有消停过。从遥不可及的上古，到近在咫尺的民国。

在民国舞台明争暗斗的权力角逐中，皖、直、奉三系的军阀占据了主角。首先，由于飞扬跋扈的皖系段祺瑞专横弄权，大总统徐世昌俨然是傀儡一座。徐大总统黯淡无光，颇有微词。其次，路见不平拔刀相助，对权力抱有强烈诉求的直系曹锟、吴佩孚，对此大为不满，公然声讨。直皖双方火星四溅，剑拔弩张。第三，张作霖犹如北方上空的一只大鹰，一直虎视眈眈着关内京都的宝座。这时，怀揣着小九九的奉系张作霖，见机以调停的名义进京斡旋，并亲自插手参与组建内阁。终于，直皖两军兵戎相见，大动干戈。张作霖瞄准机会，率军进关耀武扬威。历经一番利弊权衡之后，翻云覆雨助直倒皖。最终坐享其成，参与分羹。

犹如二龙戏珠一般，北京政权被奉直双双把持。任何合作都是具有条件的，没有永久的合作只有永久的利益。由于两派军阀互争权力地盘，各派背后又都仰仗着帝国主义操纵，时局登时变得扑朔迷离纷纭复杂。说英语的英美帝国主义盛赞吴佩孚是中国的强者。说日语的日本帝国主义呼吁必须给张作霖以优厚待遇。说汉语的张作霖与吴佩孚之间，更是狼咬狗啃互不相让。张作霖旗帜鲜明地认为：打倒皖系奉系参战起了决定性作用！他吴佩孚不过是个小小的师长，张作霖根本就没把他放在眼里！吴佩孚一针见血地指出：张作霖派兵入关是投机取巧乘机渔利，打倒皖系是他吴佩孚的功劳！张作霖有恃无恐，再次参与组建内阁，新任内阁明显扬奉抑直。吴佩孚不甘示弱，当即联合八省通电声讨内阁。张作霖一边发动电报大战坚决回应，一边联合孙中山、段祺瑞组成三角联盟，合力对付直系旗帜人物吴佩孚。当舆论和外交难以平衡局势时，第一次直奉战争轰然爆响。

1922年4月29日，张作霖到达军粮城，向部队下达总攻命令。

作为高参幕僚、后勤部长的王永江，对不合时宜的进关作战颇为焦虑。置身军界之外，他完全可以做到徐庶进曹营——一言不发。然而，拥有忠君报恩思想的他，又怎能眼瞅着张作霖棋错一招投身水火。大军临行前夕，王永江奋不顾身直言进谏：“东北久病初愈，应继续搞好民生建设，不应自不量力，有问鼎中原的贪欲！”一向遵从王永江意见的张作霖，此时此刻，已被权力地盘的征服欲冲昏头脑，箭在弦上不放不行！他索性一意孤行，第一次把王永江的话当作了耳旁风。

久经战马军车践踏的华北大地，再次升起黑烟滚滚的烽火狼烟。于是，势不两立的奉直两军楚河汉界地拉开阵势。奉军以张作霖为总司令，率4师9旅共约12万人，沿津浦、京汉铁路向直军发起进攻。直军以吴佩孚为总司令，率7师5旅共10万人迎战。直奉两军在长辛店、固安、马厂一带兵戎相见。且说长着满嘴红胡子的吴佩孚，绝非纸上谈兵之辈，还是颇为通晓兵法的。不信你瞧，他的战术意图明显占优：责令主力在炮火掩护之下迂回奉军侧后，突然发起攻击，致使奉军腹背受敌；与此同时，暗地分化瓦解奉军，致使奉军十六师临阵倒戈，从而造成了奉军全线溃退。仅仅一周，张作霖丢盔卸甲败退出关，损失惨重元气大伤，连死伤带缴械接近10万人，军费消耗高达3千万元！

中国的政治，旁观者只能描摹大概，只有跻身权力旋涡的

人，方能够说清说透。政治有时是残酷无情的，犹如俗语所说“翻脸比脱裤子还快”。得势时万众仰慕百鸟朝凤，失势时众叛亲离投井下石。这不，在得胜将军吴佩孚的强力怂恿下，曾经唯唯听命于张作霖，且以帝王礼仪迎接张作霖进京的徐世昌，此番竟然翻云覆雨，连发可怕的大总统令。好家伙，张作霖不但被免除本兼各职，就连苦心经营多年的“老底儿”都赔得精光。

妈个巴子，这一战是打输了，而且血本无归！想不到红胡子吴佩孚还有些本事！难道老子就此退出历史舞台？张作霖闭门不出，寝食不宁，耿耿于怀。老子真就走到了山穷水尽一无所有的地步？他的脑海霎时映现出奉天及东北的地图，他噘着嘴连连摇头。不，老子还有本钱，还有底牌！他赌气发誓：妈个巴子，老子绝不服输，必当东山再起！

什么时候需要抚慰和援手，就是在人遭遇厄运甚至灭顶之灾的重大关键时刻。

果然，谋士袁金铠及时进谏：“大丈夫处世，须默查时势，顺应时变，历观古之英雄豪杰，顺时应变而能成大业者，何堪指数！今师长手握重兵，在东北有举足轻重之势，即应当机立断，奋发有为！倘若迟疑不决，鸟尽弓藏……”

而知行合一的王永江早已将意志付诸行动，他当即组织起东北省议会、农务会、工务会、商务会大联盟实施增援计划，堂而皇之，出师有名，代表民意，派出代表前往山海关策动东三省独立，推举张作霖为东三省保安总司令。

张作霖内心被深深打动了，他果决与北京政府分庭抗礼！其一，宣布东三省独立，且自认东三省保安总司令；其二，韬光养晦，卧薪尝胆，集聚实力，以备实施更大的计划。

他嘴上没说心里明净儿：还是王永江的意见高明！他甚至懊悔没有采纳王永江的谏言。既然王永江忠心耿耿，无怨无悔，甚至极力扶持自己坐上东三省保安总司令的位子，那么我张某人也不能不仗义不讲究，干脆就把省长前面的“代”字拿掉。于是，他硬性任命王永江为奉天省长。

像是穿越了漫长冬夜的太阳，像是沉潜蓄势的巨龙一飞冲天，王永江终于阔步走到了舞台中央，从而体验到山高我为峰的至尊。哦，终于可以施展抱负大展宏图了！伟大的事业美好的蓝本尽在掌握之中。他心里清明且告诫自己：张作霖的知遇之恩是不能忘怀的。如果说，以前自己是幕僚、部属、代理的话，那么如今真正拥有了驾驭操控全局的权杖。无论是话语权还是支配权，无论是策划力还是执行力，无论是赞成票还是反对票，他都具有举足轻重、一言九鼎的分量。因此，他必须掌控大局走势，把握运行节奏，利用手中的权力为东北人民谋福。王安石强调，祖宗之法不足用。管子之道，注重实际不尚空谈。这段日子，王永江博览群书，博访周咨，充分调动平生之所学，准备好好治理一番省政。于是，他从纷繁庞杂的政务事务中提炼出精要，他思绪的触角章鱼一般伸向各个领域。

一个风和日丽万象更新的吉日，在省府礼堂座无虚席的奉天军政机关大会上，王永江站在讲坛上雄心勃勃地宣布施政纲领。偌大的礼堂静寂得如同千山的幽谷辽河的静流，人们抱着观望与期待的心理正拭目以待。王永江低沉浑厚铿锵有力的声音，在会场空旷的空间传递回荡：

“我们施政的总方针是——保……境……安……民……造……福……桑……梓！

“以此作为指导思想，我们的施政举措包括：

“第一，改革吏治。为治之道，首在得人任官。因此，要裁撤县佐；建立知事考成制度。

“第二，兴办教育。现在潮流所趋，日重文化。拟创办东北第一所高等学府东北大学；支持筹办平民夜校；改各县劝学所为教育公所；为小学教员增加薪俸。

“第三，振兴实业。通过修明内政，发展经济，让东北真正

富足起来。因此，给奉天商埠局增加经费，以资鼓励；与德国魏德公司合办电车厂，修筑自西北砖城角至大西门的电车线路；同时，举办修路、栽树、兴建公园等福利事业。

“第四，积极支持、大力提倡农副业生产。

“第五，维护路权。必须冲破阻力，自筹自建铁路，辟建公路，发展自己的交通事业。

“第六，维护社会治安。建立区村公所，实行保甲制度，各县城与区村要普装电话……”

与会人员交头接耳窃窃私语：

“王省长跟以往省长大不同，可谓匠心独运，开风气之先！”

“从视野到力度都是非凡的，是一种追逐潮流的大胆改革！”

……

谁解其中味？作为高参幕僚的袁金铠，是眼看着王永江一步步走向巅峰的，因此对他的理想追求、思维理念深得其要。他不无欣慰地叹赏：果然富有新意啊，不守故常而创法立制，看来王岷源要大干一场了！至于张作霖、张作相、张景惠、吴俊升、汤玉麟一干武将，的确听得有些懵懂甚至打起了瞌睡。这不，汤玉麟轻微奏响了鼾声，鼾声夹杂着口哨，引发场下一阵哄笑。他被张作霖拍醒了。自然，大家依凭对王永江的信奉，相信他所讲的一定有道理，肯定错不了。因此，当王永江演讲完毕话音刚落，张作霖带头鼓起掌来，大家紧跟着使劲呱唧，掌声热烈持久犹如雷鸣海潮。刚刚征调王永江身边担任政务厅长的王镜寰，更是为省长的宏伟纲领与精彩演讲而感奋，连手掌都呱唧疼了。

站在省长公署楼宇的大玻璃窗后面，俯瞰广场上如蚂蚁搬家的人流车流，王永江喟叹着人生的渺小与脆弱。当他思维飘逸眯缝起眼睑时，纷繁喧闹的景象登时映现出虚幻与流线。当他闭目养神阖上眼皮时，虚幻与流线登时杳无踪迹。人生无常，时间倥偬。想想男人真正做事，恐怕也就那么几年，想不抓紧都不行啊！对于他王永江来说，更非易事。少年得志，曾被冠以“金州二王”、“二陆双丁”的美誉；中年坎坷，参加科考时因受诬告心态失衡，仅仅考取了具有教职资格的岁贡。从此自学中医发誓“不为良相必为良医”！当他费尽辛勤好不容易在旅顺开设起中药店“采真堂”时，那急骤而至的日俄战争炮火瞬间将药店化为齑粉。而当他回归本行重执教鞭，受聘担任南金书院校董时，因他实在看不惯岩间德也推行奴化教育，又毅然愤而辞职。不知不觉之间，当他接受袁金铠邀请参与辽阳警务教育时，那一年不多不少刚好三十五岁。也就是说，他真正从政起步是从中年开始的。大大出乎意料的是，继任辽阳警务局长位子尚未坐热，就因秉公执法刚直不阿，被贪暴的知州一纸文书罢免。

前往保定看望永海的一幕深深定格于大脑。候补知县五年的永海居然仍在守望以待。墙上潇洒的墨迹“天生我材必有用”是聊以自慰的条幅。永海衣衫不整，胡子拉碴，一边喝酒一边滚泪，那掏心窝儿的话如芒刺深深蛰疼了永江！“哥呀，咱家是没钱没势，无法打点疏通关系。但是我想，那些有钱有势跑官送礼的，总有忙乎消停的时候。等他们都如愿以偿了，天上掉馅饼也该砸我脑壳了！”哦，一个正宗科考的举人竟然排不上队，只能原地踏步、没完没了地踏步，眼睁睁看着人家、甚至后来者健步登上官府的华车，沐浴着浩荡的皇恩一路攀升，而将自己远远地抛在黑暗的大后方！这扭曲龌龊的现实不能不令人骂娘！操行……永江不为自个儿但为兄弟流泪……兄弟啊，恕哥直言，这跑官送礼的每天都在进行，但天上何时掉馅饼砸脑壳，实在是没谱儿啊！

是的，千里马常有而伯乐不常有，中国人才遍地但并非机遇上门。而一旦上苍垂青赐予了机缘，运气砸脑壳的人务必牢牢抓住。而且，享受机遇的人必须倾其所能大放异彩。否则，对不起上苍对不起自我。兄弟永海的悲惨遭际，让永江琢磨透了许多事情。无须扬鞭自奋蹄。王永江仿佛上满了弦的钟表，高速运转玩

儿命奔跑。他要在有限的时空书写无限的事业，他是在同生命的日月赛跑。

济济一堂的东北大学筹委会会议上，一些戴着眼镜意气风发的人围坐一圈儿。西装革履的张学良被张作霖安排了进来，作为年轻的理事坐在王永江的身边。

满腹才学的王永江对教育十分看重。他心里清楚，未来东北的繁荣兴旺首先离不开的正是人才培养，因此必须舍得投入，追求卓越。他的胸中盘活着一盘棋局，他向与会者诠释着这盘棋的布局——

“关于东北大学校舍问题，我看中了北陵东南一块500亩地，预备拨款买下来，但其中300亩地是清皇室陵地。经去函协商，醇亲王深明大义，答应相助，同意建校。

“关于东北大学经费问题，最理想的是由东三省共同出资，为此我们已经发出倡议，现在看来难以指望啊，恐怕要靠奉天省独木支撑了。预计基建费用将达到奉洋六百万元。此外，我们还将花费重金购买德国的新型机器设备，成立东北大学工厂，为学生实习创造先进的实验设备环境。

“关于学科设置问题，东北大学作为综合性大学，初设文、法、理、工四科。”

张学良小心翼翼往王永江的杯子里续水。王永江大口喝水，继而昂然立起，朗声强调：“大家切记：要抵制日本的文化侵略，就必须提高自身的素质能力。而一所大学质量的优劣，关键在于师资力量！因此，要不惜重金，倍加礼遇，广为延揽——那些留学欧美的精英，国内著名的教授学者。从而，使东北大学成为第一流的高等学府，以期与日本的帝国大学并驾齐驱！”他舞动的手势充溢着一种自信与力量！

与会者群情振奋，热烈鼓掌。

“诸位有什么问题，可以当场提问！”王永江现场释疑，不留遗患。

“省长，我有一个问题。”一位筹备委员举手。

王永江示意请讲。

“由于重金聘请，大礼相邀，目前，国内著名学者、社会名流，答应前来任教的包括：曾任外交总长的罗文干，文字学家黄侃，著名学者梁漱溟，文法学家章士钊，建筑学家梁思成，诗人学者林徽因，俄文学者曹靖华，清华校长刘仙洲……但是，有些外省学者不了解奉省的财政状况，唯恐来此任教月薪以奉票支付，一旦奉票贬值影响收入。”

“那就以银元支付！”王永江毫不迟疑，当场拍板；“凡大学教授之类，薪金一律以银元支付，绝不拖欠！”

那位筹备委员带头鼓掌，立时激起一片喝彩。

一辆轿车停泊于施工现场空白地带，风尘弥漫之间，王永江开启后门钻了出来。

奉天纺纱厂筹备人员闻风而动急急赶来，大家簇拥着如风中的驼群挤进简陋的工棚。筹备组负责人摊开地图，结合现场向王永江汇报讲解：“纺纱厂由官商合资 450 万元兴建，占地面积 280 万亩，将建成奉天民族资本规模最大的纺织工业建筑。计划从美国购进纺纱机 2 万锭，织布机 200 台，以及发电机等全套设备。”

王永江心里清楚：无论是东北大学的实验设备，还是奉天纺纱厂的纺织设备，不是购于德国就是购于美国，恰恰绕开了近邻日本！其实，他要的就是这口气，坚决不买小日本的账！

王永江详细过问了招收工人、开工试车、正式投产、达产盈利等情况，负责人均一一作答。

“哦，还有呢！”负责人摸着脑门忽然想起什么，当即兴高采烈地炫耀：“咱们厂生产的产品，连名字都想好了，叫双福牌！”

“双福？”王永江略作沉吟，蹙眉凝思，遂破解题意：“哦，消费者的福，纺纱厂的福；奉天经济的福，民族工业的福，很好，很好！”赞赏之余，他还郑重强调，“一定要保证工期进度，一定要保证工程质量！”

阳光的瀑布，透过透明的玻璃均匀地倾泻着，窗台上盆栽的兰竹鲜嫩欲滴，一个喷溅着活力的暖洋洋的上午。

这时，一位西装革履的年轻人，朝气蓬勃地出现在王永江办公室：“省长好！”

“喔，你是留美的张先生吧？”王永江问候着，起身让座。

“我是张鸿钧。”

“欢迎啊！”王永江亲自沏茶，继而开门见山：“你的信函我收到了，我想有必要当面谈谈，听听你的详细计划。”

张鸿均心到口到滔滔不绝：“我是留美的农业硕士，希望为家乡做点事情。具体说来，我想创办一个农场，进行农业试验。农具全部从美国进口，大约有十几种，其劳动效率是中国旧式犁杖的一倍，而且荒地当年即可成熟。此外，农场还可以发展林业、畜牧业，购置美利奴羊、白克耳猪，并且兴修水利。但是，目前最大的困难是资金短缺，希望能够得到政府的支持！”

王永江显得十足兴奋，眉开眼笑自拍大腿：“你的想法非常好，我表示赞赏。学成归来报效国家，我看你未来的农场，就叫忠义农场吧！”

“忠义农场，太好了！”张鸿钧欣然接受：“我还没想到这一层呢。”

王永江起身款款踱步，仿佛丈量着忠义农场的未来：“利用先进的农业技术设备，开垦荒地，提高效率，增加产量，这正是现代农业的发展方向。还有农业、林业、畜牧业、水利业并举，这是系统思维、集约经营。我非常感兴趣，并且乐于支持！这样吧，你再提供一份可行性报告，以及需要购买美国农具的详细清单，一并报来。我将纳入新的施政纲领，一经通过即可实施。一旦试验成功，马上推广全省。哦，资金不成问题。”王永江拍了拍张硕士肩膀，当场给他吃下了定心丸。他拿手捋了捋八字牛角须，思绪翩翩着早已飞出奉天。他想：如果忠义农场实验成功，其推广应用范围又岂止是奉天，还有东北平原甚至内蒙古草原。

张硕士瞪大惊奇的眼睛，简直不敢相信自己的耳朵。此项动议已不知历经了几多部门，延宕了几多时候！官僚衙门的作风与僵化愚钝的思维，简直令他气恼忧愤不已。他几乎灰心丧气了，他准备转投南方了。看到新任省长令人昂奋的施政纲领，他决定抱着试试看的心态最后赌一把。嘿，想不到在新任省长这里一点即通哇！“省长开明通达，办事干净利落，在下非常佩服，奉天有希望了！”张硕士连声称谢。

省长公署敞亮的大院，居中是一座莲花形喷水池，水柱从花心喷涌而出激溅洋溢，仿佛是人激荡透明的情怀。

省长办公室内，王永江正同王镜寰倾心交谈，一种消除了距离感的平起平坐彰显着亲近，而和缓低沉的语调里蕴含着重大抉择。

“镜寰啊，你参与起草过奉海铁路文件，修建奉海铁路的重大意义，其实无需我赘言，你应当心知肚明。正因为意义重大，所以，我必须派出信任得力的干将来操办。想来想去，我想到你了。”

王镜寰惊愕地瞪大眼。

“你跟了我这么多年，你的人品能力、行事风格我是清楚的，而且你最善于领会我的思想意图，并且通过文字很好地传达出来。因此，我打算让你担任奉海铁路总办！”王永江目光灼然，举重若轻，语调和缓，意味深长：“这些年来，你跟着我受了不少累，没有功劳也有苦劳嘛！应当说，这对于你来说，是一个很好的归宿。往后，我们就要各自为政了。”

镜寰眼圈潮润了：“省长，承蒙您一路栽培、提携，镜寰才有了今天。省长的好意，镜寰心领了，但是恕难从命。眼下实施新政火烧眉毛，正是用人之际，镜寰愿意陪伴省长，分忧解难，鞠躬尽瘁！”

王永江同样情有所动，他起身背着走了几步，拿手擦抹一下眼角，然后转身走了回来：“你的好意，我也心领了，但是你要明白一点，这不是个人私情，而是关系到全局！修建奉海铁路，是保护民族利益、振兴经济实业的重要一环！你就不要再推辞了。”王永江捋了捋八字牛角须，若有所思说道，“哦，你要切记一点：奉海铁路投资2000万元，官股商股各占一半。其中商股来源于各大银行和商民中间。该公司章程明确规定：入股者以本国籍人民为限。也就是说，股票可以在国人之间转让，但不准转让或抵押给外国人。它必须掌握在我们自己手里。”王永江攥紧了拳头。“希望奉海能赶上甚至超越满铁！”

“我……”王镜寰欲言又止。

“就这么决定了！”王永江态度果决。

面对转型，面对幸运，面对分离，王镜寰一时情急喉咙哽咽，当即扑通跪地双手作揖：“恩公在上，请受弟子一拜！”

王永江忙将王镜寰搀扶起来。

第九章　押宝

这天，王永江迈步走进大帅府，一眼望见后花园水池边兀立着两只仙鹤，一只顾影自怜着水中颀长的瘦影，一只振翮展翅扑扑棱棱着翅膀，便饶有兴味地驻足下来。啊，真是漂亮，妙不可言，美轮美奂！长长的喙，长长的颈，长长的腿，仿佛芭蕾舞演员，洁白的羽毛，褐色的映衬，戴着小红帽，清雅而飘逸，孤傲而超脱，仙鹤真乃沾着仙气啊！

好像是人与动物之间的感应，两只仙鹤目不转睛地回眸王永江，居然悠然美妙地脆唳了两声，那神秘的语言似乎在说：你好哇朋友，我们彼此是灵通的，既然你如此欣赏地瞩望，你同样值得我们高看一眼！

“是黑龙江督军送来的。起先关在笼子里，现在开始放养了。哎，这对活宝一点都不怕人，也没有飞走的意思。”恰好张作霖走了过来。

“仙鹤可不是傻子，它们是舍不得走！整个东北转悠一圈儿，除了北大荒大自然，哪儿还有比大帅府更舒适的地方！”王永江笑着回道。

“哎，你说仙鹤睡觉时，鼻子正对着屁眼儿，我一开始不相信，晚上偷着来看过几回，结果还没走到跟前，仙鹤就被惊醒了。妈个巴子，我不甘心，晚上拿着望远镜趴在小楼上偷看。哎，还真让你给说着了，仙鹤真是把头埋在屁股底下睡觉。”张作霖兴致勃勃道。

“这就跟人参禅打坐一样，让元气顺着任督二脉循环，这对人健康长寿大有裨益。”王永江双手合十比画手势。“其实，动物跟人是一样的，体内藏有小宇宙，内外宇宙必须交换，汲取能量焕发生机。仙鹤鼻孔冲着屁眼儿，元气便顺着任督二脉循环，所以说呢，仙鹤能活一千年！”王永江类比说道。

“听君一席话，胜读十年书哇！我今天才弄明白，为啥叫松鹤延年！”张作霖顿起兴叹。

“将军智慧过人，一点即通哇！”王永江赞叹说道。

“事情总是没完没了！除了这一对活宝，还有一对活宝呢。”张作霖眨巴着眼，竟又卖起关子。

“还有啥新鲜玩意儿？”王永江好奇打探。

“不是天上飞的，而是地上走的，不是动物而是人。”

“哦？”

见王永江疑惑不解，张作霖于是边走边道：“是这么回事儿，日本人不是一直公开力挺我吗？为了便于进一步沟通合作，日本人决定给我方派出顾问。具体来说，关东军派本庄繁给我当顾问，满铁派岩间德也给你当顾问！盛情难却，不好推辞呀！”张作霖摇头晃脑，无可奈何。

“岩间德也？金州南金书院院长！我们曾经还共事过。”王永江猛然醒悟，连连颔首：“日本人工作做得真够精细，早就把你我的底数摸得一清二楚！这一点不能不令人佩服。”是啊，日本人坐拥旅大，又占据南满铁路，关东军整天在奉天周边巡逻，这种邻居轻易不敢得罪啊。王永江眉宇紧蹙、目光深邃道：“日本人是在押宝啊！”

二人一道走进大帅府老虎厅，张作霖一屁股坐到虎皮座椅上，并示意王永江就座一旁的红木座椅。佣人端来新沏的茶水。

张作霖有板有眼地谈起施政纲领，显然是经过了一番认真思考。对于王永江宣布的施政纲领，他表示完全赞同，该怎么办就怎么办！对于创办东北大学，他责成王永江亲自担任校长。对于自筹自建奉海铁路，他认为大长我中国人志气！并提议还要继续再建打通线，从而对满铁形成一个包围圈儿！最后，张作霖抚摸着光秃的脑门，强调必须高度重视的项目：“在发展经济的同时，我要整军经武，改善东北陆军讲武堂，扩充兵工厂，建设海军，扩建空军！这些不必对外声张，你必须做出预算，保证经费！”大老粗出身的他，头脑非常清醒，条分缕析的，大事绝不糊涂。

“关于整军经武，我有考虑和安排……”王永江就此打住，话锋一转，却是旧话重提，“将军，我只想强调一点，眼下当务之急，是修明内政，发展经济，把东北治理好！东北富强起来，别人自然要来投靠，地盘可以不扩自张！”王永江我行我素，执拗地强调他的主张。

一条浩渺奔涌的大河，洋洋大观推波逐浪，两支暗流悄然相悖，相向而静流……

张作霖侧目旁顾，没有吱声儿。

一个阴郁的令人压抑的天气。一个西装革履戴着眼镜的人，如不灰不白的云朵，闪现在了省长办公室。

“啊呀，岷源兄，哦不，王省长，久违了！”岩间德也毕恭毕敬点头哈腰。哦，穿着燕尾式西装，扎着蝴蝶领结，脸面拾掇得颇为刮净，仿佛鲮鳙鱼做了美容，变成可爱的娃娃鱼了。

“哦，岩间院长，哦不，岩间顾问，你好哇，一晃又是半年没见了！”王永江热情招呼着。哦，一身齐整可体的中山装，还是那样高大魁梧，剪着干练的平头，额头宽大面容丰厚，一双不大的眼睛威重有神，留着一对时尚的八字牛角须。

二人相握和相拥。

“真是做梦都没想到哇，我们能在奉天省的制高点——省政府会面，而岷源兄恰恰又是一省至尊！”

“哪里哪里，有缘千里来相会嘛。令我没想到的是，岩间先生居然成为我的顾问！”王永江沏了一杯茶水，放到岩间德也跟前。

“啊呀，时间可以改变一切，几年就能决定人的命运！”岩间德也一边慢慢品茗一边娓娓述说，“自从上次倾谈之后，你在我心目中的形象，那是更加伟岸、更加立体、更加丰满啊！夜不成寐的时候，我常常追忆起咱们共事的时光。那时候，你在南金书院明显与众不同，表面上看，一枝独秀，鹤立鸡群；实际上呢，天赋异禀，志存高远，就好像一条沉潜的卧龙，韬光养晦，精骛八极，如今果然是一鸣惊人，飞龙在天啊！”

若论拍马屁的功夫，中国人不见得比日本人更擅长。譬如，能活活地将对方拍乐了，拍兴了，拍晕了，拍麻了，拍醉了！这才叫天赋异禀呢，一种不亚于忍者的高明本领。

“岩间先生过誉了，或许是机遇垂青于我，当然，我为此付出了超常努力。我始终坚信一点，天上是不会掉馅饼的，一切都不是空穴来风，一切都是凭实力说话！”人啊人，总是喜欢被恭维、被赞美、被颂扬，一旦听到批评的言辞，常常会暴跳如雷，甚至做出强硬的反击。而且官做得越大，心胸变得越狭小，容不得丝毫逆言，哪怕是忠言与良药。一些浅薄俗气之辈，索性自我吹嘘，自我炫耀，生生地往脸上涂脂抹粉。王永江与人谈话的时候，头脑始终保持着清醒，谈吐力求客观和自然，说真的，他不喜欢那种洋洋洒洒一路高举的赞美，对于那些令人肉麻甚至包藏企图的赞美往往存有戒心。此时此刻，他故意转移话题试探性问道：“的确有些始料不及啊，好像八竿子够不着的满铁，怎么忽然请岩间院长来做我的顾问？”

“哦，我想是这样的……”岩间德也扶了扶眼镜，一双眼眸在镜片后快速跳闪，“在省长和满铁之间，必须有这么一个人，两边皆熟络，两边都还信得过，于是选来选去，那个人便是我了。”

“希望我们双方合作愉快！”短暂的静默与空白。王永江拎着盛器往窗台花盆里注水，岩间德也站到书柜前浏览着书籍。墙

壁上的挂钟叮当着报时，王永江于是顺水推舟道：“哦，时候不早了，正好到饭口了。记得上次在岩间府上，是你请我吃的日本料理；这次到了我的地盘，我也该尽一下地主之谊。”

“我是专程来报到的，哪好麻烦省长大人？”岩间德也嬉笑着客套着。

“既然是来报到的，那就客随主便吧。岩间顾问，请不要推辞了！”王永江主意已定。

“那就……恭敬不如从命。”

“地点由你选择！”

“要不，大和宾馆？”

“好的。”

二人于是驱车直抵省城中心圈儿的大和宾馆。这是满铁在东北各大主要城市营建的连锁宾馆，而位于奉天省城的那一座堪称超豪华，属于文艺复兴后期巴洛克建筑风格。进进出出宾馆的，大都是军政要人、财阀大亨、知名人物。间或有人跟王永江打着招呼，王永江礼貌地回敬着。顺着台阶和正门迈进大堂，登时有一种豁然开朗的感觉，大堂台阶两侧矗立着欧式拱券廊柱，天花板悬垂的璀璨吊灯辉映着棚壁生动的雕刻，而大堂两侧木制旋转楼梯台阶铺设着防滑牛皮。

二人踩着牛皮拾级而上来到二楼，寻了间典雅考究的西式餐厅落座。墙面上镶嵌着花纹清晰的白色大理石，穹窿棚顶彩绘着古希腊人体艺术油画。他们有选择和象征性地点了食品饮品。

“王省长，告诉你一个好消息。前不久，我在金州北门外发现一座墓碑，经考证是元代百户张成的。”岩间德也兴奋诡秘地挑起话题，

“哦？张成是干什么的？墓碑有什么价值？”王永江好奇探询。

“张成是湖北蕲州人，随南宋安抚使归附元朝，后来诏选为京师侍卫。”岩间德也如数家珍娓娓道来：“关键是这个张成曾参加过元朝远征军征伐日本！后来，张成率元军到辽东半岛千山伐木，

又随军前往黑龙江奴尔干镇守，最后率新附军屯田哈思罕关。”

“这个哈思罕关，女真语是虎关，是金州南关岭辽、金、元三朝的长城遗迹。”王永江不失时机插话说道，“这一位置，恰好是辽东半岛黄海、渤海之间最狭窄的地段，因此在此设关控制半岛海面，可以起到一夫当关万夫莫开的作用。所谓前关、后关的地名正是由此得来。”

“的确如此，省长通晓历史地理！”岩间德也竖起大拇指，一边继续推进着话题，“张成虽是百户之长，但他的经历极其特殊，碑文涉及的历史事件十分重大。这是唯一记录元军入侵日本的碑刻史料。据中国当代考古大家评价：张成墓碑是影响东北史的十大墓碑之一，具有极其重要的研究价值。”

“恭喜呀恭喜，想不到岩间先生对于元代墓碑的考古造诣深厚！”王永江主动敬酒，“岩间先生快成中国通了！”

“哪里哪里，”岩间德也谦逊着，一边品着酒继续道，“哦，还有一件事儿，维新人物康有为来金州了！”岩间的话题竟是一个跟着一个，倒好像是预先设计好的连环阵势。

“哦？他来金州干吗？”王永江蹙眉问道。

“康先生是应大连华商会邀请，前来大连讲学的，一并举办书法展览。正好金州文庙筹备祭孔，实不相瞒，此次活动由我发起。康先生是儒学大家，经与曹会长商议，我亲自驱车将他接了来。祭孔完毕，在曹世科、刘占鳌和我陪同下，康先生游览了城东大黑山。一路上，刘占鳌还就书道奥妙请教了康先生，二人相言甚欢。”在风景清幽、山溪淙淙的响水观，康有为感慨顿生，诗兴大发，为道士题壁作诗一首。岩间德也自我沉醉，抑扬顿挫朗声诵道：

金州城外百果美，瑶琴洞内三里深。
尚记唐皇曾驻跸，犹留遗殿耐人寻。”

见王永江沉思默想，如雕塑纹丝不动，并无兴致与共鸣，岩间德也便试探问道：“王省长，作何感想呢?”

“一言难尽哪！倒使我想起些陈年旧事。”王永江缓缓起身移步，然后站在窗口伫立良久。正午的阳光直射下来，树木萎靡不振地懈怠，汽车懒洋洋地缓速行驶，连喇叭声都是有气无力怪腔怪调的，行人无精打采亦步亦趋，仿佛蚂蚁搬家蝇营狗苟……渐渐地，一切皆变得虚无而缥缈了！说起来，这要追溯到甲午之役，永江一家人取道山东，避难京都。他仿佛登临楼台凭今吊古，思绪漫过了浩茫的尘烟，依稀打捞着珍稀的标本——

这天，永江小两口，永海小两口，外带小世科组团逛街购物。他们选择分乘两辆人力车，目标直指前门大栅栏。

东四、东单、王府井一闪即逝，大家走马观花、兴高采烈、指指点点。

庄严的天安门赫然在目，高耸的华表殷殷招手。大家正兴奋着，忽然发现人山人海，盛况空前。

永江当即号令下车，到天安门看看热闹。大家于是付钱下车，脚底生风，奔赴天安门。

“什么日子？这么热闹！”六凤疑惑问道。

“躁动不宁，踊踊跃跃，好像是一次重大政治活动！”永海判断分析。

“他们胆儿真肥呀，竟敢到紫禁城闹事，紫禁城有禁卫军！”小世科担忧着。

“政治权力中心，等同于政治漩涡，谁知道幕后的背景？这里牵涉到权益的重大分配！”永江切中肯綮。

哦，端庄神秘的天安门，庭院深深的紫禁城，汉白玉雕的华表，坡形委婉的金水桥……至尊神圣的皇家宫殿，已顾不上观摩欣赏了。永江一行登时被眼前的景象攫住眼球，这是京城难得一见的沸腾看点。好像是知识分子与平头百姓的联姻行动，辨不清

是声讨、弹劾抑或是议政。文质彬彬的书生不再文弱，谨小慎微的市民不再拘谨，大家情绪激昂，义正词严，口诛笔伐，气势如虹。

“永江！永海！”忽听有人喊自己姓名。京城重地，谁又会认识自己呢？

五凤眼尖，轻轻一指，那人正移步走近。

“我的天哪，竟是原南金书院阎先生！”永江、永海双双讶异。

“阎先生，您怎么会在这儿？”永海关切询问。

“我是进京参加进士考试的，如今又成了这场运动的一分子。”阎先生轻松回道。

“阎先生，到底发生了什么？”永江好奇探道。

“是这样的，甲午战争结束了。中日双方签署了《马关条约》，这是一个丧权辱国的不平等条约！”阎先生义愤填膺道。

“条约的主要条款是什么？”永江进一步追问。

阎先生眨巴着眼眸，凝神思索：“中国承认朝鲜独立；割让辽东半岛、台湾诸岛及澎湖列岛给日本；赔偿日本军费白银2亿两！”

“天哪！”

“冤大头！”

“欺人太甚！”

无不震惊、愤愤然。

“如此说来，我们都成了亡国奴了！”永江沉郁慨叹。

“这么说，我们无家可归了！”永海悲观失望。

五凤六凤面面相觑，表情扭曲情绪悲凉。

“你们怎么会在这儿？”这次是阎先生发问。

“从日军攻占金州那一刻起，我们全家就开始逃难了。先是逃到山东老家，然后辗转来到京城。”永海回道。

“来到京城，是为了打探消息，好决定下一步去向，想不到竟是这样的结果！”永江摇头叹息。

“是可忍孰不可忍！”阎先生继续着话题：“《马关条约》引起国人激愤，这不，康有为、梁启超书写万言书，联合进京赶考的十八省举人签名，还与数千市民一道，齐聚都察院请代奏皇上——人称‘公车上书’，想不到朝廷消极，断然拒绝。伤心不独为悲秋哇！”

人潮再度涌动，波澜壮阔起伏。阎先生当即告辞，重新汇入大潮。

永海、世科意欲加盟，被永江强行拦阻。

“我们都成了亡国奴，连家也回不去了。我们要声援抗议，你为什么拦阻呢！”小世科哭咧咧噘着嘴。

“我看大局已定，多一个少一个，断然起不了风浪！人微言轻嘛！”永江目光犀利，看破风尘，“再说，人走散了咋办呀！”

“小世科听姐夫话，姐夫说得有道理。咱们还是走吧，别忘了买东西。”五凤顺水推舟。

六凤唉声叹气：“想不到有家难回呀！早知如此，不如从山东回金州！这一下如何是好？再也见不到爹妈了！”六凤声带哭腔。

“天还没塌下来呢，车到山前必有路！”五凤一边安抚，一边叮嘱，“都记住了啊，回到东四的住处，千万别学给爹妈听，省着二老着急上火。”

大家情绪低迷不再言语，一个个背转身来，迈着异常滞重的脚步，朝着箭楼方向开拔。

走着走着，永海忽然仰天长叹，捶胸顿足，大声吟诵：“国破山河在——”

“城春草木深——”小世科高声伴随。

“感时花溅泪——”

“恨别鸟惊心——”

永江、五凤、六凤你一言我一语，感时忧愤的诗句和声浪在

天安门旷远的广场激荡回响……

“岩间先生有所不知啊，历史上著名的公车上书我可是亲眼目睹，而且阎桃李老先生还亲自参与了这一事件!”王永江饶有兴味道。

“哦?”无精打采的岩间德也重新打起精神，他好像对公车上书及阎桃李并不感兴趣，倒是更在乎刚刚提到的历史人物康有为。他扶了扶宽边眼镜，好奇地盘究问道：“但不知王省长是如何评价康有为的?”

“评价恐怕要留待时间和后人，我至多是一家之言。”王永江迈着舒缓的步幅，而他的思维和步履是同步的：“平心而论，康有为的某些思想我还是颇为欣赏的。比如，他提出君主立宪的改良主张就不无道理。欧洲真正的资产阶级革命只有法国，但是大革命带来了大震荡，结果‘大乱八十年，流血数百万’。还有中国古代的农民革命，同样是‘流血成河，死人如麻’。因此，他希望平稳过渡、力主保皇，依靠皇帝的专制权力变法。我们从中体味到了人权尊重与生命关怀。要说实行君主立宪成功的典型，一是英国二是日本。由于很好地实现了君主立宪，不但避免了社会动荡，而且保证了文明的连续性与进步性。再如，凡事合则大，分则小；合则强，分则弱。这里强调的是国家的完整性与综合力。这方面最典型的是印度，由于各省自立，结果不到十年全灭。这都是前车之鉴哪!”王永江剥丝抽茧地畅谈着，看来他对康有为毫不陌生。天上的云翳投射了窗户，他的脸色陡然由晴转阴，且流溢着一种冷峻与尖刻。“中国的国情是极为特殊的，绝非急功近利就能一蹴而就。康有为极力拥戴的光绪，最终只能陪伴着慈禧上路。也就是说，笼罩着慈禧的阴影光绪根本施展不开，而他们恰恰忽略规避了大权在握的慈禧。当康有为转而拥戴宣统时，“中华民国”取代了清王朝。而当康有为最后投身参与张勋复辟时，连最得意的弟子梁启超都分道扬镳了！由当初的维新进步到后来的保皇守旧，前后之间反差巨大、可谓天壤之别！实在是令人惋惜、叹息、痛兮、悲兮……”王永江望洋兴叹着。

王永江喷云吐雾着，烟雾中表情冷冰冰的。“如今看来，康有为已经被历史无情地抛弃，抛到了遭世人唾弃的荒凉孤岛！”王永江猛然掐灭了烟头，从座位上一跃而起，仿佛巨大冰山跃出了水面，顿生一种明快凌厉的气势：“当下潮流，文明进步一日千里，中国需要激活、需要推力，任何抱残守缺、顾影自怜，我都是不欣赏的，甚至是鄙夷的！”啊，他蓦然看到镜子里的自己，仿佛此刻正站在历史的镜子面前，于是话锋一转，直抒胸臆：“我衷心希望，开明时代，改革家不应当再遭遇历史的怪圈儿！作为改革家本身，应当具备坚定成熟的特质，哪怕肝脑涂地，身首异处，不达目的绝不罢休！”王永江将拳头攥得紧紧，重重击打着长桌台面，桌上的酒盏菜肴轻轻摇荡。

“啊，好大的口气，好盛的气势，敢对先贤名流说——不！”岩间德也大为震撼，大为心悸，甚至感觉浑身正微微地颤抖。他透过镜片刮目相看，重新审视：……啊，眼前的王永江仿佛换了一个人，让他感觉既熟悉又陌生。如果说从前是乌云蔽日、韬光养晦，如今显明是拨云见日、光芒四射！位及九五之尊、黄金时代、鼎盛时期的王永江，大有指点江山、纵横捭阖、经天纬地之概！这使岩间德也情不自禁地遥想起策动了明治维新的岩仓使团。或许眼前这位人物或将成为民国时期的岩仓使团首脑——岩仓具视？大久保利通？伊藤博文……嗯，不管怎么说，一位新派改革家——已经超越或者即将赶超前辈，正迈着雍容华贵的步态荣登历史舞台！啊，我为拥有这样一位朋友而自豪！这将是我一生的幸运与荣耀！岩间德也情绪激动，泪眼闪烁，似乎淡忘了不悦的话题，反倒恰如其分地鼓起掌来：“宏论精彩，岷源兄大才！我希望看到，新派改革家一扫往日改良派！”岩间德也当即起身，端着酒杯凑近说道，“如果我没有记错的话，你我应该是同庚之人，你年长我几个月。因此，小弟衷心敬兄长一杯酒，祝兄长旗

开得胜，马到成功!”岩间咣当一声碰杯。

王永江意犹未尽，大口喘气，好像坐在峰巅上歇脚。他感知了岩间德也那一份真诚，当即紧紧搂抱了岩间德也臂膀：“谢谢你，我的岩间老弟！海内存知己，天涯若比邻!”说罢眼眸潮润，一饮而尽。

酒过三巡，菜过五味，言归正传，话归正题。

岩间德也扶了扶眼镜，郑重其事地说道：“听说岷源兄在发表施政演说时，提出创办东北大学，自筹自建铁路以及设立纺纱厂?”

“消息够灵通哇!”王永江惊讶道。

“嘿嘿，没有不透风的墙嘛!”岩间德也小河流水般和缓说道：“岷源兄，有些事情我不太理解，因此想当面跟你讨教，或者说切磋一下。比方说，辽阳已经有纺纱厂了，包括金州同样有纺纱厂，都是从日本运来的纱布，这些足够中国人消费了，奉天何必多此一举，非要再设什么纺纱厂！关于创办高等学校，作为教育界人士，我还是有发言权的！包括投资建校、课程设置、师资生源，哪一项不是头疼麻烦的系统工程？难道非要靠财政刚刚好转的政府投资？金州幸好有倾资重教的开明士绅，奉天全省又能举出多少这样的士绅!”岩间德也倏然起身，仿佛站在讲堂上破解难题，“其实，中国人想学理工科，咱们有旅顺工科学校；中国人想学医科，咱们有南满医科大学；中国人想学文法科，可以选派留学生到帝国大学深造，大日本帝国保证给予优待，甚至给予官费补贴。包括省长的几位公子，如果愿意到日本留学，我一定通过满铁优先安排！奉天何必自讨苦吃，非要自办什么大学!”岩间德也腮帮红润，渐入高潮，陡然提高声调，加重语气，“哦，还有最大胆最挑战的一项，居然要自筹自建什么铁路！东北已经有现成的南满铁路，而且重新铺设了复线，还有改建的安奉线铁路，这些完全可以充分加以利用，何苦劳民伤财重复建设！恕我直言，难道奉天欲与满铁并驾齐驱，甚至抗衡竞争一决高下不成！”岩间德也绵里藏针暗含锋芒，那眼神仿佛鮟鱇鱼随时准备出击。

王永江呷了一口酒，态度平静不温不火：“说句心里话，岩间老弟，我情愿跟你私下里谈历史，谈文化，谈教育，而不愿在桌面上谈政治，谈经济，谈外交，因为这里牵涉到国别和集团，说白了，牵涉到奉省与满铁的利益。”王永江摇头叹息，面露难色，“抛开个人亲疏关系不论，既然你是满铁派到奉省的顾问，话已经说到了这个份儿上，恐怕我们之间有些问题在所难免，看来只能公事公办、各为其主了！”王永江陡然严肃冷峻说道，“中国有句老话叫作：谁有都不如自己有！开放的市场是巨大的，谁都做不到绝对垄断！对于历经磨难，刚刚咸鱼翻身的奉天来说，政府绝不可能袖手旁观，放任自流，自生自灭，直至山穷水尽，一贫如洗，坐以待毙！中国还有一句歇后语，叫作：鸟虫鱼拉车——各奔前程！我们各行其道，各自为政，并行不悖，并无掣肘！我想，在这片有待开垦的土地上，奉省理所应当拥有这个权力！”关于几位公子读书问题，王永江一方面表示感谢，一方面理直气壮地婉拒，“我还是存有一点私心，希望他们留在中国的学校深造。不管他们将来真正从事什么，他们必须熟悉脚下这片土地，必须接受泱泱国风的熏陶！”

场面上显现出罕见的尴尬，空气好像冷冻凝结了一般。人人心里都不大好受，就连满桌酒菜看着都觉反胃。真真是不可思议，刚才还是兄弟相称，掏心掏肺，转眼间风云突变，双方开始挥拳，开始亮剑。说白了，这是政治施加于人的影响，或者说，从事政治的人面临的两难抉择与难堪处境。一旦涉及政治，他们便自觉不自觉地变脸，人性的因素越来越压缩，甚至儒雅的人变成了烈性动物。岩间德也倏然坐不住了，好像火烧屁股额头滚烫。温情的面纱一旦被狠狠撕破，双方便成为谈判桌上真正的对手。而面对强劲和高大的对手，岩间德也凭借本能和使命，必须做出一种强劲的反弹！岩间德也扶正了眼镜，那声音竟也重浊起来：“好吧，那就谈谈阜新煤矿的开采问题。满铁对此已拥有了成熟的考虑，希望奉天能够痛痛快快地答应合作！因为在奉天这片土地上，除了满铁具有无所不能的超一流实力，绝无可能再有第二方敢拍着胸脯这样说！”岩间德也咚咚咚使劲拍了拍胸脯，仿佛鲅鳒鱼拿头咚咚咚顶撞着礁石。见王永江掉头旁顾，无所用心，岩间德也只好调整语速，和缓陈述道：“具体说来，煤矿经营必须委托日方理事，并以合同形式予以确定，公司成立后须申请修筑铁路，并以此作为创办公司的先决条件！”岩间德也口气强硬，毋庸置疑说道。

如此口气，如此霸道让王永江颇不舒服、实难接受。哼哼，他岩间德也啥时候变成了满铁的全权代表，跑到我的地盘上耀武扬威、大耍威风！王永江蹙眉凝思调整战术，于是不温不火玩起太极推手：“开采煤矿合办企业，应当说是好事儿，但是绝非小事儿！你应当清楚，外交上再小的事儿也是大事儿。我个人没有决断权，需要集体商讨论证再作答复。”王永江戛然而止，倏然起身，遂以外交辞令道，“作为省长的日方顾问，我希望岩间先生在协调奉天省与满铁，与关东州，与外务省的关系上付诸努力，以营造一个和平稳定的环境，我想这样对双方都有利！今天就到这里吧。”

“哦，我自当尽力！”岩间德也转而恢复常态，满脸堆笑点头哈腰。

这天，一位头戴西瓜皮帽、身穿长袍马褂的人走进大帅府，此人瞅着相貌端庄温文尔雅，见了人点头哈腰，一副谦谦君子的样子。别看此人一身中国装扮，确是不折不扣的日本人。他就是张作霖的军事顾问、日军参谋本部的本庄繁。

本庄繁即将回国省亲，行前特来大帅府辞行，欲跟张作霖讨样东西留作纪念。

张作霖大大咧咧慷慨说道：“你身份特殊，我网开一面。府里有这么多古董玩意儿，珍珠翡翠，玉石玛瑙，你喜欢什么尽管说！”

本庄繁摇了摇头，笑眯眯说道；“谢谢大帅美意，这些我都不要。”

张作霖一愣，反问本庄繁：“那阁下要什么？”

“久闻将军文武双全，前些日子又有幸拜读了您题写在花园石洞上的‘天理人心’，果然名不虚传！所以今日登府，请将军送我一幅您的亲笔字画，不知将军可否赏脸？”

张作霖暗暗思忖：好你个本庄繁，明明知道我不擅长，却偏偏要我的字画。这不是赶鸭子上架，硬让我老张出丑嘛！为了顾全面子，张作霖眼珠一转，矜持说道：“那好吧，我今天公务太忙，请你明天再来！”

本庄繁走后，张作霖转念一想：作画是不可能的，最多题一幅字吧！当即找来副官和秘书，让他们帮忙措词，这词儿要措得既文雅不俗，又要展现出大将之威风！

大家于是动脑琢磨：写一般套话吧，太俗气；写太深了吧，又怕大帅理解不了，弄出笑话来。这可咋办呢？

恰逢其时，一股馥郁的香味儿飘了进来。原来，是张作霖的五姨太寿夫人！主管家政、精明能干的寿夫人见缝插针，当即问道：“本庄繁干吗来了？”

这没啥好隐瞒的，张作霖便叙述原委。

漂亮的寿夫人不期而至，竟然触发了秘书的灵感。正当大帅和五姨太说话的当口，秘书早把词儿措好了，于是提笔书道：

睡卧美人腕
醒掌天下权

张作霖看后，瞅瞅五姨太，哈哈大笑：“他妈拉巴子的，还真挺有味儿！”

五姨太瞪了他们一眼：哼，竟把我当词儿措了！脸上假装嗔怒，心里却是美滋滋的，便扭身回小青楼了。

第二天，本庄繁和几个日本浪人早早便来到大帅府。

张作霖早已胸有成竹，当即吩咐副官端来文房四宝，并铺好宣纸。张作霖假装想了想，遂一气呵成书写那十个大字。刚撂下笔，他猛然想起还没落款呢，当即在字面左下方得意写上“张作霖手黑”五个字。

这一下坏了，大帅怎么将“墨”字写成了“黑”字！副官、秘书面面相觑。实在难堪！如何是好？还好，一位秘书机智地凑上前，假装拿吸墨纸摁在刚写完的字上，小声对张作霖道：“大帅，这个‘黑’字可是‘墨’字的笔误？您忘在‘黑’字下面添加‘土’字了。”

经秘书一提醒，张作霖方知自己写错字了。妈了巴子，这太叫人下不来台了！他扫了眼本庄繁，正笑眯眯地站在一旁，拿手自摸着小黑胡子，另几个日本浪人洋洋得意着，几乎笑出了声儿。张作霖暗思量：如果当众更正，岂不给小日本留下耻笑的话柄！他眉梢一动，急中生智，便装作生气的样子，高声骂道：“他妈拉巴子的，混账！你懂什么啊？这中国的‘土’我怎能随便让日本人拿走？这叫‘寸土不让’嘛！”

语音刚落，张作霖身边的秘书和副官齐声喝彩！几个日本浪人悻悻地退到一边。这时，张作霖重新拿起笔，不慌不忙地在“黑”字下面画一杠，以示补位。然后看着本庄繁，哈哈大笑起来：“顾问阁下，您还满意吗？”

本庄繁挨了一记闷棍，又不便发作，假装点头附会：“好好，写得好！”心想：有朝一日，我非拿走你的“土”不可！然后寒暄几句，捧着墨宝回国了。

这世间最不可思议的，就是冥冥中藏有因果关系。果不其然，本庄繁日后果真冲着那“土”来了，而且裸露出与先前迥

异的狰狞。

大约十年不到的光景，一个历史锁定的悲剧秋天，当关东军以虚拟理由悍然发动对北大营的战事时，身为关东军司令官的本庄繁，终于从暗淡的幕后阔步走上耀眼的前台，大脑像钟表一样一刻不停地开始运转。当他盘桓考量着利弊、毅然挥动手势决断、集中兵力扩大进攻的时候，一张端庄文雅的面孔透射出凶险可怖的杀气。此时，埋设在大和宾馆平台上的迫击炮已脱下炮衣，朝着省城一通狂轰滥炸。本庄繁同样脱掉外衣赤膊上阵，他手心攥着犹如导火索的电报，厉声下达着金口玉言的指令：“为了掩人耳目，兵贵神速，关东军须以急行军速度，务于几小时内抢占飞机场，军工厂！”结果一夜之间，价值两亿美元的武器弹药厂，停放着数十架战斗机的飞机场，统统成为日军的囊中之物！“哈哈哈哈……”他如狮子一般发出傲慢得意的狂笑，他是整个奉天省城最值得开怀大笑之人。张作霖曾经的军事顾问岂有白当之理？奉军的军事部署沙盘早已吃进他的大脑。关键时刻由他出任关东军总司令，这是日本军方深谋远虑的战略性举措。此刻，本庄繁决定不辱使命，百尺竿头更进一步，他端详着鲜艳的军事地图，拿笔刷刷刷描画着箭头线路。哦，一个箭头线路便意味着调遣一支关东军部队。于是，集结了十三列军车的关东军迅捷地从东北驰援沈阳。

第十章　赈灾

自从泽唐狠狠教训了刘秧子，被逮进警察署后得以释放，王永江私下里就琢磨上了：儿子们一天天都长大了，尤其是泽唐正是撒野的年纪，全都指望五凤一个人管束，而且是上有老下有小，家里家外全靠她操持，也的确是够难为她了。为了替五凤适当分担一些，也是为了让儿子受到更好的教育，他决定把老大泽汉、老小泽来留在五凤身边，而把老二泽唐、老三泽华携来省城读书，跟自己一道住财政厅公寓，过一过集体生活。

泽唐、泽华于是从古城来到省城，仿佛刘姥姥踏进大观园，眼前登时展开一幅眼花缭乱的大千世界。我的妈呀，这么大的城，这么高的楼，这么宽的路，这么多的车，要是玩藏猫猫真还不好找呢！这种兴奋劲儿持续了好一阵子，仿佛每天的太阳都是新锃锃的。

王永江要求孩子很严格，书写《约法三章》粘在墙上：早晨起床上学，晚间温习功课；自己到食堂打饭，自己动手洗衣服；每月零花钱固定，生活上一切自理。泽唐、泽华暗暗叫苦，甚至懊悔不迭，还是在家里舒坦啊！常常可以睡懒觉，饭来张口衣来伸手，想买啥张口要就是了，妈妈满足不了还有爷爷奶奶。每天除了那寥寥的功课，山海之间古城内外尽可以玩耍！可眼下别无选择，每天三位一体：学校，食堂，公寓！每天重复着同一首主题歌：没意思，没意思，没意思……起初哥儿俩上下学路径不熟，王永江便按时接送了几回。要说孩子的记忆力是最棒的，这不，哥儿俩很快便可以独立上下学了，甚至连省城主干道都了如指掌。这一下好了，东游西逛，进进出出，仿佛嗅觉灵敏的小狗，哪儿热闹往哪儿钻，甚至错过了食堂打饭的时间。这一下如何是好？挨训倒是次要的，关键是吃不上饭了。哥儿俩便往一堆凑零花钱，决定自我改善生活一把。

哥儿俩一边嚼着小吃，一边望洋兴叹：

“唉，真馋金州的驴肉包，水仙包，大锅贴！”

“可不是嘛，还有烩勺面，鱼卤面，吊炉饼！”

哥儿俩嘴上过瘾，越说越馋，越馋越想，越想越馋……迷迷蒙蒙之间，一碗碗香喷喷的面宛若池水，一个个胖墩墩的包子宛若石块，石块扑通扑通砸进水池，面条包子纠缠不清难分彼此，梦幻着被温暖的手连锅端来。哦，香气四溢，荡漾扩散，倒映着古城家乡，倒映着亲人伙伴……啊，一旦动情地想到这些，竟然止不住泪眼婆娑。

“二哥，我想家了！”

“三弟，我也想啊！”

哥儿俩搂抱着拍打着，痛痛快快大哭一场。

离家的人都有这种时候，彻底地哭过才能彻底地淡忘。可也别说，这哥儿俩从此再也没怎么哭过。

一天，哥儿俩路过瞅着霓虹变幻闪烁、时髦男女进出的娱乐场所，泽华欣喜好奇，竟然裹足不前。

“太浪漫潇洒了，真令人羡慕！”泽华叹赏着。

“这有啥令人羡慕的，乱糟糟闹漾漾的。”泽唐不屑一顾。

“那你说，还有啥更令人羡慕的？”泽华反诘道。

“身穿官服，乘坐轿车，前呼后拥，说一不二，那才叫气派！”泽唐憧憬着。

“你说的是当官，当官太操心了！你看咱爹多累呀，哪儿有跳舞轻松！”泽华颇不服气。

“干什么不累，跳舞不累呀？跳舞能当饭吃啊？你看谁跳一

辈子了！”泽唐忿忿然道。

“我要是会跳，还真希望跳它一辈子！”泽华语气肯定，像是抬杠。

“希望你跳一辈子，我一路奉陪到底！”半路竟杀出一位时髦青年，油头粉面，西装革履，留着小胡子，叼着大雪茄。泽唐乜斜着心里说，你什么人啊乱插嘴！时髦青年好像是自来熟，兀自递进问道：“哥儿俩在这干吗哪？”

“你……认识我俩？”泽华纳罕道。

“那是自然，王永江省长的二公子三公子，怎么样，我说的没错儿吧？”时髦青年手指比比画画，他居然了如指掌。

“你到底是谁？”泽唐反问道。

“张学良。”时髦青年回复道。

“哦，张作霖，不，张将军的大公子，失敬失敬！”泽华恭敬有加。

泽唐挠着头皮，心想：原来俺爹伺候你爹，怪不得这么威风！

“想进去吗？”张学良主动问。

泽华欣然点头，泽唐不置可否。

“跟我来。”张学良摆手道。

于是，张大公子引领着王家二位公子，踏进舞厅如入无人之境。门卫点头哈腰，一路绿灯。

嗬，好大的舞场，灯影摇曳光怪陆离，乐队演奏鼓乐齐鸣，男女成双翩翩起舞。

“张大公子，请！”一位时髦的妙龄女郎主动邀请。

“请，夜来香！”张学良抬手做一手势，然后，一手卡住女郎后腰一手托举女郎手臂，踏着鼓点轻盈曼舞。张学良与夜来香跳舞好似一语双关，那舞场偌大的空间即刻奏响了夜来香舞曲。一位女郎立于麦克风前款款深情演唱。

“太帅了，太美了！”泽华心花怒放，手足舞蹈。

男女舞伴，起承转合；配合默契，珠联璧合；顾影流连，含情脉脉。一曲终了，张学良走了过来。

“感觉怎么样?”张学良笑问道。

“太帅了，太棒了!”王泽华赞叹道。

“想学吗?”

“嗯哪。”

“来，我教你。”张学良真够热情。

乐曲再度奏响，张学良现场演练：“上前一，二，三；退后一，二，三……”

王泽华亦步亦趋，有板有眼。

张学良终于点头认可了，随即招呼那位夜来香过来陪跳。

夜来香款款而至。啊，容颜俏丽，香气袭人，穿扮新潮，风姿绰约。王泽华闻所未闻，心里忐忑。由于心有旁骛注意力分散，刚踏进舞池还没走上几步，这一下节奏乱套扭麻花了，泽华竟然踩了夜来香一脚。

夜来香哎哟哎哟着，泽华连声道歉对不起。大大出乎意料的是，这小子居然哈腰下蹲拿袖子揩拭女郎脚面，就像当初拿袖子揩鼻涕。这是怎样一种姿态啊！说起来，泽华生活中并不乏女性，奶奶、姥姥、妈妈、小姨、姐姐，这小子却从没有表现出礼貌勤快。

“还是让我带你吧!”见王泽华礼貌诚恳，夜来香有些不好意思，当即主动改跳了男步，泽华附和着跳起女步……哎呀呀，我刚刚学的正是女步！……哦，终于进退自如，从容不迫了。人们齐刷刷投来关注的目光，张学良嘴上含笑连连颔首。泽华得意非凡故作姿态，自我陶醉了。

夜来香绽放的笑容像星月一样迷人，夜来香曼舞的身姿像杨柳一样轻盈，泽华偷偷打量着、描摹着、想象着，从心底里顿涌一股仰慕、焦虑、渴望，于是不知不觉之间心旌摇荡、荷尔蒙分泌、雄性激素膨胀……仿佛要钻出山洞、冲出水面一样顶撞着夜来香……他满脸发烧，偷瞄夜来香。夜来香好像久经沙场一样泰

然自若，伴随着一种大胆泼辣、异样探究的目光！哦，这目光好厉害好凛冽，像是一种刺探、一种较量，令泽华心里发毛，自惭形秽……

“对不起，我不跳了！”泽华大受刺激，他猛然撒手不管不顾，将夜来香生生晾在了舞场。

张大公子赶忙迎上前去，夜来香却故意别过脸去。张大公子接连招呼两声，夜来香早一溜风刮进了卫生间……

回返的路上，泽华仍然沉湎于兴奋，仿佛刚刚从过山车上下来。虽然尾声有点太那个了，毕竟尝试了从未有过的体验。开阔了眼界，学会了跳舞，体味了魅力女人带给男人的别样刺激……他生怕淡忘了舞步，一边行走一边起舞，俨然一位街头舞者。

幸好二哥讲究，没跟爹打小报告，只推说泽华放学后到同学家玩了。泽华到家后一声不吭，抓紧时间吃饭和学习。哦，想不到回来这么晚，钵里饭菜还透着余温。他忽然心有所动，泪含双眸，跟爹爹道了声谢谢。

其实，儿子偶尔回来迟了，王永江并无责怪，还亲自替儿子打饭，他主要担心安全问题，故而轻描淡写地探问。其实，他心里十分清楚，这个年龄段的孩子尚匮乏定力，精力充沛以至于过剩，阳气十足需要出口外泄，故对色彩斑斓的大千世界充满好奇。你得让他们去消遣、去撒野、去疯狂，等到他们疯够了、玩累了、败兴了，也就自动收心、安然就座了。谁都是打小过来的，玩一半学一半太正常了。然而，粗心的父亲终不如细心的母亲，恰在于眼中的孩子好像总也长不大。人皆云有苗不愁长，是啊，孩子就好像一夜金风刮熟的秋果，神秘而悄然地长大成人了。

这年冬天，古城金州难以觅见飘风扬雪、银装素裹，雪似乎被天库冷藏了。转过春来，又难以捕捉丝丝细雨、润物无声，雨比油还金贵啊。雨季来临，更是难以遭逢倾盆大雨、山洪如注，水像是停了经的女人。于是乎，金州遭遇了百年不遇的大旱，从春旱到伏旱持续了百八十天。天干地裂，土地板结，大路扬尘。河水断流了，水塘干涸了，井水干枯了，部分水井海水倒灌了。人和牲畜嗓子直冒烟儿，发出的声音都是嘶哑的，好像此时哑声是人畜通用语言，颇为类似于蓝调音乐的烟酒嗓儿。偶尔刮来一阵破风，跟破狼破虎似的，燥得人脸热辣辣的。人们只有进山接引山泉了，有限的水源地挤满长队。数万亩玉米蹲苗不长，好像私下商量好了不愿长大，齐刷刷地拒绝抽雄、秀穗、灌浆，四野皆遍布着小小矮人的方阵。数万亩稻田因剥夺了水的滋润，不再水灵，不再鲜嫩，不再圆润，随莠草一道鱼龙混杂，鱼目混珠，良莠不齐，直至长成一片青黄不接的草场。花生简直无法播种，像是无所适从的学龄儿童，迟到不是，早退不是，缺席更不是。水果难以鼓凸丰满，蔬菜难以流溢鲜嫩，仿佛遭遇了一场感情的重挫，清一色沦为干瘪抽巴的老太太……人们开始意识到，正面临一场深刻的生存危机，金州上下无不紧张瑟缩，慌里慌神儿。

人们啊，是坐以待毙还是背井离乡，像当年前辈一样漂洋过海闯关东？然而毕竟生于斯长于斯，如此这般地拉家带口、舍家撇业谈何容易！人们通常是在智慧穷尽走投无路的时候，方才情不自禁地想到神祇。于是，城郊十里八里的庄稼人，三三两两结队成群，来到西门外玉皇庙，祈求玉帝赐恩降雨。俗语道：鲜鱼水菜，西门外农作物以蔬菜当家，种菜绝对离不开水，菜农们正为无水浇地而愁苦，见有人求雨一拍即合。旱灾不仅危及从土里刨食吃的庄稼人，也同样危及城中百姓的生存根本，故一听求雨一片赞扬。望海村登时一片忙碌，整修龙头，检修骨架，装扮龙皮。城里大小买卖商行，主动送来猪头、粉条、鲜鱼、水果、馒头和酒。于是，祭坛上摆好贡品，斟满玉液琼浆，点燃红烛高香，整个大殿香馥肃静。舞龙人手擎巨龙侍于玉皇神像下，十几位富商巨贾、文人雅士、名门望族、农户代表、官宦缙绅、社会贤达站立前排，曹世科、曹一心、阎桃李、王克谦、王泽汉、曹德麟、刘占鳌，一一位列其中。

主持人一声高喊：“向玉皇大帝和神龙一鞠躬，再鞠躬，三鞠躬!”

大家遵命躬身，一而再再而三。

礼毕，曹世科声情并茂抑扬顿挫地宣读祈辞——

“玉皇和神龙在上，万民敬仰；旱魃为虐，加害天下；金州大地，一片荒凉；久旱无雨，庄家枯蔫；畜禽饥渴，百姓委顿；玉皇大帝，神灵再现；剪除灾难，雨雨赏赐；玉龙驾云，一龙治水；润泽良田，施惠一方；万物复苏，五谷丰登；雨露之情，永不忘怀；戬福黎民，天恩浩荡。”

诵罢，主持人又喊道：“向玉皇大帝和神龙稽首!”一声令下，大殿内外全体跽跪，接着喊道，“一叩首——再叩首——三叩首!”曹世科叩得山响额头拓出红印，心诚意笃默默祷告：上苍有好生之德，玉皇大帝和神龙千万显灵啊！为官一任，人命关天，我可不希望看到秋后颗粒无收，万千黎民因饥荒而发生意外啊……

求雨的大队出发了！舞龙队伍最前方是四个人抬的神位，神位的上联是“油然为云”，下联是“沛然为雨”，中间是“三江九河，五湖四海，龙王神位。”龙有连心的力量，绵延着无数的求雨者，绝大多数是草根农民，此外夹杂着殷实富人、文人墨客、芸芸庶民、凡夫俗子、市井庸人、闾阎百姓，就连讨饭的叫花子都无一例外。天灾面前，人人都把求雨视为积德的善事。每人头上戴一顶柳树条编织的圈帽，还有个别袒胸跣足的汉子。伴随着锣鼓咚锵喧天，唢呐呜哇紧奏，舞龙队穿过宁海西门跻身城里，百姓一见是龙无不为之一震，齐声欢呼雀跃，一通鞭炮直上云霄。益昌凝糕点铺、康德记大药房、聚增长绸缎庄、同陞楼饭庄之类，以及阎家弄子、曹家弄子、邵家弄子、麦家弄子等等，顷刻把平日暂存的饮水纷纷朝求雨队伍泼洒，泼水者泼溅越多越好，求雨者越淋湿越吉利，瞅一个个跟落汤鸡似的……妈的，来自爱川村的日本农民不谙世事，居然戴着草帽打着雨伞，龇牙咧嘴地看光景！这是求雨者最为忌讳的。于是，草帽和雨伞被无情地剥夺与抛弃。情急之下，便有个别人操着日语解释，爱川村村民即刻低头认错，丝毫没有反感和抵触情绪。他们不远万里来到这里，栽种水稻侍弄果树何尝不需要雨水。他们毫不犹豫即刻嵌入了求雨者的行列……在史无前例的自然灾害与生存危机面前，脆弱的人们竟不约而同结成了统一战线。此时此刻，任何种族，任何语言，任何礼俗已不在话下。

求雨大军途经永庆和货栈，遵照王克谦预先的部署，泽来已在门前摆好瓷缸、木桶、铜盆、瓦钵，于是展开云南泼水节那一通泼哟，泽来玩性大发浑身湿漉漉的，舞龙队便冲着泽来摇头摆尾以示谢意。求雨大军途经福和堂浴池，突遇从天而降的纷扬细雨，起初人们惊喜地以为是上苍赐雨，后来方知是连接浴池的绵长水枪朝着空中倾力喷射。

按照往年光景，求雨过后，通常阴云密布，大有雨意。然后，先是雨脚，再是雨幕，一场纷扬挥洒的喜雨，宣告旱情解除，祈雨宿愿得偿。今年真是邪了门儿了！难道玉皇大帝喝醉了酒，睡昏了头，抑或是遨游天际，乐不思蜀，甚或是心猿意马，荒废朝政……人们的心和庄稼地一样，焦渴龟裂，滋滋生烟。

曹世科没着没落儿，遂来到阎老先生家，讨教有无良策。阎老先生无奈摇首，摊开双手无计可施，慨叹：“这是天发杀机啊！”

惨淡的秋天终于来临！金黄的田野暗淡褪色，丰润的瓜果枯萎夭折。粮食越是紧俏，物价越是冒涨。人们饥肠辘辘，肚皮快贴了后腰。大人乏力犯晕，孩子哭闹抓狂。人们仿佛从精神病院逃了出来，肆无忌惮地四处翻找吃的。日本衙门门槛太高不敢高攀，城内大户人家备有粮油，此刻大门紧闭概不会客；小户人家

紧紧巴巴，精打细算岂肯施舍？兴许赏口吃的，有一搭没一搭。唉，随便什么门槛，随便什么人家，赏口吃的就行，赏碗米汤也好，让肠子顺溜顺溜，都快粘到一块了。灾民像狗一样候在门口，遇到有人进出蜂拥而上：赏口吃的，行行好吧……遇到个别心慈面软的，偶尔赏赐一碗半碗的。这其中便包括五凤。还是从娘家背回来的，也就够吃几天吧，还给惠翎留了些。看到人们饥饿难耐的样子，五凤实在于心不忍，经请示公婆同意，勉强赠予稀汤寡水的半锅稀粥，还有零零碎碎样样索索的干粮。王克谦衔着烟嘴脸像苦瓜，几声鸡鸣令他冷丁一震，当即吩咐王邱氏道：“把笸箩里攒的鸡蛋，全都煮熟了送出去！”嗨，实在是杯水车薪不足挂齿啊。

尽管一些商人囤积居奇漫天要价，灾民们最终还是将目标锁定粮栈。他们算不上高明的粗浅做法在于，将家里值钱的东西统统拿去典当。然后攥着钞票掖着粮袋直奔粮栈。买回金贵的粮食煮成一锅粥，老婆首先使劲捞干的满足丈夫，老婆孩子眼巴巴睛等着喝米汤，因为丈夫是一家之主和顶梁柱，一种男尊女卑的传统习俗就这样流传下来。万一子女成堆难以养活、难以为继咋办？有道是：车到山前必有路，办法总比困难多。这不，青涩稚嫩的女孩儿委身做了小妾，乳臭未干的男孩儿卖身做了家奴。实在熬不下去又咋办？恐怕只能背井离乡了。将生存根本的房屋、田畴、牲畜一通贱卖，然后丈夫挑着悠悠整担儿的细软行囊，灰头土脸的妻子扶老携幼拖儿带女，辞别情分浓稠的乡里乡亲，直奔茫茫无际的大北方北大荒。唉，城里城外大街小巷，那些洒泪挥别的悲情场面，恐怕石头木头看了都会流泪。

灾情持续恶化，饥饿继续侵蚀。看来城里没啥油水可捞，灾民们决定踏寻四野，哪怕挖地三尺也要找到吃的，没有人情愿白白地干靠等死。于是，一支面如菜色、衣衫埋汰、萎靡不振的团队，仿佛施展着飞禽走兽觅食的本能，漫无目的跌跌撞撞浑浑噩噩地出城了。有人正走着走着忽然膝盖发软，扑通一声跌倒，即刻一蹶不振。哦，泽汉、泽来居然紧随其后，总不能坐吃山空啊，必须放下那点可怜的面子，实施自我拯救才是上策！这是五凤郑重交代的。乌鸦嘎嘎地凄叫奋力地迫降，声声唤醒着人们的知觉，不知是哪个公鸭嗓儿吆喝着“有吃的”！人们登时来了精神，争先恐后地奔跑，你追我赶奋力赶超，有人竟跑断了裤带，将腚沟儿暴露在外（后世以此为美，名曰露股），索性提着裤腿奔跑，真可谓顾头不顾腚。当泽汉、泽来死乞白赖钻进人堆探头一看：啊，地上横躺着一匹渴死的硕大牲畜！固然招引了乌鸦与苍蝇，可那血淋淋的皮肉还算新鲜。这可是多日不见上苍赐予的唯一食物！一个个傻愣着瞪什么等什么，过了这个村可没这个店！人们忽然暴发了野性和蛮力，为了撕扯一块腥腐味儿的血肉团，竟然拳打脚踢与乌鸦与同类展开拼抢。然后，同类在拼抢中再度变成血淋淋的肉团……何必一棵树上吊死呢。地荒了还有山，山荒了还有树，树上说不定有野果呢。果然，树冠上传来口哨般的鸟叫，泽汉听着心里发痒，便手脚并用爬上那棵老树。想不到树杈上有鸟窝儿！他大胆地将手伸进窝里，天哪，不但有鸟蛋还有小鸟儿！“连窝端，连窝端！”泽来站在树下发出指令。泽汉于是伸出双手倾尽全力直捣鸟巢。岂料细嫩的树枝咔嚓一声折断！泽汉大声疾呼着从天而降，这已是第二次从天而降了。覆巢之下岂有完卵，泽汉四脚落地，落了个鸡飞蛋打……茫然的人们继续搜山，意外发现犄角旮旯长有野菜。当一阵疾风吹刮浮掠，菠萝树纷披的树叶沙沙作响，橡子树缀满的橡子如冰雹砸下。人们恍然大悟：这些均可以采回家食用的！及至搜寻到了最后，那枯藤老树的榆树被活活地剥皮，连喂牲口的苞米秸和骨也不嫌弃。好家伙，被一股脑儿切成碎末磨成齑粉，然后掺和着微薄的粗粮及野菜，糊成了世间绝无仅有的菜饼子！

妈的，不吃白不吃，这是绝无仅有的干粮，有干粮才能坚挺地过活！于是，菜饼子一路畅通大行其道，人们吃了一个又一个，吃了上顿吃下顿，吃了一天又一天……吃到后来麻烦大了，

一个个周身浮肿，一摁一个瘪坑，浑身竟绵软无力。这些原本属于牲畜的饲料，人类的胃口如何消化适应！唉，遭罪还在后头呢。拉粑粑不通畅，简直要人命啊。憋得人坐卧不宁、五脊六兽、没着没落，于是想方设法、千方百计、不择手段，以拉粑粑为快事、为能事、为美事儿。于是，泽来终于承受不起，蹲在茅房里尖叫：“哥呀哥，拉不出来呀，巴涩巴涩的，快拿香油来！”正当泽汉为泽来奢侈的想法而犯难踌躇，泽来忽然使出吃奶的力气，涨红着脸龇龇着牙，奋然发出绝望的妙音……“哎呀妈呀，我的天哪！”然后兴高采烈地报捷：“哥呀哥，告诉你好消息，俺不要香油了，拉出来、拉出来了！”“好样的，兄弟！”茅房外传来泽汉的掌声！那掌声可是一举两得的，既为兄弟减轻痛苦而高兴，又为家里节省香油而满足。能拉出来还算好样的，拉不出来的窝囊死了。必须采取强制手段，否则非憋死人不可。于是，茅房里“一帮一”“一对红”，轮番进出，流水作业，说白了说俗了，就是抠腚眼儿。夫妻抠，哥们儿抠，姐妹儿抠，连襟抠，妯娌抠，老的抠小的，小的抠老的；拿树棍抠，拿筷子抠，拿牙刷抠，拿指头抠；仿佛狭窄的肛道里藏着金豆豆，小脸盘儿直面大脸盘儿，瞪着眼睛，捏着鼻子，屏住呼吸，专心致志，小心翼翼，最后抠出圆嘟嘟的粑粑蛋儿。哦，有的肛门竟抠出血了。上下通畅之后，满腹积郁的浊气便开始强劲释放，那轰然的屁响直砸脚后跟儿，嘣得人直他妈颤悠……

这天，曹世科来到民政署，意外嗅到一股米味儿。再观走廊鱼贯排队的人们，一个个眉开眼笑心花怒放，就好像遇到啥喜事儿似的。天哪，他终于看得一清二楚了，原来是爱川村村民正在领取粮食。民政署俨然成了米粮仓。当曹世科看到白花花诱人的大米，那真是心急眼热热血沸腾啊！

他自然联想到古城百姓，正朝不保夕处于生死边缘。他憋着一口气找到下村育史，堂而皇之地建议开仓放粮，先解救一下百姓的燃眉之急！

下村育史竟然不以为然，好像金州民政署长已然更换。见曹世科不依不饶，下村育史勉强敷衍道：“今年大旱，免征粮食，这已经够优待了，岂能再开仓放粮！”

“人命关天啊，人是铁饭是钢！再说，粮库不是有粮吗！”曹世科强压火气，故意反问。

“那是军粮，任何人都不能动！”下村育史表情冷酷。

“既然任何人都不能动，那为什么发粮给爱川村！”曹世科抓住把柄，反戈一击。

“因为——他们是大日本帝国天皇的子民，来自世界上最优等的大和民族！”下村育史趾高气扬，高擎着棍儿似的食指。

哦，又是什么帝国天皇的子民，又是什么世界上最优等的民族，既然罩着如此高傲与绚丽的光环，干吗不待在自个儿那一亩三分地儿，好好享受皇恩浩荡与优渥待遇，偏偏要漂洋过海跑到人家地盘上抢食吃！操你血妈，说这些拿鸡毛当令箭的屁话有鸡毛用哇！曹世科心里暗暗叫骂着，尽管面儿上做出摆事实讲道理的姿态。“哦，日本人是人，中国人不是人?！哦，税捐劳役想到了中国人，大难临头就忘了中国人?！作为一方父母官，你心里是否装着百姓，是否具有责任感与体恤心！你不是一直强调亲善共荣吗？此时不亲善不共荣，又更待猴年马月啊！”曹世科激昂慷慨，咄咄逼人，令下村育史猝不及防，一时语塞。

下村育史满是皱纹的长脸陡然扭曲变形，就仿佛地震断裂带沿着上村漫延至下村。他猛然拍了自个儿一巴掌，让那歪斜的脸矫正过来。他清楚自个儿有这毛病，每当火大气盛当口，鼻子不是鼻子脸不是脸。“你……以为自个儿是谁呀？你……还有政治头脑吗？我郑重地告诫你，做任何事情都是有底线的！如果天皇的子民饿死了，你我都脱离不了干系！蠢猪！笨蛋！如果不是看在会长的份儿上，就凭刚才这番话我就可以拘捕你！”

“随你怎么样好了，你把我撤掉算了！”曹世科扭头疾走。

望着曹世科骤然消逝的背影，下村育史托着腮帮子牙根直发痒。他恨不能将那背影一口吞噬掉，从此从字典里剔除会长二字！当初将这小子从街长提升为会长，还不是看好他的乖觉懂事听话？嘿，想不到这小子竟也有脾气，偶尔尥蹶子一尥一个狠头儿！人真是不可貌相啊。

令下村育史如此重视的爱川村，说起来还是有些来历的。且说大魏家会岗警偶然试种水稻成功，一时间引起满铁、大连民政署及日本外务省高度重视。原来，按照移民满洲的战略构想，他们正在物色理想的示范场。岗警的意外收获恰是契机，日方当即派来专家考察。结果发现，大魏家会土质肥沃，土地辽阔，水源丰富，非常适宜集中移民，栽种水稻，垦荒养殖。关东州于是制定先期计划，栽下梧桐树引来金凤凰，投资建造了房屋、道路、堤塘，且将周遭小莲泡蓄水丰富的池塘，挑了沟渠一路引来。果然，首批十九户日本移民如期抵达，因来自山口县爱宕村和川下村，因此合称爱川村。第一批移民家境清贫，远赴他乡希图发达，于是在大魏家南山坡竖碑一座，赫然题写着：今日之苦，明日之乐！应当说，这是一种励志发奋、苦尽甘来的良好愿景。然而天不作美事与愿违，初来乍到竟遭遇了天大旱灾。别说丰盈的收获与丰厚的累积，就连那点可怜的家底儿（甚至是债务）都赔得一塌糊涂，屌毛不剩。于是，有的改弦易辙弃农转商，大部分人则大失所望不知所措。

一天，下村育史视察爱川村，惊异发现他们竟然吃不上大米，居然喝着粗劣的高粱粥、小米粥，还像山中野人似的打着赤脚。他的脑海立时涌现了两个苦难的词儿：食不果腹，衣不遮体！听着爱川村民可怜兮兮地倾诉，下村育史情不自禁地泣泪了。啊，作为一国同胞、农民之子、地方长官，他悲悯同情，伤感内疚，幡然悔悟……他果断决定开仓放粮，让村民们到民政署领粮！

苍天啊，难道金州百姓真要遭受灭顶之灾，别无选择地沦陷万劫不复的深渊吗？

旱灾不但侵吞了辽南金州，而且还覆盖了奉天辽西。当王永江的车子颠簸穿行于层峦叠嶂沟壑纵横的朝阳地区，他那一颗焦虑的心一块儿跟着忐忑跌宕。满眼不见绿色徒见赭色，光秃秃的山地熏蒸着热浪。一种穷山恶水兔子不拉屎的荒凉地界，使人油然唤起人类初始阶段的洪荒记忆。就差星球相撞、火山喷涌、恐龙大灭绝了。七山一水二分田！别说灾荒年份，即便是正常年景，面对耕地匮乏、土质贫瘠的生存环境，人们只能勉勉强强地维持生计，不得不听天由命和仰仗救济过活，因而滋生了不思进取、懒惰依赖心理。一路上，不见金色的收成不见袅袅的炊烟，徒见积弱褴褛的行乞者不绝如缕，令王永江酸水上涌伤感不已。

相比于北方的干旱南方出现了洪涝，所谓南朱雀北玄武，一南一北为何天壤之别旱涝不均呢？上苍为何不能公平分配旱涝平均呢？又一转念，跳出地界思维站在天界俯瞰，如此季候分布是否也是一种阴阳平衡？王永江上天入地，蓦然想到了京杭大运河，一路逶迤奔流不息，南水北调，遗憾遥不可及，那是关内的福分和润泽啊！所谓靠天吃饭，上苍和上峰青睐毕竟有限，说到底还是要靠自己！迷茫纠结途中，王永江胡思乱想着。

一间破旧斑驳的村公所。王永江听取汇报、调查研究完毕，便跟村公所的干部一道，吃着盆里的野菜粗粮。虽然苦涩难以下咽，但是不吃就得饿肚子。天色渐黑，因月亮替代太阳值班，稍许清凉一些。王永江下榻于村公所，床铺由两条长凳一块门板拼凑，被褥硬邦邦潮乎乎俨然铁板一块。王永江辗转反侧难以成眠，感觉浑身痒痒缕缕的，天哪，竟然发现了蠕动的虱子，于是脱衣翻找当场歼灭。固然疲累但是无法入睡，便坐在木凳上吞云吐雾。白日所见所闻令他记忆犹新，生灵涂炭耽搁不起，他决定抓紧起草救灾方案。先解燃眉之急，从省府财政拨付专款赈灾，包括从东三省粮库紧急征调，从奉军给养里压缩救援，以及从忠义农场筹措调集。再做长远打算，包括拓荒垦殖；大力兴修水利；充分挖掘地下矿藏，积极开采山地资源，努力开展多种经营，不断增加经济收益；各地普建义仓，以备不时之需……他点燃煤油灯盏，落笔如行云流水。

圆月是思念的银镜。王永江心里清楚，家乡金州同样遭受旱灾，亲人们乡亲们令他牵肠挂肚，然而他鞭长莫及，无能为力。一方面，关东洲金州为日本人管辖，而他作为奉天省长竟无权插手；另一方面，奉天全省普遭旱灾，正在想方设法救援，他做不到也不可能假公济私、损公肥私。思索再三，他决定给五凤写封家书，询问一下情况，顺便捎些积蓄贴补家用。

他仰望着同一天下的月亮，双目潮润虔诚祷告：苍天保佑，都说金州是一方宝地，愿金州的父老乡亲，我最挚爱的亲人们，福星高照，安然无恙，早脱苦厄，幸运吉祥……

真是苍天有眼啊！正当人们一筹莫展、黔驴技穷、生存命悬一线之际，及时雨忽然出现了！

这天，透过薄雾的西海海面，若隐若现着一支船队，其浩瀚场面实属罕见，难道是海市蜃楼景象？赶海的人们议论纷纷。当薄雾渐渐散尽，人们看得清清亮亮，一支船队正乘风破浪由远而近，仿佛是当年郑和船队下西洋。天哪，别说岸畔赶海的人了，就连古城百姓都惊动了，说不定是大救星来了！下村育史更是惊慌失措，赶忙调兵遣将准备迎击。

好奇的百姓聚拢在西门外玉皇庙，顺着庙前那座铁牛的视野远望，看到鼓帆的大船累累垛满了麻袋，但不知麻袋里装着啥玩意儿。

曹世科大喜过望，果然一诺千金呀！他站在铁牛身旁，痛快地拍打牛腚。

他走近一身戎装的下村育史，漫不经心与嘲讽说道：“没必要这么紧张吧，这是救灾送粮的船队！”

“哦?”下村育史的脸僵硬耷拉着，“从没听说过呀，哪来的……救灾送粮船队?”

“这是咱们古城的粮食大户，从外地调拨的急救粮食!”曹世科高调宣布。

“哦……原来如此。”下村育史微微颔首，于是下令撤掉警戒。

船队缓缓稳稳地靠岸。嗬，好大的帆，好大的船，连绵的麻袋堆小山。果真是救命的粮食！人群喧哗骚动，趋之若鹜，推推搡搡，跃跃欲试。

“大家都给我听好了，谁都不许私分粮食！大家一块儿动手卸货，搬运到大坑里再说!”曹世科站在高高的铁牛旁，指着铁牛下方的大坑，像铁牛一样大声吼道，然后指挥人力调度车辆。

“好嘞!”男女老少倾巢出动，车载马拉人挑肩扛，热火朝天大干快上，不达目的绝不收兵。积弱不振的百姓爆发了极为罕见的潜存能量，竟一憋气儿把粮食搬运到玉皇庙外的大坑里。原来，虑及灾民众多，为了搬运便利，先解一下燃眉之急，曹世科急中生智，想到了挖坑储粮、就地消化、登记核准、逐次发放的主意，因地制宜地利用庙下凹势地形，提前安排人力挖下大坑埋上锅灶。灾民看到告示，仿佛捞到救命稻草似的，纷纷掖上粮袋啸聚而来。泽汉、泽来哥儿俩赶来了，世科媳妇一身素朴穿扮赶来了，深居简出的书画家刘占鳌赶来了……在生存和危机面前，让尊严和身份一边稍息。于是乎，经过大家不舍昼夜地搬运，粮食从船舱转移到了坑底，成堆成垛错落有致，大锅灶台星罗棋布，山泉煮粥炊烟袅袅，密集的人流于缭绕的白烟中款款浮动，仿佛大军驻扎在雾岚弥漫的大帐军营。有人实在扛不住等不及了，竟抓起生米囫囵吞枣塞进口里，牲口一般咔哧咔哧地嚼着……哦，当久违的粥味儿从锅盖底下溜出如仙气一般漫溢，人们着了魔似的傻站着，闭目贪婪地吸纳着——

沉香醉人!

醉人沉香!

那异香的沉醉，竟使人嗅到了土地的根系，体味了生活的本真原味儿。于是，人手一碗鱼贯盛粥，男女老少逐个不拉，鼻子闻味舌尖品咂，不顾烫嘴不顾烫手，捧起粥碗大口开喝！于是，呼噜呼噜连绵成片，此起彼伏如雷贯耳，远远闻听，像是一片梦乡的鼾声，一片稻田的蛙鸣，竟远远胜出西海的波涛……哦，红的高粱粥，黄的玉米粥，此刻胜过玉液琼浆，哪怕金山银山都不换！晶莹的，鲜艳的，浓稠的，坚实的，这是有生以来最棒最棒的稀粥哟!

下村育史整个看傻了，张着大嘴下巴快掉了。他心中有愧不敢近前，便好奇地站在远处拿望远镜瞭望。看到百姓欢喜喝粥的场面，嗅着空中飘来的缕缕香气，他发现哈喇子快淌出来了，赶忙吸了口拿手擦了擦。真是大大出人意料哇！连我这个民政署长都无能为力，他们居然精诚团结，调兵遣将，自我拯救，神奇地从海上运来了一整船队的粮食！中国人太令人难以捉摸了，危亡关头的中国人，彰显了非凡的智慧，超常的能力，这令他由衷地震撼和叹服!

肚子实在太空了，底儿实在太薄了，灾民们居然喝粥上瘾，喝了红的喝黄的，喝了黄的喝红的。每当喝完热粥便自觉不自觉地舔碗。亲历了饥饿生死，谁肯糟蹋一星半点儿粮食。大人们现场示范是最好的榜样，孩子们宛若猫咪添得温润细腻，那舔过的碗犹如银镜般闪亮。世科媳妇不慌不忙小口喝粥，那小步疾走的频率却是后来居上，撑得仿佛大肚子孕妇似的。泽来造得七荤八素就跟花脸狼似的，大约整个脸都埋进了碗底，令占鳌和泽汉一通取笑。

想不到泽来嘻嘻哈哈反唇相讥：“我说两位大艺术家，饿着肚子能搞艺术吗!”

刘占鳌比比画画机智回应道：“喝粥喝得山响，舔碗添得锃亮，这就是艺术!”

泽汉闭着眼眸，若有所思，似沉浸于回味粥的味道，乡土的味道，饥饿的味道，满足的味道……

终于，大家打着饱嗝，暖心暖胃，实腹开怀，感觉增长了气力，开始闲谈唠嗑了。孩子们好像大锅里的粥，热情奔放，滚沸涌动，上蹿下跳，甚至逐次爬出大坑，骑上大铁牛的后背。

铁牛沉闷庞大形似雕塑，高高矗立于人们的视野。大铁牛是金州的镇宝之物！便有人讲述起它非凡的来历——

相传金州地势低洼，山洪暴泻海潮猛涨，地洼积水农田被淹。近在眼前的西海，打从明朝以来，常有倭寇窜来劫掠。便有一云游和尚，声称有降妖镇海之术，金州官吏依计而行，用数千斤生铁铸成一尊大铁牛，用脚脖粗的铁环连成牛缰，将大铁牛抛入西海，牛缰系于岸畔巨石。果然浪消潮退，浊水变清。传说只要牵动牛缰，铁牛就哞哞地吼叫，声闻数里地动山摇，倭患果然从此灭迹。金州城西城门遂冠名宁海门。后来，铁牛不知怎么登陆上岸了，稳稳地端坐在玉皇庙前。

讲述者只能就此打住了，他无法预测铁牛的未来。

此时此刻，曹世科志得意满，喜不自胜。他拽着身边一位方脸大汉，每人喝下一红一黄两大碗粥。

“此粥只应天上有，人间能得几回闻！”曹世科感怀兴叹，抑扬顿挫，“我说亲家啊，你不但一言九鼎，而且功德无量啊！就连我这小小的会长，都感到脸上有光啊！惊得下村育史都不敢朝面儿了！”

曹世科不吝溢美，对着大汉竖起大拇指，转而若有所思，低眉垂首，小声窃语：“只是……这一整船队的粮食花销，恐怕一时半会儿难以还清，容我……慢慢想办法。”

“什么花销不花销的？什么还清不还清的！”那方脸大汉抹了把嘴角，讲话简短朴实，却是掷地有声：“实话跟你说吧，这

不光是冲着你这个会长——我的儿女亲家！也是冲着乡里乡亲，俺也是金州人哪！天有不测风云，谁敢保一辈子没灾没难，能行风就行风，能行雨就行雨，这整船队的粮食我全当舍了！”

啊！曹世科激动万分，泪水顿涌，一时竟哽咽语塞……

这时，正好媳妇、泽汉、泽来、占鳌各自扛着粮袋走来。刘占鳌主动诠释：“阎老先生年老体弱，我替阎老先生捎带一份。”曹世科竖起大拇指。忽然，曹世科神秘兮兮问道：“知道这整船队的粮食哪儿来的吗？”

见一个个大惑不解，曹世科又启迪道，“金州头号大户人家是谁？”

“就是眼前这位邵东家！”刘占鳌并不陌生，他笑着跟邵东家点头。

“回答正确！”曹世科再次竖起拇指。他刚要张口，忽又想起什么，倏然麻利地爬到粮垛顶上，然后昂然站直身子，声音洪亮地当众宣布：“乡亲们，我向大家隆重介绍一下，眼前这位邵东家，就是我们的救命恩人！”他拿手指了指邵东家，欲伸手拽邵东家爬上粮垛。邵东家摆了摆手，坚辞不就。

曹世科继续道：“正是他雪中送炭——从朝鲜调来了整船队的粮食，又是他急公好义——整整义舍了一船队的粮食，我们才得以从饥饿的死亡线上起死回生！大家千万记住啊——救命恩人邵东家！”

“邵东家好样的！”刘占鳌竖起大拇指。

泽汉紧紧拥抱了邵东家，贴着邵东家耳根道：“你是我心目中的大英雄！”

世科媳妇泪含双眸，给恩人和亲家道了万福。

“啊，一船队粮食就是他调来的！”

“天哪，从未见过舍粥舍一船队的！”

灾民们如潮水般漫涌围聚过来。好奇，仰慕，感戴，称谢，纷纷伸出的手臂密麻麻如森林一般，够不着的人跪地叩拜以至形成方阵：

“感谢救命恩人!”

“你就是及时雨，大救星！活菩萨!”

“老天爷保佑邵东家，大富大贵，大吉大利!”

泽来扯着嗓子高喊：“邵东家万岁!”

再看邵东家，竟然不知何时蒸发了。

邵东家本名邵尚俭，是金州最具实力的巨贾。巨贾绝非招摇过市、自卖自夸的小商贩，而是实力超级雄厚、能够呼风唤雨的大商人。要问其生意大到何种程度？咱先说生意场吧，遍布金州，大连，长春，哈尔滨，海参崴；再说经营范畴吧，囊括杂货，粮栈，油坊，制粉，钱庄。邵氏家族视野开阔，富于经济头脑，曾于黑龙江肇东县购置土地4000亩，专门垦荒种植大豆小麦，用于加工出口；又于长春，开原，哈尔滨，开设五家天兴福制粉厂；同时以铁路为纽带，循着中东铁路、南满铁路沿线遍置房产，设立粮栈与粮油产品分销处，形成产供销一条龙服务，此种经营方式开大连华商企业之先河。二十世纪二十年代，邵家在大连及外埠以天兴福命名的企业多达二十余家。

金州讲究门当户对，名门大户相互结亲，以至于亲戚套亲戚，形成利益共同体。且说曹世科婚后喜得一子，而邵尚俭刚好抱一千斤，两家当即定下娃娃亲，曹邵结为儿女亲家。然而，毕竟孩子们年幼尚小，婚配结合需假以时日。曹世科每天日理万机，似乎早将此事置于脑后。一天半夜，曹世科因灾荒闹心难以成眠，便起身徘徊小院香径，谁知一不小心惊动了曹秋水，曹秋水便陪儿子一道散心。

夜色清凉如水，秋凉仿佛结了一层霜。万物灰头土脸，花树奄奄一息。曹世科满嘴燎泡。啊，在他那双仰望的眼眸里，弯月就好像割心的镰刀。

“是为饥荒的事儿发愁吧?”曹秋水心若洞烛，一语道破。

曹世科无言地颔首。不用问不用说，看看门口要饭的，自然一清二楚。

“我本想捐钱买粮，发放一下，但粮价实在太贵了！再说灾民浩浩荡荡，此举不过是杯水车薪！”曹秋水诚心想帮儿子，但心有余而力不足。

见曹世科不声不响，曹秋水分析形势道：“虽然你是金州会事务所的会长，但离开民政署长下村育史的力挺，你不过是光杆司令一个。我算是看透了，既然日本人只管日本人，咱们中国人必须得自力更生！有道是：一个好汉三个帮；众人拾柴火焰高！”

“爹，我承认你说得有道理，咱们只能自力更生了，可绞尽脑汁费尽心机，还不是走投无路两手空空！正像你刚才说的，想募捐赈灾，但粮食天价，那不过是杯水车薪，吃了上顿没下顿，还是不能从根本上解决问题！唉，百姓开始卖儿鬻女了，开始背井离乡了，再往下更难堪，我最不忍心看到的一幕，就是饿殍遍地，尸横遍野啊！……那样一来，我这个会长，妈的，上对不起苍天，下对不起黎民，中间对不起良心……”曹世科和着泪吐着心语，月光映射着一张凄苦愁容的脸。

曹秋水竟也淌泪了，他抚摸着儿子后背，安抚启迪道：“儿子啊，难得你心系百姓，先天下之忧而忧！还没到最后关头，车到山前必有路，让我们一块儿开动脑筋……唉，可惜王永江帮不上忙！听说奉天全省大旱，这阵子恐怕紧忙乎哪……”

“再说金州归关东洲管辖，他作为奉天省长不便插手，其实，这个问题我早就想过了。”曹世科接话道。

曹秋水无声点了点头，继续思索说道：“嗯，既然要从根本上脱离饥饿，那就应该从粮食本源上做文章。想想看啊，谁离粮食最近，支配粮食最多？甚至，种粮产粮，加工粮油，销售出口……”

“邵尚俭！”爷儿俩竟然异口同声。

“你们还是儿女亲家呢！”曹秋水提醒道。

“啊呀，怎么倒把这茬儿忘了!”曹世科猛拍脑门：“解铃还须系铃人!”曹世科兴高采烈，当即下定决心，“我明天一早就去找他，不达目的绝不罢休!”

曹秋水欣慰地颔首：“需要老爹尽管吱声儿!”

“姜还是老的辣，爹的主意无疑是金点子!”曹世科一欢喜一激动，竟然把曹秋水抱了起来。

爷儿俩咯咯咯大笑，吵得一家人不宁，屋里的灯霎时亮了。

曹世科终于睡了个囫囵觉。次日大清早，即迈出大门，趟开要饭的灾民，直奔东城五福堂而去。

邵家祖籍云南，移民山东，灾荒年份迁徙金州。邵永福靠经营杂货店起家，五个儿子唯有邵尚俭子承父业，追随父亲一直经商，且发扬光大。

要说天兴福的发家史，应该算是发了战争财。日俄战后的古城街道，小日本鬼子里出外进，叽里呱啦着岛国鸟语。说来也怪，天兴福销售的烟袋锅，无意间引起小鬼子的兴趣。一种铜锅玉嘴乌木的长杆烟袋锅，既可享用又可玩藏，这在日本是看不到的。小鬼子尝试着将烟丝摁进烟锅，划洋火点着，擎着烟杆吸吮玉嘴，烟气便顺着铜锅木杆玉嘴倒吸进来，从嘴巴冒出烟味儿。轻便，省事，好玩，强过大烟枪一百倍。吆稀，吆稀！小鬼子口口相传，迅速扩散，天兴福门前登时呈现奇观，小鬼子队列齐整，一字排开，轮番热购。

精明的邵永福窥到了商机，他决意从小鬼子身上狠捞一把!邵永福、邵尚俭爷儿俩倾巢出动，凭借对烟袋锅行情了如指掌，遂以批发价格，将古城所有商铺的烟袋锅统统收购，然后再以翻番的零售价转卖小鬼子。新奇、诱惑、贪求是一道魔杖，小鬼子傻呵呵真正被忽悠了。好家伙，需求旺盛，供不应求。小小烟袋锅，居然比那慰安妇还有魔力，还受欢迎！邵氏爷儿俩抓住机遇，大干快上，雇乘马车，连夜从海城、营口大批量贩进。小鬼

子时尚发烧，疯抢团购，起初站成一字长蛇阵，后来围成水泄不通的铁桶阵，好像非要把天兴福这个商业堡垒一举拿下不可。哈哈，这在古城构成了一道不可思议的风景。

马无夜草不肥，人无横财不富。其实，生意无所谓大与小，关键在于运作能力。小小烟袋锅竟使天兴福打了翻身仗，直至赚得盆满钵满，钱袋胀鼓鼓的。邵永福心花怒放，大胆扩张，买房子，买土地，买果园；开粮店，开油坊，开钱庄。五福堂恰逢其时运筹营建。这是建造在金州东城一排整壮显赫的大院，除了西边用作家庙，共有五座门楼，五个儿子一家一院。为了体现分配公正，邵永福倡议抓阄，一抓定乾坤。邵尚俭抓阄的门楼，恰好对应着礼拜堂。这就是后人常挂嘴边的邵家大院。

邵永福日渐年迈，于是轮到邵尚俭坐镇统领。在几位兄弟的帮衬下，邵家生意就像滚雪球一样越做越大。

曹世科轻车熟路，径直踏进邵尚俭家堂房，开门见山直奔主题，恭请亲家出手救援。

邵尚俭不置可否，凝神思索。

“亲家呀，事情不到万不得已，我是不会张这个口的。人命关天哪，我大小算个父母官，我怎能眼巴巴看着古城百姓活活饿死？还不如让我死了算了！可我死一百个来回，也救不了一条性命啊！亲家啊，我实在是没招儿了，不得不求助于你，你是做粮油生意的，我相信你一定有办法！救人一命胜造七级浮屠，积善之家必有余庆！我代表全城百姓，恳求邵尚俭东家了！”曹世科双手作揖施礼，心想如果硬是不肯答应，我就下跪，或者我就……退亲！

耳听曹世科一腔表白，声带哭腔，邵尚俭心有所动，暗暗盘算，看到亲家要下跪了，慌忙一把扶住。

“亲家呀，说句心里话，不是我不答应，我早就动心了。我的心也是肉长的，没有金州这一方水土，哪有邵家今天的财富！

就是你不张这个口，我也早就坐不住了！但这不是几句话的事儿，我正在考虑如何操办！”邵尚俭点燃香烟，不紧不慢地说道，“情况是这样的，眼下，铁路车皮紧张，东北粮食吃紧，陆路门儿都没有。俗话说：旱路不通走水路，我看咱只能走水路！”邵尚俭掐灭烟头，毅然说道，“这样吧，我设法从朝鲜那边调粮！”邵尚俭一旦考虑成熟，说话竟是力如千钧。

“太好了！好样的！金州有救了！亲家抓紧吧！”曹世科抓住邵尚俭的手，兴奋地敦促着。

“大军未动，粮草先行。给我几天时间，我需要集中资金，组织货源！”邵尚俭运筹帷幄，有的放矢。

“一言为定！”

“一言既出，驷马难追！”

第十一章　舍药

“舍药了舍药了！

“康德记大舍药！

“清热解毒，疏风祛瘟！

“早些领取，早些康复！”

……

古城春和、承恩、宁海、永安四座城门内，以及古城南街康德记大药房店铺门前，纷纷搭起了遮风挡雨的席棚，几口大铁锅氤氲着蒸气弥漫着药味儿。康德记大药房危难关头慷慨舍药，为不幸患了瘟疫的闾阎百姓祛除病患。但见体弱力衰无精打采的患者鱼贯排队，手上拎着钵碗亦步亦趋等候盛药。而已盛者狼吞虎咽地吞饮，竟顾不上洒了衣领胸襟。

大灾之后必有大疫。由于旱灾严重秋后饥馑，人的免疫力空前下降，金州及普兰店瘟疫盛行，一些脆弱的生命被瘟神无情攫走。金州康德记大药房及各家分店，紧急调配清热解毒疏风祛瘟中药。鉴于救治行动及时，避免了疫情蔓延，乃至更大的伤亡。

大药房店铺营业大堂，煊赫题写着“德记号”，以及“济世正德，康健民众”。这使人不由自主联想起红顶商人胡雪岩开设于杭州的胡庆余堂，营业大厅由里至外一心一意明鉴着“是乃仁术”、“真不二价”、“戒欺篇”。康德记营业大堂显赫位置，张挂着影星阮玲玉代言的“女界福”海报。而柜台里面，横亘着硕大齐棚的百年药柜，盛装着不计其数的医书、药方及中草药，其中包括康德记自创发明的女界福、海参丸、止咳养肺丸、生肌珍珠散、益寿比天膏……

康德记大药房创办于清咸丰年间。康家祖宗闯关东来到金州后，慧眼独具在南街买下几间临街店铺，采取前店后厂的经营方式，创办起康德记大药房。短短几年间，又相继在大连、金州、普兰店、瓦房店设立多家分号。就像营业大堂题写的匾额那样，康家信守和气乃生财之道，待客诚信、货真价实。那年月医家讲医德、百姓讲信誉，是令后世难以想象的。百姓到康德记大药房买药，尽可以记账，待年节临近了，康德记再派伙计外出收账。有一年，伙计竟牵回一头驴来，老板康忠国颇感疑惑。原来大孤山老孙家欠账，因无力偿还遂以驴抵债。帅气的康忠国立马色变，当即训斥伙计：“驴是农家最大的劳力，没了驴多舍手！老孙家的心意我领了。这样吧，赶紧把驴送还人家，这笔账打损耗！”此为闲话。

与康德记在城内救治相对应，城外古佛洞也展开了救治行动。而那位挺身而出的救治者，竟是不食人间烟火的赤脚大仙。

这天，曹世科专程前来探访。但见北屏山古佛洞前，人们扶老携幼逶迤蜿蜒，一个个形容枯槁歪歪斜斜，被病痛折磨得苦不堪言。赤脚大仙长发盘髻，上着厚衣，下着薄裤，竟然打着一双赤脚，正运用内功为病人医患。他抚摸着病人的病患处，一边发着气自丹田的堂音，一边运用手掌有节奏地拍打。那看似轻松的一掌却是力拔千斤的气力，疼得病人连声喊娘。少卿，则有病去如抽丝之感。这些日子，离群索居的赤脚大仙主动出山，整日为乡里乡亲调理医治。金杯银杯不如口碑，人们一传十十传百。

如此人流汇聚热闹不已的景象，倒使赤脚大仙情不自禁地追忆起甲午风云。当时人们为了逃离兵燹灾厄，齐刷刷地将古佛洞当作了遁身的世外桃源。赤脚大仙见状，遂将古佛洞腾让出来，独自东行至十三里洼子村。那天，当他赶到洼子村村头时，正好集聚着一干村民。大家见是赤脚大仙，居然视若无睹，恍若路人

一般。赤脚大仙眉宇紧蹙，顿生疑窦。这时，飞鸟扑棱棱地惊散，空气中流布着不和谐音……哦，终于弄清楚了，视野里涌现出一队小鬼子！威风凛凛全副武装的小鬼子，此刻无不投射出异样的目光，打量着怪模怪样的赤脚大仙：毛发蓬松，高峨竖起，上穿厚棉衣，下穿灯笼裤，最要命的是，三九天竟光着一双大脚丫子……一介素朴怪异的赤脚大仙，足令所有小鬼子心里发毛。俄顷，一军官盘桓至赤脚大仙身后，以擅长偷袭和攻其不备的方式，猛然挥舞战刀刷地削掉了发髻！天哪，砍削了发髻的赤脚大仙披头散发，然而鲜血却如注般地从发丝里渗涌，像无数条红色的蚯蚓沿着脖颈蠕动……啊，连头发丝儿都是血线！小鬼子面面相觑吆五喝六，准备杀戮眼前这一位妖人。这时，感念赤脚大仙恩德的父老乡亲，纷纷跪地求情赦免，言称赤脚大仙乃方外修炼之人，从不参与社会事物各类纷争。鉴于语言不通，日军懵懵懂懂，乡亲们便跟日军借来纸笔，简单潦草地书写着汉语，然后由日军通译官翻译。吆稀，果然与世无争！见赤脚大仙受辱不惊，日军官自知理亏无言以对，当即摆摆手放行。赤脚大仙这才免遭杀身之祸。

所谓道法天地，百姓就是天地。故此灾难降临，他不能超然物外独享清闲，他必须挺身而出亲力亲为，为乡亲们医患解难。

日头从东升到当空、再到偏西，赤脚大仙紧张忙碌又是一整天。仿佛是流水作业连续作战，赤脚大仙耗散气力大半，已是汗流浃背疲惫不堪。他记不清今日救治了多少，连日来总共救治了多少，他希冀韩信将兵多多益善。犹如月有圆缺物有损益，大益别人则大损自己；而损之又损以至于无，此乃大地情操大道意境。

渐渐地，从空无的洞口生发了有形，一只嘴巴前突尾巴拖地的走兽，悄然钻出了古佛洞。当它裸出尖锐的獠牙，撅起扫把一般的尾巴，人们适才看清作为狼的特征。而人们对此显现出来的平静，早已替代了最初的惊恐。见怪不怪全在于熟稔，人们权当它是一只狼狗，抑或赤脚大仙的护法。这只逃生于小鬼子的枪口、被赤脚大仙拯救的狼头，经过一番磨合、慎思，最终下决心不离不弃，与古佛洞赤脚大仙为伍。耳濡目染着赤脚大仙的修炼，狼头日复一日地改变了性情，它忠诚、温顺、乖觉、柔韧，曾经的野性与杀心荡然无存。

哦，温和的狼，平静的狼，低调的狼，内敛的狼。狼头果真忘却了记忆，彻底抹掉了血腥？每当乌云遮月之夜，抑或凄风苦雨之时，狼头总是岩石般兀立北屏山顶，目光深邃瞩望着一城之隔的南山。它的神情是那样专注和忧郁，像是一位历尽沧桑、心事凝重的老者。

与北屏山遥相对望的南山，四季花草繁茂，飞禽走兽麇集，是大自然洋溢着生机活力的逍遥乐园。如果说人类有道的话，那么兽也有道，野兽对于人类的态度，即为人不犯我我不犯人！生态的失衡往往是人为因素而导致。准确地说，是日俄战争毁灭性的战火，彻底撕裂了生灵的生存极限……哦，狼窝整个被连锅端了，几十头狼族家口炸翻在窝里，毛皮烧成了僵硬的炭灰，五脏六腑碎裂而漫溢……高大威猛的狼头外出觅食，幸好躲过了此劫。当它轻车熟路返回温暖的狼窝时，那惨不忍睹的一幕令它傻眼、战兢、眼红！……狼头淌着罕见的清泪，抖着长长的舌头，呼吸急促而抖颤，对着夜空长啸嘶吼：“呜嗷——呜嗷——!”那尖啸犹如射向长空的利剑，令霄汉摇荡令月亮藏躲，凄厉的尖嚎裹着哭音透着杀气，在死亡地带南山周遭辐射荡散。

篝火灼亮着山脚下的帐篷，影影绰绰着饕餮的小鬼子，一个个醉态龙钟，吆五喝六，赤膊上阵，载歌载舞，野猪的肉香味儿蛇一般钻出帐篷……哇哦，八嘎！小鬼子忽然震惊、呆傻、慌乱、尖号起来，就在他们身后不远的地方，猛然钻出了孤胆英雄的狼头。说时迟那时快，狼头双目喷火，张开獠牙，飞身纵跃，猛然发威。一个小鬼子慌忙开枪了，狼头躲闪不及，被打瞎了一只眼。狼头忍受着流血疼痛，狂怒地咬断撕碎了他。狼头锋利的獠牙，好似坚韧的钢刀；狼头敏捷的身手，仿佛是武林高手；不是一剑封喉，而是一刀斩断。短短几个回合，好几个小鬼子成了刀下之鬼，余下的狼狈鼠窜屁滚尿流……狼头凶悍地开膛破肚，将小鬼子滴血迸跳的心剜出来摆成一排，祭祀全军覆没遭受兵燹的狼群！啊，狼头一脸血红，嘴边挂着细细的肉丝儿，呼哧呼哧哈着粗气，思考着如何脱身……此刻，帐篷外面灯火通明，枪声大作，狼头感到死神的脚步正在迫近。它镇静地观望着帐篷边缘，终于发现了一隅空隙，决定以此为突破口，奋力冲出帐篷，只要钻进了树林，就算是全身而退！时间在分分秒秒地压缩，那些祭祀的心脏正在读秒。冲！它箭一般地射出帐篷！小鬼子叽里呱啦一通喊叫，枪声顿如排山倒海袭来。狼头虽然钻进了树林，却不幸打断了一条腿。狼头头脑十分清醒：一旦天色放亮，小鬼子肯定满山搜捕，绝不会放过自己！必须远远逃离，甚至南辕北辙。于是，狼头忍着钻心刺痛，凭着超拔的坚强意志，连夜从南山逃往北屏山。哦，天蒙蒙亮的时候，它终于瘫软下来，趴在古佛洞一带，浑身汗血、呻吟抽搐……它幸运地被赤脚大仙发现了，从此以古佛洞为窝生存下来。

此刻，狼头正站在洞口瞪着一只独眼，睹望着阳光汗水将赤脚大仙涂抹得油光锃亮，于是迈着一瘸一拐的碎步，为赤脚大仙叼来一块汗巾。

赤脚大仙一边擦着满头大汗，一边主动邀请曹世科进洞小叙。区区古佛洞是他规避红尘、休憩调养的洞天。其实，他早就听说曹会长候在一旁，只是眼下救人要紧，他不想分散精力耽搁时间。当官的冷落了也便冷落了，官与民孰轻孰重，他自然有自己的判断。平日里，他最仰慕古人那句话：民为天，社稷次之，君为轻。

二人一前一后，狼头亦步亦趋，径直来到石灰岩溶洞，但见洞外峭壁上凿刻着三方大字：古佛洞。顺着嶙峋的洞壁与怪诞的钟乳，踏着只容一人通过的羊肠小径，弯曲身子，忽高忽低，拐来绕去，影影绰绰，不知走了多久或许很近或许很远，面前豁然开朗一方足够宽敞的石洞。石洞中央，高悬两盏石灯，一座雕刻的佛像栩栩如生：哦，面庞圆融，头饰螺髻，双耳垂肩，双目微闭，左手着膝，右手打印，盘坐莲台。恰好洞穴上方，山泉渗流而下，滴答滴答，滴落佛像跟前。这时，斜阳西下，光映洞内，阳光透射佛像，水滴光彩耀眼。

“哦，太美妙了！”曹世科不由得赞叹，登时联想起金州八景：“难道这就是金州八景之一‘佛洞滴泉’？”

赤脚大仙笑着点头：“你来得恰逢其时！”

“真是百闻不如一见！”曹世科意犹未尽，进而又环顾搜寻。果然，望见石洞的犄角旮旯，呈示着或圆或长的石块：“难道这就是所谓的石鼓石磬？”

赤脚大仙婉转道：“敲敲看自然明了。”

曹世科拿手挨个儿敲打：“咚——咚——咚——”“铛——铛——铛——”不光形状相似，连声音也相似！“真是奇了，古佛洞哪来这么多神奇之物？”曹世科好奇探询。

“说起来，古佛洞的神奇之物，与莫高窟的神奇之物，年代仿佛。我问你，莫高窟哪儿来那么多神奇之物？喝茶！”赤脚大仙并不直接作答，倒像是类比考问。

赤脚大仙手指着一旁的茶杯，狼头心领神会，以剑齿当作手指，将泉水泡茶的水杯叼到曹世科跟前。

曹世科品着茶水，似有所悟：“哦，我明白了！”旋即言归正传。道是连日以来，闻听大仙不遗余力地为百姓治病，今日有幸得以亲眼目睹，大为感动，颇为感激。他颂赞大仙危难关头显身手，不计功利，竭尽全力，特此代表金州会事务所当面致谢！曹世科抱拳连连作揖。他希望大仙在医治病患的同时，千万注意保重身体。

“谈不上谢，理所应当。你为父母请郎中，父母谢过你吗？太阳照耀万物生长，大地奉献四季果实，人类无尽享用着大自然的恩赐，难道太阳大地就是为了图一个‘谢’字！再说，人类又何尝真正地感恩天地?！人类是如何回报大自然的呢？呶，好端端的南山炸平了，活生生的动物灭绝了，就连机智勇敢的狼头都变成了残疾！”赤脚大仙不无伤感地眷顾一眼狼头。

狼头发出凄惨的哭音，眼角溢淌出了水线。

“你想过没有，人类为何饱经忧患，又总是常沉苦海？喝茶！”赤脚大仙手指茶杯道。

哦，曹世科茶杯空了。狼头叼着茶杯，放到茶壶嘴下，一只爪子按住壶边，一只爪子握住壶把，然后均匀地倾斜，茶水汩汩着倾倒杯中。狼头重把茶杯叼到曹世科跟前。

曹世科整个看傻了：真是训练有素啊！

“我承认，大仙讲的道理很深奥，颇值玩味，我似乎懂又说不清，还望大师不吝赐教，点化开导！”曹世科抬望的眸子饱含着渴求。

“有这么一句话：‘船从桥上过，人在水中行’，你是怎样理解的?”赤脚大仙正视着曹世科，继续吩咐喝茶！

曹世科一边喝茶，一边笑而摇首。

“颠倒妄想嘛！”赤脚大仙优哉游哉地喝茶，仿佛清新之水涤荡污浊之气，口吐莲花之语：“人的肉眼所见，世间繁华富贵，皆以为真实可信，说到底还是虚妄，或者说是颠倒的。妄念带来了急功近利，生发了贪嗔痴毒素，旧业未除，新业续造，这正是痛苦的根源！于是，世人流浪生死，常沉苦海。那么，如何跳出苦海，上达平和安详？喝茶！”

曹世科模糊懵懂，缓缓点头，一边暗暗思忖：大仙的思维系于云端，距离现实生活太过遥远，不是一时半会儿就能领悟的。不过，既然来了总不能白跑，不如探询些贴近现实人生的话题，遂当即请教道：“听说大仙注重养生，功力非凡，请问人怎样才能健康长寿?”

曹世科此刻端坐着，而赤脚大仙盘坐着，彼此相向面对，距离不近不远。蓦地，曹世科发现赤脚大仙的袖口爬出一只虱子，赤脚大仙不慌不忙轻轻拿捏，不是嘎嘣一声捏死，而是安置到窝巢般的发髻上。这时发现，发髻上竟有无数的虱子在晃动。微弱的光源下，无数的虱子好像萤火虫的同类，熠熠生辉，缓慢蠕动，那发髻俨然是树丛窝巢……天哪，虱子寄养于他的发髻，他的发丝血源丰沛!

赤脚大仙平心静气，吞吐自然：“世间养生之人，往往舍本逐末，以为有啥法门，师父点化即可。其实，仅靠有为之法，肯定运行不畅。其实，养生须从做人开始，如果连人都做不好，想必修道也是枉然。人在天上是有星位的，所谓人在做天在看。道德是不可分割的，道德二字应当反过来领悟！那么如何做人呢?儒家讲究纲常伦理，佛家讲究清规戒律。从道家文化来讲，虽然是众妙之门，道可道非常道，名可名非常名，但是必须切记一点：只要观天之道执天之行，遵循着大自然的运行，并运用于人的心智活动，自然清静无为，健康长寿！思考一下，为什么日月盈昃?为什么潮涨潮落?为什么春播下锄，秋收冬藏?为什么不以物喜，不以己悲?喝茶!”

“山不在高有仙则名，赤脚大仙果然名不虚传!”曹世科真诚拜谢，随即起身告辞。

残缺是宇宙恒常的模式。虽然康德记大药房、赤脚大仙拯救了无数生命，然而，对于个别病入膏肓、无可救药之人，老天注定是要收走的。一位年老体弱、抵抗力薄弱的士绅，就这样被病魔无情地掳走性命。此人即是著名士绅曹一心。

闹饥荒那一阵儿，曹氏父子忧心忡忡，生怕成长阶段的孩子饿坏了，影响身体和智力发育，以至耽误学业、书院难以为继。曹德麟前往二十堡征调粮食，曹一心倒腾家底清仓库存。曹家于

是定量进食，奉行节约；曹一心勒紧裤带，节衣缩食。然而，终归不是长远之计啊，救得了一时救不了长远。曹一心彻夜难眠，绞尽脑汁，开始抽烟，开始喝酒，常常半夜咳嗽不止，心肝肺都快蹦出来了。曹一心终于调动远在双城的同宗一脉，大宗购粮和整车皮发货。那千金难买的保命粮食哟，竟源源不断如流水一般，从曹家弄子、从火车站汇流南金书院！那一段日子，曹一心长在书院里、泡在食堂里，他详加细问伙食标准，他要亲眼看着孩子们吃饱喝足。福大命大的莘莘学子哟，果然衣食无忧，蓬蓬勃勃。南金书院光荣躲过一劫。

一波未平一波又起，饥荒刚刚消停，瘟疫接踵而至。听说个别孩子出现症状，曹一心心悸战兢，暗暗祈祷：牵一发而动全身呀，千万不能出现多米诺骨牌效应！他当即采取急救措施，一边将个别孩子隔离治疗，一边紧急求助康德记配药。于是乎，操场上错落有致地摆放着热气腾腾的大锅，曹一心借助岩间德也，强调师生必须带上杯具排队饮用。一些学生不甘其苦、投机取巧，被曹一心发现了强行就范。望着学生们鱼贯盛药大口吞饮，一个个生龙活虎，曹一心心花怒放志得意满，颇有那么一股子成就感。然而，偏偏暴露了灯下黑，偏偏是最不该感染的恰恰感染了瘟疫！那天，曹一心突然一头栽倒在操场上，骨瘦如柴的他再也不曾醒来！

“爹——爹——”曹德麟发疯地摇晃，慌忙往父亲嘴里灌药。唉，水米不进，汤药不进，输送多少，返还多少。啊，一切都来不及了，一切均于事无补了。

仿佛天色放亮星汉消隐，一位老人刚好消隐在孩子们平安之后，默默无闻，从容上路。一颗黑夜里璀璨的星啊，隐没于白昼的浩茫。哦，他把心血和财富都倾注给了孩子和学校，轮到自个儿则是疲惫不堪，瘦弱不堪，沉疴不起……

德麟捶胸顿足，号啕大哭。全院教师学生，无不坠泪。

岩间德也满怀深情，亲自部署治丧。于是，南金书院好似朋硕无比的吊唁场馆，一双挽联犹如瀑布从尖坡屋顶直泄流下。哦，莫非是上苍的评语：

一代风范倾资重教崇尚师道圣洁
万世楷模呕心沥血致力民心陶冶

花圈连绵如波涛浪花，连树木都绽放了白花。教师着装一身素裹，全都是亲人家眷；学生纷纷披麻戴孝，全都是孝子贤孙。

古城大户、著名士绅的不幸病逝，无疑是古城金州一桩头条新闻。于是，凡与教育相关的各色人等纷纷出席，一些公众人物、熟悉的面孔相互致意：曹世科、阎桃李、王克谦、邵尚俭、康忠国、曹秋水、王泽汉、刘占鳌……下村育史率民政署官员出席。同宗一脉的远亲，一路悲恸纷至沓来。面对这位教父级人物的不幸消逝，南金书院笼罩在一片悲哀丛中。曹德麟披麻戴孝长跪不起，曹家亲眷一溜两行站成树桩，接受着人们长蛇阵般鱼贯的吊唁。曹一心躺在百花丛中坦然安详，面对苍天无愧无憾，了无牵挂。莘莘学子一跪三叩，五体投地，那些稚嫩胸腔迸发的诚挚啼哭，仿佛青春遭受了重磅一击；那些手持马蹄钟表的优秀学子，如丧考妣声嘶力竭……

曹世科、阎桃李、王克谦、邵尚俭、康忠国、曹秋水、王泽汉、刘占鳌等，一一敬献花圈，含泪鞠躬，无不深切景仰。

“在古城金州，这是我所仅见的伟大场面。曹一心了不起！”下村育史感叹道。

“曹老先生没有白活，如此众多的儿女披麻戴孝，他拥有的孩子天下最多！”岩间德也洒泪说道。

岩间德也专门辟建了纪念厅，借以缅怀感念曹教董倾资重教，以及桃李满天下的光耀之路。厅堂正面墙上，高悬曹一心亲笔题写的匾额“育材振德”。后来纪念厅门楣，又悬挂了王永江题写的匾额“春风化雨”。来宾师生纷纷观瞻，以至于水泄不通。

“曹大先生，该起身了。”葬仪结束了，岩间德也走了过来。

曹德麟缓慢地站起，身子忽有些摇晃，岩间德也赶忙扶住。

“谢谢岩间院长！”曹德麟握着岩间德也的手摇荡。

“咱们之间，不提谢字。”岩间德也腾出手来，拍打着曹德麟臂膀：“曹校董走了，你继任校董吧！”又若有所思，吞吞吐吐，“有一个问题……不知当讲不当讲？”

“但说无妨。”曹德麟道。

“关于曹一心奖学金，从此是否予以终止？”岩间德也蹙眉探询。

曹德麟毅然摇首，深沉坚毅道：“保持不变，老子缺失，儿子顶上！”

岩间德也使劲颔首，又问：“是否更名曹德麟奖学金？”

曹德麟又摇首：“继续沿用曹一心奖学金，这是他老人家一生的心血，也是对他老人家最好的纪念！”

“太完美了，曹大先生！”岩间德也竖起大拇指。

一份有关辽南金州灾情赈济的信息简报，居中摆放在王永江的办公案台。

他往兰竹花盆里浇水不觉溢淌了出来，看来他的心思并不在这里，或许早已飞向了魂牵梦绕的故乡。

啊，大饥荒，大疫情，当局不动声色无所作为，金州人自己站出来自救了！天兴福、康德记、赤脚大仙，这些默默做事、与世无争、从不参政、不事张扬的商家方家，犹如一座座潜伏水底的冰山，危难关头，一跃出水，慷慨施舍，行侠仗义，这是何等境界的商家方家呀！世上还是善人多，金州百姓有福啊！金州藏龙卧虎啊，危难关头露真容了！

虽然身不由己严重缺席，但相似的经历却填补着想象的空间。王永江靠在沙发上头枕着手臂，脑海如潮水般波涌着拯救瘟疫的难忘一幕——

旅顺孙家沟大山坳，男女老少扎堆的聚落。平铺干涩稻草的地面上，横七竖八里出歪斜着患者，似一夜狂风吹落的烂熟红果，一个个面目皆非痛苦呻吟……大头瘟将整个村子压垮了。

村长疾步上前，俨然向上级报告：“王掌柜，按照你吩咐的，全都准备好了，就等你出手了！”

王永江沉默点头，并不言语。自采真堂在旅顺开张以来，还从未遇到过如此重大疾患。拒绝拯救是理所应当的，以免带来不必要的后果。然而，生死关头见死不救，又岂是君子良医所为！王永江坦陈声明：“大难临头，自当义无反顾。但是大头瘟是严重传染病，小小采真堂实在勉为其难。如果我治好了，是大家的造化；如果治不好，千万别怪罪！”村长一咬牙一跺脚，毅然决然道：“反正也是一死，死马就当活马医吧！”

王永江仔细查看了一圈儿，锅灶、水缸、柴垛、药袋……然后大步流星地来到大锅前，将紧急配成的普济消毒饮，统统倾倒锅里，再倒上大半锅水，这才威严命令道：“烧火！”

“好嘞，烧火！”村长大声传令。

便有年轻人点火添柴。

众人凑近着，围观着，唏嘘着，期待着；水冒泡了，水翻花了，水哈气了，水滚沸了……

“马上撤火，小火慢熬！”王永江再度下令。

还没等村长传令，年轻人早手脚麻利地撤火。

“哦，药味儿出来了，味儿真够浓啊！”众人拿出了盛器，移动着步履，吞咽着口水。

“稍凉一凉，就能喝了！”王永江拿舀子在锅里搅和。

年轻人小心翼翼地盛舀着。

热气氤氲，药味弥散；烧了一锅，又烧一锅……

收工已是夜幕时分，那天月亮格外圆明。王永江浑身像散了

架，心里却似明月般娇美圆满。

次日，村长、村民来到采真堂，送来锦旗以及农副产品。村长兴高采烈地说道：“听说相当一部分大头瘟患者投奔了太阳沟的沙俄医院，结果治愈率不足百分之三十；而咱们孙家沟简陋的时疫医院治愈率却高达百分之七十！王掌柜真是了不起啊！”村长竖起大拇指，只见他一个手势，村民便齐刷刷地跪下：“感谢王掌柜救命之恩！”

只是遗憾啊可惜，瘟神攫走了曹老先生！曹一心的音容笑貌、同曹一心共事的点滴细节熠熠生动眼前。天下熙熙皆为利来，天下攘攘皆为利往。大户人家比比皆是层层不穷，不是置房置地就是妻妾成群。唯有曹老先生倾资重教，孜孜不倦不遗余力，行大善积大德，是金州教育的一等功臣啊！

王永江心有所动，泪花在眼圈打转。他凝思慨叹，激情滚涌，当即提笔蘸墨，挥毫题写：

急公好义　德望兼隆
春风化雨　功德无量
德兼和缓活人术　记取黄农济世心

第二天一大早，他命人将题字送达金州。邵尚俭、曹德麟、康忠国均一一承接了墨宝。大家争相传阅，交口称誉，备感上下同心，体恤温暖。

第十二章　省长

一辆漆黑油亮的轿车，停泊于大帅府门前。荷枪实弹的门卫瞄了眼车牌号，便一目了然这是王省长的专车，当即开门畅通无阻，轿车直接开进了庭院。张作霖闻报出门迎接，王永江款款地下车。二人显得亲密无间，遂一道迈进大帅府。

“大哥，兄弟有事找你！”这时，从小客厅里冲出了张作相、张景惠。张景惠大着嗓门道。

张作霖回过头来，不耐烦地摆摆手：“急猴子啊，等会儿再说！”

望着张作霖、王永江的背影，张景惠摇头晃脑顿生感慨：“唉，咱们下车从侧门进来，还要在小客厅等候；人家乘车从正门进来，还要大帅亲自迎接。待遇就是不一样啊！”

“你没听说省城流传一句话吗？王永江进帅府——高人一等！”张作相嬉笑着附和道。

张景惠眨巴着眼皮，狐疑地猜测：难道因为那件事儿，雨亭还耿耿于怀、记恨于心？是兄弟我不对，第一次直奉战争转投了曹锟，为此惹得你大动肝火！后来回奉天吊唁亡母，我专程拜望了你，并泣泪忏悔！你公然表态过去一页翻过去了，可为什么却如此慢待于我？

少顷，张作相又客观冷静地劝慰：“不过这也正常，人家是有功之臣，又是一省之长，当然事情更重要了。咱们没法跟人家比，你就别计较这些了！”

张景惠奄着眼皮，噘着下唇，默默颔首：但愿如此、但愿如此……

王永江紧随着张作霖，漫过长长走廊拐进老虎厅。色彩斑斓的虎皮座椅、紫褐色的玫瑰扶手椅，正翘首以盼恭候着他俩。

王永江亮出一份请柬，开门见山说道：“将军，满铁顾问岩间德也，日本驻奉天省总领事吉田茂二人想请我吃饭，估计是有要事相商。前段日子，我和岩间德也接触过，岩间德也提出满铁想跟奉天省合作，共同开发阜新煤矿。而且，还提出一些先决条件。我当时没有明确答复。我必须先跟你沟通，跟咨议局研讨之后，才能作出决断。估计这顿饭跟这件事有关。”

“你是怎么想的？有话直说！”张作霖爽爽快快。

王永江品着佣人递上的名茶，思忖着说道：“从大处着眼，东三省目前独立，跟关内隔绝，因此，跟日本友好相处至关重要。我提出保境安民，其实也包含这层意思。”他不厌其烦地阐释着他的为政方略，“我们必须争取和平的外部环境，这样对我们自身的发展有利。目前，我们还不具备与日本抗衡的能力，因此，只能韬光养晦，卧薪尝胆，苦练内功。从小处着眼，我们目前资金技术有限，只能把有限的财力，用在实业、交通、教育、屯垦、民治等领域，暂时还顾不上开采阜新煤矿。”他如饥似渴地喝了几口茶，然后轻松释然地说道，“如果日本人愿意合作开采，我们正好借助日本的资金技术，先期开采，最终收归奉天所有，大不了双方互利共赢，何乐而不为呢！因此，我倾向于合作开采阜新煤矿。不知将军意下如何？”

“妈个巴子，就这么办！”张作霖当即拍板。

“要不要一块去呀？”王永江笑着征询。

张作霖摆了摆手道：“你应付他们足够了，我不稀罕见小日本！”

“哦，将军跟他们有过节？”王永江好奇探道。

张作霖握着水烟滋滋冒着烟泡，像讲故事似的追述起往事——

“当初，小鬼子派人跟踪暗杀我，结果反被我的人所杀。老子命大，不是随便想杀就杀得了的！宽城子事件，中日双方都有伤亡，各人自扫门前雪罢了，小鬼子妈巴子纠缠不休，竟然威逼北京政府，提出要让我公开道歉，还要提前报告军事行动！妈了个巴子，老子偏不信邪，老子就不道歉，更不可能泄露军事机密，我凭什么要向小鬼子报告！还有一回，小鬼子在我的地盘上，杀死了我的一名士兵，欺负人欺负到家门口了！我跑到日本领事馆交涉，日本领事不慌不忙，随手开了一张五千元支票，交给我就算打发了。我回到军营，命令全军放假两天，见到小鬼子就杀！正好那天半夜，士兵杀了两个小鬼子。第二天，日本领事跑来找我交涉，妈个巴子，我就把他开的那张支票，连同我新开的一张五千元支票，一块儿塞给了他！”

“以其人之道，还治其人之身也！”王永江一语概括。

张作霖点着头，流露出不屑一顾的神情：“就凭他们那点军事实力，妈巴子也不瞪眼珠子瞧瞧，东北地盘上谁是老大！”

“将军果然大丈夫也！”王永江竖起大拇指，一边婉转和缓说道：“不过，我还是要唠叨一句，将军切莫诉诸武力，大炮一响黄金万两啊！”

张作霖机警地眨着眼，当即不失时机地问道；“整军治武咋样了？”

王永江轻松会意地笑了。“我说切莫诉诸武力，并非放弃整军治武，而是说切莫轻易动武。将军尽管放心好了，一切正按计划进行！”王永江说罢起身告辞，一边饶有兴味地补缀，“将军也该召见二位弟兄了，否则他们该骂我搞特殊化，把将军据为己有了！”

“就是搞特殊化，他们敢放屁呀！兄弟早晚见面，妈巴子着啥急！”张作霖起身送行。

王永江如约来到大和宾馆，下车后顺着台阶迈进大堂。

岩间德也影子似的闪出，一边热情招呼随身陪同。

二人顺着防滑牛皮垫底的旋转楼梯来到二楼，岩间德也引领王永江来到一间典雅的日式餐厅。静候一时的奉天总领事吉田茂笑着迎上前。岩间德也相互引荐，吉田茂与王永江握手致意。

“欢迎省长，大驾光临!”

“领事先生，很高兴结识你!”

王永江约略瞅了瞅，吉田茂跟岩间德也何其相像：秃脑门，小眼睛，大鼻子，大嘴巴，大脸盘戴一副大眼镜，这印象让他感觉好笑。日本盛产海洋产品，吉田茂和岩间德也长得就像鮟鱇鱼哥儿俩!

嗬，满桌儿日本料理。煮鲍鱼、煎猪排、生鱼片、松茸汤、日本龙虾、鳗鱼肉片、蔬菜沙拉、寿司甜品……瞅着琳琅满目，品类丰饶，只是容量有限，小盘小碗，仿佛提示客人，尝尝行了，点到为止。

“请!”

“请!”

伴随着低调缠绵犹如哀乐的樱花音乐，几位挽着发髻、穿着和服、粉面点唇的艺伎当即出场，节奏舒缓，翩翩起舞。哦，艺伎的上身仿佛包在僵硬的壳里，其浓重的粉面、眉毛、口红仿佛是假面，整体给人以木偶机械动作的感觉。

一种异国的情调氛围，令王永江不由自主地观摩起来。吉田茂、岩间德也于是一道陪同着观摩。估摸着是时候了，吉田茂简短道了开场，然后主动跟王永江碰杯。王永江象征性呷了小口。岩间德也热情地为王永江夹菜，彬彬有礼地示意王永江请用餐。王永江拿筷子夹了小口放进嘴里。

“啊，省长先生，虽然我的领事馆在你的地盘上，但省长可知奉天在中国的位置，以及日本在全世界的位置?”吉田茂先声夺人，叼着雪茄说道。

“如果单说地理位置，我自然清楚。但我想领事大人一定另有所指，愿闻其详。”王永江眨着眼眸，客气回道。

“省长果然聪明！我的领事馆只是奉天一个点，你的奉天省只是中国一个点，而且地处偏远封闭的东北，与中央政府有一关之隔，与经济人文活跃的江南遥不可及，相距十万八千里！因此，只有我们两个点相距最近。”吉田茂仿佛一位数学老师，解析着关于点与面的关系，“当然，我的领事馆又不仅仅是一个点，而是悬挂飘扬着大日本帝国的太阳旗，太阳旗看似圆点实则是普照放射的！”吉田茂张着大嘴唾星四溅，仿佛鲛鳙鱼嘴角挂着白白的黏液，于是沾沾自喜地回顾起日本的近代史，“早在江户时代末期，日本的教育已达到相当高的水准，跟外国发生关联后，教学的重点从传统的儒学、国学转向外语、技术、军事，特别是经历了明治维新和两次工业革命，日本早已脱胎换骨走向世界，从垄断资本迈向大帝国经济！而对清（甲午战争）、对朝（日朝战争）、对俄（日俄战争）三次世界性战争的胜利，大大提升了日本国的国际地位！日本恰到好处地把握了历史机遇，争分夺秒地赶上了时代潮流，从而在大东亚崛起称雄！面对这样一位近邻，不知省长有何考虑？”吉田茂话锋一转，试探起王永江的底数。

这个吉田茂不同凡响啊，上来就是一个下马威！听说从前担任过外交官，后来又在中国担任领事多年，外交辞令、嘴皮子功夫蛮有一套。王永江审时度势，不卑不亢，处下而不争，语调和缓而平稳：“领事先生对历史形势分析得头头是道，真是大开眼界，令人佩服。巧合的是，在中日近邻的关系上，我们的感觉不谋而合。”王永江顿了顿，喝了口水，“我提出保境安民、造福桑梓，无非是希望与日方友好相处，以达到双方互惠互利。领事先生应该清楚，我接手的奉天是个烂摊子，怎么形容呢？塌下窟窿背上账——就像黄皮膏药贴在身上！”王永江忽而戏谑了一句，表情也跟着戏谑。

吉田茂、岩间德也哈哈大笑，笑声遮盖了背景音乐与现场表演：“省长大人，你可太能形容了！”

王永江从容不迫，浅吟低唱。他的头脑十分清楚，今日谈话之要点应在前瞻性与合作上：“我当下千辛万苦所做的一切，简单地说，就是为了偿还旧账，改变现状，让奉天的老百姓能得到实惠。”他瞟了一眼吉田茂，“包括吉田领事在内，谁当官不想做出点业绩，否则还要我们这些人干吗?!”

吉田茂赞同地点头。

王永江接着道：“当然了，我们遇到了意想不到的阻力，无论是资金、技术还是人才，我们明显匮乏，严重不足，我们由衷希望并欢迎与日方合作！我们有资源，有人力，以及合作的诚意，我们希望能够借着日本的光亮，乘上时代最末一班列车，让奉天走向富足，走向世界！”

吉田茂兴奋地咧着大嘴：“省长大人，你真是一位智者哟，你的远见卓识远远胜出其他中国人，你将是大东亚未来发展的先觉者！来，为了我们双方精诚的合作，干杯！”

王永江附和着碰杯。

“听说王省长满腹经纶，才学过人，往后还请多多指教哇！”吉田茂终于放下架子，包括放下眼镜架子。

“哪里哪里，他山之石，可以攻玉！日本在科技和经济领域，更值得我们借鉴学习啊！”王永江谦逊礼貌回道。他只字不提政治外交，更不愿涉及军事武力。

吉田茂眨了眨眼皮，忽然想起什么：“哦，光顾着说话了，吃菜吃菜！”在他的率先垂范下，大家纷纷动起筷子。

日本料理虽是小盘小碗，倒是品类营养丰富，做工精细考究。自打上次在岩间德也家首度品尝，特别是当下品质大幅度提升，王永江感觉自己越来越适应了。海纳百川，看来自己还是善于接受新事物的。他自我宽慰道。

“听说省长的施政纲领，提出了许多重大举措，包括兴办铁路、大学、纺织厂，不知究竟出于怎样一种考虑?”吉田茂终于切入肯綮，看似轻松随意的话语，却暗含咄咄逼人的锋芒。

“领事先生说到这个话题嘛，”王永江大口饮酒、略作沉吟，然后瞟了一眼岩间德也，“其实，我已经跟岩间先生交谈过。”潜台词是，难道岩间德也没有跟你汇报？你何必揣着明白装糊涂反复逼问！岩间德也认同地点头。王永江举重若轻，玩笑与认真参半道：“说真的，本届政府不想稀里糊涂过春秋，每天像老和尚撞钟似的，直至坐吃山空，让人家背后戳脊梁骨！本届政府希望有所作为，起码对得起这份薪水，多多少少能总结点成绩，以造福桑梓，普惠百姓!”王永江左右环顾着吉田茂、岩间德也，好似多少透着酒意，“我本人表示相信，而且吉田领事、岩间顾问一定深有体会，当今社会，特别是大帝国经济，没有钱是根本玩不转的！张作霖将军形容得更加直接，更加露骨：‘男人没有钱，就连妈巴子女人都不跟你!’哈哈，或许二位不缺钱，但是我们缺啊！因此，我算是看透彻了，要想真正富足、腰杆硬朗，只有发展经济一条路可走！哈哈，是吧，二位?”王永江嘻嘻哈哈着。

吉田茂嘿嘿笑着，感觉王永江非同凡响，甚至是一位太极高手！他避实而就虚，顾左右而言他，多么尖锐的问题到他这里都能轻松化解！态度不卑不亢，谈吐自然得体，甚至嘻嘻哈哈一笑了之，简直让你无话可说，难以往更深一层开掘。吉田茂一时无语，重新架上眼镜，自顾自大口吃菜。他拿着筷子忽然僵住了，似乎大脑的某根弦奏响了，他的嘴角竟咧到了腮帮子。哈哈，人性都具有弱点，只不过表现方式不同，王永江绕来绕去的谈吐，关键在于暗示一种交易。他当即朝门旁的侍卫拍拍巴掌，侍卫于是拎着皮箱子走来。

吉田茂索性将皮箱子拿到台面，朝着王永江直截了当说道；“王省长，这是本人一点心意，权当是见面礼了。我知道，你的

家境并不富裕，这点心意微不足道，只是解一下燃眉之急。咱们来日方长，请王省长务必笑纳！”吉田茂轻启按钮，皮箱子刷地弹开。嗬，满满堂堂崭新的日元！他啪的一声阖上，直接往王永江手里塞。

王永江脸色陡变，倏地站起身来，呼吸登时急促起来：“我这个人是讲究原则的，无功从不受禄。坚决不可以超越底线！如果你们搞鸿门宴的话，对不起，我们之间的合作没有余地！”说罢，扭头即走。

吉田茂、岩间德也面面相觑，赶忙上前拦路。“王省长何必这么认真呢？我收回礼金好了！”吉田茂满脸堆着笑意，“仅此一点，王省长更加令人敬佩！”吉田茂竖起大拇指。

王永江面无表情，倾吐秽气。为了顾全大局、未来图景，他在二位鲛鲽鱼的挟持下勉强就座。吉田茂端着酒杯，站到王永江身边敬酒，为刚才的冒昧之举表示歉意。王永江略微消气，意思一下。

“王省长，关于合作开采阜新煤矿一事，不知研究结果如何？”为了转移话题或是回归主题，岩间德也仿佛接过吉田茂的接力棒，再度穷追猛打。

“哦，我刚才已经表态了，我们希望并欢迎与日方合作！作为双方开展合作的重要一环，合作开采阜新煤矿项目，经过研究咨议，已获批准！”王永江举重若轻，当场答复。

“啊，太好了！省长果然讲信誉，这下可以交差了！我衷心地敬兄长一杯！”岩间德也兴奋异常，亲自给王永江斟酒。

吉田茂一同举起杯子：“我也敬！”

“同饮！”王永江举杯道。

岩间德也拿起公用餐具，为王永江夹鲍鱼、夹龙虾、夹鱼片。

为了避免尴尬，以助酒兴，吉田茂猛一摆手，三位艺伎一溜小跑过来，且各就各位，分别坐到三位男士身旁。此情此景，她们仿佛卸掉了面具，表情生动主动搭讪，一边斟满陶制酒杯，一边殷勤敬酒。

哦，一股浓浓的脂粉味儿让王永江难以承受。暖风熏得游人醉，直把杭州作汴州。他不想让胭脂味儿、酒精味儿湮没了自己，于是象征性啜了一口，当即作揖说道：“本人不胜酒力，先行告辞！”说罢转身迈步，一去不回头。

吉田茂、岩间德也略感扫兴，幸被艺伎撩拨着，转而兴奋起来。

这天，王永江意外收到了家信，是五凤亲自捉笔所写！

“信笺及钱款早已收悉，迟复为歉。告诉你一件事儿，千万不许上火啊。”五凤居然像哄孩子似的，娓娓道来金州发生的一切：旱灾饥荒，邵东家义舍一船队粮食；瘟疫流行，康德记批量舍药，赤脚大仙发功治病，曹一心不幸病逝……最后感叹说道：天不灭曹，金州人福大命大！世间还是好人多，金州大户不白给！”

然后笔锋一转，直奔家庭主题：“泽汉婚姻大事已定，女方是二十里堡孙家，相貌人品都还不错，就差正式举办婚礼了。儿子婚礼你务必参加，一切全看你的方便，你什么时候来家，什么时候举办婚礼！”

最后婆婆妈妈叮嘱丈夫：“一定要注意身体，自己照顾好自己，想吃啥喝啥别吝惜，该休息则休息，别太操劳过度。泽唐泽华懒散自由惯了，适度管管抓抓学习即可，别管得过严过死，过犹不及嘛。他们也老大不小了，该学学独立和自理……”

好你个死五凤，还以为我不知道，大灾大难早就席卷而过，天空早已云开雾散了，竟才想着写信通报！不过，他还是能够理解五凤——事后诸葛亮的，怕我跟着牵肠挂肚担惊受怕。还怕我管教孩子过于严厉，因此婉转规劝适度管束。想想五凤挺不容易的，由于夫妻分居天各一方，她本人生生守活寡不说，还要照顾

一家老小忙里忙外，的确是王家的好媳妇啊！永江端详着五凤的字迹——说来这还是头一遭观照呢，一笔一画工整细腻，像是一幅蝇头小楷，一看就是有童子功的。再看行文措辞，自然流畅一气呵成，诸如天不灭曹、过犹不及等成语，运用得恰到好处非常得体。哈哈，我的媳妇是有文化的！永江颇感欣慰，竟捧起信函放到唇上亲吻一口。少顷，脑海中油然而生一大主题，五凤说得千真万确呀，儿子（又是长子）结婚是头等大事！王永江仔细翻了翻黄历，初步选定了黄道吉日，因为这一天适宜迎娶，而且正好又是礼拜天！他在黄历上赫然做了标记。他告诫自己：千万不要惊天动地，此事宜早不宜迟！早点把儿子婚事办了，真正忙的日子还在后头呢。

王永江敦促泽唐、泽华先行一步，按照婚期帮忙操持做好准备，提早通知双方家人亲眷友邻。自己赶在周末傍晚回家。

周末下午，王永江乘上了开往金州的绿皮火车。火车尖啸着如一条游龙腾跃浑河，沿着广袤无际的丘陵平原蜿蜒前驱。若明若暗的光影书页一般在他的脸上翻过，望着窗外一闪即逝的风景、从黑咕隆咚的隧道穿行而过，他竟一时间埋入了遐思……时光恰好比白驹过隙，转眼之间，泽汉已经长大成人，这就要独立门户了！事实上由于两地分居，作为亲生父亲，我对他的教育和关怀，真的是远远不够哇！他萌生了些许的愧疚，他拿手擦抹一下眼角。哦，窗玻璃仿佛是记忆的镜子，飘忽跃动着小男孩泽汉的身影……王永江追忆起泽汉骑马不慎摔伤，赶来省城治疗自己忙前忙后的一幕，所幸无大碍无大虞啊！否则作为王家长子，如何长大成人，娶妻生子，传宗接代……

黄昏剪影着一座古城的轮廓。那雄伟的城墙显赫的城楼投影于护城河，仿佛对着时光的镜子诉说着英雄已迟暮。古城在暮色合围中暗淡了光景，大街小巷长长的影子作为落日的注脚，侵吞蚕食着完整路面的半径。于是，店铺开始关门，摊位开始收摊，马车开始退隐，挑夫开始出城，行人开始回归。

王永江随着人流涌出了站台，然后钻进一辆马车直奔古城。马车嘎哒嘎哒着钻进南城门，王永江当即吩咐车老板停车。恍惚之间，好像有人在喊他的名字。王永江只顾着付车老板车钱，没怎么搭理那喊声。

这时，从益昌凝糕点铺门前，急三火四走来一位老先生，见了面怒气冲冲地训斥：“王永江，我喊你没听见啊！”

王永江一见，赶忙施礼：“哎哟，阎老先生！”

“哦，当省长了，官做大了，眼皮朝上翻了，对平头百姓不理不睬了！我这老头子喊你三声硬是没听见，要是张作霖喊你早屁颠儿屁颠儿了，是不是啊？你倒是说，是不是啊！”阎老先生咬牙切齿地数落，高擎着烟袋锅敲打王永江的脑门。

“天哪，这不是王大省长嘛！”

“这老头是他什么人哪？竟敢拿烟袋锅当众敲打！”

这时，好奇的人们早已围观上来，叽叽喳喳议论着。

“哦，刚才只顾着付车老板车钱，一时没听出来是先生在喊我，学生的确是疏忽了，还望先生见谅！”王永江厚着脸皮，尽力解释清楚。

“哼，瞧你这点儿出息，不好好做你的省长大官，动不动就往家里跑！你既然这么恋家，不如做个家门口汉子算了！一亩地两头牛，老婆孩子热炕头！省着舍家撇业的，跑省城那鬼地方混饭吃！”阎老先生一改往日的儒雅，好像换了个人似的，极尽冷嘲热讽羞辱之能事。

“说来巧了！”王永江喘了口粗气，尽量和缓地说明，“因为犬子明日完婚，所以周末匆匆赶回。本打算登门邀请先生的，想不到在这里不期而遇！也好，借此机会正式邀请！”

“哦，明日完婚，今天邀请，你这是搞突然袭击，令人措手不及啊！这是碰巧让我给撞上了，我若是不节外生枝喊你呢！”嘿，这老先生挑剔到家了。

“我这不是刚下火车嘛，本打算今天晚些时候，登门邀请你老人家的！”王永江略显动气，快有些沉不住气了。他忽然想起什么，忙从包里一通翻找，终于翻出一份请柬，恭敬地呈递对方。

阎老先生接过请柬，拿到眼皮底下端详：“嗯……怎么看不清呢？”他掏出老花镜戴上细瞅：“哦，看倒了！”他窃笑着正过来，“这回看清了，阎……桃……李！还真是我呀！”

“我收下了！”阎老先生算是应允了。旋即，像指挥官命令士兵一般，拿烟袋锅往前方一指；“赶紧回家！”

“那学生告辞了。”王永江说罢，转身疾走。

围观者意犹未尽说长道短，将阎老先生围在了中央：

“人家骂不还口，打不还手，还要请你吃喜宴，你就偷着乐吧，上哪儿找这样的学生！”

“你就倚老卖老，乱发脾气吧！人家当大官怎么了？你应该脸上有光啊！想跟人家沾光是不是！”

阎老先生高擎着烟袋锅，虚张声势仿佛要打人：“你们人多势众是不是？小心我敲破你们脑壳！真是少见多怪，没见过家长管教孩子啊？没见过先生教训弟子啊？你们除了看热闹，还懂什么呀！”

围观者嗤之以鼻，一哄而散。

阎老先生遂将请柬掖进口袋，就好像得胜班师回朝一般。抑或是喝了美酒极尽品味，满脸浮着笑意，迈着方步上路。嘻嘻，哈哈，刚才不过是急中生智，略施小小激将法而已。如今王永江位高权重，身边恐怕尽是唯诺之人，鲜有像我这样敲打他的。铁不敲打易生锈，人不敲打易生病啊！

王永江适时回到家中，一家人自然皆大欢喜。婚礼前的紧张筹备就好像大战前的军备布置，哥儿几个全都派上了用场，连惠翎也赶过来帮忙，还以一个过来人的口吻，不时叮嘱交代泽汉几句，泽汉唯唯听命全盘接受。王永江信步迈进洞房仔细查看，嗯，从家具到被褥、从装饰到氛围，跟当初自个儿结婚大同小异。哦，窗玻璃上喜鹊登枝的剪纸，一看就是出自母亲纤巧之手。喜鹊目目相对，相互依偎，简洁明快，玲珑剔透，洋溢着浓郁的刀味儿与纸感，其装饰性、象征性妙不可言。是的，剪纸在金州民间一向流行。

王永江直截了当过问婚礼筹备情况。五凤照本宣科一五一十汇报详尽。

动作最大的是居住调整，调整后的格局是这样的：整个东厢腾给泽汉作洞房，永江、五凤搬到堂房西屋，泽唐、泽华暂住西厢一间，泽来跟爷爷奶奶一块儿住。

“这属于扩张势力，抢占地盘，爹妈、六凤都同意吗?”永江含笑问道。

“一家人好说话，再说，你们爷儿仨不常回来。”六凤摆摆手道。

永江来到堂房东屋给父母请安。

“这不，因为泽汉结婚，居住格局调整，给二老添麻烦了!”永江客气说道。

“都是自家人，别说牙外话，泽汉是我大孙子，我还指望着抱重孙子呢!”王克谦朴素率真回道。

“唉，要是俺老两口不在了，房子全都倒给孙子们，兴许还能宽绰一些。”王邱氏笃实过头了，那话听着让人心酸。

“爷爷奶奶能活一百岁!”永江正要安慰老人两句，正好泽来进屋，一边振臂高喊口号。这个臭小子也长大了，对爷爷奶奶满含感情。

“泽来住这儿，影不影响你们?”永江转移着话题。

“哪儿来的影响?泽来挺省心的。”王邱氏抹了把脸，顺口回道。

“这小子脑瓜儿好使，算账还挺快的，没事儿跟我学珠算。

嗯，兴许将来是块经商的料！”王克谦笑呵呵道。

“是吗？”永江精神一振，当即令泽来拿来算盘，且做好准备：“咱们现场演练一把！”

泽来翻出算盘，晃荡两下，拿手指哗啦一划，摆好架势。

“咱家堂房三间，东厢三间，西厢三间，一共是几间房？”永江信手拈来，给出一道加法题。泽来三下五除二，麻利地打完了。

“老邵家五福堂，每套五间，并排五套，总共是几间房？”永江举一反三，又给出一道乘法题。泽来噼里啪啦，转眼又打完了。

永江瞅了一眼，答案分毫不差。

“行啊小子！”永江欣喜异常，摩挲着泽来后脑勺：“好好练吧，将来给爷爷当个帮手！”

“这是我们王家正宗的营生！”王克谦强调道。

“听没听见？”王邱氏问。

“嗯哪。”泽来点头。

小院儿清净如水。躺在炕上就寝，永江专注着棚顶，僵硬地呆愣出神。

“犯什么傻呀？一动不动的。”五凤凑了过来，亲近地搂抱。

“我是在想啊，咱们结婚那阵儿，房子多宽绰！这才几年工夫，竟越来越紧张了！”永江唏嘘感叹。

“可不是嘛，夫人我有同感。”五凤接过话茬儿，引申说道：“老大刚结婚就紧张成这样，后头还有老二、老三、老四呢！一个紧挨着一个，你得早作打算哪！”

“条件是明摆着的，就这么大院子，就这么几间房子，爹妈单独住了一套，咱俩占了爹妈半套，爹妈住的半套还掺和着泽来；六凤单独住了一套，泽唐、泽华又占了六凤半套；泽汉现在单独住了一套，还能有什么法子？再盖……院里就仄巴了。”永江满脸愁苦，分析说道。

“说得没错儿，但不见得没法子，假如六凤……能倒出西厢，或许可以暂缓一阵，再往后真就没法子了。”原来五凤早有主意。

永江警觉地侧目；“你打六凤主意？我可警告你啊，别干缺德事儿！她如今什么情况？她正需要人照顾，你俩还是亲姊妹呢！”

“瞧你护她护的，会不会听话呀？我是打比方——假如！”五凤辩解着，继而眼睛一亮，“叫我说呀，要想从根本上解决难题，办法只有一个——那就是换房子，建一座大宅院！”

黑暗中永江瞪大了眼：“说得真够轻巧啊——建一座大宅院！你算过那是多大一笔投入吗？就凭咱们这点家底儿，叫我说呀趁早想都别想！再说，现在房子天价！”

“你不是堂堂的大省长吗？我相信你能够运筹帷幄！”五凤柔风细雨，贴着永江耳根吹风：“哎，听说大帅府住着六房太太，生养了十好几个孩子，每天锦衣玉食无忧无虑的，那日子过得真叫有滋有味儿！你看看人家张作霖是怎么当官的？磨刀不误砍柴工！一边当官一边捞钱啥都没耽误。你好好向人家学习学习，啊？就凭你王永江一个，咱缺胳膊少腿儿啊？哼，我真就不信了！”五凤使出了激将法。

“人和人不可同日而语，因为没有绝对的可比性！”永江耐着性子诠释，“你让一个乞丐去觊觎皇位宝座，你让一介书生去冲锋陷阵打拼，这怎么可能呢！你知道张大帅是什么来历、什么背景？不要总是这山望着那山高，知足常乐。其实，当你羡慕别人的时候，你在别人的眼里何尝不是风景呢?!”见五凤表情鄙夷不屑一顾，永江忽然间有些急恼了，“说句心里话，我最害怕像你这样的女人，给丈夫施加无限的压力！你以为堂堂省政府是你的家天下啊？想怎么着就怎么着，你想逼我以身试法啊！”

“谁让你以身试法了？以身试法是大彪子！你不是强调实事求是吗？咱就实事求是地说，自古以来当官没有不搂的，权就是

钱钱就是权，就看你手腕高不高明。再说，铁打的衙门流水的官，在位不搂下野搂谁呀？这是当今社会通行的潜规则！”五凤看透了世道，说到了实质根本。

永江惊愕地瞪视着五凤，半晌儿眼睛眨都不眨，好像五凤已是面目皆非，刚从俗世污浊的大染缸里捞出：“你什么时候变得这么市侩？你简直让我无话可说！”王永江怒不可遏，内心隐隐酸疼，虽然他同样看透了世道，但他绝不会同流合污无耻堕落！他要保持一个清明的形象，不是做样子，是发乎于心，他需要夫人的理解和支持！想不到一别数日，她竟如此令他失望！

“哼，什么叫市侩？这叫现实，女人越成熟越现实！”五凤滔滔不绝，越说越来劲儿，竟然还坐了起来，“说句心里话吧，哪个女人不向往攀龙附凤？哪个女人不渴望荣华富贵！人家见了面夸我：‘五凤好福气哟，如今是省长夫人了！’可我心里最清楚，省长夫人——哼，那只是个虚衔，是面子不是里子！我享受过什么荣华富贵？我穿金了戴银了？还是吃香了喝辣了？我随心所欲地使唤佣人了？还是体面风光地出席盛大场合了？就连正常的夫妻生活……都享受不了！每天不是操心就是忙碌，不是忙碌就是操持，这上有老下有小、家里家外的，说白了吧，我不过就是一个家妇！”五凤抹泪哭诉，少顷，又扬起了头颅，“不过话说回来了，省长夫人怎么了？即使按照名媛淑女的标准衡量，我也绝对够格，分毫不差，绝对上得厅堂下得厨房，哼！”五凤牢骚满腹，一腔幽幽怨气。

君子讷于言敏于行。若论能说会道玩嘴皮子功夫，男人未必就是女人的对手，尤其是女人的语意被强大的情绪包裹的时候。尽管男人在外面的世界纵横捭阖，一言九鼎，但在家庭的小圈子里往往失灵，甚至被动受挫。夫妻这对冤家有时沟通路径狭窄，就像秀才遇上兵有理说不清！唉，王永江一时语塞，不知该说什么好，手指紧紧攥成拳头。枕边风真要命啊，那小风冷飕飕的，避之不及防不胜防，二月春风似剪刀，那剪刀直捅心窝子！王永江咬牙切齿，真想把老婆当球猛踢狂踹一顿！然而大丈夫岂能跟女人一般见识，好男不跟女斗！由此观之，英雄气短往往是女人造成的。他极力克制隐忍，胸脯剧烈起伏，气息明显短促。

“……其实，说一千道一万，我还不是为了王家好？为了子孙后代幸福！”见永江气得够呛，五凤自知有些过分，一边态度和缓柔风细雨，一边伸手爱抚他的胸脯。

“够了，别再说了！”永江一把拨开五凤的手指，声音粗重铿锵有力，“你尽管把心放肚子里好了，我知道该怎么做！我坦率负责地告诉你，除了泽汉，三个儿子，有一个算一个，将来肯定不会在露天地结婚！”

永江说罢，猛然转身，背对着五凤。

“哼！”五凤翻过身去，将腚撅向永江。

风雨是风雨，彩虹是彩虹。

次日清晨，风和日丽；天公作美，龙凤呈祥；王家宅院，喜气洋洋；八方宾客，鱼贯登场。

期待中的都来了。曹秋水一家子，曹大先生德麟，书画名家刘占鳌，名耆阎老先生……彼此招呼着寒暄着。每人穿着新锃锃的，每人脸上洋溢着喜悦，每人都还凑了份子。阎老先生的份子，王永江坚辞不收。永江嘱咐五凤一一记下，以备日后逐次还清。所谓人情就是走动。

刘占鳌还捎来一份特殊礼物——装裱一新的喜兴国画。摊开看时，但见山花烂漫，泉流淙淙，鸳鸯结伴，栖落沙洲。题曰：鸳鸯佳偶，鸾凤和鸣。观线条和色彩颇为考究。众人连声叫好。

“诗情画意，锦上添花呀！”王永江由衷夸赞。

泽汉忙将二人引荐。“爹，这就是我的同道好友刘占鳌，在全国书画大赛中独占鳌头！”看来名字是一种隐喻，蕴含着生命的信息。

“省长好！”刘占鳌主动问候，瞅着文弱谦和。

“泽汉常提起你，真是后生可畏啊！”王永江伸手相握：“年轻人前途无量，多帮助一些泽汉，共同成长，共同进步！”

“一定，尽力！”众目睽睽之下，刘占鳌面露赧色，他眨了眨眼眸，忙将话题扯到主角身上：“其实，泽汉才是全才！不但琴棋书画样样在行，而且擅长吹箫余音绕梁！”

众人纷纷附和：“是啊是啊，多才多艺，龙生龙凤生凤……”

这次临到泽汉面露赧色了。他遂将国画直接挂进洞房。

“阎老先生，给您安排一档节目如何？”见阎老先生疑惑地眨巴眼皮，王永江双手抱拳郑重拜托：“就请担任王泽汉、孙静怡的证婚人！您老千万不要推辞呀，现在就可以打腹稿了！”昨晚羞辱之事只字未提，倒像是已然淡忘，或是不值一提。

仿佛一夜之间天气阴转晴似的，阎老先生欣然乐于接受。老爷子心知肚明：今日与昨日大相径庭，不能驳面子必须给面子，恭敬不如从命！

见曹德麟两眼布满血丝，一脸憔悴不堪的疲惫样子。永江自然联想到他新近丧父的哀愁，便关切地询问他是否身体不适。原来，德麟今晨下船从山东归来，由于海面起风船只摇荡，他昨晚几乎是没怎么睡。

“山东之行，有何贵干？”永江好奇探问。

“为了化缘一事，好在收获颇丰。”原来自打曹一心过世，曹家境况已大不如前。为了继续资助金州教育事业，曹德麟左思右想右思左想，觉得这绝非一家一户之事，应当动员全社会力量共同参与。于是，他发起成立了金州育才会，在南金书院教师中间开展募捐，然而毕竟教师有限，中国教师更加有限。无奈之下，他决定广开门路大手笔运作，于是拓展成立了辽东育英会。最初是少数几家大户出资，进而广邀社会名流、商贾精英无偿捐助。一年来，他还不辞辛劳，北上南下，足迹遍布沈阳、长春、哈尔滨、烟台、青岛、北京、天津诸地，遍向南金书院基金会、金州育才会曾经资助过的毕业生吁请募捐。目前，辽东育英会募集助学基金达二万二千七百银洋。”发放对象以南金书院为主，同时兼顾金州其他学校。

“曹大先生功德无量啊！”王永江竖起大拇指，一边感慨万千喃喃着：“真是薪火相传，难能可贵，曹老先生在天之灵可以欣慰了！”当即从兜里掏出大把钱，硬性塞予德麟，“算我一份儿！”

曹德麟一再推辞，最终不得不接受。

“姥爷——！”“姥姥——！”哟，是惠翎两口子，领孩子回来了。

王永江一把抱起小外孙，使劲亲了一口！那一对八字牛角须，扎得孩子扭头躲闪。

王永江一一询问小家伙姓名、年龄、父母姓名，小家伙回答精确无误。

当王永江探询小家伙长得像谁时，小家伙竟然意外回道——“像姥爷！”引逗得王永江、曹五凤及在场者开怀大笑。五凤忙将小家伙一把抢揽怀里，又是一通亲热蹂躏。

“小日子过得怎么样？”王永江跟小霍搭话。

“还好，日出而作日落而息。我每天上下班，家和孩子由惠翎照顾。”女婿温文尔雅，不紧不慢。

“他每天忙于教学，晚间还要备课、批作业。我除了照看孩子，做做家务什么的，闲着没啥大事儿，就鼓捣了一爿小药房。爹，你猜叫什么名字？”惠翎重现孩提时的神情，故意调皮问道。

王永江凝神思量：“莫非叫……”

“采真堂！”爷儿俩竟然异口同声。

“哈哈哈，太好了！”王永江兴奋不已。“曾经的采真堂又复活了，那还是我在旅顺开药房时起的，这个名号可是独一份儿呀！这三个字可是有寓意的！”

喜讯不胫而走，也有慕名前来的。瞧，“天兴福”的邵尚俭与“康德记”的康忠国竟是相伴而来。他们热情地跟王永江打招呼，王永江则主动地一一握手。

两位老板都不是空手而来，就好像是商量好似的，均带来了小巧精致的礼物。

康忠国特意为王永江捎来了中药补品“海参丸”。

“这是我昨天亲手熬制的，它具有强身健体的保健功效，是男士的最佳补品。”康忠国阐释说道。

邵尚俭特意为王永江捎来了高级食用油“色拉油”。

“这是天兴福最新研制的，无论凉拌还是炒菜均可食用，而且富含维生素、矿物质。”邵尚俭解释说明。

王永江连连颔首：“真是受益匪浅啊！”他瞅瞅左手的纸盒礼品，又瞅瞅右手的瓶装礼物，顿时思维发散，大为兴叹：“康德记、天兴福果然厉害！没有躺在功劳簿上吃老本，而是目光远大眼光独到，利用自然资源自主研发，市场前景无可估量啊！”

“如果省长吃到好处，康德记可常年提供！”康忠国瞟了眼邵尚俭，当即慷慨许诺。

“如果省长家吃出好感，天兴福保证源源不断！”邵尚俭瞟了眼康忠国，同样不甘示弱。

厉害！商人总是精明过人，不失时机地展现，恰到好处地推广。

两大老板好玩地抬杠子，叫劲得有些脸红脖子粗。

王永江窃笑着摆手道：“无功不受禄啊！我岂不成了代言？使不得，使不得啊！”却又顾及面子捎带一笔，“不过，适当推荐倒是可以的。”

“省长绝对是有功劳的！因为省长题写了对联，刻字张挂后赢得美誉，生意比以前还要红火！”康忠国赶忙接话，如实秉道。

“金字招牌，就是不一样啊！自从省长题写了匾额，好评如潮信誉大增，人气比以前还要旺盛！”邵尚俭不无同感，接过话茬儿。

“其实说到底，是你们的义举赢取了民心！我不过是事后诸葛亮，锦上添花而已。”王永江谦逊说道。

这时，朱大礼乐班子奏响《将军令》，八台龙凤大轿大驾光临！好嘛，泽汉头戴礼帽，一袭长袍马褂，胸佩大朵红花，精神抖擞，大步流星迈出东厢。

哥儿几个嘻哈起哄：“大哥呀，慢点走，着啥急？没人跟你争抢！”

“饱汉子不知饿汉子饥，娶媳妇不着急啥着急呀！关键是，别让你们的嫂子等着急了！”泽汉调侃着回敬。

五凤、惠翎便偷着乐。

两个时辰不到，泽汉便将新娘迎娶回家。新娘凤冠霞帔，朱颜丽色，风姿绰约，亦步亦趋。于是，次第上演环环相扣的传统进门程序：踩金砖，踏红毡，跨火盆，掀盖头……

荣登祖宗席位的王克谦和王邱氏，高高在上，胸佩红花，精神矍铄，喜不自胜，享受着至尊天伦的胜景与荣耀。

此情此景，竟不由自主唤起王永江的记忆。哦，同样的位置与氛围，他跟王永海曾经是联袂主角，演绎着古城最尊贵最美满的婚姻——

永江、永海身穿长袍马褂，头戴礼帽，胸佩红花，正襟危坐，等待出发。

“哥，想想挺有意思哈，咱俩不是同年同月同日生，但恰好是同年同月同日婚，曹家姐妹妯娌也是一样。你说，轮到下一辈儿出生，能不能整差辈儿了？”永海胡思乱想，寻机开心。

永江笑了：“我真服了你了，思维大胆超前！媳妇还没娶来家，就开始琢磨生孩子！这么跟你说吧，不管谁先谁后，必须按辈分论！假使你儿子先出生，我儿子后出生，你儿子见了我儿子，必须毕恭毕敬叫声哥，就像你平日叫我一样！”

永海瞪了瞪眼皮，伸了伸舌头，一副无可奈何的样子。

起轿出发了！响当当的朱大礼乐班子，奏起了《将军令》！

永江、永海出了院门，正欲分乘龙轿，司仪赶忙劝阻，微笑嘱道：“请新郎乘坐凤轿！”

“那龙轿谁坐？”

“俊小孩压座。”

这时，俊小孩（谁家的）钻了进去。

永江、永海只得循规蹈矩分乘凤轿。

“哪儿来的规矩？不合情理嘛！”永海嘟嘟囔囔。

于是，两辆八抬龙轿，两辆八抬凤轿，两辆喜客棚车，两辆乐班棚车，组成威风八面车水马龙的迎亲车队，依循承恩门、春和门、永定门、宁海门环圈绕行，风风光光，展展扬扬，煊煊赫赫，就是不走回头路……

永江蓦然想起什么，便左顾右盼找寻。啊，他看见六凤了！正躲在被爱情遗忘的角落，偷偷观赏偷偷抹泪……可怜的人哪！她一定是触景生情，想起了难忘的娶亲，还有难以忘怀的永海……

落轿伊时，朱大礼乐班子演奏《大胜利》。轿夫卖力表现大显身手，龙凤大轿交相舞动此起彼伏，好一出龙飞凤舞颠鸾倒凤！一抬大轿子里，五凤紧紧攥住扶手，由于东倒西歪，便不时靠在永江肩头。“稳住，坚持！”永江攥紧拳头。另一台大轿子里，六凤先攥着扶手，后攥住永海胳臂，永海顺势一把搂紧六凤，两人紧紧拥裹，无缝无隙。

新郎率先下轿，再扶新娘下轿。新娘足下登金（金纸包砖）落地，忽忽悠悠一阵眩晕。六凤一个趔趄前倾，永海一个前探挽托。极像探戈舞曲的优美造型。

“好哎！”

“太浪漫了！”

“太经典了！”

观者连声喝彩……

“一拜天地！二拜高堂！”

五凤推了永江一把。永江恍惚着回过神儿，于是正襟危坐面露喜色，隆重接受小两口的顶礼膜拜。自然，赏赐红包是必不可少的。

“夫妻对拜，送入洞房！”

永海、六凤挨得太近了，脑袋嘎嘣一声磕碰一起。“哎哟，好疼！”两人摸着脑门拉开间距。六凤脸上飞掠一片彤云。

来宾又是一阵欢喜笑声。

洞房之内，新郎新娘如期上演着换盅、吃面、坐床等程序。

六凤坐床感觉咯得慌——褥子底下是裹着红纸的斧子，遂往来挪动转换位置。永海眼疾手快，伸手褥子底下挪动斧子，呼哧呼哧喘着粗气……

喜宴选择在同陞楼举办——相当于五星级的中式饭店，洋洋洒洒着红红的喜气。来宾熙熙攘攘，各就各位，座无虚席。

司仪曹世科郑重地请阎老先生证婚。阎桃李果然是精神矍铄，慷慨激昂：

“承蒙王省长抬举，让老朽担当证婚，哈哈，我只好义不容辞，倚老卖老了。

“水有源树有根，我想，王泽汉能有今朝，咱就从他的父辈说起。我是看着王永江一步步成长的，从一株幼苗到一棵小树，直至长成参天大树！他是一个真正大写的人，他是金州培养的国之栋梁！作为他的先生，我引以为自豪！”

来宾们报以热烈掌声。

“我自认为非常了解王永江！我想王永江之所以有今天，这

跟他少年立志、胸怀天下、博览群书、知行统一是分不开的。成家立业之后，他非常重视子女教育。如今泽汉也是一位才子，琴棋书画样样在行，真是子肖其父，一脉相承！

“今天是王泽汉、孙静怡喜结伉俪之日。孙静怡是一位品貌出众的佳人，正所谓，东风吹起百花香，郎才女貌配成双！王孙结合是合情、合理、合法的，也是符合父母之命、媒妁之言的，大黑山可以作证，西海潮可以作证，在座的父老乡亲可以见证！”

最后，阎桃李巧妙借用了刘占鳌画作的题款，预祝新郎新娘鸾凤和鸣、鸳鸯佳偶，举案齐眉、相敬如宾，孝敬老人、相夫教子，比翼齐飞、白头偕老！

阎桃李妙语连珠一气呵成，大家再次报以热烈掌声。

王永江泪眼打转，起身同阎老先生握手。

世科请新郎家长王永江致辞。王永江兴之所至感慨顿生：

“今天，是我的长子泽汉、儿媳妇静怡新婚大喜的日子，承蒙诸位长辈尊者、名流嘉宾、亲眷好友莅临，婚礼殿堂可谓蓬荜生辉、流光溢彩！

“我想说三点，首先是谢天！今天是个黄道吉日，更是灾难之后重生逢喜的日子，俗话说：大难不死必有后福！我们应当记忆犹新，我虽然不在场但却有所耳闻，是邵尚俭、康忠国、赤脚大仙见义勇为，大公无私，出手救援，才保全了金州百姓的性命，他们是恩人和救星啊！借此机会，我提议在座者把最热烈的掌声，最崇高的敬意，献给他们！”

喜宴登时爆响了雷鸣般的掌声！邵尚俭、康忠国一一起身致意，只是赤脚大仙作为方外人士不便出席，婉言谢绝邀请。

王永江继续说道：“其次是谢地！有道是一方水土养一方人，泽汉能够健康成长，略通文艺，支撑门户，得益于古城金州之人文积淀、文化传统、淳朴民风，一些仁人志士、开明士绅为民请命，倾资重教，雅尚诗书，令人景仰，令人感戴，令人难忘！”王永江忽然声音哽咽，“可惜今天……缺失了曹一心老先生，而且永远永远地缺失了……他的音容笑貌，好像就在昨天！”

一些人悄悄揩拭着眼角，曹德麟早已泪流双腮。

“最后是谢人！”王永江转向了新郎新娘，“泽汉你要懂得血脉相连的含义。人并不是仅仅为自己而活，你要领悟厚德载物的道理。作为晚辈你要切记：孝敬祖父祖母、父亲母亲以及岳父岳母。孙家把品貌端庄、如花似玉的女儿交给你，你就要肩负起一个丈夫的责任！还要跟兄弟们和睦相处，真正做到兄良弟悌、长惠幼顺！希望你顶天立地，做一个有益于家庭、有益于社会的男子汉！最后祝愿泽汉、静怡，相互关爱，相互包容，尊老爱幼，携手白头！”

王泽汉、孙静怡，王氏家族、孙氏家族热烈使劲鼓掌。

伴随着喜宴启幕佳肴溢香，新郎新娘开始敬烟敬酒。王永江也不甘寂寞，代表一对新人的家长，就近与嘉宾亲眷碰盏。

大家没有觉察的是，就在王永江致辞的当口，有人已悄然开始独饮，此人即是六凤。穿扮时尚的六凤毫无活跃的气象，神情凝重像是一位老妪。她把太多的积淀与感受斟进了酒里，吞进了肚里。曹韩氏看在眼里急在心上，正欲劝阻却被曹秋水摁住了。必须承认的是，父爱母爱方式毕竟不同。当永江谢天谢地谢人过后，六凤已接连饮下三杯。

包含着仰慕与回敬，初次晤面的邵尚俭、康忠国，仿佛走马灯似的，轮番向王永江敬酒。

“听说省长也曾救治过瘟疫，而且还开过中药店，想不到省长全才，样样精通哇！如此说来咱们也算是同道了！”康忠国挑起话头。

“我是半路出家的，康德记可是中医药世家！记得范仲淹说过一句话：不为良相必为良医！我想，如果我不是从政的话，说不定还将继续开中药店，悬壶济世嘛。”王永江笑着回道。

“那岂不太屈才了！”康忠国感叹道。

“听说省长大刀阔斧，奉天面貌日新月异，超越了历朝历代！

这让我们经商之人，看到了希望，看到了商机啊！”邵尚俭继续着话题。

“老百姓要想过上富足的日子，就必须远离战争和灾难，休养生息，开发民力，发展经济，振兴实业。”王永江话锋一转，拿现成的事例作比，“就像天兴福垦荒、种植、加工、销售，实行产供销一条龙配套服务，很值得我们学习借鉴哪！顺便打一声招呼，等到咱们自己的铁路修好了，同样欢迎你沿线布局，设立粮油产品分销处！”

邵尚俭当即表态：“就凭省长这句话，我想应该没问题！”

对着二位老板，对着同桌客人，同时借着喜兴酒劲，王永江兴致勃勃继续侃谈：“目前，奉天正在自筹自建中国人自己的铁路——奉海铁路；创办东北唯一的最高学府——东北大学；创建中国人自己的医院——奉天省医院；还有官商合办、最大规模的民族工业——奉天纺纱厂。此外，还相继兴办了煤矿、农场、糖厂、木材厂、棉花厂等企业。我想如果顺利的话，应该不出几年，整个东北必将天翻地覆，百姓都将过上好日子！”

大家对此感到振奋，对王省长满含钦敬。相形之下，因家乡被异族占领，难以企及未来的好日子，而备觉惆怅与纠结。

“创办大规模民族纺纱厂，我举双手赞成！东北的棉纱棉布需求量不断增长，但是棉织品市场统统被日商把持，从中获得巨额利润！”康忠国意犹未尽，一针见血指出：“现在关键问题是，棉织品出口市场被日本人垄断，中国人有能力办厂，不一定有能力销售，日本人一定会干涉阻挠！因此要想获得巨额利润，就必须打破日本人垄断，寻找和开辟新的销售市场！”

王永江饶有兴致，进一步追问：“我对最后一句感兴趣，说得再具体些！”

“据我所知，南洋市场潜力巨大，完全值得开辟占领！”康忠国颇有主见。

王永江脱口赞叹，竖起拇指：“很有眼光，很在行啊！”

“不怕省长笑话，西药来势凶猛，中药岌岌可危，我是脚踩两只船，一边开办中药店，一边做纺纱生意，南洋我曾经去过，为了推销‘女界福’。”康忠国解释道。

“哦，就是阮玲玉代言广告的女性保健良药吧?”

“正是，想不到省长还有印象!”

“太引人注目了！我在省城看见过。”

“怎么想到让阮玲玉代言广告？她是上海滩大红大紫的明星，身价一定不菲！难道你是她的崇拜者不成?”邵尚俭玩笑与认真参半道。

“哎，靠的就是名人效应!”康忠国拿手捋了捋背头，“邵老板不瞒你说，我进阮玲玉的别墅，那就跟走平道似的!”康忠国得意洋洋，待人们投来艳羡的目光，又一板一眼诠释，“舍不得孩子套不了狼，为了在更广大的范围推广‘女界福’，我特聘上海滩顶级摄影师，特许进到阮玲玉的别墅拍照！别墅洋里洋气。阮玲玉精心修饰，一袭旗袍，从容不迫，含情脉脉，摆出各种造型姿势，一看就是大明星范儿！就是不一样，那真叫美哟……”康忠国咂着嘴唇，像是品着美味。

“听说康老板平时挺抠门儿啊！买辆自行车还要跟邻居合伙，一家骑半个月！你敢不敢承认，有没有这事儿?”邵尚俭机智调侃。大家憋不住齐笑。

“消息真够灵通啊！当然你是大老板了，我跟你没法比呀！我得讲究成本核算，省钱就是赚钱嘛!”康忠国心态真好，不以为意，恰当解答。大家颔首表示认同。

“什么是‘女界福’?”曹德麟好奇探问。

“就是治疗妇科的灵丹妙药!”康忠国的解答犹如广告语。

“德麟啊，跟你商量件事儿。”王永江挨近曹德麟。

“大哥有话尽管吩咐。”曹德麟态度明快。

“是这样的，”王永江若有所思，郑重说道，“阎老先生自办私塾，一直教授国学经典，而且义务教授，分文不取！非常了不

起啊，相当不容易啊！我想，国学义塾同样属于育才教育，应当说，跟你创办育英会的宗旨不谋而合，我的意思是，能否适当资助一下他老人家？”

曹大先生略作思忖，即刻爽快表态：“多谢大哥提醒，是我掉以轻心了。大哥放心好了，我知道该怎么做！”

“谢谢你了，德麟！”王永江拍了拍曹德麟肩膀。

继而，王永江又拍了拍小舅子肩膀。

“姐夫，什么事儿？”曹世科立马起身凑近跟前。

“哎，帮我物色打探一下，金州古城方圆，有没有大房子大院子？”

曹世科蹙眉反问：“多大的房子，多大的院子？新的还是旧的？”

“新旧倒无所谓了，关键是要比现居条件更加宽绰。”见曹世科疑惑不解，王永江阐释说道，“你总共四个外甥，这不，刚成家一个，就拥挤不堪了，还有三个没着落呢！”

“我明白了！”曹世科连连点头，“我一定好好关注，派人四处打探！”

“让新郎吹一段洞箫，让新娘伴随舞蹈，大伙儿说好不好啊？”老实憨厚的刘占鳌，竟出其不意地闹事儿。

“这个主意好哎，来一段来一段，新郎新娘来一段！”新郎的姐夫、文绉绉的小霍竟也推波助澜。

此时不闹，更待何时。再安静的人，也拥有一颗激荡的心。

“来一段来一段，新郎新娘来一段！”好嘛，臭小子们总想整点动静，这下可逮着机会了。于是，泽唐、泽华、泽来跟众人一道，富有节奏地高喊。

泽汉羞怯地无奈，只得乖乖地听命，他果真亮出了洞箫——看来早有所备！他跟新娘窃语了几句，新娘果然会意地颔首。于是，泽汉酝酿了一下情绪，即兴吹奏了一阙欢快曲调。好像是吹箫引凤似的，伴随着轻柔飘逸的乐音，静怡洒脱大方地轻柔曼舞，姿态优美、动静皆宜……

当泽汉、静怡前来敬酒时，曹韩氏忽然发现六凤不见了！她左顾右盼着。死丫头，刚才还在席上独饮，这会儿却连敬酒也不吃！她当即责成世科，赶紧找六凤回席。

世科遍寻饭店里里外外，硬是不见六凤人影儿。奇了怪了，哪怕是退席也该打声招呼，不过凭感觉不像是退席。世科于是将此事说与五凤。

五凤急中生智，径直找到卫生间。耳边隐隐传来哭声，嘤嘤呜呜的，越来越近越来越清晰。五凤打开木门一看：啊，果然是六凤！正斜倚在角落，吐了一身一地。

她连声喊叫着六凤，六凤竟然无动于衷。"我的天哪，怎么醉成这样!"五凤掏出手帕擦拭，一边咬牙使劲搀扶。"我的天哪，沉得像死猪！你等着，别动啊!"五凤回身出来招呼世科，世科硬着头皮钻进女厕。姐弟合力一道，终于将六凤拽出女厕。

五凤当机立断，让世科护送六凤回家。

马车停在了饭店后门，六凤摇摇荡荡被世科架上马车。

第十三章　落差

他的车子缓缓穿过题写着校名的正门，一段树木遮荫的柏油道路，环境是那样清净而悠远，一些学子手持书本一路诵读着。蓦地，一座拔地而起、错落有致、主体巍峨的楼宇扑面而来！他站在主楼前仰望并唏嘘着，既具有民族风格，又兼具时尚元素，这可是他心目中崇高的知识殿堂啊！

东北大学历经一个阶段的营建，已具备了招生能力且开学在即。当他顺着长长的走廊踏进典雅的会客厅，一干名流学者纷纷从沙发上起身，校办人员赶忙相互一一引荐。我的天，都是些如雷贯耳的大名，都是些儒雅大家的气象，他们当中的每一个人，都是一部大书，都是一个星座，都是一面旗帜。啊，梁漱溟先生，章士钊先生，梁思成先生，林徽因女士，曹靖华先生……王永江喜不自禁，同大家一一握手。

“群贤毕至，群英荟萃，整个就是一台群英会！”这是王永江的开场白，“诸位都是学贯中西、各领风骚的大家，都是在国内、甚至在国外学界叱咤风云的人物，东北大学能如愿以偿地请到诸位，实在是奉天和东北的幸事啊！”王永江热情洋溢，毕恭毕敬，诚挚纳客。

“作为一校之长，说真的，我王永江何德何能，能请到诸位大家？”王永江借用栽下梧桐树、引来金凤凰的成语，阐释着东北大学的优势地位、发展动力、教育目的。“我们创办东北大学的目的，旨在为东北腾飞培养高级人才，希望借助大家之手托举栋梁之才，以期使东北大学与日本帝国大学并驾齐驱！”王永江站在高远视野上的讲话，赢得了名流学者感奋的掌声。

“如果有机会，我真希望做一回学生，好好跟诸位学学本领，可惜时间不允许啊！”王永江意犹未尽的结语，令名流学者会心地笑了。

梁漱溟、章士钊、梁思成、林徽因、曹靖华，仿佛天下各路诸侯，站在各自的领地，纷纷发表观感与洞见：

“目前各省财力吃紧，连维持生计都成问题，奉天能如此富有魄力地办学，而且着眼于未来，放眼于天下，的确难能可贵！”

“必须站在人类文明的高度看世界，必须站在人类历史的长河看兴衰，包括交战国与敌对方都有可兹借鉴之处。必须海纳百川，开放交流，注重实践，鼓励创造；而妄自尊大，作茧自缚，闭门造车，只能是死路一条！”

“善始者实众，善终者实寡。办学能否虎头蛇尾？学子毕业去向如何……”

王永江一边虚心地听取思索，一边微笑着释疑解惑：“我不妨提前披露一下，坦率地告诉诸位，我们不但购买了德国的新型机器成立学校工厂，为学生实践创造先进的实验设备环境；而且还将遴选优秀毕业生派往国外深造，学成归来效力于东北，他们代表了东北未来的希望！”

名流学者心悦诚服，点头致意。

一番敞开心扉的交流之后，校办人员请省长兼校长的王永江为学校题字，当着名流大家的面儿王永江谦让再三，最终只好就范，他提笔蘸墨，凝神敛气，当即在留言簿上挥毫：知行统一！

一身裙装的民国才女林徽因，似观摩一幅画，似品味一首诗，一边挪步着一边评述着：“腹有诗书气自华！省长书道精湛，颇见功力，清雅俊逸，厚重大方！”

……

王永江这一阶段几乎是马不停蹄地驱车驰骋郊野。这不，今天又出现在了纺纱厂。令人震惊的变化是，那些简易的工棚不见了，空旷的场地矗立起各种建筑，就连风沙似乎也望而却步了。他仰观着标志性的办公楼：砖木结构，水泥罩面，起脊灰瓦顶，拱卷式门窗，二楼阳台设有宝瓶式护栏，二楼正中央高悬着“奉天纺纱厂”牌匾，牌匾正上方是罗马数字的浑圆钟表。

“够洋气，够气派！”王永江由衷赞道。

在厂长的陪同下，王永江还一一参观了大型厂房、铁路专用线、机械修配厂、锅炉房、水塔、员工宿舍……他喃喃自语着：“整个就是一个大世界啊！”

当年陪同赵尔巽总督参观青岛德国工厂的情景，历历在目如在眼前——

那宽敞洁净的厂房，流水作业的设备，精致完美的产品，令赵尔巽、袁金铠、王永江大开眼界赞不绝口。

回到黄海岸畔的滨海饭店，赵尔巽让王永江坐得靠近些。透过敞开的窗户，不但可以观瞻到海天一色，银亮的沙滩，飞翔的海鸥，如大象鼻子般伸向海中的栈桥，还可以尽情吹拂那清爽宜人的海风。赵尔巽单独点将提问王永江：“你说人家的工厂为啥这么先进？生产的产品为啥这么完美？”

王永江若有所思地回道：“人家经历了工业革命，越来越工业化文明化。据我所知，西方诸国凡是能制造新器、著作新书的能人，国家均给予优待奖励，以保护其知识特权。因此，欧美人士争相钻研新技术，每年发明新利器、著作新书者如雨后春笋。其实，奉天人民的聪明智慧并不亚于欧美人士，工艺尚不够完美也并非缺乏人才。恕我直言，关键是缺乏鼓励发明创造、改良工艺的奖励举措！”

赵尔巽连连颔首：“岷源所言极是，重赏之下必有勇夫！”他对王永江的称谓悄无声息地演变着，从一开始直呼大名到后来昵称小名。

回到奉天后，赵尔巽敦促袁金铠：“马上起草文件，以奉天省和我个人名义，把王永江作为特殊人才举荐国务院！”

中外企业两厢比照，王永江由此得出结论：看来只要设计高标准，资金确保到位，我们同样可以建设现代化厂房。他责成负责人把厂区周遭平整利索，人行通道铺设方砖，宿舍周围栽种花草，这样工人工作生活，相对舒适方便一些。一种人性关怀不言而喻，充溢温暖。

厂长心悦诚服地慨叹：“还是省长想得周到哇！”

王永江正欲上车离开，厂长忽然顿住车门不放，他提出了不大不小的要求：“既然你给东北大学题了字，奉天纺纱厂不能不题吧？这可都是你的孩子啊！”

“你这是要挟逼迫啊！”王永江笑着道。

“一碗水总该端平嘛！”厂长嬉笑道。

他可真会打比方，说得也蛮有道理，既然都是孩子，就该不偏不倚。

王永江大步踏进办公楼，端庄坐于书案前，略作沉吟欣然命笔，工整题写“机轴经纬”！

“好字，好词儿！”厂长竖大拇指。

王永江阐释道：“机轴转动，纺出经纬，纺出天地！希望纺织厂不负众望，不负我望！”

厂长重重点头。

“官吏之一呼一吸直接与人民之痛痒相关，且官吏如缺少道德，其一言一行自身即不能辨别是非。若彼贪官污吏者，当无容身之地也！”这是《县知事学》开篇的要点。在奉天省县知事培训班上，王永江省长当堂宣讲其撰写的《县知事学》：

“……关于禁止与豪族交游往来。古时，地方官吏能限制豪族；而今，豪族竟致操纵官吏。因此地方官吏不论其贤与不肖，皆孜孜以求经常与豪族交游。夫贤者，其往来交谊深而荒废公务大；其不肖者，更竭尽忠欢而与一切人相联合，若与其中之一不相联合，其地位则难保。终因按照贿赂而加大请托，遂致对人事行政之掣肘愈多。如是官吏依据豪族，并以之为护符；而豪族则以官吏为傀儡也……官在治民，如无所欲，则可刚而不惧任何豪族。若是，安能指望廉洁，企求地方之幸福耶……必须以身为社会人民之师表而自觉自爱。管子曰：士怀耿介之志，不萌于恶木之枝！”

王永江肃然环顾场下，知事们鸦雀无声，看似平静的水面，暗暗涌动着波澜。是啊，来自东西南北中的知事，谁敢说自己纤尘不染，从无与豪族交游的经历，以至往来频繁而荒废公务，甚至接受贿赂而成为傀儡！于是，个别人低眉垂首，不敢抬头正视，或许忐忐忑忑，心里有鬼。

是啊，从来训导教化都是绵软无力，流于形式，雷声大雨点小，如雨过地皮湿一般。为政吏治必须严明法纪，必须威严有度，必须火雷噬嗑，甚至杀一儆百！从管仲、王安石、张居正的治政实践中，王永江深得其要，决意大行其道。尤其是《管子》“治乱世用重典”的思想，王永江早在学生时代便熟记于心。那时候无论走到哪里，他身上总怀揣着一本《管子》。

王永江朝幕后猛一摆手，当即有人捧上密状匣子。王永江开启密状匣子，从里面抽出几封信函。

一些知事面面相觑，窃窃私语：这密状匣子瞅着眼熟，莫非是奉省公署门前的？

正是！这是省长走马上任后，为了检举揭发监督官吏，公然特设的。

王永江拆阅信函，眉宇紧蹙，表情冷峻，当堂阅读：

“××县刘知事：与当地豪族交往甚欢，宴饮笙歌已属家常便饭，豪族每每奉送钱财资产，刘知事全家三代享用不尽。来而不往则非礼也，刘知事悉数将农工商主营交与豪族，从而形成绝对垄断与分配不公！更有寡廉鲜耻者，刘知事色胆包天，鸡鸣狗盗，全县遍认干女儿！干女儿究竟何种货色？与暗娼或通奸无异。凡干女儿以身相许，刘知事必当优厚封赏。有道是：夜夜做新郎，村村都有丈母娘！刘知事患染花柳病不胫而走，似高山倒马桶臭名远扬！朗朗乾坤，太平盛世，岂容刘知事之流肆意妄为，危害一方公平秩序，玷污政府廉明形象，糟蹋祸害良家女子?！祈望青天大老爷明察秋毫，抑恶扬善，坚决剔除害群之马！”

共有七封检举信被当众宣读，共有七位县知事被当场点名。执法人员早已肃立一旁，被点名者无路可遁，被当场一举拿下，直接押往牢监。

刘知事仿佛害群之马的马首，于众目睽睽之下迈在最前头。可也别说，这家伙身材魁梧仪表堂堂，虽年过半百头发灰白，白净的面皮仍透着红润，其健壮体魄绝不输给年轻人。是天生的强健还是后天的补益？是腐败的催生还是女人的滋润？有一种人天生属于祸害女人的货色，同时，也是令女人打眼一瞅便欢喜的。事业有成，干练潇洒，善解风情。刘知事当属此类。据说他的干女儿不下三位数，个中不乏眉目传情投怀送抱的。于是，他被绑上了色欲的战车，每每东征西讨，攻城拔寨，疲于亡命。

谁见过杀鸡给猴看？鸡与猴原本风马牛不相及，但这一成语又绝非空穴来风，我们于是不妨想象：那蔫头耷脑、悲戚呻吟的鸡的模样，那惶恐不安、躁动不宁的猴的模样……这时，整个会场，仿佛覆盖了沉寂的死灰，仿佛凝冻了凛冽的寒冰，一个个连喘气都不敢大声，连放屁都雪藏动静儿。县知事们如坐针毡，如

鲠在喉，如芒在背，生怕当头一棒大祸来临。人人心里一本小九九儿，谁的屁眼儿都他妈没揩干净！就看谁倒霉被扒了裤子掀了腚沟……这个王永江难道是从石缝儿里蹦出来的，活脱脱一个严刑峻法的黑脸人物！前番枪毙了十四个税捐局长，此番又抓捕了七个县知事！看来往后真得小心谨慎，绝不敢越雷池一步哇！

王永江沉稳从容，端杯喝下一大口水，然后扫描一眼会场，继续着话题：

“……保护商业。奉天省位于东西交通之地，已成世界商业之竞争市场。试观当今商界之一般状况，不仅输出未能增加，国内贸易亦不发达，海外贸易实权终被他人所掌握……如斯，即欲谋求进步，岂可得哉？各知事应就物产状况和社会需要，详加计算，输出如何予以保护，贩路如何谋求予以扩充，资金如何使之运转，运输如何计算方期得以便利，务使商业经营等能获得实利……如此，不仅只谋取里闾之间庶民之富，而应谋取四方财货之流通，利国惠商，将无止境也。为地方官者勿再以商人为鱼肉，应尽保护各商业之责也……”

会场上响起稀稀拉拉，由点及面，串联成片的掌声。

“古人云：吏不畏不严，而畏不廉；民不畏不明，而畏不公。公生明，廉生威！”王永江双目灼然，拍着胸脯坦诚道：“我王永江要求大家做到的，我必须首先做到！今天在这里，我坦率地告诉大家，我的座右铭是：公事公办，绝不结党营私为己谋利，坚决不与豪族相往来！在此欢迎大家监督。”王永江略作停顿，最后郑重强调，“今后县知事无论现任或委派，均定以五年为一期，纳入考核，形成制度。根据政绩，其显赫突出而推动进步者，尚准连任；其有贪污奸邪，循规蹈矩，敷衍塞责者，将随时撤惩，不以任期为限！”

知事们反响不一，有的坦然，有的木然，有的凝思，有的埋首……

办公案台的显著位置，摆放着一份竣工典礼的考究请帖。而案台的次要位置，则摆放着一摞尚待批阅的文件。近一段时间以来，省城好戏连台，捷报频传，令王永江应接不暇，疲于奔命（当然，这是一种累并快乐着的感觉）。半晌儿，他乜斜一眼请帖落款，却是奉海铁路总办王镜寰。哦，想不到奉海铁路已初具雏形，看来镜寰真的是全力以赴了！他又乜斜一眼大摞文案，心想：又要贪黑加班了。

省城东郊奉海铁路楼前，一片披红挂绿锣鼓喧腾的热闹景象，王永江瞅着已经习以为常了。当他从车后座钻出来时，即刻形成众星拱月之势。简单的致辞与剪彩仪式过后，王永江在王镜寰的单独陪伴下，萦绕着办公楼周遭缓步徜徉。那办公楼瞅着端庄而不失活泼，洋气而不失寡净。

王永江询问了铁轨铺设的方位，王镜寰指着空白地带的显赫标志：“奉天从这里起始，一直延伸海龙方向。”

“那就从白手起家开始，最终迎头赶上满铁！”王永江眯缝着眼瞭望着远方，好像薄雾缭绕最深处的前方便是满铁的终点，他希冀从这里开出的火车尖啸着穿越那终点……那才是舒心畅快，腰杆挺拔的一天！“这是我下达给你的硬性任务！”王永江郑重叮嘱一句。

王镜寰心领神会，重重点头；“我们一定竭尽全力，不辱使命！”两人又顺着碎石枕木成堆的空隙前行，王镜寰主动寒暄道：“时间过得真快呀，一眨眼离开省长小一年了，省长一向可好？”

“忙得焦头烂额，总感觉时间不够用，恨不能生出三头六臂！可惜人不是神仙啊，可以不吃饭不睡觉，人睡觉就占了一半时间。”王永江真切流溢对于生命时间的感叹。

“省长是在只争朝夕啊，千万要保重身体才行！”王镜寰由衷关切道。

“人生一世，草木一秋！人生不过几十年，草木不过一春秋。当我们告别这个世界的时候，我们不应当留有遗憾，因为我们留下了痕迹，就像这坚实铺设、绵延无垠的奉海铁路！”王永江跟王镜寰要了支雪茄，一边点燃吸纳一边大口喷吐：“哈哈，若干年后，当你我的孙子们，孙子的孙子们，总之无数的后人触摸到了这些痕迹，一定会油然忆起我们的姓名，我们仍然富有传世的意义，无论是物质的还是精神的！这说明我们没有白活，我们的生命仍然延续在天地之间……”王永江目光深邃，喷云吐雾，他的思绪袅袅升扬，已想到了百年之后。

“省长高瞻远瞩，对生命的领悟极为深刻，我终于明白省长为什么忘我工作，您永远是我的恩师！”王镜寰感佩说道。

王永江笑了笑，转而关切询问：“置身新的环境，你感觉怎么样?”

“哦，起初不适应，隔行如隔山。目前感觉尚好，一切运转自如!”看来王镜寰已经渐入佳境。

“你悟性高一点即通，相信没啥大问题!”王永江稍加细致地瞅了瞅，王镜寰脸庞瘦消鬓丝泛白，明显有些苍老，倒也更显干练成熟。

“哦，省长不瞒你说，我把家都搬来了。一会儿带你到我家转转，我们一家人请你吃饭!”王镜寰看来早有准备。

“看来恭敬不如从命了。”王永江欣然接受。

于是，两辆车子一前一后，朝着广袤无垠的野外行驶。天际完全被野草覆盖，几株孤单的树木像是荒凉的坐标。风将云朵刮得片甲不留。疯狂的野草如连绵的浪潮淹没了车子，车子仿佛是在汹涌起伏的草海中央，漫无目的，颠簸游荡。

渐渐地，荒草掩映之中，一座白色建筑凸现视野，仿佛沙漠中的海市蜃楼，像是一座僻静的庄园。车子果然在白色楼群前停下。

“省长，请吧。”王镜寰做了邀请的手势。

沿着拱卷式门窗的院门，踏进凹字形的楼群正面，列布着主楼与东西厢楼。

“你住哪一座楼?”王永江好奇问道。

王镜寰嘿嘿笑着:“哪一座楼都行!”

“啊，这些楼……都归你?”王永江惊诧地瞪大眼。

王镜寰无声地点了点头，示意迈进主楼穿出后院。

二人一前一后穿越主楼抵达后院，视野中果然还有厢楼、罩房、花园。且说主楼与厢楼，均为东洋式二层建筑，砖木结构。主楼、厢楼、花园之间，贯通着曲折的檐廊，宽敞的木梯。四座各自独立的慢坡，形成协和式屋顶，上铺彩色水泥瓦。方形廊柱排列整齐，以宝瓶式护栏连缀。东西厢楼山墙上，各设一八角形瞭望亭，可登临远眺，观赏风景。

王永江整个看傻了!“总共是多少面积?”他随口问道。

“占地面积5190平方米，建筑面积3260平方米。”王镜寰如数家珍。

“天哪，快赶上大帅府的三进院，以及大小青楼了!你小子要当心了，枪打出头鸟哇!”王永江指点着王镜寰，玩笑与认真参半说道。

“当然跟大帅府无法相提并论，大帅府是16000平方米!再说，三进院是王府式建筑，雕梁画栋；大青楼是仿罗马式建筑，外有浮雕内有壁画，又是奉天城的制高点；小青楼是园中花厅，中西合璧。我是望尘莫及啊!”王镜寰了如指掌，心中有数。

“哎哟，应该说跟你相比，我才是望尘莫及!”王永江大开眼界，望洋兴叹，于是暗暗思忖:若是五凤来了一定眼红，又不知该怎样数落我了!想这镜寰曾是我的部下，无论工作年限还是任职资历，都无法跟我相提并论。然而，我一大家口十来号人，不过住着包括堂房、东西厢房的小小四合院，人家镜寰仅仅才几号家口，竟住着包括主楼、东西厢楼以及罩房、花园的偌大庄园!真乃天壤之别，不可同日而语啊!王永江内心瞬间陡升了瀑布的落差，这种比照和刺激太让人难堪了！

“这就看省长怎样看待，怎样对待了。当今时兴建公馆，大帅府自不必说，此外，据我所知，包括张作相、张景惠、吴俊升、汤玉麟、袁金铠、杨玉霆在内，一批军政高官都在大兴土木，兴建公馆。不是二层就是三层小楼，设计造型风格各异，有的楼梯是雕花扶手，有的地面镶装大理石。省长要想建公馆，岂不是轻而易举！”王镜寰举重若轻，轻松言道。

王永江摇了摇头，语调颇为沉重：“说来轻巧，谈何容易！人跟人不一样，根本没有可比性。你知道人家当官前都是干吗的？实话跟你说吧，都有土地、房产、营生、买卖！就像奉天投资的大型民族企业，都有张作霖将军投资的股份。他们腰杆都很硬实，先是在水中浑水摸鱼，等到赚得盆满钵满，又毫无顾虑地登陆上岸！”王永江略作沉吟，似乎想通了什么，于是善解人意道，“你从前没有钱，现在身份特殊，是奉海铁路总办，又兼东北银行、东方商栈、太平兴业公司总经理，居住宽敞气派一些，或许，别人无法说三道四，因为这是企业行为。而我的情况就大不同了！”王永江暗自感叹后生可畏，镜寰适应现实的能力竟远远超出想象！

“要不是为了修铁路，我才不愿意举家迁徙，远离繁华热闹的省城，孤零零地住在这荒郊野外！”

“行了小子，别得便宜卖乖了！”

“我现在每天都站在瞭望亭上，借助望远镜、电话机遥控指挥，一切尽收眼底，尽在掌控之中！”王镜寰沾沾自喜，自我感觉良好，见王永江脸上流露着难以掩饰的失落，于是安慰规劝说道：“当然了，镜寰能有今天，全是仰仗省长铺路。省长，在下以为，你是管钱的，而且是管大钱的，奉天能有今天的财富实力，东三省能有今天的大好形势，你是头号最大的功臣！想建公馆还不容易，跟张将军打声招呼，我想他肯定，而且必须给你面子！”

王永江微微摇首：“正是因为管钱，管大钱，才不敢，断不能轻举妄动！你知道，有多少双眼睛在紧盯着啊？甚至有人居心叵测地盼你出错！坚决不能开这个口子，口子一开就刹不住闸了！君子爱财，取之有道嘛。”王永江正义凛然道。

王永江不由自主地浮想联翩：啊，我多么渴望拥有一套大房子，一座大院子啊！哪怕是镜寰公馆的二分之一……他不敢奢望不断摇头，一再压缩希冀的目标，不，三分之一，不，四分之一……甚至八分之一，十分之一……唉，他为自己而可怜，感觉心快淌泪了！他心知肚明，一切都是因为钱哪！他思绪缤纷，情不自禁地追忆起旧事——

有人发起创办东亚商业银行，函招他入股，他竟无言以对，因为说不出口。他们哪里想到，堂堂一介省长竟然囊中羞涩！他百感交集，涩涩酸楚。他清清楚楚地记得那天的日记：

> 不知我二十年官场并无多积蓄，仅足以山林衣食之资，安有余资入此股本？他人或以为我等于俗吏，善为身谋乎，此真以己心度人者也……

举一反三，日记又说：

> 官银、兴业两行，年终分给财政厅长兼两行督办提成的“个人花红”，八万余、五万余，我均毫无保留，拨归公账……

除了钱财，还有地产：

> 于某某自辽阳来。因昔年为肇州事曾求我写信，为之介绍。当事者今已办完，竟将熟荒田二方（每方10垧，150亩）酬我，我拒绝不受，他感佩而去。我平生

不受意外之财，每见多贪不义，心实鄙之……

此刻，王永江活泛的大脑自由联想、大胆假设：如果将“个人花红”八万余、五万余，据为己有；再将那熟荒田300亩变现，掖进私囊，这些钱财集中累加起来，他确信：足可以建一座豪华庭院！然而，那是不可能的，坚决不可能！那绝不是我，打死也做不到……

“省长，省长……”王镜寰嚷嚷着。

“哦？……刚才精神开小差儿了。”王永江自我解嘲。

“省长，我自认为最了解你，你有深深的清官情结！这样吧，此事由我一手运作，你什么都不用操心！”王镜寰欲知恩图报。

“……你要是真心想帮我，不如成全我一个梦想。”王永江并不推辞，而是将计就计，于是抛出一个悬念。

“什么梦想？”王镜寰不解问道。

“创建奉天公立医院！也就是说，创建中国人自己的医院！当年泽汉来省城看病，选择了南满医科大学附属医院。日本大夫根本不拿中国人当人看，病人还没有最后咽气呢，竟他妈的提前解剖了！是可忍孰不可忍！我当时就暗暗发誓：有朝一日，我一定要创办中国人自己的医院！如今条件已经成熟，我将以个人名义，在社会上募捐集款，并亲自担任总裁。我连地点都选好了，就在小西边门外！”王永江显然早有设想。

“既然如此，我一定帮省长圆梦！”王镜寰一口应承。

“谢谢你，镜寰！”

“这是应该的！”

吃饭的时候，王永江被推举上座。一边挨着镜寰父母大人，一边挨着镜寰妻室儿女。镜寰位列主陪，遥相对应。一大家子萦绕着永江，宛如众星拱月一般。

典雅的餐厅，豪华的盛宴，和谐的氛围。镜寰简短开场，率先敬酒。继而轮到妻室儿女表现，又是夹菜又是敬酒又是感恩，情绪浓烈暖意融融。

父母大人感激涕零，掏心掏肺：“镜寰只是个普通人家的孩子，他三生有幸遇上贵人了，没有省长提携，哪儿有他的今天啊！大不了跟俺们一样，回乡种地混口饭吃！说句心里话，省长就是镜寰的再生父母哇！往后有啥事千万别客气，该出钱出钱，该出力出力，省长就把镜寰当儿子，当骡马使吧！”

“……是二老有福气，镜寰命运好哇！”永江一时感触，噙泪说道。

第十四章　掉包

一个专属于张作霖个人生涯的纪念日，被提升至东三省的重要议事日程。

这天，东三省保安副司令张作相、吴俊升，与奉天省长王永江等集聚一道，专门开会讨论张将军的五十大寿。

“目前，东三省独立自治，经济翻番，军事强盛，奉天局势前所未有，一片大好！因此，一定要把将军生日办得体面风光，以扬我东三省的志气和威风！”张作相态度明朗，豪气冲天。

“而且，将军与孙中山……段祺瑞联络密切，讨伐曹锟……吴佩孚的二次直奉战争……极有可能发动。目前，奉军拥有飞机……190余架，居全国首位……海军拥有江防舰……8艘，海防舰……4艘，在全国名列前茅。因此，一定要借将军的生日……展示奉军的……强大力量！”吴俊升舌头笨拙，却是十分尚武。

“借助将军生日展示东三省实力，这是毫无疑问的。但是，做任何事情都应该心里有谱儿，我们必须拿出完整的祝寿方案，以做到分工责任明确，以便于具体操作实施。”王永江拿手捋了捋八字牛角须，当即屈指一一细数：“比如，祝寿方案应当包括：邀请人员数目，规格；接待地点，标准；大帅府内外布置；邀请京都名伶献艺，搭台地点，唱戏天数；以及空军特技飞行表演……”

“还是岷源兄……想得……周到哇！”吴俊升赞叹道。

“那就由岷源兄起草方案吧。”张作相将计就计。

“也好，恭敬不如从命。”王永江当仁不让。

待方案起草完毕，王永江亲自呈报张作霖。

张作霖阅罢方案，面露欣喜之色，感到体面周全，当即就事论事道：“空军特技飞行表演，就交给张学良去办，他现在是航空处总办，老子过生日他应当出力！”张作霖沉吟徘徊，手摸着光秃的脑门儿，居然补充了重要两点：“我要与民同乐！利用无线电技术向省城，向全国现场直播名伶唱戏实况；还要特赦囚犯，以示宽容仁慈！”

“还是将军深谋远虑啊！”王永江由衷钦佩。

于是，生日前几天，奉天各大报纸争相报道张作霖祝寿情况。东三省保安总司令部通令各机关：停止办公三日。

张氏帅府张灯结彩，宛如过大年一般。黑夜大幕低垂，花园假山彩灯成串，星光点点；三进院的四合院，纵深光耀，越发堂皇典雅；大小青楼的灯光与户外灯光浑然一体，流光溢彩，深宅大院处处彰显着喜庆氛围。卫兵全副武装，往来游弋，加强警戒。

京剧大师梅兰芳应邀从北京带来百人剧团，浩浩荡荡抵达奉天专为寿诞助兴。无独有偶，谭富英、富连成、尚小云、程砚秋、马连良、杨小楼、金子玉、言菊朋等一干京剧大家，以及戏法大师韩景文，东北大鼓名家夏广茹等，也应邀云集为张作霖祝寿献艺。整个一个群英荟萃，星光闪耀，别说在东北，就是在京城，也属于盛况空前了。

1924 年 3 月 16 日，一个初春和煦的日子。张氏帅府门庭若市，车水马龙，熙熙攘攘。军阀政客，达官显贵，各国使节，纷纷前往张氏帅府祝寿。

王永江身着考究的中山装，胸前配一朵嘉宾红花，里进外出忙碌不停，替代主人一一迎接：北京政府国务总理的专员、曾任陆军次长的张作霖亲家、宣统皇帝的“钦差”、美国白宫的代表、中东铁路的督办、特区的行政长官……

“欢迎阁下，里面请!”

“谢谢省长!”

当孙中山派特使汪精卫送来寿礼，张作霖特意指派军乐团敲锣打鼓，将寿礼从大西门一直抬到大帅府，一路上吸引了成千上万的眼球，一时名动省城。

孙中山赠送的寿礼，摆放于宴会大厅寿堂正中八仙桌上。好奇的人们争相一睹。但见一个玉石大桃，由六个童子托起，桃色白绿分明，顽童形态各异，栩栩如生。玉桃镶嵌在红缎子衬底的木漆托盘上，雕刻之细腻，做工之精良，令人拍案叫绝。

与此同时，蒙古王公赠送的水晶宫灯、古瓷花瓶、玉石砚台；美国驻奉天总领事赠送的金柄镶宝石九狮刀；日本人赠送的花瓶、盔甲；逊位皇帝溥仪赠送的康熙御笔字画、玉制万寿灯；直系军阀曹锟赠送的宝珠、宝石之类，堪称无价之宝，一并摆放显要位置。至于林林总总的寿联、寿屏、寿桃、西洋糕、芙蓉糕、冰点心、寿礼盒，更是不胜枚举、难以计数……

奉天省城的街道上，插着特制小旗的摩托车往来驰骋，频频接送着下榻宾馆、饭店、银行、机关的祝寿团队……沈阳故宫门前的大街上，无线电扩音器俨然新式武器，招徕着好奇与玩票的市民，翘首以盼张氏帅府祝寿大戏实况开播。

生日在渴念中如期而至。

张作霖五十寿诞当日，一身大礼服端坐寿堂中央，轮番接受六房夫人、八子六女、亲眷下属、八方来宾的朝贺礼敬……

这时，天空忽然隆隆地震颤起来。便有人通报：快到院里看飞机！人们趋之若鹜，仰天朝看。晴朗的天空上，五架银鹰排列成形，以示“五福献寿”。银鹰轮番表演，高空天女散花，仿佛云霓彩霞，人们目不暇接，争相追逐礼物：红绸彩带，纸花寿字，烟火旗帜……

“好，好哇!”人们欣喜若狂。

“妈个巴子，汉卿（张学良字）这小子，玩花样儿是把好手！”张作霖满脸堆笑，志得意满。

豪华排场的寿宴，分布着三大场合：张氏帅府、督军署、会仙大舞台。张氏帅府和督军署各摆酒席百余桌。将军、省长以上官员为上客，在张氏帅府就座，酒席为“燕菜席”；其他官员为中客，在督军署就餐，为“翅子席”；普通客人在会仙大舞台看戏，吃一般酒席。

烹饪大师特为张作霖备了一桌祝寿“翅子席”，席面十分丰盛，山珍海味、飞禽走兽应有尽有。

干果：榛子仁、酥杏仁、甜核桃仁、顶心瓜子；

水果：香蕉、柑橘、菠萝、荸荠；

凉盘：清蒸鹿尾、生菜龙虾、火腿松花、鲍鱼龙须；

热菜：蟹黄鱼翅、一品燕菜、葱烧海参、玉带鲤鱼……

主食：三鲜锁边炸盒子、金丝卷。

张作霖满面春风居于上座，身边围坐一圈花枝招展的夫人。

“都别客气，可劲造！”主人发话了。

“造！”客人动手动嘴。人们胃口大开，大快朵颐。

“自从我随大王东征西战……”

伴随着梅兰芳柔美唱腔的飘漾流淌，其翩翩水袖、婀娜身段、粉簪翠珠、兰花柔指，立时博得了满堂彩。

“好！好！好哇……”

这是红遍大半个中国、四大名旦之首的梅兰芳与武生泰斗杨小楼联袂主演的梅派经典剧目《霸王别姬》。

演出盛况借助无线电扩音器，直播于沈阳故宫门前大街，辐射辽远无垠的神州大地，人们洗耳恭听，津津乐道。

好日子岂是一天过的。哎，还真就不是一天！如此鲜花着锦、烈火烹油的祝寿活动，在张氏帅府和督军府竟然持续上演了三天！

或许，祝寿活动只是一个平台，而借助平台开展外交、商议重大政治军事行动，尤显重要。

这天，在考究的大帅府宴会厅，张作霖招待一位重要来宾，王永江等一干奉系要员应邀出席。

张作霖身着大礼服，笑呵呵地引荐：“这是孙中山先生的助手和特使汪精卫，哦，这是奉天省省长兼财政厅长王永江……”

“久仰久仰，先生是理财高手！”穿西装梳背头的汪精卫主动握手。

“先生作为民国四大美男之一，刺杀大清摄政王名动一时啊！”留着八字牛角须的王永江笑着回道。

“老黄历了，不值一提。”汪精卫谦逊着。

原来是共商反直大计，孙中山欲与张作霖联手。宾主把盏相互致意，共祝奉粤反直大业功成。

汪精卫果然一表人才，张口即来，口若悬河。他开宗明义，提出军事方案：

“首先，由南方革命政府下令讨伐曹吴，从南方出兵北伐；其次，奉军作为响应，由东北进兵关内直捣北京，南北夹击，打倒曹锟、吴佩孚！”

“我赞成南北夹击方案！”张作霖表态道，却又有所保留，“但是各自发动，分头进行，彼此没有同属关系。”张作霖心想：我的奉军岂能受他人调遣！

汪精卫没有反对，进而提出政治方案：

“讨伐曹吴胜利后，我们将召开国民会议，解决国家统一和建设问题。”

张作霖模棱两可，闪烁其词：“等打垮了曹吴，什么都好说嘛。”

“这里有一个前提啊，真有些难以启齿，”汪精卫羞赧地垂首，继而又重新昂头，“要想圆满地实现军事行动，奉军必须给粤军以援助！目前，粤省经济非常困难，不像奉省实力雄厚！粤省羡慕奉省，奉省藏龙卧虎啊！”汪精卫望了一眼王永江，既是钦佩又是恭维。

王永江故作沉静，既无得意又无回应。他清楚恭维是有代价的。说到底，他是最不赞成打仗的。

“一句话，多少钱?”张作霖不愿啰唆，干脆直截了当。

“果然痛快!”汪精卫竖起大拇指，一边眨巴着眼睛算账，“这么说吧，协和回赣，需要50万；组安回湘，需要20万；还有……”

“那就50万!”张作霖仿佛搓麻截和一般，抢过汪精卫的话头一锤定音。“这个数目相当可观，先解燃眉之急再说。”

“……好吧。”汪精卫只好接受。

汪精卫回广州数日后，果然派专员来奉天提款。岂料，在王省长那里碰了钉子，只好悻悻地打道回府。

对于这笔五十万元巨款，王永江内心颇为纠结：一方面，这是他励精图治辛勤积累的财富，就这样轻而易举地送人，且用于他最不情愿的战争，他心里着实不情愿不痛快！奉省还有好多事项急等着用钱呢！另一方面，张作霖业已有言在先，言而无信岂可行乎！何况又是赠予孙中山先生——一位令他仰慕的改朝换代的大人物！不过，这笔钱不能就这样粗率地拎走，万一被人盯梢有个三长两短咋办？必须按照我的方式操作才行！

于是没过几天，王永江亲自安排密使南下羊城。在一座半月形回廊的小洋楼，在清秀文雅的宋庆龄引领下，当面晤见了鼎鼎大名的孙中山先生。

南国的空气是潮润的，然而此间氛围却是冷冷的。

“……孙先生，王省长考虑这笔钱关系重大，为了绝对安全起见，决定按照我们的方式实施交接。”密使费了半天口舌解释。

“哦？我还以为出尔反尔呢!”孙中山不温不火的脸上，终于展露出笑容。

孙中山在地上走了几步，接着道：“看来王省长行事谨慎，考虑周详。”说着，他忽然立住，望着密使正色道，“说说你们

的交接方式?”

于是，密使拿出一只提包，一字一句地嘱咐；“请孙先生按照约定的日期、车次和座次，派专员带上这只提包，乘坐由北京至大连的南满列车。火车经过奉天站时，将有一位身穿日本和服的人上车，手提一只跟这只完全相同的提包。待火车开出奉天几站后，双方心照不宣暗度陈仓，以掉包方式完成交接。”

宋庆龄敏捷地记下了日期、车次和座次。她感觉好玩，禁不住笑了：“如此这般神秘，像是西方的侦探小说。”于是好奇探问，“请问这是谁的主意?”

“王省长!”

“嘻嘻，快成福尔摩斯了!”

孙中山和密使都笑了。

孙中山一手拿着提包，一手跟密使相握：“请转告王省长，那就依计而行!”

一切如约而至，一切依计而行。仿佛是电影中的一幕：孙先生的专员带着提包，乘坐由北京至大连的列车，提包放置在目力所及的行李架上；列车途经奉天站时，上来一位身穿和服携带同样提包的人，那人有意将提包挨近行李架上的提包放下。火车驶出奉天几站后，那人提着另一只提包下车，而将自带的提包留在车上，双方悄悄完成了掉包和交接。

“太好了，天助我也!”孙中山果然收到一笔五十万元巨款!登时欣喜若狂，信心大增，腰杆粗壮。

宋庆龄笑靥里盛满了欢喜。她深深地理解着丈夫。她亲自下厨做了几样好菜，二人举杯小庆了一把。

在以后的岁月里，孙中山共收到奉省资助逾百万之巨。而每笔赠款均出自王永江之手。应当说，吝惜有余的王永江对于孙中山是慷慨大方的。孙中山每每回信，笔端皆流溢感激与谢忱，且赠送孙文标准照片，题签“岷源先生惠存”。王永江出于礼貌，总有复函。两位民国大人物虽相隔千山万水，一个天南一个地北，一种无形中的空中联络却建立起来。孙中山跟王永江互通书信，纵论时政，交流思想，坦陈己见，且探讨合作，应当说仁智互见，相互补益。

孙中山总共写有七封来信，均存储于王永江会客厅的收藏室。作为“益友社”成员的王泽汉、曹世科、曹德麟、刘占鳌，曾有幸亲眼目睹、印象如炬……

第十五章　反调

“砰！砰！砰！”忽然有人敲门！声音轻柔而富有节奏。这么晚了，会是谁呢？

这天，在刘知事被逮捕前所在的县城，王永江因视察工作下榻于宾馆。上午，他一般性听取了新知事的工作汇报，重点倾听了农工商主营脱离垄断与重新分配情况。下午，除了参观市容和著名景点之外，重点考察了重新分配后的农工商主营企业，受到了意想不到的盛大礼遇与山呼海啸的欢迎。这使他情不自禁地追想起在辽阳工作时的情景——当他官复原职重返辽阳大地时，站台上那硕大的横幅令他眼热：“拨散乌云，青天见日！”“欢迎局长，荣光归来！”他享受了鲜花掌声与夹道欢迎……心里感觉热乎乎的。一天下来，感觉很累，他靠在床头，眼皮有些打架。一阵突如其来的敲门声，着实警醒了他的困顿。

“谁呀？”王永江大声询问，门外阒然无声。少顷，“砰！砰！砰！”竟又敲了三声。

王永江纳罕着只好开门。门启处，站着一位令人眼前一亮的女人！曲线可体的旗袍，烫着波浪卷发，拎着精致的挎包，穿着细细高跟鞋，那站姿仿佛是模特儿亮相，一双丹凤眼道是无情却有情。傍晚敲门的美丽女人，不由人心里不起疑。

“你找谁啊？”王永江礼貌地问道。

“如果你是王省长的话，那就说明我没找错人。”女人机智回道，似有备而来。

“怎么知道没找错人哪?”王永江故意反问。

女人正视一眼王永江，拿手在脸上比画着：“你的胡子很有特点，跟报纸上一模一样!”

既然如此，倒不如直截了当。王永江蹙眉问道：“可我不认识你呀!”

“我认识你就行呗！天下谁人不识君！你身居省城，高高在上，怎么会认识我这种小民呢!”女人冲着王永江饶舌，转而绽开狐狸般的笑脸。

“你是干吗的？有什么事儿?”王永江郑重问道。

“我大老远赶来，外面又这么冷，能不能进屋说啊!”王永江稍作犹疑，那女人竟毫不怠慢，前脚跟后脚地踏进门来。

“这下可以说了吧!”王永江随即叮了句。

女人环顾着走了几步，见屋里没有外人，竟然一屁股坐到沙发上，然后反客为主道：“省长大人，别站着呀!”

“你要是玩捉迷藏，我可要下逐客令了!”王永江显然不高兴，他不喜欢被任何人捉弄。

女人略作沉吟，眨了眨眼皮，然后二话没说，将挎包往茶几上一墩，刷地打开拉链，然后掏出崭新的钞票：一沓，一沓，又一沓……

“你什么意思？赶紧收起来!”王永江严肃命令。

“这是我的一点心意！恕我直言，当官没有不贪财的，不贪反倒不正常了。当然，我不可能无缘无故地白送，我是有所求的，想求王省长帮一个忙!”那女人终于开了口风。

“看来你是个爽快的人，你最好把话说清楚了。”王永江感觉其中必有蹊跷，他想试着探个究竟。

“好吧，我想求王省长把刘知事放了。他既然是你下令抓捕的，解铃还须系铃人嘛!”女人坦陈央求之事。

“你跟刘知事是什么关系?”王永江目光犀利，单刀直入。

“实不相瞒，我们是情人和相好，是我主动自愿的！他改变了我的命运，同时改变了我们家的命运，使我们全家从贫困走向富足！如今他身陷囹圄，我不能坐视不管，见死不救，我愿拿出手头的积蓄来救赎他！”女人终于亮出底牌，她的眼眸透露了真挚。

“哦，原来如此。”王永江约略低眉沉思，“看来你是个讲情义的人，只是选择跟错了对象！”王永江不无同情。

“省长你错了！男人跟女人判断不一样，男人可以说出好与坏，女人只是爱与不爱！在我眼里，刘知事是最棒的男人，也最值得女人去爱，我情愿为他付出一切！”抛开是非价值观，这女人倒是蛮痴情。

“看在你坦诚的份儿上，我也坦率地告诉你——”王永江表情冷峻，威严说道，“虽然腐败现象屡禁不止，虽然情大于法时有发生，但只要我王永江为政一天，就要公正廉明一天，就要对得起天下苍生，绝不容许乌七八糟的东西，玷污了朝纲风纪！念你是初犯，我不想追究什么，赶紧带上你的东西走吧！”王永江猛然打开房门，背转身来候在一旁。

短暂的静默。隐约传来窗外的风声。

女人沉吟了半晌儿，然后喃喃着说道：“如果你的胃口很大，连这些钱也不管用，那我只好……把身子也给你！”女人话带哭音，嘤嘤呜呜，“连钱带人……总可以了吧?!”女人假装抽噎着，拿手绢擦抹眼角。

“你这是门缝儿里看人！你以为谁都是刘知事呀！我最后再说一遍，带上你的钱上路！”王永江大声命令。

那女人从沙发上起身，高跟鞋在地面上磕碰几声，待经过王永江身边时，那女人竟然扑通一声跪地，一把抱住王永江的大腿！然后一边抹着泪儿，一边慢慢解开了衣襟……“除了刘知事，我没有跟过别的男人，虽然喜欢我的人很多。我愿意好好伺候省长大人，让你真正享受一回从未享受过的……”她期待着王永江关门，然后慢慢地搀扶她起来……

“真没遇到过像你这样的！简直就是说不清了！”王永江又气又急，胡子都快撅上天了。好嘛，死猪不怕开水烫！吃了秤砣铁了心！无奈之下，他使劲挣脱了女人的羁绊，狠狠道了句：“你不走我走！”说罢大步出门，扬长而去……

冷冷清清的宾馆，工作人员早没了踪影。好像天一黑便全部销声匿迹，统统进入了梦乡。咦，停泊在门前的轿车咋不见了？他一拍脑门，蓦然想起司机请假走亲戚了。如今倒好，我成了光杆司令一条了！

王永江于是顺着宾馆周边漫无目的地转悠。除了星星和点点微弱的灯光，四周仿佛浸染了墨漆一般。除了偶尔的犬吠，毫无声息动静。边远小城的夜色与省城繁华的夜生活，实在是不可同日而语。城乡天壤之别呀！

记得那是一年最后的一天，他身处辽西康平，无缘探家。街上张灯结彩，人们喜气洋洋。然而，偏僻的边城再好不如家。独在异乡为异客，每逢佳节倍思亲。他情不自禁追忆起金州过大年的情景，街上流光溢彩，行人摩肩接踵，耍龙灯，踩高跷，扭秧歌，跑旱船，挑花篮，走马灯，猜灯谜……仿佛就在昨天，就在眼前。唉，可惜忠孝难以两全啊！在这兔子不拉屎的地方，他独自守岁，独斟独饮，无人陪伴把盏，无人温情絮语。他忽然萌生了对妻子的无限渴念……他真想对妻子有所呈奉，然而官清如水无脂无膏。他思来想去，百感交集，于是蘸着浓墨蘸着清泪，写下一封家书报一声平安：

客里光阴爆竹声，满笺珍重发边城。
官清如水无他赠，两字平安寄与卿。

冷风忽至，一阵紧似一阵。风浸透着肌体剥夺着体温，王永江不禁冷战着打了声喷嚏。他揉揉鼻子估摸着是时候了，谅那女人早已逃之夭夭。他决定逃离阴冷的暗夜，于是大步流星折返宾馆。

当他踏进卧室，点燃灯盏的时候，不由得大吃一惊，倒吸一口冷气。那女人不但没走，反而将卧室铺陈成了色欲氛围。梳妆台上整齐叠放着鲜艳的旗袍，时尚的女士胸罩、内裤，地上是一双细细的高跟鞋，床头柜上置放着精致挎包，那女人显然早已脱得一丝不挂，波浪卷发如黑色卷心菜盛开在枕巾上，肌肤仿若冰雪，天鹅一般的颈项，坡谷一般的胸窝……她居然钻进了属于自己的床被！

王永江摔门出屋。那女人起身坐回沙发，点燃一支香烟喷吐着，头脑进行着艰难考量：……我该怎么办？是进还是退？如果就这样打道回府，岂不是半途而废！这绝对是送上门的机遇，以后肯定不会再有！逆水行舟不进则退……我真就纳闷了，男人居然有不好财色的？长这么大从没听说过。当然除非他不是人！应该是碍于面子装的。一个堂堂的大省长，怎么肯轻易就范呢？装装装，你就给我装吧！我看你快绷不住了，就差一层窗户纸了。哼哼，猫哪儿有不吃腥的？男人都是馋嘴猫！她轻蔑地笑了笑，将烟头摁灭烟缸里。她往来走动了几步，终于狠狠地拿定主意，看来只有破釜沉舟、背水一战了！一旦造成既成事实，他必须听我摆布才行……

她款款着走进卧室，像剥洋葱似的层层剥落，照着镜子自我欣赏玩味：仙狐般迷人的笑脸，波浪翻卷的长发，冰雪洁白的肌肤，丰润隆起的乳房，杨柳纤细的蛮腰，丰肥翘挺的屁股……男人即使再花心，还想找啥样儿的！说句实在的，刘知事为我都发疯了！她重新找回自信，风骚地扭动几下。

她捂好被子，故意将两个枕头挨得紧紧的，随手关了床灯，一哧溜钻进被窝……

这时，只见王永江怒火万丈，浑身战栗，大发雷霆：“真是寡廉鲜耻，卑鄙下流！我直言不讳地告诉你，你的如意算盘打错了！既然你口口声声愿为刘知事付出一切，好哇，我今天就成全你，罪加一等，送你进去，让你在监牢里陪他厮守一辈子！我刚才已经跟警察局打招呼了，执勤警察立马就到！”王永江说完即转身出屋，余怒未消，站在客厅，大口喘着粗气。

仿佛受到地震前兆惊吓的动物，那女人终于不再执拗，竟一个鲤鱼打挺窜出被窝……

自然，警察局绝无可能来人。王永江只是略施小计，震慑而已。

他坐在沙发上沉吟着，点燃香烟。这一通折腾真是够累，又是挨冻又是动怒。而整整一天下来，实在太疲倦了！……迷迷糊糊之中，一女子款款而至，竟然一丝不挂，长发飘逸，丰乳肥臀，丰润的身子溢着香气，樱桃小口哈着酒气，表情是那样柔媚……糟了糟了，那女子竟然杀了回马枪！他恼羞成怒，一连喊了三个“滚”字！不料那女子和蔼地发话了：“对不起，吓着你了，你看我是谁?”永江怯怯地凑近，定睛一瞧：“哦天哪，是六凤！大老远的你咋跑这儿来了?”“你把我唤来的……”他忽地从沙发上坐起，竟然是南柯一梦。

他点燃香烟大口吸着，奇了怪了，咋会做这样怪诞的梦？一直以来从未有过。莫非……受了刘知事那女人的刺激，将我潜意识的蛰伏物激活了？他大口吸纳喷吐，思绪烟雾纠缠在一起，团团浓浓得化不开……

他情不自禁地忆起了旧事——

一次闲谈中，袁金铠大胆建议：“你独身在外整日操劳，是否考虑纳个小妾，省着孤独寂寞，无人照料？人生苦短，长夜难熬哇！”

“漫说桃根与桃叶，更无心事到红装！”永江张口即来，以诗谢绝。

“好诗！”王永江的诗才，袁金铠早已领教，甚为欣赏，“只是诗与现实是有距离的。”袁金铠意犹未尽地说道。

王永江的表情凝重起来，仿佛从理想回落到现实：“洁珊兄美意，岷源心领了！只是每个人情况不同，我哪儿有这等艳福哇！一个老婆，五个孩子，二位老人，一位弟媳，足够我牵肠挂肚好生赡养了！每天忙得脚打后脑勺，哪儿还有时间和精力分心！其实，我觉得眼下挺好的，闲暇读书，写诗作画，以文养心，自得其乐，已经习以为常了！”

袁金铠的表情庄重起来，更深一层理解了王永江：“岷源兄大丈夫，淡泊明志，韬光养晦，一看就是有承担的！兄弟我无话可说了。”

奇怪！为什么六凤会翩翩入梦呢？难道我心中潜存着渴念？他的大脑于是闪回大年初二之夜，那场猝不及防的美丽邂逅……不管怎么说，六凤的确美丽可爱，而家庭遭际不幸，又是那样令人怜惜！假如采纳袁金铠的建议，果真纳六凤为妾的话，或许不失为一举两得的好事儿！独在异乡的我从此生活有人照料，孑然一身的她从此有了命运依托。他心有所动，起身踱步，天花乱坠，想入非非……

咦，对面忽冒出一个人来，瞅着好生面熟，一脸严肃且摆动手势：“不妥不妥，此乃下策！因为可以肯定一点，五凤必然坚决反对！还记得初三一大早，六凤给你送鸡蛋水泡光头饼吗？五凤的嫉妒与醋意是那样可怕，她在情感上是个极其自私之人！她怎么可能容忍你娶二房，而那二房恰恰是她亲妹妹！如果你执意硬娶的话，结果必然是后院起火，而且火势凶猛，弥漫冲天！从此鸡犬不宁，一大家口离心离德，无人照料！而你势必分心忧心，疲于应付，无法全心全意投身伟大的事业！你还将面临着世人的讥嘲：瞧王永江自视清高，到头来无非俗吏一个，当了大官便妻妾成群，乃至于后院起火，难以收场……”

“言之有理，所言极是，谢谢你的分析指教！”永江打躬作揖称谢。永江透过镜子透射再三，感觉那人与自己极为相像，俨然孪生兄弟、抑或自己的模子！你静他静，你动他动，你笑他笑。王永江眨动眼皮豁然省悟：哦天哪，原来竟然是自己魂魄的影子！

哦，我的想法是否太自私了？只图自个儿舒坦，不顾别人遭罪？然而，那可怜的六凤怎么办？孤家寡人，茕茕孑立，形影相吊，那是对生命的销蚀……还是应当找个好人嫁了，过一种正常人的正常生活。理性终于占据了上风，王永江顿感自己舒畅起来。他决定即刻给五凤写封信，让她出面做做六凤及家里人工作。为六凤重新扬起生活的风帆，极尽铺垫，极尽助推……

风云怒气冲冲地席卷而来，在蓝天上团团块块绵绵，集结成履带状的雨云。风雷正在酝酿出炉……

王永江站在省长公署窗前，俯视大院中央喷涌四溅的水池，沉思默想，忧心忡忡。他的办公桌上，厚大的黄历翻在了 1923 年 3 月 26 日。这是一个租借本该到期的日子，由于内外原因被无限期延宕。国人对此将作出何种反应？是麻木健忘，讳莫如深，退避三舍，还是旧事重提，不依不饶，作出强烈反弹？是的，王永江的忧虑不是没有道理的。

突然，雷公仿佛草原呼脉唱法般地低吼，电母抽打着犹如放牧云朵的金鞭，相伴交织比肩而来，在万千耳际炸响。雨水瓢泼倾盆……玻璃渐渐变得模糊起来。再看楼前中央的水池，浪花滚涌翻卷，像是大铁锅里沸腾的热水。

这一天，注定是个风暴的日子。日俄战争后，按照中日双方签订的条约，日本接替沙俄租借旅大的日子在这一天刚好到期。然而，事不凑巧，就在令人诅咒的 1915 年，银币上铸头像的那位袁大头，因为急于称帝，迫于威逼压力，竟然答应了日本提出的丧权辱国的"二十一条"。"二十一条"之一是：租借旅大及南满铁路 99 年。人这一辈子能活多久？而 99 年意味着什么？连三岁孩子都能读懂。随后，作为第一次世界大战参战国与战胜国

的中国，相继在巴黎和会与华盛顿会议上强烈呼吁，据理力争，要求坚决废除不平等的“二十一条”。然而弱国无外交，无论是呼吁还是抗争，无异于白费口舌，石沉大海。恃强凌弱的帝国主义岂肯听任“东亚病夫”翻云覆雨，一个鼻孔出气的帝国主义更不可能胳臂肘向外拐。

王永江的担忧终于变成了现实。这一天，“三二六”收回旅大运动爆发了。遍布大中城市的工农兵学商包括海外华侨共约百万之众，积极投身抗议集会游行，对日经济绝交，抵制日货风潮。

处于矛盾漩涡中心的旅大金州，热血愤青曹德麟、王泽汉、刘占鳌、曹世科等集聚一道，血脉贲张，摩拳擦掌，决定以不久前成立的“益友社”名义，致电北京政府以及全国各界。王泽汉操刀执笔，大家你一言我一语，电文如下：

> 吾等忍耐已经很久，当亡国奴也已经很久。今幸本年3月26日旅大租借期已满，我金瓯无缺之领土理应收回，然而日本人为实现保全满洲，进图中原之野心，“五七”胁迫，竟延长有效期99年！他们看到国内同胞无声无息，号称先觉者的上海人亦不见动静，于是暗自欣喜旅大将长久与中国脱离关系！不幸的是生于斯长于斯的吾等，难道只有当亡国奴的资格！全国同胞们，时间紧迫，国会既已否决，国人应一致奋起，督促政府速派大员，接洽收回旅大事宜……

在风雷滚滚，排山倒海的大潮中，唯有一个人表现出异常的淡漠，乃至于逆潮流而动，公然大唱起反调，此人即是王永江。他明令全省加强警戒，禁绝社会各界游行罢工，不许侵害日本人权益。一向受到人们景仰爱戴的王永江，顿时被世人骂作“亲日派”、“卖国贼”。

岩间德也硬着头皮，踏进王永江办公室。他惴惴不安，不知是吉凶还是祸福。一个特殊而敏感的日子，任何事情都有可能发生。

“奉天派往日本的留学生，有一个叫作阎传绂的，岩间顾问可有印象？”王永江开门见山。

“当然有印象了！”岩间德也不无得意，“他是咱们金州人，南金书院高才生，他的家父是副都统阎福陞！”

“哦。”王永江微微颔首。

“阎传绂在仙台就读时，就借住在我的家里。”岩间德也眨巴着小眼，好奇探道，“省长怎么想起问他了？”

“事情是这样的，”王永江表情沉重，陈述说道，“提起‘三二六’这个日子，想必岩间先生不该陌生，现在举国上下风潮涌动。包括热血青年阎传绂，在东京发起留学生集会，会后游行示威，公开发表宣言。不料，在游行队伍去往外务省途中，遭到了日本警察的强行阻截，阎传绂被殴伤后又被逮捕，被殴伤逮捕者共有数十人。”

“啊！这个阎传绂，不好好读书，参与什么政治？还发起集会游行，到外务省抗议？真是自讨苦吃！”岩间德也瞪起鮟鱇鱼般的小眼珠子，好似冷不防受到了海洋生物的攻击。

“我这里有一封奉天省政府的照会，请岩间顾问通过吉田领事转交外务省，请求放人！必须保证他们的人身安全，他们毕竟是外派的留学生——通过奉天这一渠道出国的。再说年轻人犯错误，连上帝都会原谅的！”王永江把信函和嘱托交给了岩间德也。

得意门生突遭逮捕，岩间德也真心焦急。他是眼看着阎传绂成长的，其中倾注了他的心血，阎传绂在他眼中就像儿子。唉，年轻人从稚嫩到成熟，是需要支付学费的，甚至是昂贵的一笔学费。既然王省长这么重视，如此甚好，于公于私都不敢怠慢。他接过信函当即告辞：“请省长放心，我这就去办！”

省城主干道一阵喧哗与骚动，那些擎着条幅、喊着号子、散发传单的学生，犹如不同支脉的涓涓细流汇聚成了汹涌的洪流。

王永江的车子犹如一只独木舟，穿行于汹涌湍急的洪流之中。拐来绕去，突出重围，顺流而下，东北大学——终于进入视野。

蔚然高耸、宽敞通透的大礼堂，攒动着学生们青涩稚嫩的头颅。

王永江走上讲坛，开宗明义，苦口婆心道：“大家的爱国举动，我表示完全理解！因为你们学生是最单纯、最热情、最正直、最善良的。但是，你们同时又是最简单、最片面、最冲动、最幼稚的。我在此奉劝大家，一定要具有政治头脑，认清形势，审时度势，规范自我，稳定大局。”善于著文的王永江心里清楚，这种抽象的劝谕于事无补，就像一篇论文缺少支撑的论据，他必须通过事实例证加以填充。他随即举例说道：“大家知道，老百姓的生活离不开衣服，但奉天没有中国的纺纱厂，因此只好买外国布匹！中国清朝末年就有铁路了，但自己造不了机车，因此只好向外国购买！我们要建设现代化的工厂，但没有自己的工程师，因此只好聘请外国专家！当今世界，开放交流与和平发展是主旋律，在我们目前能力尚欠缺的情况下，完全脱离外国援助是不现实的。因此，要想做到彻底抵制和杜绝日货，最根本出路恰恰在于自主研发制造，谁有都不如自己有哇！”王永江转而自我审视一番，不无得意地问道，“大家看我这身行头，是不是纯牌国货？”

“是——”望着校长一身长袍马褂，学子们异口同声。

“哈哈，我一直就是这身行头！你们说，我是不是在抵制日货啊？其实，无须声张和炫耀，行动是最好的宣言。而且，做任何事情都要具有恒心，包括抵制日货也要具有恒心！”王永江目光深邃，推心置腹说道，“爱国是一种从长计议的作为，而非一时心血来潮之举，做一些表面性文章！”王永江稍事喘息，然后话锋一转说道，“同学们应当有目共睹，奉天现在正处于百业兴

旺、欣欣向荣的时期，形势一派大好！咱们设立了纺纱厂，兴建了公立医院，修筑了奉海铁路，创办了东北大学！日本人对此耿耿于怀，百般阻挠，我们的对策是从容面对，我行我素！”王永江有力的手势，赢得了满堂喝彩。

他继而引申说道：“中日之间没必要发生正面冲突，否则最终受损害的一定是我方。历史的教训值得总结借鉴。历史就是昨天的现实，今天也将成为明天的历史。目前，奉天乃至东北出现了前所未有的大好形势，而你们正是大好形势的直接受益者。试想：如果没有和平发展、欣欣向荣的大好形势，你们怎么可能走进东北最好的大学，聆听顶尖级教授学者的授课，享受最精良的工厂实验环境！所以，我奉劝大家千万不要轻举妄动，以免破坏了来之不易的大好形势，贻误了宝贵的学业和青春年华。”王永江呷了口水，将杯子置放讲坛，列举了个别省份发生的严重事件：妨碍中日贸易，损伤日本侨民，毁坏使馆公物……他认为如此做法极不明智。王永江陡然提高声调，一针见血地挑明：“欲加之罪何患无辞，何况授人以口柄！”

泱泱水面泛起了波涛。“租借旅大明明到期，日本人却赖着不走，还要继续延长 99 年，简直是欺人太甚！旅大本来属于奉天版图，难道我们听之任之、坐以待毙！”个别学子大胆发问。

“是啊，是啊……”会场上附和着共鸣，如一片浩荡的水声。

“我们当然不能听之任之、坐以待毙。我们还应当理直气壮、当仁不让地索回！但这里有一个前提条件，它牵涉到政治与外交，必须由政府出面才行，而且还要精心筹划，选择恰当的时机和恰当的方式。因此，我奉劝大家就此打住，坚决不许参与游行滋事，否则校方将予以除名！”王永江的声音宛若洪钟，在大礼堂的上空回荡。

阎传绂从黑暗走向了光明。站在监狱门外的荒凉地界，忽然

体味了从未有过的陌生与疏离感。这片异域自由的疆土曾是那样令他喜爱，然而仅仅是因为一次爱国游行，就遭到了这片自由土壤上的疯狗警察野蛮的殴打与拘捕。哪儿有什么天堂净土啊，天下乌鸦一般黑！此时此刻的东京，在阎传绂的眼中，无异于遥远寒冷的西伯利亚……在监狱里，他不但思念远方的故土，更深彻地思念一个人，那个被他忽略淡忘了太久——被俄军遣送西伯利亚的父亲！父亲当年是无所畏惧的，而他也绝不会甘愿服输。

夜色阑珊，凉意阵阵，天上皎洁的月光，悄然被黑云掳掠了。

古城东街的阎家弄子，庭院深深的后花园，错落生长着银杏、梧桐、皂角、臭椿、枫树，星罗棋布着奇形怪状的太湖白石，半亩水塘侧畔竖立着凉亭，一条鹅卵石甬道曲折铺展着。这座皇家风范的建造，并非阎福陞私人所属，自道光以来曾有七八位副都统居住，福陞大人算是最后一位。自然，这后花园是阎传绂儿时的天堂。

阎福陞晚饭独酌了两杯，然后独自在后花园散步。福陞祖籍太原，知书达理，擅长骑射，甲午之战，恪尽职守，痛击日军。官位可谓青云直上，由金州右翼协领擢升左翼协领及代理副都统。然而近日心情却十分不爽，如鲠在喉，似块垒在胸。自打租借旅大条约和续约出炉，金州周遭地盘全让俄国佬占了，金州俨然孤城一座。俄国佬一边勘定地界肆意扩张，一边觊觎古城甚至以炮轰相威胁。最令福陞难过的是，他虽表面上陪着俄国佬勘定地界，但背地里则鼓动百姓对俄国佬施压，然而，一些被表象迷惑了双眼的百姓却骂他是“土地佬”，竟然气势汹汹地围攻他的轿子……

福陞心情沉重，脚步僵硬，他的步幅在甬道上摇晃，幸好扶住一棵粗壮的树干。他仰望苍穹，乌云遮月，阴霾不散，只有伟岸的大树沉默而坚实，傲然韧性地将树干刺向穹苍。他心有所动，眼眸潮润，仿佛启迪了感悟，固化了信念。顿时从他的心中，流淌出悲愤激越的诗行：酒酣拔剑叹汪洋，长鲸未斩心忧惶……

“大人不好了，家里进强盗了！”佣人慌张着跑来通报，跌了一个趔趄。

话音未落，几个身穿夜行服的人，正手持短刃手枪，押着福陞的家人走来。

“几位好汉，有话好说，是需要钱吗？我可以奉送。请放开我的家人！”福陞抱拳作揖，慌忙求情。

穿夜行服的人没有表态，既不反对也不接受，似乎在掂量着砝码。

“你们到底想干吗？咱们往日无怨，今日无仇，这究竟是为何呀！”福陞有些气恼。

穿夜行服当中的一个，终于发话了，那腔调听着有些蹩脚，像是鹦鹉学舌似的：“听说你们当官的很肥，一年清知府，十万雪花银！作为金州城的父母官，你能吐出多少钱财？”

“我是朝廷命官，只有有限的俸禄！”福陞坦诚说道。

“俸禄毛毛雨了，不过，这座宅院不错！”穿夜行服的人环顾周遭，嘻嘻哈哈着又翻云覆雨，“但是，我的胃口更大，哈哈，这座宅院小儿科了！”

福陞越发忐忑，心里没底儿：“你们到底想要什么！”

“我要你交出权杖！我要你奉献城池！”对方终于亮出底牌，怪怪的腔调竟是斩钉截铁。

福陞及家人惊愕地瞪大眼。

那发问者终于摘掉夜行服帽子。啊，俄军少将！福陞曾经打过交道。那一行人齐刷刷摘掉了夜行服帽子。啊，俄军士兵！

一块石头终于落地。福陞不无讥讽道：“咱们可以公事公办，这深更半夜的，干些偷鸡摸狗的勾当，也太不光彩了吧！”

“只要达到目的，可以不择手段！阎大人听好了，你现在面

临两种选择，”俄军少将伸出两个手指，“一是堂而皇之地交出古城，我可以保证你荣华富贵；二是你固执地拒不交出古城，这漂亮的宅院就将成为你一家人的墓场。就是现在，就在一念之间，你必须做出非此即彼的选择！”俄军少将咄咄逼人，眼睛里流泻着杀机。

“我现在就正式答复你：我既不可能交出权杖，也不可能交出古城！而且，这件事情跟古城百姓，跟我的家人统统无关，你必须放过他们！我可以跟你们走，任由你们处罚！”福陞果然固执，大包大揽。

“既然如此，那就别怪我不客气了。”俄军少将拉动枪栓，将手枪正对着福陞脑门。福陞的夫人、儿子高声尖叫，福陞居然不为所动眼睛眨都不眨。想不到福陞大人竟是不怕死的汉子！俄军少将遂放下手枪，顺着甬道盘桓。就在这后花园当场处决，让他的家人替他收尸？还是暂行羁押几日，待占领整个古城后公开处决？不过，这座大宅院真是漂亮，典型的东方情调，下一步将改作我的将军府！他俯身拾起一枚石子投向水塘，水波漾起一圈儿一圈儿涟漪。水面上叽喳着鸟鸣，扑棱棱扇动着鸟翅。原来是鸟妈妈衔食归来，雏鸟们雀跃不已，伸张圆圆的小口，渴望着鸟妈妈喂食……俄军少将的心突然有所柔软，想起了遥远的贝加尔湖，那里有他的童年还有母亲……他继续着他那跑调蹩脚的汉语，口气明显温和了：“阁大人尽管放心，古城我是不会破坏的。哦，听说它跟克里姆林宫一样悠久。包括古城百姓，以及你的家人，我同样不打算伤害。我是信仰上帝的人，我的杀心已经收起。”貌似慈悲的俄军少将最后使出了撒手锏，“但有一点，死罪既免，活罪难逃！听说过俄罗斯流放的刑罚吗？那是政治家享有的特殊待遇。福陞大人，我就给你一个政治家的待遇，流放西伯利亚服苦役。带走！”俄军少将一声令下。

福陞夫人挣脱着哭喊着：“官人！”

阁传绂指斥着俄军少将：“臭老毛子，放开我爹！”

俄军士兵再次亮出武器，欲对阎传绂动武，却被俄军少将制止，他叽里呱啦训斥着什么。

福陞安抚家人道：“都不要轻举妄动！我个人生死不足惜，既然是朝廷命官，为国捐躯是分内之事，你们不必为我担忧！”他抚摸着儿子的脑袋，嘱咐他一定要好好读书，将来成为国家有用之才。

阎传绂泪含双眸，使劲点头。

于是，伴随着生离死别，骨肉分离，阎福陞被俄军团团推搡着，押出后花园，押出大宅院，押出金州城，押出浩茫原野的黑土地，押赴荒无人烟的西伯利亚……

看到同学们三两成群、步履蹒跚地迈步出监，阎传绂仿佛冻僵的蛇麻木而僵硬。当他看到一位女生显然遭受了凌辱变得痴痴傻傻时，他痉挛地触摸着浑身上下遭受皮肉之苦的伤痕。于是，那压抑已久的憋闷与愤懑再度爆发，他朝着不远处的监狱猛啐一口，慨然道：“同学们，难道我们白白遭受牢狱之苦？爱国示威游行何罪之有？日本人反对我们爱国，是因为他们赖占着旅大，而且一赖就是一百年！我们决不能姑息养奸、任人宰割，否则我们将愧对祖先后人！我们必须付诸行动！我决定回北京请愿，有没有愿意同行的？”

“我去！”“我去！”……

他的倡议犹如往余烬的火焰里添柴，将同学们燃烧成熊熊烈烈的火炬。阎传绂当即组织起学生请愿团，回校略作整备即刻启程回国。

想不到请愿团在北京吃了闭门羹，看来北洋政府真是没脸见人哪。他们翻阅了国内各种大小报刊，经过商议：决定改变行程，取道回奉。他们集聚于奉天省府门前请愿，强烈要求与王永江省长对话。王永江站在楼上的窗户前，望着省府门前那些海外学子一个个义愤填膺的样子，揣摩着学子们矛头的指向，弄不好

恐对自己十分不利。他犹疑不定，不置可否。他点燃香烟，坐到沙发上，闭目养神……忽然传来轰隆隆的雷声，天空倏然一片晦暗，大雨洒落地面，人们避之犹恐不及。王永江立马起身，吩咐属下：“让他们都进来吧。”于是，一场官学之间没有硝烟的对话，在奉天省政府会议室拉开帷幕。

阎传绂一马当先，气势咄咄逼人：“你也是旅大人，又是奉天省长，日本租借旅大明明已到期，却还要续租近一个世纪！全世界的华人无不义愤填膺，同仇敌忾；大家一致声讨，誓死收回！唯独你王永江省长例外！不但态度暧昧，而且横加阻拦，请你给出一个正当解释，是怕树叶掉下来砸了乌纱帽，还是早跟日本人穿一条裤子了！”

这就是留日学生运动领袖阎传绂？瞅着那张娃娃圆脸，戴着圆边眼镜，像是没成人的大男孩儿，想不到豪气冲天，言辞像利剑一般犀利。嗯，不愧是名门之后——阎福陞的后人啊！王永江暗暗思忖。

见请愿团的学生们眼睛钉子般齐刷刷扎向自己，王永江避其锋芒，镇定自若，不温不火，我行我素道：“我首先问一个常识性问题，从袁世凯与日本人私签‘二十一条’算起，至今历经几年了？”

一位戴眼镜的女学生朗声回道：“八年了。”

王永江笑着点头，感慨顿生：“是啊，从那时到现在，已历经八年了！如果我没记错的话，八年间，抗议索讨从未间断过。可是，为什么没有成功讨回？在座的是否都想过呢？”王永江环顾一眼会场，见无人回应，遂继续着话题，“虽然这次波及更广、力度更大，我们是否可以胸有成竹地说：这次保证一定能够索讨成功？也请在座的学子们思考。”王永江适时抛出一个无解的难题。整个会议室登时鸦雀无声。海不扬波水波不兴。见学生们默不作声，若有所思，王永江坦诚己见，披肝沥胆说道：“说句心里话，国人之爱国谁也不如我！奉天对于收回旅大，因关系密切特殊而备加关注渴望！怎么办呢？光靠感情用事恐怕无济于事，应当以沉毅的态度，正当的步骤，协助中央政府来进行。那些轻率的行为，无谓的举动，我是不赞赏的。诸位留学海外，见多识广，相信你们会做出客观的判断。”

王永江喝了一大口水，态度和缓地说道：“对于旅大，从领土主权到国运发展，理当及早收回，并且刻不容缓。国人此时异常重视，协力同心颇为値当。至于我个人，因为出生金州的关系，尤关痛痒，希冀和迫切更不必说。我们不妨做一个假设，假使日方慨然应诺，允许我方收回旅大，我们能否圆满顺利地收回呢？”王永江一边抛出题目，一边自我作答，“以我之见，届时仍将面临诸多困难。国人不但要提早考虑，而且应当很好加以研究！”

学生们钉子般的眼神，此时演变成大大的问号，仿佛懵懵懂懂的稚子，期待着师长释疑解惑。

王永江一板一眼，提纲挈领地说道：“要说困难之要点，我想起码包括，一是赎回的经费问题，二是军港的海军问题，三是外侨的安全问题。从我国目前的时局来看，以上三点难有说法。难有说法则难以保证。而这仅仅是对内而言。至于对外嘛，必须经过若干的手续与波折。因为旅大租借地不仅牵涉中日关系，而且对于国际局势影响巨大。由于世界性的局部战争，旅顺早已扬名世界。一旦收回不成，争端加剧，乃至诉诸武力，中国的武力军备能否与日本相抗衡呢？而且战事一开，别说旅大难以收回，还有可能失去满蒙、河北、山东！我们一向讲究以夷制夷，但我们靠谁来制衡日本呢？华盛顿会议上，英美曾调停日本归还中国青岛；万一战端打响，英美是否还能够继续调停，以及无条件支持中国呢？恐怕难说。况且，一旦英美参与调停，他们对结果期许并要求的回报，恐怕远大于对旅大的收回。再说德国，正从世界大战的疮痍中慢慢恢复体力，恐怕还没有能力把手伸这么长。俄国呢，对于旅大的诉求绝不仅仅限于租借权问题。因此，一旦

中日出现裂痕，反目成仇，欧美各国便可坐收渔翁之利!”

会场上静谧得令人窒息。学子们从未听过这样的授课，既豁然开朗，又深深忧虑，连雷雨声都忽略不计了。

“谋事在人，成事在天。因此，我们唯有依循事理，量力而行，朝着目标不懈努力，方为上策!”王永江并非居高临下，危言耸听，而是和风细雨，摆事实讲道理，让听者心悦诚服。

包括阎传绂在内，学生们集体哑语了。哦，看来我们误解王省长了，我们实在幼稚得可笑。我们仅仅看到了一步棋，王永江居然看出了三步棋。这才是深谋远虑啊……辩论结果不言而喻，学子们潮水般消退了。不久他们便折返东京。

他们嘴上不说，心里陡升对王永江的敬意。

第十六章　照会

潮水固然消退了，但涟漪还在泛动。此刻，王永江呆呆地独坐会议室里，他的内心不知不觉浸染了一种苦楚。

学子们那些刺激人的话语，仍震响于耳际：“全世界的华人无不义愤填膺，同仇敌忾……唯独你王永江省长例外！……是怕树叶掉下来砸了乌纱帽，还是早跟日本人穿一条裤子了！”

除了当面的羞辱，还有远程的诽谤——那些来自东西南北中的威胁电报、谩骂书信、讽刺诗作、恶搞漫画……宛若雪花之溅落，浮冰之迸裂，阴翳之蔽日，让人透不过气儿，缓不过劲儿，几近乎窒息……唉，我王永江居然成了众矢之的。国人之爱国，谁能与我相比？那是一颗深沉如大海，缱绻如赤子的心！爱国不在于高喊，而在于践行……

正在此时，他意外收到了犹如冰山雪莲般的阎老先生的信笺！他拆阅捧读，茅塞顿开，百感交集……想不到家乡的阎老先生，位卑未敢忘忧国，一直静静地观望时局，且默默地关注自己。他甚至窥测了我当下的窘境。有一种温暖是不言而喻的，它来自于雪中送炭，来自于心灵至深之处。阎老先生是看着自己一步步成长的，就像他在泽汉的婚礼上所说，是看着自己从一株幼苗到一棵小树，直至长成参天大树。阎老先生对于自己而言，不仅是一位辛勤的园丁，更具有启明星的意义——

鸽子旋飞翔舞于古城的天空，崭新一天是从古城东南起

始的。

阳光映衬着左手提斗右手举笔的魁星塑像，栩栩如生。阳光下金瓦红墙的孔庙，辉煌而艳丽。在零星的蝉鸣鸟语之前，在清幽花香的孔庙上空，最先嘹亮飘荡的是南金书院院歌：

辽东模范
文化源泉
书院跨南金
其地之人
其人之杰
几辈出蔚林
……

阎先生身居中堂，端坐太师椅之上。粉墙悬一面硕长的黑板，两侧题写着励志的条幅。

阎先生品茗，动作儒雅舒缓；然后清喉，一双眸子晶亮。他往来盘桓，身子瘦长清癯，最后立定如松，声如洪钟道：

“所谓文如其人，字如其人，写字做人道理一样，横平竖直，堂堂正正，运笔藏锋，外圆内方。给大家出一个题目，为什么一撇一捺叫做人？”

阎先生环顾一周，见无人回应，便开始点将：“王永海，你来回答，你是如何理解一撇一捺叫做人的？”

永海缓缓站立，开动脑筋，急中生智，心到口到：“我想……人不是孤立的……是相互依存的……就好像一对爱人。”

“很好。”阎先生赞许。

课堂下面窃窃私语。

“王永江，你也谈谈！”阎先生顿了顿，再次点将。

王永江站立，眯缝着眼感知，那人字可大可小，大到伟岸小到渺小……于是款款说道：“那可大可小的人字，多像人的两条腿！我想，人字一撇是智慧，一捺是实干；只有靠智慧加实干，才是一个真正的大写的人！”

“精彩！”阎先生带头鼓起掌来。“请问，这是你的志向吗？”

王永江默然颔首。

阎先生陡然提高嗓门儿，慷慨激昂道：“人必须具有智慧，必须读书明理，否则稀里糊涂，徒具动物本能……这种人只能算作渺小。当然，光有智慧学识还是不够的，那只是纸上谈兵，或曰：信而好古，述而不作。人必须踏踏实实地做事，所谓读千卷书行万里路，知行统一，建功立业。只有这样，才能有所建树，为人类社会造福，才算是真正大写的人！王永江，希望你将来成为大写的人！”

此时此刻，王永江心血来潮，五味杂陈，竟然想到了喝酒。走廊里空无一人，属下早已下班了。他吩咐门卫买来瓶装酒与罐头，然后挨着茶几靠着沙发，就着启封的烧酒与罐头的蚕豆，一口酒一口豆地咀嚼。

阎老先生体察揣摩，似乎触摸了他的心思，才下了一剂方子，药力十足生猛！信是这样写的——

“……中国的政治文化力求一个忠字，必须是忠君爱国，否则视为大逆不道。哪怕出发点是好的，发出的声音不同，照样容纳不下。中国的平民文化讲究实效性，必须眼见为实才行，以看得见摸得着为准。有时，徒见树木不见森林，甚至被表面和假象所迷惑。作为你的师长，对于你的运筹帷幄与决胜千里，我深表理解并大加赞赏，包括韬光养晦、卧薪尝胆、曲线救国、实业兴邦，借助和平的内外环境，实现造福一方的伟大理想……夫上乘者，发天地之正气！令人慨叹的是，知你者为你心忧，不知你者谓之何求？许多事情是不以个人意志为转移的，一旦触犯众怒，后果将不堪设想。作为政治家必须审时度势，把握潮流，顺应民

意，以保全政治生命为首要，忍辱负重从长计议。而道家文化的精髓在于机变。现实常常是荒诞可笑的，有时好心办了坏事，百姓照骂不误！而好心办好事，中间出现了差失，甚至是误解，百姓一样饶不了你！因此，有时作为还不如不作为。何苦充当不为时下理解的勾践！千万别弄成千夫所指的独夫民贼……”

王永江的眼泪吧嗒吧嗒滴落着，像是廊檐的雨滴，洒落酒盅且吞进肚里。振臂一呼，顺应大势岂不简单？问题的关键是，温情的面纱一旦撕破，我将与日方公然为敌，泾渭分明，所有的矛盾都将趋于表面化，甚至白热化，良好的开局也将前功尽弃，付之东流，而未来的走势将更加扑朔迷离，凶多吉少……王永江在痛苦的咀嚼与浸泡中，暗自完成了心理转变。

岩间德也如约来到省长办公室。

王永江一反常态，并无赘言，遂将一封信函递交岩间德也，表情冷若冰霜道：“我这里有一份省长名义的照会，强烈要求日本遵守租借承诺，归还旅大！请你务必转交日本驻奉天总领事，就在当下！”

岩间德也瞅了瞅信封，扶了扶眼镜，尽力赔笑道：“我想，省长一定是迫于巨大压力，我方早有耳闻，完全能够理解。请省长三思而后行啊！”

“我主意已定，无须赘言，你只管办就是了！”王永江态度果决，说一不二。

“请省长放心，我一定转交。”岩间德也脸部肌肉动了动，表情倏然严肃起来，柔中带刚说道：“作为老朋友和好兄弟，我想坦诚地奉劝一句：识时务者为俊杰，最好不要开罪日本人，这样对你是很不利的。别忘了，你的家就在日本管辖之下！”

“岩间先生，我也想提醒你一句：请不要忘记，旅大原本就是中国的领土，这是完全正当合理的要求！假如你的家——日本秋田县，被他国无限期占领，你又作何感想呢？己所不欲勿施于人。正因为我的家被他国强占，我更加急切渴望，并强烈呼吁要求——日本归还旅大！”王永江义正词严。

岩间德也沉思片刻，忽然提示道：“延长租期是有条约的，条约具有国际法效力。”

“法律应当公正平等，那种恃强凌弱威逼利诱的条文，起码是缺乏公信力的！”王永江反驳道。

“告辞！”岩间德也无言以对，揣上照会匆忙撤离。

日本驻奉天总领事馆。

总领事吉田茂读罢照会，气得腮帮子鼓凸，小胡子扎扎着，当即将照会撕成碎屑，抛洒一地。

“好哇，狐狸终于露出了尾巴！想不到这个王永江，表面上对我们友善，骨子里竟然是反日！”吉田茂叼着雪茄蹙眉凝思，往来徘徊，难以接受，“他以照会形式公然抗议要求索回，就等于撕破了温柔的面纱，从此将成为强劲的对手！他是一个聪明人，为什么要办糊涂事？他就没考虑过利害关系？他就不怕得罪了日本人？他的家就掌控在日本人手里，他这样做有百害而无一利！”

“长官所言极是！我也是这么奉劝的，可他好像无动于衷！”岩间德也冲吉田茂要了支雪茄点上，喷吐着烟雾，小眼眯眯着：“或许，只能从文化上找根源，中国文人讲究舍生取义，士可杀不可辱。”

“哼，难道比武士道还讲究尊严！”吉田茂接过话茬儿，吹胡子瞪眼睛，“我看这是一种政治野心，权谋之术，如今他大权在握，欲望膨胀，得陇望蜀，妄想借着支那刮起的归还风潮，将关东州直接收归奉天省，借以扩大权势范围。先给他记下一笔账，他迟早要为此付出代价！”吉田茂发怒过后，猛吞下大杯温水，继而又冷笑起来，“……真是一群支那猪哇！帝国倾注了无与伦比的心血和精力，甚至不惜消耗武力和生命得来的关东州，他们仅仅凭着游行示威、口诛笔伐、抵制货物就希图夺回，做梦去吧，连三岁孩子的智商都不如！如今这都什么年代了，没有综合实力说话管用吗！关东州就在奉天省眼皮底下，有本事让他们过来拿试试，别说本领事门缝儿里看人……”吉田茂忽闪几下眼皮，又捕捉了新的话题，“哎，那个姓阎的留学生，听说是你的得意门生，你倒是说说，他为什么胆敢唱对台戏？在东京带头闹事，又组团回奉天请愿？”

吉田茂思维跳跃，喜怒无常，仿佛三伏天的气象阴晴不定，令岩间德也颇不自在，难以适应。他绞尽脑汁终于找到了答案，也算是替自己开脱吧：“他的父亲曾是晚清金州副都统，后来被沙俄流放西伯利亚。因此，他对异族占领家园，天生怀有一种敌对情绪！”

“我不管他是什么来历，反正他是你的得意门生，目前在日本本土深造！”吉田茂再度冷笑。岩间德也忽觉发冷，下意识裹紧了身子。吉田茂提高声调道：“这个问题绝不可小视，如果日本高校培养出敌对势力，就等于给自己施加了反作用力，我们将是天下头号大傻瓜，比支那猪愚蠢一百倍！记住，留日必须亲日，不亲日毋宁死！趁着他们人在本土，抓紧给他们洗脑，要不惜一切代价，重新塑造人格！”吉田茂敲打着岩间德也的肩膀，“岩间先生，你在日本很有声望，乃木希典效忠天皇之前，曾不遗余力抬举过你，听说还骑着战马踏进文教省，强力推举你担纲关东州教育，希望你不要让大日本帝国失望！”岩间德也眨眨眼皮，心有所动。“作为殖民地的教育专家，我希望你能培养出无愧于帝国的栋梁之才，效力于大东亚共荣圈的得力干将！”

“嗨！”岩间德也毕恭毕敬。

“记住，不单单调教姓阎的，而是批量调教，批量塑造！”

“嗨！”

回到古城金州，岩间德也从屋后崎岖小径一路爬上了南山顶，将一大捧鲜花摆放在乃木诗碑的底座。曾经火拼的日俄战场硝烟早已荡尽，被炮火削平的峰巅显得圆秃秃的，荒凉的地界兀然竖起几座碑塔和神社。岩间德也站在石阶上睹望着乃木的诗行，追思缅怀着已故的知己——

这天，古城东街啪嗒啪嗒走来两匹高头大马，前头一匹是阿拉伯纯白马，骑者满脸漂白的络腮胡子，鼻翼下镶一戳小黑胡，胸佩勋章，腰挂战刀，目光炯炯，神态傲慢，此人不是别人，正是日俄战争日军功臣乃木希典大将。紧随其后的，是随军翻译野村。

乃木希典刚刚从南山顶一路纵马下来，应邀出席南山战绩塔和乃木诗碑落成典礼。南山战绩塔由花岗岩石砌成，下部是台阶，上部是塔身，塔身镌刻着塔名碑文，缀饰着造型别致的筒灯。乃木诗碑则浑然一体于巨大花岗岩，仿佛揭开一层老树皮剖面刻字，碑文即为乃木希典那首著名的诗歌。在一干日中地方官吏的簇拥下，乃木希典亲自揭开蒙着红布的两座碑塔，随之引来海潮的掌声与礼敬的鲜花。然而，鲜花和掌声并没有舒缓乃木希典凝重而深沉的表情，他思绪的触角似乎仍然萦绕着战火硝烟与累累尸骨。看来战争后遗症不是一时半会儿就能消除掉的。

当时，乃木希典抵达战场已是日暮时分。当他足踏残阳如血尸横遍野的南山，葳蕤的春季反而陡升一种凄艳的悲凉，连战马都被风闻的血腥惊得不敢前行……他百感交集，心灵震颤，泪花在眼圈儿里打转，他喃喃着吟诵出一首诗：

山川草木转荒凉
十里风腥新战场
征马不前人不语
金州城外立斜阳

为了征服这片热土，他付出了惨烈的代价。南山战役、二零三战役葬送了他的两大公子，也就是说，葬送了胜典和宝典，他最终才稳操胜券保住胜果。无可否认的是，这都是他一手造成的。如果两个儿子不随父从军，或者，即便是从军但安排在军帐中，嗅一嗅战场的气息，往履历表上镀层金，而不是一视同仁地冲锋陷阵，那么两位公子都不至于沦丧。胜典可剩，宝典可保。然而那不是乃木希典的风格。因为那样一来他将会被世人耻笑。既然是天皇的士兵，既然是乃木希典的儿子，除了身先士卒与建立战功，别无他途，别无选择!

他显赫的战功与巨大的牺牲，博得了从天皇到国民的感佩和敬重，他的诗作因此雕刻成碑，高矗山顶。

阿拉伯战马驮着他，直奔古城东门。按照他的行程安排，他决定拜访一位特殊人物。东门外围，俄式建筑的南金书院举目可望。

在野村的举荐下，乃木希典如期会晤了岩间德也。占领区一文一武两员大将紧紧握手。

“岩间先生，你是军队招请来的，野村几次提到你，说你是教育专家，我早就期待同你交谈了。请问，你对占领区教育有何高见?”乃木希典挺着笔直的身子，开宗明义，目光迥然，像是一位面试的考官。

岩间德也抚了抚眼镜，思索着说道：“中国古代圣哲孔子说过：吾道一以贯之。意思是说，我终生走着一条不变的道路。这条不变的道路是什么呢?曾子解释为忠恕。通俗地说，就是体谅之道、仁爱之道、恻隐之心。我想为了实现共荣共存，中日亲善，我们必须尊重理解并同情中国人，把占领区人民当作朋友相处，包括实施中西结合的教育，把教育植根于个人道德及经济生活之上，以期培养成为勤劳的良民，对大东亚共荣有用之人。”他转而怨嗔道，“那些轻蔑和仇恨中国人的言行，我是极不赞赏的。历史证明：无论是元朝还是清朝，它们虽然一统江山，改朝换代，但从没有真正从文化上征服汉族，倒是反过来被汉族文化所同化。因此，文化征服远比军事征服艰难，同时也更富有挑战性。”他长出了一口气，转而表情温煦起来，“我们必须从长计议，潜移默化，就像中国唐诗所说的：‘随风潜入夜，润物细无声’！”

乃木希典沉郁的表情难得地露出了愉悦。野村惊奇地瞪大眼眸，原来乃木将军还会笑哇！罕见，实属罕见！“岩间先生，我发现，你是一位具有战略眼光的教育家。的确，我们是靠武力征服的。但是，教育必须采取怀柔政策！”他庆幸和宽慰，他付出巨大代价征服的这片土地，终于有了能肩负起巨大承担的教育拓荒者。“中日一体化是理想的设计，也是发展之必然趋势。要把占领区纳入发展的快车道，其中教育是关键一环。要通过潜移默化，重新洗脑，统驭灵魂，把占领区子民培养成中日亲善的人物，这对建立大东亚共荣圈十分有利！”

“知我者，乃木将军也！”岩间德也瞬间绽放出鮟鱇鱼般的笑容。

两人在南金书院转悠了好半晌儿，一路上话语十分投机，相言甚欢。

“你会有成就的！”乃木希典与岩间德也使劲握手，热情拥抱，“有什么困难和要求，你尽管提出来，我一定鼎力相助！”

“……我任职期限是一年，现在刚刚打基础，局面远没有打开，可期限越来越近了……”岩间德也犹豫着，袒露了隐忧。

“我一定替你想办法，你就静候佳音吧！”乃木希典一口应承，旋即告辞。

第十七章 冷落

相伴着王永江的治政理财，奉省财政每年都有近一千万的盈余，几年下来，累计了四五千万的厚实家底儿。王永江在张作霖的心中那就是财神爷。此时，张作霖已视王永江如左右手一般，对其言听计从。凡遇大事，必先听王永江的意见。

一向敬重张作霖的吴俊生，见张作霖视王永江如军师，故对王永江肃然起敬，高看一眼，像敬重张作霖一样敬重王永江。

“省长……早!”

“省长……好!”

人称吴大舌头的吴俊生，儿时冻伤了嘴留下后遗症，见人没等说话先流口水，说话呜啦呜啦期期艾艾地吐字不清，兼之身材高大走路东扭西歪，似给人一种傻里傻气的感觉。然而，如果有谁认为这世界上还有什么傻子，那他一定是天下头号大傻子！若论军事才干，吴俊生在奉系武将中绝对出类拔萃。牧马人出身的他，练就了一身过硬的马上功夫，并且在剿灭蒙古叛匪乌泰与巴布扎布中战功显赫，官位一直坐到了黑龙江督军兼省长。吴俊生最大的长处就是敬上——甚至到死都陪伴着大帅上路，在上司看来吴大舌头傻得可爱。

当他傻憨地跟王永江打招呼时，王永江总是笑意地拍拍他：

“你早，兴权（字兴权）!

“你好，兴权!”

而每逢生日年节举行贺仪之时，诸将张作相、张景惠、吴俊升、汤玉麟之类，均整整齐齐地站立于大帅府石阶下，待张作霖走出正厅后，“群伏阶下而罗拜之，独永江不与其列”。每当斯时，王永江都是待其他文官武将行礼毕，方才单独拜见张作霖。而张作霖也已事先接到通报，待王永江抵达时，帅府院内那迎接贵宾的垂花仪门已然开启，随着承启官高声通报：“省长到！”伴随着无声的迎宾曲，张作霖早已在院内笑脸相迎了。进入屋内，王永江只是“长揖而不拜”，并不像其他人那样对张作霖跪拜。

有一次，张作霖有事请王永江前去商议。王永江在客厅里等候了一会儿，见张作霖仍没从内宅里走出，当即站起身来对副官道：“我还有事！”竟转身走了。

张作霖听后不但没怪他，还大度从容地告诫手下人：“王岷源脾气不好，很难伺候，你们要小心点，好好做！”

不过，凡事总有例外。于无声处，有一个人居然被张作霖冷落了，那人便是袁金铠。

当初段祺瑞派徐树铮来东北游说，以事成后选张作霖为副总统作诱饵，拉拢张作霖入关对抗直系冯国璋，张作霖见有利可图便答应了徐树铮的请求。时任奉天军署秘书长的袁金铠头脑清醒，坚决不同意这一决策。

在张作霖宴请徐树铮及文武高级官员的宴席上，徐树铮奢谈奉皖合作于奉必有大利之言，没想到袁金铠声色俱厉予以回击：“东三省地介日俄之间，危机四伏，故奉天人皆愿保境息民，积蓄力量以御外侮，你所说的我们不感兴趣！”

徐树铮十分尴尬，张作霖大为不快。

其实，袁金铠同样不满，背地里议论道：“雨帅向来遇事一直往前钻，顾头不顾屁股，加上杨宇霆从后面紧撺，将来不撞南墙不罢休！”

且说袁金铠自打担任了军政两署秘书长，由于大权在握，一

些趋炎附势之徒，纷纷麇集于袁门。当时官场流传一句话：要当官，袁洁珊；找门路，吴大胡（袁的亲家）。特别是关于议员选举，袁金铠一手左右了局势。一些署僚趁机挑拨张袁关系，进言张作霖道：“洁珊之门庭若市，人皆知有秘书长，而不知有将军，威柄下移怎么办？”

张作霖听后，心里颇不舒服。

袁金铠居住军政署前胡同，每逢年节送礼者踏破门槛。那时没有冰箱冷柜，一些时鲜礼品无法储藏。由于担心过期变质，兼之袁妻贪吝，于是想出变相获利一招，竟派人将礼品转售商店，甚至将贵重干鲜食品，送至军署厨房代销。

张作霖喜食松花江白鱼，某日令厨子烧鱼汤进食，食后感觉味美异常，真是人间难得几回尝啊！于是问身边侍从：“这鱼从哪儿买的？”

侍从胸无城府，当即口无遮拦，如实禀报：“是袁夫人中转的。袁公馆送礼的人成行，礼品太多了吃不了，于是拿来外卖。”

张作霖顿时无语，仿佛如鲠在喉，表情阴沉冷漠。哦，人家都不稀罕吃了，都拿来外头转卖了，我捡剩的吃还津津有味！大帅府也没摊上这种待遇啊！大帅府好几十口人，他咋就没想到往大帅府送些过去？这小子心里只有妈巴子自个儿！

这时，古代宫里奸佞之人重生再现，个别心腹之人吹起了耳边风。“从前，乾隆年间和珅为相，外省总督巡抚每逢年节，必不可少进贡。只是上等珍品和府先纳，然后才送进宫里。乾隆昏昧的关键，正是因为最初疏忽，最终才难以收场。如今袁金铠的贪婪，跟和珅有啥区别？还望大帅防患于未然，以免重蹈乾隆的覆辙！”

张作霖默然颔首，抽身拂袖而去。

从此张袁关系微妙紧张，张作霖嬉笑怒骂皆文章。

“哎哟，这不是袁六爷吗？”张作霖起身让座，“快请上坐，您该坐大帅的位子！”

“岂敢，将军说笑了！”袁金铠心悸忐忑。

“你袁六爷还有啥不敢的？”张作霖一语双关，“你的心胸胃口有多大呀！”

袁金铠一脸尴尬，无地自容。

这个袁瞎子，越来越贪得无厌，越来越胆大妄为，他根本就没把我放在眼里！他要是再不洗手，妈巴子瞎逞能，我看他的路就快走到尽头了！张作霖背后骂骂咧咧。

无论是当面羞辱还是背后谩骂，袁金铠饱尝伴君如伴虎的滋味。他清楚自己对张作霖已经失去了作用，飞鸟尽良弓藏，当初的铺路石变成了时下的绊脚石，因此裂隙日益深重，甚至释放出分道扬镳的信号。张作霖如今如虎添翼，文治武卫，前有王永江后有杨宇霆。他甚至懊悔不该举荐王永江，是王永江让自己相形见绌。又一转念，举荐王永江应该功不可没啊，他应该感谢我袁某人才对！没有王永江哪儿有奉天大好的形势，又哪儿有东北良好的局面！嗨，简直是说不清了……终于，他拿镜子照了照自个儿：归根到底，还是自己不够检点哪，一不小心冒犯了大帅。

他于是吹胡子瞪眼，迁怒并训斥夫人：“你给我记着，往后未经我的允许，不许随便收受礼物！更不许将礼物转售商店，甚至送到军署厨房代销！往后收敛一些，不许张扬炫耀！”

“这都是为啥呀？”夫人不解问道。

“有人说风凉话，大帅不高兴了！”袁金铠没好气道。

“哪个缺德鬼说的？非烂舌头不可！”夫人谩骂着，自言自语，“既然大当家的不高兴，咱往后不收受礼物就是了。不过话说回来了，已经收下的礼物，还是应当尽快出手，再换家商店，换家食堂吧！否则，那些东西发霉长毛，那损失可就惨重了！”

说了半天等于没说。袁金铠火气炽盛，挥手呵斥：“发霉长毛扔掉，就是不许转售！”

夫人嘿嘿乐了：“你脑瓜子注水了，那么些好东西，眼睁睁变坏扔掉，你这不是白白浪费吗？一看就不是正经过日子的。哼，败家爷们儿！”夫人翻着白眼，戳着兰花指。

袁金铠心里直想哭，甚至想下跪央求：我的姑奶奶——姨姥姥——大太奶——大太姥，你就给我长点儿心眼儿吧！

然而，他岂能给贱女人下跪，他必须做出强硬姿态，于是狠丢丢绝情道：“哼，头发长见识短，早知如此，真该把你给休了！”

这句话真管用。夫人胆怯委屈了，悄悄抹泪饮泣道：“你就欺负我，我勤俭持家有啥不好……别以为我啥不知道，你在外面养了女人，是个江南的窑姐，你是看不上我了……你要是真休了我，我也不打算活了！活是袁家的人，死是袁家的鬼……”

眼泪是女人最好的武器。瞧着夫人的可怜相儿，袁金铠竟忽然又笑了。女人就这点本事，一哭二闹三上吊。于是他哄劝说道：“好了好了，哭两声就行了，我是开玩笑的，我怎么能真休你呢？都老夫老妻了，休了你谁照顾我呀！”

“不是还有狐狸精嘛！”夫人表面哭泣，耳朵谛听仔细。

“听谁瞎鸡巴说的！我是通过朋友认识的，大家一块儿吃过几回饭。再说，那女人早就从良了！”袁金铠终于摊露底牌。

夫人忽然破涕为笑：“你说的可是真的？”

袁金铠郑重点头：“骗你是小王八！”

袁金铠夫妇果然开始收敛，张作霖也不再讥讽谩骂。但是袁金铠心里清楚：他跟张作霖再也无法回到从前了，就好比两口子出现裂隙难以弥缝。正好某位将领受命担任黑龙江督军，袁金铠自告奋勇前往担任省署秘书长。张作霖求之不得，当即批准。

然而黑龙江远非奉天可比，既远离权力中心，又地处荒凉边陲，兼之人生地不熟，当地排外思想严重，袁金铠郁郁寡欢，颇不得志。后来他转换门庭，出任哈尔滨东省铁路公司理事长；最后参与经商，将精力投放到房产置业及稀缺货物上。

王永江看在眼里，不置可否，手心手背都是肉啊。一方面袁金铠是自己的贵人，正是他不遗余力地举荐，先是赵尔巽后是张作霖，自己才一步步走到今天。另一方面张作霖是自己的上峰，正是他的知人善任与大胆使用，自己才得以尽情施展抱负。平心而论，自己绝无取代袁金铠的意思，应当说，是能力和业绩帮了自己大忙。唉，这俩人都不能开罪，自己实在不好说话。因此索性保持中庸，沉默是金。

张作霖自封东三省保安总司令后，袁金铠再度施展攀龙附凤之本领，百般逢迎主动进谏。而张作霖不计前嫌，重拾信任，有意让袁金铠出任奉天省长。袁金铠避之犹恐不及。这让张作霖直挠头皮。

有道是：问世间情为何物，就是一物降一物！恰逢其时，才貌双全的五夫人发话了：“连王永江都不肯挂名省长，他袁金铠又怎么肯当省长?！你这不是难为袁六爷嘛！依我之见，还是干他擅长的虚职吧！”

“咦？不单单替袁金铠说话，居然还称呼袁六爷，五夫人态度不寻常啊！莫非是收受了人家什么好处?”张作霖眨巴着三角眼，蓦然想起五夫人炫耀的货色——黑裘皮衣、白狐围脖，顿时心里有了底儿。他窃笑着默然颔首：好哇袁瞎子，吃一堑长一智，你终于不再贪吝、知道舍得了，算你妈巴子技高一筹，走夫人路线——巧施美人计！既然五夫人不提货色，咱也就假装不知，宰相肚里能撑船，将军肚里能跑马。张作霖并不把话说透，而是大大咧咧地反问：“现在奉天代省长是王永江，他不可能担任省府秘书长。现在军署秘书长是杨宇霆，还有什么适合他的虚职？说得轻巧，你倒是把话说透哇！”

“我的大将军大丈夫，非要夫人我把话说透哇?”五夫人撒着娇投怀送抱，“信不信啊，我都替你想好了?”她点着张作霖的鼻尖道，“你不是刚成立了东三省保安委员会吗？保安委员会下面不是还有一个政委会吗?”

张作霖一拍脑门儿：“我咋就忘了这茬儿！”他猛拍一把五夫人圆实的屁股，“妈个巴子，还是你聪明，就让袁瞎子担任政委会委员长！”

袁金铠果然乐于接受。

第十八章 算计

如果说老虎向后蹲是为了向前猛扑的话，这句话套用在张作霖身上再恰当不过了。伴随着奉天及东北的异军突起，张作霖果决要东山再起，一雪前耻。头颅上题写着王字的东北虎岂能趴伏在洞里，现在是猛虎下山，重振雄风的时候了。于是，第二次直奉战争从幕后酝酿公然演变成弥天大火。要知道，此番出战并不是孤军奋战，而是南北联合结成了三角联盟。于是，张作霖通电反直，孙中山组织北伐，段祺瑞声讨曹吴。好家伙，张作霖组织六路大军挥师南下。与此同时，军费给养源源不断地派上用场。

不当家不知柴米贵，不养孩子不知肚子疼。当六路大军在前方痛痛快快厮杀的时候，后方有一个人却因战火大把烧钱而忧心如焚。他就是王永江。要知道，王永江每划拨一笔军饷，都是吸血割肉一般难受。财富来之不易啊，背后下了多少苦功夫！好不容易攒下这么点儿家底。可是……无奈之下，他只好一边借助媒体高度关注战事进程，一边跟总参议杨宇霆保持热线联络，希冀借助杨宇霆影响张作霖，早日能使战事画上句号。杨宇霆因一度亲皖而失宠于张作霖。他绞尽脑汁，居然找到张作霖最信任的王永江，挥泪倾诉痛表忏悔，一双湿漉漉的肿眼泡就跟大金鱼似的。人非圣贤孰能无过，何况皖系仇人徐树铮早已命遭不测，而杨宇霆更多是受了他的蛊惑。在王永江的善意规劝下，张作霖重拾起对杨宇霆的信任。王杨自此交往甚密，掏心掏肺，无话不谈。王永江甚至将杨宇霆引作知己，信电落款中每每署名两知。

王永江在给杨宇霆的密信中，不无真切地袒露出思虑与忧患，一腔"先天下之忧而忧"的情怀可触可感：

"……现在潮流所趋，日重文化。此后以中国人与中国人斗，胜者不足荣，败者不足辱，且适足以腾笑列国。虽居全胜，亦不过取列强之一嗤，不足以称豪于一时，反足以贻害于国家而已。弟本明达，又系武官，当极力主张裁减军备，共图文化。他日使奉省为庄严灿烂之奉省，不当使奉省为焦头烂额之奉省，即大有造于桑梓也。余所日夜忧心者，止此一事……

……昨宵所算之数，亦不过亏千万为止，何竟不足半年，已至三千万之巨！将来不待外力来侵，已成自杀之策。其危险，视外力来迫相等，此岂图存之道？恐不过一年后，即自索于枯鱼之市矣！不速图挽救，窃以为危险即在目前……"

王永江还以兄长自居，规劝杨宇霆阅读《管子》。且行管子之道，做事切勿急功近利：

"……行政有道，非卤莽智术所能行也。至今日而谈王道，是为腐懦，然管子虽霸，霸亦有道。窃谓《管子》一书，弟与汉卿皆不可不熟读也。其文简朴，似不易明。然唐之房玄龄注本，尚可寻味而得。房玄龄，号王佐才，实亦得力于《管子》者也。自唐以后，求霸且不易得也。今之时局，能行管子之道者，犹可以强国，岂独一省地盘之区区关系哉？弟等少年永往，唯以愚陋之见观之，每办一事，但计目前之华好，而不顾其后，非持久不败之道也……"

第二次直奉战争与第一次直奉战争，居然有着惊人的相似性，虽然过程与结果适得其反：这一次奉军气势如虹，一鼓作气，势不可挡；然而直军士气低迷，疲于应付，负隅顽抗。关键时刻，竟又爆出一大猛料，京城守将冯玉祥倒戈，将大总统曹锟一举囚禁。直军自此军心大乱，一泻千里。原来冯玉祥早已被张作霖重金收买，关键时刻出手策援。这自然使人联想起第一次直奉战争吴佩孚暗地收买，从而导致奉军第十六师临阵倒戈。如此说来，第二次战争正是第一次战争的翻版。此正所谓以其人之道还治其人之身也。

然而，政治家考虑的问题绝不仅仅限于当前的胜利，涉及胜利后的局势掌控以及权益分配才是他们最为看重、最为倾心的。这不，高大魁梧的冯玉祥早已打好了算盘，他一手策划了联合孙中山、张作霖及自身三方势力的摄政内阁。然而，初登政治舞台的冯玉祥还是略显稚嫩，他实在有些低估权谋老手段祺瑞了。遭到冷遇排挤的不倒翁段祺瑞岂肯善罢甘休，很快，段祺瑞的临时执政府一举取代了冯玉祥的摄政内阁。好家伙，你方唱罢我登场。绿林出身的张作霖干脆我行我素，横冲直闯，当即以武力胁迫插手北京政权，遂将临时执政段祺瑞架空，以召开善后会议对抗孙中山，又以武力挤兑走了功臣冯玉祥，企图大权独揽一手遮天。

其时，一代伟人孙中心因患癌症病逝北京，举国上下为之哀悼。要说癌症绝非一朝一夕所得，为什么偏偏这个时候猝然病逝？有一点是无可否认的，军阀政客的轮番表演令孙中山大失所望。包括张作霖不咸不淡地会晤，仿佛敷衍一个叫花子，再也看不出一分最初的膜拜。由于张作霖、段祺瑞横加阻挠，孙中山此次北上未能实现“废除不平等条约”和召开“国民会议”等革命主张，曾经寄予厚望的美好理想被冷酷的现实无情地粉碎。

奉军顺风得势，大举南下。宛如连绵冷酷的大大雪席，覆盖了绿意温婉的江南风景。至此，奉系势力达到了绝无仅有的鼎盛时期，已控制了九个省区、约占大半个中国。面对如此喜人的大好局面，张作霖得意洋洋，自我炫耀：“他妈的，三五年内我不打人，绝没人敢打我！”

然而，张作霖高兴得太早了。所谓人无远虑必有近忧，被胜利冲昏了头脑乃至忘乎所以的他，毫无觉察得势背后奉军内部潜藏的危机。所谓行政有道管理有术，由于他用人失察，一味纵容，从而导致一失足成千古恨。从极度扩张到极度萎缩，跟一个人有直接瓜葛，此人正是杨宇霆。由于他谋取江苏督办与地盘心切，擅自毁约派兵进驻淞沪，故而引起孙传芳疑惧。孙传芳通电反奉，一呼百应，长江两岸各省纷纷响应。奉军不得不潮水般一再退缩，仅仅保留了区区两省的地盘。果不其然，杨宇霆的毛病不幸被王永江言中：每办一事，但计目前之华好，而不顾其后，非持久不败之道也……

一个成熟的人，心态往往是平衡的，而重大变故、剧烈刺激，往往导致一个人心态失衡。对于王永江来说，这一时期，他的沉稳、平和、从容受到了最严峻挑战；他的忍耐力、克制力、控制力被狠狠突破了底线。军事外交内忧外困，治政大略被迫中断，滚滚财源无端消耗……一种炼狱般的痛苦煎熬，使他一夜之间像换了个人似的。他好像看见谁都不顺眼，见了谁都想挑毛病，见了谁都想发脾气。

奉天洮昌道道尹都××，是奉天省的老官僚，因身体有病总是请假。一次战战兢兢地跟王永江续假，王永江嫌其久病不上班却又不辞职，可谓“占着茅坑不拉屎”，竟在假条上批道：老而不死！

金州老乡慕名前来投机钻营，希望近水楼台谋个一官半职。王永江直言不讳，锋芒逼人：“没有什么学识本领，当官岂不等于害民！”呛得老乡无地自容，夹着尾巴溜掉了。

王永江生疏的妹夫吴克用，兴冲冲跑来省城找他，同样希望谋个一官半职。

“咱们是正儿八经亲戚，我该管你叫大舅哥，你该管我叫妹夫!”这妹夫果然不拿自个儿当外人，伸手从桌上拿起香烟给自个儿点上，一屁股坐到沙发上，跷起二郎腿。“你妹妹常念叨你，把你说得神乎其神！她让我来找你，让你给我安排一份差事。”这妹夫指手画脚，像是长辈抑或长官：“啊，活儿别太累，体面一些，薪水高一些，最好……能弄个一官半职！如今，你都是堂堂的大省长了，妹夫我要是混得太差，岂不是让人家笑话!”这妹夫忽然想起什么，忙掏出媳妇的亲笔信递上。

见字如面。模模糊糊之间，王永江似乎觉察了妹妹渴求的眼神，然而却是小时候那双天真无邪的眼睛……妹妹打小便过继给了亲戚，已是好多年不走动了。如今忽然间冒出，倒好像出土文物似的。不管怎么着，毕竟一奶同胞，这么多年来，当哥哥的从未照料过妹妹，多少还是有些说不过去。看来这点薄面不能不给，虽然，他对妹夫的轻佻做派不大喜欢。但是冲着妹妹写信恳求的份儿上，他决定破例一次，仅此一次。王永江神情严肃，约法三章：“想谋取差事可以，但必须充实一线，既不能享清福，更不能搞特殊化!”吴克用不无失落地叹气，勉勉强强地答应了。过了这个村可没这个店，于是担任商埠地警署巡官。

此事告一段落，一切归于平淡。岂料时间不长，竟有内部人举报吴克用嫖妓。那是一个繁忙的早晨，同事偶然发现吴克用从妓院里钻出，两只眼圈儿跟大熊猫眼似的，一副萎靡不振的熊样儿，于是顿生疑窦和好奇，便时时关注其动向。果然有一天傍晚，同事发现他猫一般钻进妓院，稍过片刻便尾随而至。炮房里传出吴克用与妓女调情的声音，紧接着又传出剧烈运动的砸夯声，以及妓女那极度夸张、令人刺激的叫床声……举报有板有眼，确凿无疑。

王永江怒不可遏，拍案而起。尽管这种事儿在旧中国稀松平常，但王永江还是眼睛里不揉沙子，愤恨吴克用对不住妹妹。违

反相关纪律不说，还给警察形象抹了黑，更是替自己丢人现眼。由于自己一时疏忽，被亲情的面纱笼罩，以至于用人失察。他低眉垂首，深感自责，乜斜着吴克用坐过的沙发，仿佛对着虚无的吴克用破口大骂：你这个浑蛋玩意儿，你这个臭流氓……是可忍孰不可忍！于是，他在有关此事的公文上公然批示：巡官三月，宿娼两宿，真无可用（谐音吴克用）也！遂将吴克用免职。

一个吉星高照、祥云多多的日子，喜鹊一大早就趴在窗口脆鸣。哦，果然有令人无比快慰的喜事儿。泽唐、泽华双双考取了由他担任校长的东北大学。王永江为此感到昂奋，儿子们凭借实力终于跨进大学校门，应当说前途一片光明。自己一番辛勤栽培、悉心照料总算没有白费。那天，他为儿子们发放了数倍的生活费作为奖励。他还结合俩儿子的特点，帮忙遴选了不同的专业，譬如泽唐学机械、泽华学文学。他给儿子们放长假回家探亲，一则向全家人报喜，一则准备大学生活用品。秋风凉意的时候，儿子们正式踏进大学门槛。比较而言，大学上课不像中学满堂灌，通常留出空白时间自学。自此，哥儿俩时间充裕，有时早早便回家了。

一天，王永江从省府公署回财政厅公寓，隐隐约约闻听财政厅一隅飘来了歌声。那咿呀绵软的演唱，好似怀春思春的情调，且有舒缓柔曼、滋滋有味儿的胡琴伴奏。什么人胆敢大白天在办公区如此放肆？王永江纳罕地循声而去，一时间竟瞠目结舌：演唱者竟然是泽华！装着假声细嗓儿，扮着谄媚表情，跷着兰花柔指，简直恶心死了……伴奏者正是自己的属下，财政厅一浪荡科员。据悉，这小子动辄称病请假，在外头喝大酒逛舞厅。还有，他早已风闻泽华陪汉卿进出舞厅之事，只是虑及面子佯装不知而旁敲侧击。嘿，想不到这小子变本加厉，居然把舞厅情歌搬到财政厅门口。

“好哇，真有你俩的！”王永江阴沉着脸错步上前，当即扇了泽华一个耳刮子，又从科员手里一把掠下胡琴，猛然掼碎在地

上！他双目喷火，大声斥骂道：“大白天在办公区放肆，天塌下来跟你们无关，是不是啊?！妈了个巴子，能不能学点好！你们这副臭德行，还能有啥大出息呀……”愤怒的王永江竟把张作霖的口头禅带了出来。

从没见过父亲如此激怒，泽华心惊胆战，找了个空当溜之大吉。

科员则被当场撤了差事。

1924 年某个日子，因同张作霖政见严重不睦，王永江拂袖而去，返还家乡。情急之下，张作霖遂命奉天省议长代理省长。那位老兄竟不知深浅地领命赴任。这令王永江十分震惊意外，本以为恐无人敢代行其职。这一下可把王永江的通盘计划打乱了。其实，他要挟张作霖的目的，无非是迫使其就范——按照他的治政方略行事。他为此耿耿于怀，衔恨于心。时间不长，那位议长终因难以胜任被张作霖解除了代职。王永江堂而皇之又被张作霖恭请回来。险些小河沟里翻船，一失足成千古恨。王永江复任不久，即横竖挑剔省议会过失，将那位议长送进了班房。

自从祭出第一滴血，便会滚涌第二滴血……

忽然间爆出一大冷门，奉军将领郭松龄倒戈。张作霖顿时被震惊得发懵，奉军高层一片哗然。人们议论纷纷，莫衷一是。郭松龄作为一员骁将与有功之臣，为什么突然之间背叛反水呢？表面上看，张作霖负有不可推卸的责任，在论功行赏时对郭松龄严重不公。那么，一向爱才仗义的张作霖，为何竟犯下如此低级的错误？原来幕后有一双小人的黑手，在操纵和蛊惑。

且说奉系军队内部，一直存在两大派系：一是以杨宇霆为代表的士官派——日本士官学校毕业；一是以郭松龄为代表的陆大派——中国陆军大学毕业。客观地说，两派各有千秋，各有短长，只是彼此不服，明争暗斗，此消彼长。且不说郭松龄在直皖战争、佳木斯剿匪、第一次直奉战争中的出色表现，单说第二次直奉战争的三道关一战，郭松龄先后以马匹破雷阵、以手榴弹破电网、以栈桥破天堑，最终攻下地势险要的三道关；特别是冯玉祥发动北京政变后，吴佩孚从山海关撤兵七八千人驰援北京，郭松龄抓住战机猛抄直军后路，将直军主力分割在山海关与秦皇岛之间，使其无路可遁，纷纷缴械。郭松龄的足智多谋与英勇善战，再一次为张作霖立下了汗马功劳。

大局初定，奉系内部却发生了激烈的地盘之争。按照原先的预案，由姜登选接管江苏，郭松龄接管安徽。孰料半路杀出了程咬金，总参议杨宇霆跃跃欲试，不甘于幕后出谋划策，希冀着站到前台享受一方诸侯的特殊感觉。由于始终主战扩张而受宠于张作霖，他一张嘴就毫不客气地索要了包括上海在内的江苏。如此一来，姜登选被挤到了安徽，拟接安徽的郭松龄落空了。

凡是危机的导火索，通常来自不公平与不安分。第二次直奉战争，冯玉祥与郭松龄功高显赫，非但没有受到封赏，反而遭到无情排挤。同病相怜，惺惺相惜，使两个人撮合到了一起。于是，经过一番密谋筹划，在冯玉祥的策动与资助下，郭松龄毅然通电公然倒戈。电文清晰阐明了反奉主张：一是反对内战，主张和平；二是要求祸国媚日的张作霖下野，惩办主战罪魁杨宇霆；三是拥护张学良为首领，改革东三省。

同为张氏父子，郭松龄为何要打击老帅而抬举少帅呢？这是因为张学良在奉天讲武学堂学习时，同郭松龄教官建立了莫逆之交。张学良的文化素质、吃苦精神给郭松龄留下了深刻印象，而郭松龄的军事素养、军容威仪令张学良大为欣赏和敬仰。二人志同道合，交往甚密，远远超越了师生间的情谊。或许在郭松龄的眼中，张学良恰恰代表了和平美好的未来。与此同时，深谙兵法的郭松龄了然于胸，在父子之间制造矛盾恰是一种离间之计。

然而此刻，张学良因身处夹缝中间而痛苦万状。两股浪潮冲撞着，将他推涌到风口浪尖上。一股浪潮是家父统帅，一股浪潮

是挚友伙伴，他必须做出非此即彼的唯一选择。张学良起初选择了逃避，整日躲在屋里抽大烟。张郭双方鏖战在即，张作霖逼迫张学良必须做出选择。张学良决定在双方诉诸武力之前，邀约郭松龄倾谈一次，以示规劝。星月高挂的夜晚，清风凉意侵人，张学良迅疾乘车抵达葫芦岛，然后换乘炮舰驶往秦皇岛。昏昏欲睡的他，在颠簸摇荡中守望等待着……天色已近破晓，除了鸥鸟的脆鸣，竟丝毫没有郭松龄的动静。一场满含期待的晤谈，因对方的缺席而告吹。张学良无地自容，引咎请辞本兼各职。

郭松龄自滦州起事，一路突进，势如破竹，直趋新民。恰好此时，奉军绝对主力尚在关内，奉天省城危如累卵。

张作霖此时方寸已乱，宛若惊弓之鸟，草木皆兵。听说北大营三位年轻的将校曾受过郭松龄的特殊关照，此番涉嫌与郭松龄通谋，在奉天散布乱军的流言，张作霖如临大敌，遂将他们统统带来盘查。无论身边官员如何劝阻，一概无济于事。

恰巧王永江省长进门，身边官员仿佛盼来了救星，赶忙向王永江陈述实情，再三恳求省长出面解劝。

王永江开门迈进屋内，果然见张作霖正盘查三位军官，于是旁若无人地对着三位军官大声斥责：“在这个非常时刻，军人的表现至关重要，赶紧回到各自的岗位！”说着，兀自将三人押出屋子。

张作霖有些发懵，茫然不知无措；待王永江重新回屋，便蹙眉不解地问道：“我正调查流言的来源，你干吗把他们放走？”

王永江充耳不闻，故作叹惜：“将军不珍惜生命啊！”

见张作霖大惑不解，王永江阐释道：“我听说散布流言证据不足，如果仅仅因为他们曾受过郭松龄的恩惠就要妄开杀戒，那么请问：在将军周围，在城内城外的军人当中，有谁从没领受过郭松龄哪怕一丁点儿恩惠！如果以此为由杀掉他们三人，势必会引起人人自危，惶恐不安。而可怕的后果正在于此。与其坐以待毙不如先发制人，或许不用枕戈待旦了，今晚就来袭击将军了！

将军怎么没想到保全性命之事呢!”

张作霖拍了拍脑门儿，终于从昏聩中警醒。哦，原来危险就在当下，幸好现在已转危为安了。

“谢谢你啊，岷源!”他是从内心里感激的。关键时刻，王永江的奇智慧敏，非常人所能及!

乘车前往大帅府的路上，王永江的脑海不时涌现着英武的郭松龄形象。应当说在奉系高层人物中，他跟郭松龄都属于有思想有文化的新派人物，与那些匪气十足、江湖义气的老派人物不可同日而语。正因如此，彼此之间更容易理解沟通。实事求是地说，郭松龄的治军能力与赫赫战功他是非常欣赏的，然而仅仅因为偶然遭遇不公就背叛反水、兴师问罪，这让他感到实在幼稚，令人耻笑。中国的国情就是这样，没有随随便便一蹴而就的，必须练就柔韧的耐心功夫。其实，你吃一次亏忍一次辱，对手恰欠你一份情欠一份理。你吃两次亏忍两次辱，对手则欠你两份情两分理。人心都是肉长的，且明辨善恶是非的，对手一定惴惴不安，渐渐地你将得到加倍的补偿。郭松龄未免气度狭小，实在太急功近利了。留得青山在不怕没柴烧，只是机缘未到，尚需假以时日。他本应该找郭松龄好好谈谈，从未来大局着眼并晓以利弊。然而一切来不及了，且于事无补了。因为子弹已经上膛，钢刀已架到了脖子上！而且，郭松龄事件势必影响奉天的稳定局势以及欣欣向荣的大好形势。大是大非面前，他必须选择分水岭，他决定丢卒保车，坚决站在张作霖一边。

醒目显赫的大帅府举目可望进入视野，然而，他的思绪却像车轱辘一样没有停歇。客观地说，张作霖在这件事上办得实在欠妥，一碗水没有很好端平，一边是偏袒，一边是伤害。如果我王永江在场，绝不会出此下策。他心里清楚，这绝非张作霖的本性意愿，定是有幕后黑手操纵。这黑手非杨玉霆莫属。他越来越感到杨玉霆的狡诈卑劣，成事不足败事有余。脑海中映现出一个狐假虎威、骄横跋扈的丑陋形象，他为自己引杨玉霆为知己感到耻

辱。看来，往后要疏远这类小人。然而，正如老子所云：祸兮福之所伏，有时坏事也可以变成好事。他希望张作霖从中汲取教训，好好反思一下，切莫轻易发动战事，以免节外生枝，招惹麻烦。还有一点，他要借此机会对张作霖施加影响，使其回心转意，将工作重心及主要财力用于实现他的大政方略。

此时此刻的张作霖，如坐针毡，如履薄冰。他嘴上不说，心里懊恼：我是不是做得过头了，以致让部下寒心？但总不至于反水倒戈，老子平生最痛恨背叛！我是不是手伸得太长？劳师袭远、鞭长莫及，以致远水解不了近渴，远水救不了近火！……那浩浩荡荡、气势雄浑、立体作战的千军万马，此刻远在关内中原，老子看不见，摸不着，唤不来，俨然光杆司令一个！老帅完全暴露在光秃秃的视野里，老帅面临着车马炮的联合打击，弄不好坐以待毙、窝巢将倾……他甚至已做好最坏的打算，被迫接受叛将条件下野。妈了个巴子，一想到这些便心头火起。情急之下，他吩咐家丁将家财150件、货币703箱，统统运往满铁地盘；又命令副官购买汽油十余车、引火烧材若干捆，遍布分散帅府楼前房后，准备火烧大帅府。

张作霖找来王永江，深感绝望地叮嘱：“我现在决定走了，省城的事就交给你了。我已备好汽油，我走后把房子烧掉，让他后来的住不着!”他没提郭（松龄）只提他，他显然不愿提那姓郭的。

王永江一听笑了：“走？现在还不是时候，何必要走！就是走，也要一块儿走，怎能让你一个人走!”

王永江环顾着走了几步：“再说，走也不能烧房子啊！你经营东北多年，应该给东北人留个念想!”

张作霖蹙眉沉思，一声不吭。

王永江话锋一转，旋即给出了定心丸：“郭松龄不足畏。郭军利在速战，而顿兵于野，久则自溃。据我从《易经》上推算：待大雪一过，郭松龄就玩完了。我已跟吴兴权谈妥，黑龙江骑兵

现驻扎在辽源，我催其星夜兼程赶来，应该没什么大问题。”

听了王永江一席话，张作霖顿觉心里亮堂。怪不得，他钻研《易经》大有用场！凭着他对王永江的深层了解，他确信王永江说得一定在理，于是慨然表态：“行，岷源老兄，你心里这么有数儿，我听你的！”

王永江趁机施加影响，郑重提出：“郭松龄事件平息后，一定要保境安民，裁减军需，励精图治，造福桑梓，赢得民心，图存发展！”

张作霖二话没有，表示全盘接受。

王永江犹如一枚定海神针，从容不迫地执行着作息时间。每天傍晌和晚饭过后，他必到大帅府探望，这不光是走过场，更是一种象征性抚慰。下午则必到省府批阅文件，以确保机器运转无误。每天与警务处长沟通，拟好安定人心、维持局面的电文，同时分发各市各县。此时此刻，稳定压倒一切。在这种特定的情势下，他彰显了军事调度的才能。将驻守凤城县的省属独立营，调往巨流河堵击郭军；又催逼吉黑两省军队，从侧后方展开截击郭军。

一向恭顺的本庄繁此番活跃起来，表面上是助张作霖解燃眉之急，实际上却是心怀叵测，另有图谋。本庄繁趁着张作霖六神无主之机，狮子大开口提出一连串苛刻的要求。日方明确表示：只要张作霖答应满足这些条件，关东军将全权负责解决目前窘境。有病乱投医的张作霖忙不迭地点头，根本来不及考虑其中的利害。果然，关东军出兵干涉，先是阻击郭军进攻路线，继而趁双方在巨流河会战于空中袭扰，兼之吴俊生率军焚烧了郭军的粮秣弹械，最终导致郭松龄功败垂成。

郭松龄夫妇是躲在菜窖里被捕获的。张作霖派人押解郭松龄回奉。杨宇霆忌惮张学良与郭松龄关系特殊，恐有变故，于是秘密下令将郭氏夫妇就地枪决。郭氏夫妇悲壮就义，郭夫人一腔豪迈告白，令在场者无不动容。郭氏夫妇尸体被运回奉天，在小河沿体育场陈尸三日，其尸骸被拍成照片四处张贴。张学良实在不

忍目睹，仅看一眼便扭过头去黯然神伤，当即下令将尸骸照片统统撕掉烧毁。

鸟无头不飞，如今头雁郭松龄已被猎杀，那么结伴而行的雁阵猛禽——郭军其余将领如何处置？奉系将领为此展开了激烈讨论。老派人物吴俊生、张景惠、汤玉麟，因素来仇恨郭松龄等新派分子，一致要求将郭派分子一网打尽。杨宇霆因忌惮郭派分子复仇，坚决主张“根除首要分子”。

唯独老将张作相唱了反调，宅心仁厚的他力排众议道：“郭松龄既已伏法，其他人员都是我们的桑梓子弟、多年袍泽，应该让他们戴罪立功，一律免究！以体现我们对他们的宽大，也好安抚郭军部下之心！”见老派人物纷纷反对，而张作霖又不动声色，情急之下，张作相竟忍不住失声顿哭，“呜呜呜呜……如果非杀了他们不可，那就先拿我张作相开刀吧……我可不愿看见不幸的惨剧再次发生！”

男儿有泪不轻弹。见德高望重的老将如此伤心哭诉挽救，紧张的会场立时冰释雪融一般，将领们不得不默许张作相的建议。

张作霖固然躲过一劫，然而内心深处并不轻松。他跟日本人私签的那份密约，每每追想，竟像沉重的巨石压迫得他透不过气来。要知道，那一份密约的主旨：即承认日本人在满洲享有土地商租权和杂居权。

王永江获悉后急得直跺脚：“哎哟，怎么不早点跟我商量呢！如果答应土地商租权和杂居权，就等于承认了日本向袁世凯提出的‘二十一条’，那可是卖国求荣啊！一旦公布必遭国人唾骂！”

“狗日的让小日本骗了！不过当时情况特殊，哪怕明知是毒药，也得仰着脖子喝呀！”张作霖无奈地拍打着脑门。

见王永江仍不能释怀，张作霖反倒劝慰道：“帮我想想法子挽回，实在不行就耍赖！”张作霖果然暴露了土匪习性。

王永江连连摇首，手捋着八字牛角须：“怕是日本人难缠哪！”在阴险凶狠的小鬼子面前，区区匪气怕是不管用的。甲午战争、日俄战争令他记忆犹新，没齿难忘。

王永江回到省公署，经过一番缜密思索，决定采取蘑菇战术。于是他找来奉省议会议长，让他召集议员开会反对密约。然后以此为借口，拖而不决，决而不断，将土地商租权和杂居权无限期拖下去。

果然，日本人终于沉不住气了。两大顾问本庄繁与岩间德也，仿佛两大打手气势汹汹地找上门来。

“王省长，这是怎么回事儿？张将军答应得好好的，为何现在避而不见？”

“做事情要讲究信誉，关东军讲究信誉出兵了，帮助张将军一举击溃叛军，张将军理当讲究信誉，兑现诺言！”

王永江先是佯装不知，继而以议会反对为由拒绝，然后假托还要开会，于是不咸不淡地送客。

登门找茬儿，兴师问罪，不断升温，不断升级。这次，日本驻奉天总领事吉田茂找上门来。

此时客套已显虚伪，毕竟纸里包不住火。

吉田茂盛气凌人，拍桌子瞪眼：“中国有句俗语，‘早知如此，何必当初！’既然张作霖没有诚意合作，何必骗取关东军出兵呢！中国还有句老话，‘躲过了初一，躲不过十五！’我就不信张作霖趴在猫洞里，永远不见天日！哼，咱们走着瞧！”

王永江同样拍桌子瞪眼，反戈一击道：“中国同样有句俗语，‘别拿鸡毛当令箭！’中国还有一句老话，‘口说无凭，字据为证！’你能拿出双方承诺的字据吗？拿不出字据来，你凭什么吹胡子瞪眼！我还想多问一句，日本租界旅大明明到期，为何违反条约赖着不走?！这可是有凭有据的。我代表奉天省政府向日本驻奉天总领事——也就是你吉田茂先生发出照会，你为何置若罔闻？爱搭不理？你们的诚信让狗叼跑了?！无理在先的是你们！你们习惯于占便宜，难道我们习惯于吃大亏？实在是可笑至极！”

“你……”吉田茂脸憋得通红，像是充了血的鮟鱇鱼。从未有人让他如此尴尬，而且是令他瞧不起的支那人。他感到了莫大耻辱。

事后，当吉田茂跟岩间德也谈及此事，仍是心有余悸：“这个王永江实在厉害，思维敏锐，谈锋甚健！不知怎么的，在这个人面前，令人感到可怕，好像他能看透你的内心深处！”

“是啊，此人富有主见，性格倔强，实在难以对付！”岩间德也附和道。

“哼，走着瞧！”吉田茂色厉内荏。

为了做到滴水不漏，防患于未然，王永江指示奉省各县地方长官：凡将土地或房屋租借日本人或朝鲜人者，都应由官方经过仔细调查后批准，不准永久租借。

王永江举一反三，陷入了深沉思索：日本人总是算计我们，蚕食鲸吞，没完没了。人为刀俎我为鱼肉，难道只有逆来顺受、任人宰割？为什么就不能咸鱼翻身，反戈一击！关键是找出破绽，对症下药啊。

他往来徘徊，睹望窗外，喷水池水花翻涌四溢，集纳扩散不绝如缕，仿佛是跳跃的思维、缤纷的思绪……伴随着水花四溅，灵感飘逸，他思维的触须不断伸展，从马路跃到铁路，又从铁路跃到边界……

有了，他忽然一拍脑门儿。日本人经营的南满铁路及安奉铁路，用地一再私自扩展，在此区域之内，我国税务行政力量尚不能触及。同时，丹东、宽甸、集安、临江诸县，隔鸭绿江与朝鲜接壤，绵延500余里，许多商民借与日本人往来一向不纳税，甚至货运持日商发票者，均一律免税放行，每年税收损失颇为巨大。这些地方，有的他待过，有的他风闻。嗯，下一步我将立即着手整理，必须按规矩照章纳税。

他徘徊着坐回座位，拿出精致的算盘，噼里啪啦一阵匡算……天哪！他惊奇地瞪大眼，登时心花怒放，双手紧紧攥成拳

头。如此一项，每年将新增税收二千数百万之巨！“太好了！”他使劲一拍大腿，正好用以弥补战争带来的巨大窟窿。哼哼，他不无得意地嘲弄着：小鬼子，看谁能算计过谁！

第十九章　遣返

端详着泽汉、静怡寄来的小义成的照片，王永江禁不住喜上眉梢，笑逐颜开。真是有苗不愁长啊，长得越发像泽汉小时候了。他让泽华把照片镶于镜框，悬挂于墙。一晃又是小一年了。不过要见到大孙子，必须等到过年才行。可泽唐随便一句“想见就见”提醒了王永江。他当即做出决定：责成泽唐、泽华跑一趟，回金州将孙子小义成接来！

泽唐、泽华领命而去，很快带着义成乘火车回返。下了火车，直奔省财政厅公寓。

王永江看见大孙子欣喜若狂，猛一把抱了起来，使劲亲上几口，那八字牛角须扎得大孙子直躲闪。他奋力高擎起大孙子，骑跨到脖子上转圈儿……那是一种忘乎所以发自内心的合不拢嘴的疼爱。

“咱爹从没这样亲过咱俩。”泽华窃窃私语。

“对咱俩只有严厉！”泽唐闷声闷气。

“哎呀，瞧把我大孙子冻的，脸蛋耳朵都发红了！这样吧，你俩带上义成，乘我的车去中街鞋帽店买顶皮帽子。”

哥儿俩再度领命而去。

一路无话，直奔中街。出了店门，原路折回。

义成戴上新皮帽，明显暖和舒适了，心情愉悦，一路欢歌。

车子途经钟楼十字路口，一位当班的新岗警不识省长车牌号，生硬地拦截叫停。

泽华开门下车，拿手指着岗警鼻子大骂。泽唐懒着废话，挥舞拳头就把岗警揍了。

吓得小义成嗷嗷直哭……泽唐、泽华一路上哄劝着小义成：就当什么都没发生过，千万不许跟爷爷说啊！

回到省财政厅公寓住所，见大孙子脸上泪渍未干，王永江便问为啥哭了？

义成犹犹豫豫环顾着叔叔们，俩叔叔不约而同瞪起眼睛。

王永江看在眼里，心里有数儿，遂一把摘下义成的皮帽子，假装生气嗔怪道：“不跟爷爷说实话，就别想要皮帽子！”

义成一把抢回皮帽子。为了拥有皮帽子，为了不惹爷爷生气，他只有冒犯叔叔，于是吞吞吐吐地述说了叔叔打架……

在王永江的严厉责问下，哥儿俩只好一五一十述说原委。

王永江听罢非常生气，声色俱厉，好一通训斥：“你们凭什么打岗警？人家是在执行公务！说重点，你们这是违法犯罪！叫停省长的车怎么了？你们有什么要事儿，着得哪门子急呀！”王永江往来踱步，余怒未消，“你们了解岗警的辛苦吗？我当过警务局长、警察厅长，我最了解。他们长年累月顶着风吹日晒、雨雪冰雹指挥车辆，多不容易啊！你们以为自个儿是谁呀？坐上老子的车就不知天高地厚了？”

王永江接着亲自打电话，将那位岗警请到家里来，当场表扬岗警做得对，并致歉道：“都是我管教不严啊！”

泽唐、泽华坐不住了，从里屋钻了出来，当面向岗警道歉。

岗警起初提心吊胆而来，因为冒犯了省长及公子，以为将遭重罚，想不到省长亲自赔礼，两位公子又当面道歉，真是大人大量啊！岗警连忙推辞说没关系，并自我检讨业务不熟、误人误事。岗警是打心眼儿里敬佩王省长。

这天，一封外交照会摆在了王永江的案台。拆开细瞅，竟是来自欧亚大陆另一端的红色苏维埃。

照会称苏联十月革命后，白俄将军西蒙诺夫率部分官兵潜入东北境内整军，图谋东山再起，希望东北长官配合支持，将境内白俄官兵遣返回苏。那鹅毛笔签署的落款，竟是世界级风云人物——列宁、斯大林。

王永江格外重视，拿着照会面见张作霖，说明分析事态：“一方面列宁、斯大林的要求是正当合理的，为了睦邻友好，我们无意于开罪；另一方面西蒙诺夫率白俄官兵驻扎东北，对东北境内外安全，构成了不小威胁。”

张作霖玩味地眨眼，露出诡秘的窃笑：“妈个巴子，既然是白俄将军，那一定是久经沙场的。听说白俄军队很能打仗，如果能被我方收编，将来肯定是一支奇兵。”

“万万不可！”王永江摆动手势，当即泼了一瓢冷水，“如此一来必与苏联结下梁子！目前东北处于日苏夹击之间，任何一方都不能轻易得罪！一旦苏联因此事与我方开战，日本人肯定坐山观虎斗，并坐享其成。目前我方势单力薄，尚不具备抗衡的能力。我提出保境安民，也正是这个意思。我们眼下最最需要的，是和平的环境、快速地发展！”王永江阐释道。

张作霖旋即无精打采，顺水推舟道：“我对赤色政权不感兴趣，我还有更重要的事情要办。既然是给省长的照会，就由你全权办理。该动用军队就动用，东北还不是咱们说了算！”

“也只好如此了。”王永江顺遂说道。

王永江通过黑龙江督军打探到白俄军队现栖居满洲里，于是以张作霖将军的名义派人送去一封俄文通知：勒令俄军限期离开东北，否则将采取非常行动。

西蒙诺夫将军沉默如许，望着窗外纷扬的大雪，覆盖着白雪的松林，心想：果真撤离必是死路一条，将被无尽的雪野湮没。然而不撤离，形势又十分不利。茫茫无际的路径啊，我将如何选择，何去何从……西蒙诺夫出身赤塔，毕业于奥伦堡军校，参加过第一次世界大战，曾发动过反对苏维埃的武装叛乱，失败后逃亡哈尔滨。后来征得日军支持，再度占领赤塔，建立军事政权，任赤塔军区哥萨克军团中将司令。沙俄海军上将、黑海舰队司令高尔察克，曾组织数十万白卫军进攻苏维埃。列宁手势一挥发出强劲的号令：一切为了东线！苏联红军经过几大战役，力挫白卫军。高尔察克于是带着上百万流亡者，以及沙皇赠予的五百吨金块，逃亡西伯利亚。最终他被出卖，毙命于冰窟。西蒙诺夫决心继承遗志，反攻倒算，他自称是高尔察克的继承人，率兵撤退远东滨海地区，抢劫满洲里税关存款，建立白俄远东临时政府。想必斯大林已跟张作霖沟通过了，他不想重蹈高尔察克率众逃亡西伯利亚的覆辙，既然一切都是冲着我而来，为了保全白俄军队以及轻装上阵，他决定只身悄然逃遁。

限期离境之日抵达，黑龙江督军派兵前往包围。这时发现，西蒙诺夫早已逃之夭夭。剩下的官兵失去了领头雁，面对茫茫雪野一时手足无措，于是完全被动地缴械，听凭命运摆布。

王永江当即下令：“将这些官兵收编到集中营！要保证安全，并健康存活，还要让他们有事情可做。要把过程完整记录下来。”

西蒙诺夫像一只顽强狡猾的独狼，咬着冷冷的牙在风雪旷野中窜逃。他的足迹遍布朝鲜、日本、哈尔滨、满洲里、大连、天津。这位白俄将军很有些手腕，他从边缘地带一步步爬上舞台，居然在天津跟溥仪勾搭上了。

西蒙诺夫信誓旦旦，巧舌如簧：“我要夺取满蒙，建立反赤根据地。我要迎请陛下，在那里就位统治！”

在宫里长大的溥仪根本不了解外面的世界，当他徒见一双犹如蓝天般清澈的眼眸，便以为是上帝派来的使者。他无限欣喜，手舞足蹈：“天助我也，我一直在等这样一个人！”他知道蓝眼睛是不需要黄马褂的，便当即一次性赏赐五万块钱，还专门设立了银行账户，定期不定期地往里汇款……

王永江坐在白山黑水宾馆的会客厅，随手翻阅着几大本厚厚

的图片册。白俄士兵人高马大，肌肉强健，干活撒野，闲暇开心，像小学生在老师的谆谆教诲下学习技艺，似大力士操纵绣花针一般操纵剪刀银针，让他看了顿觉好笑。

偌大的桌台上摆放着五彩缤纷的鲜花，墙面上悬挂着遣返交接仪式的条幅。

这时，卫兵进门报告：“苏军中将高兹洛夫到!”

“有请!”王永江起身迎立门口。

“你好，省长阁下!”身材魁梧、一身戎装的高兹洛夫主动敬礼。

“你好，将军阁下!”王永江伸手相握。

“参观集中营了吗?”王永江主动询问。

“刚刚看过。意想不到哇！他们生活很充实，一切井井有条；每个人都很健康，从身体到心态；还学会了谋生手段，拥有一技之长；你们做得非常出色，简直是无可挑剔！只是……”

“只是什么?”王永江好奇探寻。

“他们抱怨‘胃——亏——酒!’哈哈哈哈。”高兹洛夫笑说道。

“只要不是胃溃疡就好!”王永江笑着解释，“不是我吝啬舍不得酒，酒这东西一沾就上瘾，一发而不可收拾，极易误事和闹事啊!”

“是的，阁下。俄罗斯人对酒的迷恋程度，有时是不可想象的。”高兹洛夫比比画画，“听说马上可以回国，他们都很兴奋!”高兹洛夫忽然郑重敬礼，“列宁主席、斯大林元帅让我转达对阁下的问候!”高兹洛夫礼毕，随即打开手提箱，取出两件珍贵礼物，“这是斯大林元帅特意赠送的，都是沙皇用过的，一件是大玉石碗，一件是雕刻大象，请省长阁下笑纳!”

“谢谢，也请转达我对列宁主席、斯大林元帅的问候!”王永江一边承接礼品，一边阐释道，“将军，集中营之所以选择在这里，主要是考虑遣返回国方便，从这里乘火车可以直达苏联。”

“省长阁下，您想得太周到了！”高兹洛夫点头致谢。

王永江遂将几本图片册郑重地递交高兹洛夫：“请转送斯大林元帅。它记录了白俄士兵在东北境内的大致活动，包括在集中营的劳动与生活，留个纪念吧。”

“太好了，谢谢！”

这一刻，王永江接受斯大林赠送的贵重礼物仅只是缘起。若干年后，当王永江饮恨离开了这个世界，他的后人仍得到不期而至的福报——来自斯大林的特殊关照。谁也没有想到，曾与王永江省长打过交道的高兹洛夫将军，竟不远万里奔赴他的家乡旅大担任了最高长官。

犹如长蛇阵般的车队，威风八面地挺进古城。

大连警备司令高兹洛夫将军在金州警备司令谢特林科与金州维持会长曹世科的陪同下，径直迈进了王泽汉的小洋楼。王泽汉的家人齐刷刷地肃立着。四周全是高大魁梧的洋人，全是威严整齐的军装，空气中流溢着一股羊膻味儿。

王泽汉坐在木制轮椅中。

曹世科一一引荐。

高兹洛夫主动敬礼，躬身说道：“王大公子，来大连之前，斯大林元帅特别交代，让我无论如何前来探望王省长家眷，并致以崇高的敬礼和亲切的问候！”

“不敢当啊，家父早已作古。”王泽汉客气着。

“王省长对苏维埃是有贡献的！当年遣返流窜东北的白俄军队，我奉命前来跟王省长接洽，对王省长印象十分深刻，记忆犹新。正因为王省长不在了，而王省长的家乡归苏军管治，本将军完全能够支配得了。斯大林元帅感念王省长，故有意请公子出面，担任大连市市长。不知公子意下如何？”高兹洛夫开宗明义。

王泽汉心有所动，晃动了几下轮椅，仿佛在摇出最佳答案。最终只听他和缓从容地说道：“我本人首先表示感谢，并请将军转达对斯大林元帅的问候和谢意！但是，恕难从命，我不能接受！”

高兹洛夫瞪大惊奇的眼睛，心想：如此显要的位置，别人可是求之不得啊！

谢特林科、曹世科及一行军官也都面面相觑。

高兹洛夫单刀直入：“公子何故推辞？”

“首先，家父在世时，曾告诫晚辈：王家子孙将来无论做什么，就是坚决不许从政！这是家训，我不能违背。其次，你已经看到了，本人腰腿不便，行动借助轮椅，既影响形象，又影响公干，因此实难从命。”王泽汉坦诚说道。

“哦，是这样……”高兹洛夫思索着颔首，往来走动了几步后立住，表态说道：“既然公子态度中肯，我也不好强求。这样吧，我将如实上报斯大林元帅，此事另议……另外，家里是否有事情需要关照？”高兹洛夫意犹未尽，总不能白跑一趟，对斯大林元帅特别关照的友人，应当有所作为。

高兹洛夫摘下盆子般的大檐帽，围着王泽汉的轮椅转悠。他忽然想起了什么，就把谢特林科拽到王泽汉跟前：“我离你这儿稍微远些，往后如有什么急事，你就随时随地找他，或者通过他转告我！”

谢特林科笑容可掬，向王泽汉点头致意。

“先谢谢二位司令，恐怕少不了麻烦。”王泽汉拱手作揖。

临别时，高兹洛夫又补缀一笔，洋洋洒洒地书写了一张犹如天书的俄文便笺，然后由他和谢特林科联合签名盖章，命人工整地粘贴在王家宅院正门。

曹世科好奇探问：“上头写的什么？”

“该户人家对苏军有功，严禁士兵打扰！”翻译道。

第二十章　变卦

战争与和平是永恒的话题。

东三省军政会议上乌烟瘴气，军政要员年龄、神态各异。刚刚从绝望中复苏的张作霖，此番重振雄风，旧话重提，口出豪言，提出再度入关。他终于廓清迷雾，弄明真相。原来郭松龄之所以倒戈，是因为背靠一棵大树，且订立了攻守同盟，而这棵大树不是别人，恰恰是曾经收买雇佣、却两面三刀的冯玉祥。由于他背后做了手脚，直接促成郭松龄反叛，从而延宕了他一统江山、称雄华夏之进程。因此，他要讨伐冯玉祥，逐鹿中原。

“讨伐冯贼，逐鹿中原!”一些将领血脉贲张，摩拳擦掌。

唯有王永江，徐庶进曹营——一言不发。他终于领悟了张作霖所说的更重要的事情。真乃此一时彼一时也。回顾郭松龄举事期间，张作霖亲口承诺的事项，诸如保境安民、裁减军需、励精图治、造福桑梓之类，现在居然只字未提。或许，有意无意之间，早已弃置脑后。

“王省长，该你表态了!”在张作霖的再三敦促下，王永江最终还是唱了反调。

他俨然一位孤独的先觉者，站在巍峨的高崖之上，对着懵懵懂懂的人们，阐释着高天流云般的见解：“我想重申一下保境安民的含义。我所倡导的保境安民，是指断绝一切与关内的政治、经济交涉，闭关自守，修养民力，开发文化，振兴产业，以增进东三省人民的福祉。在东三省尚不具备足够实力与外界抗衡的前提下，我们回避不了依托日本援助、开掘发展东北这一现实。鉴于历史、地理、国防等原因，以及经济、资源、产业等关系，日本与东北有着密不可分的利害关系。日本为了维护本国的权益，必然要亲自防护东三省。因此，在强国日本的监护下，无论是国内举兵还是欧美来犯，都绝对不敢贸然踏出关外。因此，东三省是绝对安全的地方，我们没必要准备足够的兵力。”

将领们面面相觑，这王省长语出惊人，简直危言耸听。

历经第一次直奉战争、第二次直奉战争、郭松龄倒戈事件之后，王永江的态度由观望到力挺，到发奋，到蓄势，到忧心，到力劝。如今，再也无需瞻前顾后了，因为已经没有任何退路。他必须站到前台，传达一种真实的声音，手持道理和事实的重锤，敲打这些昏庸的脑壳。王永江仿佛雨中漫步之人，连雨伞也不打，冒着雷电击打、风雨浸湿、路途泥泞的险象，坚韧驰驱，我行我素，不达目的决不罢休。

“我们现在需要的，不是关内地盘，而是充实内政，巩固根本。军队，以保境自卫为度，不应劳师袭远。北京就像一块没肉的骨头，徒有虚名，没啥可啃。把有限的资金消耗在打内战上，毫无益处。”王永江表情凝重，眨动眼皮，伸展手指，给头脑简单、尚武有力的武夫们算了一笔经济账，“大家知道，这半年来，由于战事频仍，应接不暇，已足足消耗掉了三千万元！三千万是什么概念呢？占近几年来发愤图强、积累财富的绝大部分！诸位，再打可打不起了，连家底儿都要赔光！”

黯淡中有人大胆提问：“王省长，那你说我们该怎么办？”

王永江沐浴着从窗户透射过来的阳光，明确阐述道：“东北地大物博，民生凋敝，发展实业、教育、交通、屯垦诸项事业，最该首当其冲！与此同时，如果我们裁减军务，缩小兵工厂，把裁减的军队派去东蒙屯垦，把兵工厂改为机械厂，金融不受军费牵动，约有三四年时间，东北仍然可以持续大发展。否则，一切希望终成泡影，前途堪忧啊！”

整个会场呈现短暂的静默，如远望的河面凝滞不动。而河面以下，则流水漩涡湍急。每个人都在思考着，或认同或逆反。

既然有人敢唱反调，老将自当倚老卖老。张作相、张景惠等元老陆续发言，竟然完全赞同王永江的分析主张。他们心里清楚，第二次直奉战争胜利，享受成果和发动叛乱的都是新派将领，与他们这一干老将无缘。再次点燃战火，结果实难预料，老将何必出力不讨好呢。何况王永江分析透彻，入情入理，令人折服，无可辩驳。

张作霖心里七上八下，说不清是一种啥滋味。他环顾着场下的将校们，年老的面孔、年轻的面孔……自从新派将领郭松龄叛乱，张作霖内心那杆秤悄然发生了倾斜。虽然新派将领才干出众、思维前瞻，但是关键时刻，还是老将值得信赖和倚重。

此刻，见老将们纷纷赞赏王永江，张作霖只得见风使舵，随机应变：“那好，就按王省长的主张办，不再入关!”

这个世界存在着太多的变数。

变数之一便是人为因素。而人为因素往往伴随着暗箱操作。果不其然，酿造阴谋的夜色来临了。一干好战的军官麇集大帅府，像一群躁动的猴子纷纷攘攘要求入关作战。关键时刻，举足轻重的杨宇霆又杀了出来。这姓杨的一番花言巧语，利弊怂恿，最终促使张作霖翻云覆雨、推倒重来。

“将军，你现在是名副其实的东北王，但只是在东北说了算。东北相对于华北，毕竟是荒蛮僻壤之地。你真就打算在关外待一辈子？其实，翻阅一部华夏历史，无论是秦汉唐宋，还是元明清朝，几乎无一例外，都是帝王从北方大举起兵，挥师南下后一统江山！历史是英雄缔造的，大帅就没有胆气试试?”

人称“小诸葛”的杨宇霆，胸中还是有些韬略的。譬如第二次直奉战争胜利，的确与他运筹帷幄、穿针引线、详加部署不无关系。关键在于，他逞强扩张、称王称霸的主张，恰恰正对张

作霖的心思，投其所好，因而备受赏识和倚重。张作霖玩人于股掌之间，此前赏识倚重王永江，此后赏识倚重杨宇霆，杨宇霆最终成为了不折不扣的王永江的终结者。

王杨二人孰优孰劣？孰高孰下？一言以蔽之，不可同日而语。如果说王永江实施的是谋划未来的大政方略，那么杨宇霆表现的仅仅是急功近利的权谋小术。在神州大地，杨玉霆俯拾皆是，而王永江稀世罕见。可杨玉霆颇有些攀龙附凤的本领，他紧紧抱住张作霖的大腿不放，无论是郭松龄还是王永江均栽在他的手上。原本交好的王杨之间，为何竟出现了裂隙？原本就非同道之人，这是根本。直接原因则在于，杨宇霆张开狮子大口索要军费，遭到了王永江不留情面的阻遏。如果说郭松龄毙命、王永江遭弃算作两笔旧账的话，那么张作霖死后，张学良备受杨宇霆欺侮则应算作新账。于是，当张学良新账旧账一起算的时候，小人杨宇霆的宿命便是倒卧老虎厅的血泊中。此为后话。

此时此刻，杨宇霆那三寸不烂之舌快速吐纳，仿佛一部功率可怕的鼓风机煽动着战事引擎。

“我就不赞成有些人阻挡将军的做法。消耗军费怎么了？劳师袭远怎么了？这恰恰暴露了某些人目光短浅，只会算小账算细账，缺乏战略眼光和大局观念！一旦称雄天下，那天下的财富资源岂不统统收入将军之囊中！将军啊，你距帝王宝座就差一步之遥了，千万不能错失良机，前功尽弃，功亏一篑啊！决定权掌握在将军的手里，任何人都做不了主，你可要当机立断啊！”杨宇霆的激将法果然厉害，张作霖心甘情愿地中招了。

“知我者，邻葛也！”张作霖使劲地拍打着杨宇霆，登时心情激越，热血滚沸，一种征服的欲望、王者的霸气顿令他气冲霄汉、不可一世，“老子不管它三七二十一，妈巴子非入关不可！”

翌日，张作霖自食其言，再度宣布：奉军总动员，向关内进发！

第二十一章　辞职

王永江闻罢，顿如五雷轰顶，天旋地转，嗟叹大势已去。由于急火攻心，椎心泣血，他的左眼模糊了，他的心脏漏血了。哦，那是真真切切的呕心沥血……躺在那儿，如躺在火山口，似听见呼哧呼哧的淌血声，仿佛火山岩浆咕咚咕咚地喷涌……他泪眼断线不止，好似一汪汹涌的怒潮历经赤铁的煎熬，撕扯断裂，赤赤生烟。噢，他的左眼竟永远看不清了……

哦，万事休矣，万物皆空……模模糊糊中，影影绰绰，院内那棵老朽榆树，光秃着树冠，于风中摇荡瞩望……哦，同样历经风云，阅尽沧桑，彼此遥相对望，互为感应……王永江感慨顿生，念念有词：

老榆当院头已秃，低头俯瞰长官屋。
长官更迭阅历多，纷纷贤否都在目。
春风荡淡老榆欢，秋风凄咽老榆哭。
……
树犹如此人何堪，老榆视我今为孰。
榆自无言心半空，卿辈数百容此腹。
过去几经荣与枯，未来不识谁司牧。
……

他的意识还是清醒的，他的大脑仍在运转。儿子们都放假回

家了，他孤独得只有影子陪伴。思前想后，虑及善后，他决定如大潮回落，和缓退出。他要答谢一直以来陪伴自己的身边人，于是破例邀请身边人员吃饭——最后的晚餐。

大家一一落座，王永江居于主位。头一道菜端上了，有鹿尾有白菜，王永江故意让大家报菜名。大家轮流当值，答非所问。王永江冷眼旁观，笑而不答。在大家一再追问之下，最后揭开谜底：“鹿尾白菜卷，你们连鹿尾都不认识?!”

“我们看出了鹿尾，当然也认识白菜，但不敢妄加取名。”身边人解释道。

“大家不要拘束，可劲造啊！大家都知道我吝惜，我请一回客不容易，过了这个村可没这个店!”王永江松弛而调侃。

“好嘞！可劲造!”大家终于释怀，开始狼吞虎咽。

吃完了饭，王永江当场分发纪念照，送每人一张签名半身像。在座者高兴地接过来，心里则直犯合计：王省长一反常态，行为怪诞，这葫芦里究竟卖得啥药?

当获悉王永江正式提出辞呈，身边人员才恍然大悟：原来如此，那是最后的晚餐。联想到省长提出猜谜的头道菜——鹿尾白菜卷，鹿尾是路尾的谐音，暗喻路已走到尽头，无路可走，别无选择，只得两手空空，卷铺盖回家了……身边人员无不伤感落泪，实在是太难为省长了。他当时心情定是糟糕透了，表面上却强装欢笑。

一辆轿车缓慢地在省城的夜景中穿行，像是漫无目的，又像是有的放矢。王永江坐在车里，目不转睛地望着车外。啊，一晃十年了，从省城税捐局长兼官地清丈局长、屯垦局长到奉天督军署高级顾问；从奉省警务处长兼省城警察厅长到奉省财政厅长，一直到奉天省长兼东三省官银号督办、东北大学校长，自己倾注了全部的智慧和能量，可谓呕心沥血，鞠躬尽瘁，从而给奉省带来了前所未有的繁荣。可惜半途而废……车子依次途经纺纱厂、奉海铁路、省立医院、东北大学，他将头探出窗外，睁一只眼闭

一只眼，细细地聆听着，用心地品味着……宽敞的院落、洋气的建筑、耀眼的灯光，汽笛的鸣叫声、沙沙的纺纱声，学子做功课的身影、医护人员忙碌的影子……

唉，内战改变了一切，战火大把地烧钱……王永江禁不住清泪溢淌，泪眼成串。

农历一月九日，是王永江的生日。七日那天，他向张作霖请假，理由是回籍探望许久未晤的双亲。

张作霖见其请假，按通常想法，以为他借探亲回家之名，躲避生日那一天的应酬。

八日，王永江乘车离开省城，径直回到古城。回家之后，他早有所备，刻不容缓，当即修书一封，正式提出辞职。他责成泽唐、泽华将辞呈亲自送达张作霖手中。两个儿子自然不敢怠慢，即刻乘火车北上。

张作霖接到信即拆阅细读：

“签为才弱事纷，留职无益，请开去本兼各职事。窃永江从将军治奉，将十年于兹矣。初意本期举实业、教育、吏治、交通、屯垦诸大端，逐渐发展，兼营东蒙，以为利用厚生根本之图。唯是将军督奉之初，岁入不过千万，全恃抵借内外债，以济军政各费之不足，故债累日深。自民国六年，俾永江以财政重任，勉竭愚忱，不避劳怨，得以财政日裕，内外债渐次偿清，度支由是以不乏之，此正艰巨缔造之时也。然枯竭始苏，余款无几，仅办轻而易举者数事。至民国十一年秋，又俾以兼任省长，节用剔弊，岁入益增，过三千万以上，而至四千万矣。乃又值时局不靖，战端屡开，知进而不知退，而卒因军事之牵动，致金融紊乱，且犹复牵动不已，则一切期望，将难达到，民生日蹙，复何以固根本而图发荣？夫金融财政，为万事之母，东省西连蒙古，地大物博，仅凭此有限之财力，即使收神反顾，专精致志以经营之，犹非数十年难以尽举。诚使以将军之雄才大略，用之于此，未始不可洋洋乎称东北之大风也。今观将军之雄心，意在彼

而不在此，得勿借箸为箸者，计有所失乎。郭叛以来，非数年休养生息，难复元气，夫时局如此，简练军实，自属必要。然备兵自卫，与呈兵争雄，则利实相反。昔管仲治国，三十年始一用兵；燕昭礼士十九年，仅乃报齐；汉武连年穷兵，卒有轮台之悔。古之日明王贤佐，犹且如此，况中原兵交方盛，民生凋敝之秋，独东北一隅，最得地利，本足以自强，无恃外求，乃不速为图之，轻内而重外，忽近而图远，是将自投于荆棘之中，而纳人民于水火之内也。年来屡值危疑震撼，老精疲神，致左目失明，心脏漏血，或逾月而一病，或一月而数病，勉力撑持非不自惜也，顾桑梓之邦，忧心独切，不遑计一身之安危。非见利则趋，见害则避者之比也。今金融为军事牵动，竟出常规之外，而战争又无时可息，则数年所期望之诸大政，必无所资以进行可知也，使永江在职，不过等于脑满肠肥之一大官而已，并无益于桑梓，并无裨于将军也。与其违心求和，不如息影蓬门。倘将来时局变换，有可以实修内政之时，苟余年未尽，尚可勉效驰驱。今非其时，务请开去本兼各职，另简贤员，不胜感激之至。”

张作霖看完辞呈，大惊失色，惶恐不安。这王岷源动不动就辞职，这次是真的还是假的？读他的信是如此真切，八成是动真格了。别人辞职我求之不得，省得占着茅坑不拉屎，人吃马喂地徒增开销。唯有这王岷源不可以，他是我胸中那盘棋的重要棋子，治政理财绝对不可或缺。

张作霖当即复电请归：

“王省长鉴，来函敬悉，自与我兄同舟共济以来，辛苦维持，深资倚俾。当此时艰日亟，尤应合群策群力，共勉进行。若因时局之难，辄思远引，则弟亦何尝不欲求退，其如求去不得何！吾人做事，当为后世计，不当为一时计，尚望以大局为重，早日言旋。若有为难之隐衷，尽可从长计议，我兄爱好之意，亦复相同，原不难一致商洽也。”

收悉回电，王永江认为，张作霖对辞呈尚未悟懂，且有责难之意，其实根本不是什么畏难情绪，或知难而退。问题的关键，是政见大相径庭，已无法沟通达成一致。时局艰难也好，财政枯竭也罢，我毫不畏惧，且已想好应对的良策……你以前是怎样答应我的？如今好了伤疤忘了疼，除了听信他人怂恿内战之外，别人的话全当作耳旁风，出尔反尔……因此又给张作霖一复电，以申明辞意：

“来电敬悉。永江前辞职，非畏时局之艰，亦别无难言之隐。惟前签所谓实业、交通、屯垦、教育、吏治诸大端，非财莫举，非金融稳固莫办。今凡关于军事之费，皆不论预算有无，随便向官银号支取。是以金融紊滥，财政亦无法整理。试问军务之扩充，兵工厂之消耗，粮秣厂之铺张，所需之款，从何而来？非恃官银号多出钞票，以资供应乎？夫以钞票贷给商民，随时可以归还，犹有取偿之法。今尽以付诸消费之途，以致失去信用，而其值日跌，政费亦因之愈增。则奉省财政安有充裕之一日耶！事实相同，了如指掌。不知远虑，但快目前，即令军备增至数十倍，兵工厂、粮秣厂增至百倍千倍，而财力耗竭，金融崩溃，人民破产，不待人之来攻，而奉省亦不能自存。此谓自杀之道，尚何有于实业、交通、屯垦、教育、民治之可为哉？人谓乱世人才为不祥之物，永江不敢再留，盖不甘居于不祥之物，非喋喋利口之比也。若将军能翻然变计，以兵足自卫为度，而将兵工厂缩小一半，改营生产事业，汰粮秣厂之冗费，去骈胝之机关，节用以养民，停发钞票以救金融，均度支以兴庶政，永江虽竭驽钝，死而后已，其又何辞！否则，永江不忍视将军之投入荆棘，人民之陷于水火，唯有匿迹销声，不问世事而已。掬诚奉告，不暇择言。唯将军图之。”

不料，此电文竟不胫而走。国内报刊纷纷转载，反响热烈，好评如潮。人们在声讨奉系军阀不顾人民死活、穷兵黩武之同时，纷纷赞赏感佩王永江一番良苦用心，胸怀天下苍生，其字里行间流溢的真情忠言犹如诸葛亮之出师表。

气得张作霖愤怒责骂：“妈个巴子，郭松龄以枪杆子倒戈，王永江以笔杆子倒戈！”

消气之后，冷静下来，张作霖仍感觉王永江是辅弼重臣，是经过实践检验而必不可少的干才，特别是面临着日益窘迫而急需扭转的时局。因此一定要用诚意劝其回心转意，诚能感人，心诚则灵。于是他发牌似的接二连三地派出说客，先是业务相关的，如东三省官银号总办竟亲赴王府六次。后是关系融洽的，包括未说话先流口水、吐词含混不清的吴大舌头。说客走马灯似的你来我往不绝于途，均相继带来张作霖的口谕，众口一词力劝王永江出山。然而，全部的力劝均无济于事。王永江态度执着，坚持己见：只要奉军继续插足关内，不息兵罢武，一切无从计议。

于是，张作霖、王永江俨然泾渭分明的河水，各行其道。双方得来不易的合作，终于突破底线，亮起红灯。分道扬镳只是迟早之事。一方为了霸业，一方为了理想；一方要控制，一方要左右；真可谓武得霸道、文得强硬。峰回路转、柳暗花明、握手言欢、重续前缘仅成了一种幻想。此时，民国政治家王永江的风骨越发彰显卓然。

果然，张作霖率领奉军大举进关了。

王永江仿佛停歇的钟摆，终于把时间挽留下来，可以回望一下自我，开始顾及晚年生活了。眼下他的头等大事，就是希冀换一所宅院，以享天伦之乐，并清净地著述。

王永江通电辞职回归故里，首当其冲引起乡党的关注。一些趋炎附势的势利小人敬而远之，曾被王永江拒之门外的投机钻营之徒幸灾乐祸。自然，也有深表理解真心关切之人为之惦念。

这天，阎桃李、曹德麟、曹世科不约而同赶来看望。曹德麟还捎来一瓶陈酿老酒。大家关切询问王永江目前的状况。

身着便装的王永江靠在一把椅子上，精神蛮好，谈吐自如。他指了指左眼和心脏：“只是这两处出现了故障，心脏漏血，左眼看不清了。”

大家无不嗟叹和惋惜，规劝他抓紧治病，好好调养，身体比什么都重要。

拗不过王克谦的执意挽留，大家只好留下来吃饭。五凤端上热气氤氲的铜火锅，六凤一一摆好碗筷及酒盅，王邱氏拿来酸菜、猪肉、粉条、冻豆腐、海蛎子，德麟开启自带的陈酿，并逐一斟上。热菜，热酒，热心人，整个儿一个热乎乎的气氛。

“哎呀，热热闹闹，团团圆圆，天伦之乐，这种感觉多好呀！返本还源，人本该就这么活着！何苦为那些不值得的人卖命，何苦为那些不值当的事儿窝火?！到头来，弄坏了身子还得自个儿花钱看病！”阎老先生借着酒劲儿，开启了话匣子。

“阎老先生，我敬你一杯！”这话正对王克谦的心思。他喜欢把心情浸泡在酒里。

“岷源啊，你的辞职信我拜读了，真叫一个好哇！我坚决支持你！张作霖逞强争雄，为了个人野心，不管他人死活！你是保境安民，为了造福一方，惠及百姓！你俩的出发点与落脚点大相径庭，分道扬镳那是必然的！辞了也就辞了，没什么值得留恋的！”酒过三巡之后，阎老先生话归正题，态度旗帜鲜明。

“大哥的辞职信我也拜读了，正可谓晓之以理，动之以情，忧国忧民，针砭时弊，情意甚笃，有人甚至评价，这封辞职信就是当代的《出师表》！”曹德麟接话道。

王永江满含感激与谢忱，连连点头致意。

“大哥，不在其位，不谋其政。现在正好得闲了，参与辽东育英会吧，请你担任顾问！”曹德麟口头发出邀请。

“姐夫，你可能听说了，俺们几个办杂志，让日本人查封了。好在留得青山在，咱们不愁没柴烧。现在，我又有了崭新的想法。我想，咱们改换门庭和打法，规避现实，着眼过去和未来，编修一部金州史志！”曹世科兴致勃勃地说道。

“这是一件大举动，是文人的上乘之举！司马迁称‘前为寿’，史志能存世传世，福荫后人！”王永江表示赞赏。

“正因于此，我想，除了德麟、泽汉、占鳌，还想邀请阎老先生和姐夫您一道参与，六君子合力编修一部大书，尤其是请姐夫挂帅！”曹世科递进说道。

大家无不赞赏。

泽汉兴奋地凑上桌来。

“说句心里话，你们谈得都对，只是永江身体不好，眼睛和心脏都坏了，恐怕是无能为力，还是让他休息休息吧。”沉吟半晌的王克谦终于心疼地挡驾了。

“依我之见啊，闲着也是闲着，有时闲大了，反倒心烦，有些事情越想越窝火，真就不如找点事儿做，这样可以转移分散注意力，乘物以游心嘛。当然了，这要看永江的意思。”阎老先生宽慰地说道。

王永江以茶代酒，象征性致敬答谢：“诸位的美意，我都心领了。父亲说得没错儿，我现在真感觉身心俱疲，只想图一个清净。有道是：人若常清净，天地悉皆归。如能换一所大宅院，安度晚年，享天伦之乐，那更求之不得了。”他接着坦承恳挚地说道，“当然了，无论是德麟提出的辽东育英会，还是世科提出的编修金州志，我都抱有浓厚的兴趣，而且会义不容辞地参与，只是调理身子需要一段时间。这样吧，你们该怎么做就怎么做，别因为我的缘故而耽搁大家，我想适当的时候我会积极参与的。”

王永江话锋一转，伸手示意，郑重推举：“哦对了，就请阎老先生担当顾问。阎老是前清进士，参加过公车上书，为了传承弘扬国学，一直孜孜不倦，开设国学义塾，论学问、论人品都是我辈楷模!”

“客气了，客气了。”阎老先生摆着手。

德麟、世科、泽汉纷纷点头，表示遵从。

曹世科刚进家门，曹秋水便急不可待地探询女婿王永江的情况。

“身心俱疲，他只想图一个清静。”曹世科表情沉重。

“唉……”曹秋水叹气道，“做官能做到省长这一级，那就相当于朝廷的尚书、总督，实属凤毛麟角，大海捞针哪！怎么能说撂挑子就撂挑子？他考虑过这其中的利与弊吗?！真是太任性了！太意气用事了！太钻牛角尖了！咳，一人之下万人之上，该低头就得低头，难得糊涂嘛!”曹秋水一脸愁容，满腹牢骚。

“人各有志，不可强求!”曹世科道。

“你懂个屁呀！他不但毁了他自个，还毁了整个家族!”此时此刻，曹秋水双目喷火，憔悴面容里透射出一种铁青色愠怒。“当初，咱们又是嫁女又是襄助，还不是看好他的前程！结果怎么样呢？刚刚当上了大官，别说一人得道鸡犬升天，就连一星半点儿的好处都没沾到，竟然辞职不干了！简直气死我了!”曹秋水因情绪激动而剧烈咳嗽。他心里明镜儿却不便说出口，这是他有生以来投资最大、期望值最高、蚀本最惨重的一桩买卖。

曹韩氏闻声进屋，好像受了濡染似的说道：“往后呀，他们王家大事小情儿，咱再也不参与，再也不管了！咱不能吃一百个豆子，不知豆腥味儿!”

曹世科不知该说什么好，遂三十六计走为上策。穿过庭院小花园，望着微波的池水，他呆呆愣愣了半晌儿。他捡起枚石子撇向水中，水面上泛起圈圈扩散的涟漪，仿佛是他此时此刻的心情……难道姐夫永江做错了？或者爹妈说错了？姐夫是为了大家，爹妈是为了小家，各有各的理。

要说曹世科这个会长当得还真是不容易，恰如王永江形容的在夹缝里图存发展。

一次，借着陪同王永江到南街福和堂浴池洗澡，二人仰靠在床榻上喝茶的机会，曹世科抑制不住地倾诉了满腹委屈——

前不久，下村育史找来曹世科，耷拉着脸蛮横道：“要把金州中国人的姓氏，统统改成日本人的姓氏！”

曹世科当场就推翻了：“这不可能，肯定会引起老百姓反感，说不定会声讨抗议呢！因为这是一辈儿一辈儿传下来的，不单单是多个字少个字的问题，这里牵涉到血缘、宗族、历史以及符号。”

曹世科眨巴着眼，戏谑地打起比方，却是采取自我轻贱的方式：“如果按照日本人的姓氏习惯，把曹世科改成什么山本世科，那曹世科岂不是从山上石壳里蹦出来的？还不把金州人笑得大牙掉了二牙郎当！”

曹世科说完禁不住自个儿乐了。

下村育史乜斜着曹世科，一脸僵硬的表情，显然是不高兴。

不高兴有什么法子？大不了会长不干了！让我强奸民意，辱没先人，坚决不可以。曹世科心里说。

“你做得无可挑剔，下村育史太过分了！”王永江爱憎分明地表态。

然而，有些问题终究无法回避，曹大会长更是无能为力，比如苛捐杂税，比如摊派劳役。曹世科曾屡次向下村育史陈述民情，他也因此屡次遭到下村育史训斥。

“署长，金州自古以来，官不增税，户不抗粮，前提是从不收过头税！如今连鸡鸭鹅狗都收杂税，你知道老百姓怎么说吗？就剩拉粑粑不收税了！”

“八嘎！”下村育史双目喷火。日本人颇为看重税捐与劳役问题，这是他们实施管治的主打和底线。

曹世科迫不得已急中生智，组织百姓利用城墙周遭空地，种植大片葡萄苹果；同时利用护城河水，环绕种养莲子。这些种植产品全部得以销售，如此几年下来获益十分可观，正好补贴公共费用，从而减轻百姓负担，得到百姓拥护。

遇到个别百姓交不起捐税，或触犯了戒条被当局缉捕，曹世科只好硬着头皮保释，甚至搭上补罚的钱款。要知道，这掏的可是个人腰包。曹世科甚至背着家人，将地契财产偷偷卖掉……

“唉，瞧人家当官是越当越肥，我这官当得是越当越瘦，我是曹家的不肖子孙啊！嘻嘻……”曹世科苦笑着，笑声被泪花打湿了。

“世科，你真不容易啊！谢谢你信任我，倾吐了埋藏心底的话！”王永江感慨万千，“当差不自在，自在不当差啊！有时付出远远大于收获，甚至不为时下的人们理解。但是有一条，一定要对得起天地良心，而老百姓就是天地啊！”

王永江既像是说与世科听，又像是说与自己听。

第二十二章 乔迁

次日醒来，伫立庭院，鸟儿啁啾，植物长青，池水冰清，天空澄碧，心情朗润。

曹世科忽然想起姐夫委托之事。记得最初是在泽汉婚礼上提及的，那时他身居高位，远居省城。此番辞职归乡再度提起，说明这件事情已是当务之急，或者说正是时候，不能再耽搁、拖沓了。享受天伦也好，清净著述也罢，必须物色一套宽敞舒适、像模像样的宅院。

于是，曹世科四处踏勘，同时撒网捕鱼般借助人脉打探。可想不到骑驴找驴，机会就在眼皮底下。

“姐夫，大宅院有着落了！”两天后，曹世科带着喜讯登门。

“是吗？”王永江顿时兴奋起来。

“在哪儿旮旯？”五凤急不可耐。

曹世科不急不躁，神神秘秘，娓娓道来：“听说过毛莹子老夏头吧？”

“不就是‘阎半城曹半坡，划拉划拉没有毛莹子老夏家一半多’的老夏头吗？”王永江道。

曹世科重重点头：“老夏头曾是毛莹子会长，此人不善巴结、不懂日语，后来莫名其妙地被下村育史免职。老夏头不光修理地球在行，还在城里跟人家合开染坊，赚了钱又在城里置了宅院。可是他不习惯住在城里，要怎么说乡巴佬没出息，总惦着毛莹子那一亩三分地儿。我只是打个比方，当然远远不止一亩三分地儿了!”曹世科骚着头皮，“哦，闲置也是闲置，白白浪费资源，倒不如把那宅院倒腾出去。真是天赐良机啊！那天听我一说，他当即嘿嘿乐了：‘你算是找对人了!’姐夫，咱们先看看再说!”

“好嘞，说看就看!”王永江果决道。

曹世科于是引领着王永江、曹五凤还有小义成，顺着西街次干道西行，途经会馆庙，继续往西……

一路上，五凤给大孙子讲述着古城尽人皆知的故事。

——从前，有个要饭的路过夏家，夏家的伙计不愿施舍，正好被老夏头撞见，便从饭桌上拿些吃的打发那要饭的。伙计嘟嘟囔囔：“我们吃了好下地干活，那要饭的凭什么白吃!”老夏头嘻哈一笑：“天下没有白吃的午餐，他拉粑粑还要拉我地里，正好留作沤肥!”这话正好被那要饭的听见，于是忿忿不平，赌气地想：我凭什么要听你的，我偏偏不拉你地里！要饭的边走边吃，吃饱了明显有力气，于是大步流星地赶路，途中想拉粑粑，却强忍着。走啊走啊，从傍晚走到黑天，又乘着月色穿越黑夜，他居然走了整整一夜。晨光熹微的时候，他终于憋不住了。回头遥望了一会儿，毛茔子早已踪影全无。这下可以拉粑粑了。他急三火四地解带，痛痛快快地排泄。然后，他打着口哨轻松得意地前行。这时，遇见一个早起的庄稼人。他主动迎上前，好奇地问道：“请问这是谁家的地界?”庄稼人不假思索：“毛茔子老夏家的!”那鄙夷的神情仿佛在说：连这点常识都不知道！那个要饭的一屁股蹲下，当然不是拉粑粑了。他双手抱着脑袋，一句话也说不上来……

“走了一夜还没走到头，老夏家的地也太广阔了!”小义成闻所未闻，感觉像天方夜谭。

“要怎么说是头号大地主呢!”五凤说。

说话工夫，一座八成新的宅院展现在眼前。

老夏头早已派人等候于此。曹世科于是引领大家进门。

这是一座二进门套院，门房除了门洞，左右各有三间。一进

院两侧，各有厢房三间。然后通过照壁，进入二进院。堂房一排七间，两侧厢房各五间。

“太宽头了，太阔气了，住一大家子没问题!”五凤兴高采烈，“大孙子，给你单独一间好不好?”

“不好，我要跟爷爷奶奶住!”小义成撒娇道。

“真没出息！这么大了还跟爷奶住，男子汉要独立!”曹世科以手指刮脸，故意逗弄。

“没出息怎么了？我有爷奶你有哇？你还捞不着呢!”小义成掐着腰耍着气势道。

王永江、曹五凤哈哈大笑。

王永江远望近观（只好凭借一只眼），考量琢磨着。他蓦然想起了王镜寰的庄园，这座宅院虽不及庄园的四分之一，但在我心目当中，已是豪华宏伟的殿堂了。

“姐夫，感觉怎么样?”曹世科问道。

王永江瞅着五凤：“满意吗?”

“当然满意了！只是……这么大宅院，要花好些钱的。”五凤既满意又犹豫。

“钱暂时不用考虑，关键是中不中意?”曹世科阐释要点。

“那还用说呀!”五凤痛快表态。

“就是它了!”王永江当即拍板，“古城之内，如此宅院绝无仅有！不过，我要做一些改造，算是锦上添花。”

“剩下的事儿我来操办。我想，老夏头不至于漫天要价。”曹世科自信地说道。

“这样吧，也别太难为人家，你当一回中间人，我当面跟他谈谈。”王永江嘱咐道。

“没问题。”曹世科慨然允诺。

次日，经曹世科穿针引线，在城里一间茶庄，王永江如约跟老夏头见面。一张黑红脸膛儿，一身粗布衣衫，一副憨厚表情，瞅着像个和蔼可亲、老实巴交的农民，丝毫没有金州头号大地主派头。

“老夏，久闻大名啊！金州城从大人到孩子，谁都知道‘阎半城曹半坡，划拉划拉没有毛茔子老夏家一半多’！”阎半城是指阎福陞庭院深深的大宅院，曹半坡是指曹一心拥有半个二十里铺的丘陵平原。王永江笑容可掬道：“我很好奇，老夏家的土地到底方圆几许？”

“也没多少，从没量过。”老夏头眨着眼，平淡地说，“这么说吧，东到大房身，西到拉树房，南到前关子，北到毛茔子。”

“嘀，这么广阔的大地，太阳从这头照到那头，也需要一段时间。老夏，你太有能耐了！”王永江赞叹。

“面积倒是有了一些，但不都是我个人开垦的，是夏家四代人累积起来开垦的。”王永江示意老夏头喝茶，老夏头喝着茶，开启了话匣子。“当年从山东逃难来到金州，没亲没故的，连个落脚的地方都没有。看到大片大片的荒地，就选择毛茔子落脚，开始圈地，开始垦荒，结果一发不可收拾。后来土地越来越多，农忙时夏家人全上阵，但人手还是不够用，这才想到了雇工。种粮卖粮是赚了些钱，但全都购置土地了。临到我这一辈儿，才盖上了大瓦房。这不，三大门五大户嘛。我是老大，我们哥儿几个一家一套。嘿嘿……”老夏头低调谦和，似讲述着别人的故事。

“别看老夏良田万顷，平时生活朴实节俭，男人的坏毛病——吃喝嫖赌抽，跟他丝毫不沾边儿！就连吃饭都跟雇工一样，一张饭桌，一个标准。”曹世科插话道，继而笑着追问：“哎老夏，听说你唯一的特殊化，就是比雇工多盘咸鱼？”

“偶尔吧，也不是顿顿有。”老夏头嘿嘿着。

王永江若有所思，接着表达了购买宅院的诚意：“从方位到面积，到布局，都挺看好，只要价位合适，一定购买。”

老夏头表态坦率实在：“看在会长的面子上，看在省长的份儿上，我只能不赔不赚，甘愿以本钱转让。”

“谢谢你！”王永江心下大喜过望。

双方握手言欢，买卖算是成交。只是关于付款的期限，王永江恳请宽限几日。

自从王永江辞职归乡，特别是心脏、眼睛大坏，王克谦始终保持着缄默，岂不知暗暗地悬心郁火。唉，二儿子半途而废，大儿子前功尽弃，看来王家真就难以改换门庭了。由于郁火病作，他满头生疮，面目肿胀，咽喉肿疼。王永江看在眼里，心知肚明，可又不便于挑明说破，只好以行动替代语言，亲自熬制中药，帮父亲外敷内饮。

这天晚间，王永江来到堂房东屋，一边为父亲熬药敷药，一边跟父母说起换房之事。

王永江首先从泽汉成婚家里拥挤说起，然后谈到将来泽唐、泽华、泽来成家，恐怕家里没有多余空闲的地方，因此建议从长计议，未雨绸缪，以旧换新，改换一套宽敞的大宅院。

“今天，世科带我看了西街一套宅院，宽绰敞亮，房间富余，足够儿子们成家了，也足够咱们一大家子居住，我和五凤一眼就看好了。而且人家实实在在，答应只按本钱转让，现在房价多贵啊！这是千载难逢的机遇，我决定买下来。我跟五凤凑了凑钱，但还是有些缺口，爹妈能不能帮帮忙？”

“你的想法我赞同，我也早有此意。”王克谦态度明朗，嘎巴溜脆，“既然你跟五凤都看好了，又是世科从中牵线，我相信一定差不了。咱们干脆双管齐下，一边卖旧房一边筹集钱。老伴，把压箱底儿的钱拿出来！”

“哎！”王邱氏开始翻箱倒柜，仿佛淘宝跟摸宝似的，从箱柜底层摸出包裹，然后翻开一层又一层，最终露出泛黄的钞票。“就这么些家底儿了！”王邱氏小心翼翼地捧上。

王永江郑郑重重地接下。

“我也有钱，需要放声儿！”坐在炕上的泽来，忽然亮出一笔钱款。

“这么些钱，从哪儿弄的?”王永江颇感讶异。

“你儿子自个儿挣的!”王邱氏道。

“哦?”王永江将信将疑。

泽来整天跟着爷爷混，逐渐熟悉了经商业务。一天上大连玩儿，忽然像发现新大陆似的发现了商机，回来后遂跟爷爷伸手要钱，准备马上进货。

爷爷起初半信半疑，泽来便打赌发誓：“我保证，赚了是爷爷的，陪了算我的，等我长大了还你!”

“等你长大了，爷爷早没了!”王克谦嘻哈着笑了。

“那让俺爹妈还你，反正不会欠账!”泽来一脸庄重神情，好似胸有成竹。其实，他已把最受欢迎的商品行情及进货渠道摸得一清二楚。

四个孙子只有这一个承继祖业，而且要独立门户的。就当是开个头吧。赔了也就赔了，权当交学费了。王克谦想清楚之后，随即给了泽来一些钱。

泽来立马组织进货。哦，全是女人时尚生活用品——如化妆品、服饰品等小玩意儿，不但摆到了商铺外面，还张贴起招贴画来——美女代言商品广告。

新鲜。连老商人王克谦都感觉新鲜。

“都来看哪都来看，专卖女人用品啦!”

“全是时尚新潮货，金州城内独一份儿!”

泽来扯着嗓子叫卖，甚至将个别物件佩戴身上，往来观瞻之人忍俊不禁。

女人天生钟爱物品自不必说，尤其是大连女人浪得要命。于是闻声而动，一路芬芳，流连成堆。好似家雀开会，叽叽喳喳，女人兴高采烈，观赏比量，只是谈价色变，讨价还价。

“太贵了，便宜点!”女人笑脸央求着。

“物以稀为贵，蝎子粑粑独一份儿!”泽来冷下心来，铁板

一块。

“我要这个，我要那个……”还是阔太太、大小姐大方，但毕竟凤毛麟角。

一拨儿女人走了，又一拨儿女人来了。女人源源不断，却是蜻蜓点水而已。泽来的声调明显减弱了。

“泽来啊，做生意不能死心眼儿，别总想着赚大钱！有利可图就行，薄利多销嘛！”王克谦适时站出来说话了。姜还是老的辣啊。

一抹斜光漫过爷爷的脸。爷爷的点拨伴随着一道斜阳，令暗淡的杂货店容光焕发，令泽来灵光乍现，计上心来。

他果断改变销售策略，实施捆绑搭配销售。他不光扯着嗓子喊，而且一比一现场搭配。如此一来，女人感觉占了便宜，心情愉悦，纷纷出手。商家更是有利可图，如此搭配销售，还将积压陈品倾巢甩出。

泽来果然赚了，大赚了一把。泽来把钱交给爷爷，爷爷欢喜后继有人，竟然分毫不动，全部留给孙子攒存。

“小子行啊，没有跟爷爷白混，王家总算后继有人了！”王永江欣慰地抚摸着泽来的脑瓜儿，“既然是爷爷奖励的，你就好好攒着，留着将来经商用！”

“这点钱算个几呀？我将来要赚大钱！”泽来居然不以为足，非要奉献出来不可。

“臭小子，口气不小哇！”

“那当然了。”

一切有条不紊地循序渐进，似冥冥中早已部署得当。于是，旧房售出，房款齐备，新宅如愿购置到手。

这天，王永江召开家庭临时会议，连惠翎、小霍也赶来了。主旨只有一个，就是围绕着新宅的改造，希望大家自己动手，齐心协力。他重点谈了规划构想，并当场做了分工布置。家庭会议非常简短，但是十分清楚、明确。一家人竟然有意犹未尽之感。

“头一遭参加省长会议，这么快就完了！”惠翎调侃道。

“我经常参加会议，就是不一样啊！主题明确，内容集中，分工清晰，干净利落！”教师出身的小霍对会议做出点评。

“小霍很有逻辑性啊。”王永江笑道，最后强调：“后天正式开工！”

这天一大早，王永江便来到了新宅院，在院子里盘桓丈量着。泽来预先测算好了土石方量，正派人送来砖石泥沙，几大公子遂一道卸货。泽来当即发放工具手套。泽汉、小霍亲自上阵砌筑，五凤翻出围裙套袖送来，二人即刻穿扮齐整。泽来指导泽唐、泽华搅拌泥沙。王永江现场指挥，巡视监督。女同胞打扫房间，拾掇屋里。大孙子、大外孙也不闲着，竟然人手一块砖帮着搬砖。一片热火朝天的景象。出人意料的是，世科、占鳌突然间冒出，居然用车子推来一方盆景山石。

“占鳌听说要乔迁，正在改造庭院，特意奉献盆景山石一块！”世科笑着解释。

大人孩子围上来凑热闹，女同胞也走出了屋子。

“这是从响水观那儿采集的，俗称‘酥石棚子’，吸水性特别强，能够生长苔藓以及植物。”当着王家人的面儿，刘占鳌现场讲解着。

“谢谢你占鳌，真是锦上添花！”王永江热情握手，拍着占鳌臂膀。

新宅院如期改造完毕。竣工后的布局是这样的——

一进院正中央，是一座露天盆景，当中是酥石假山，水池蓄养金鱼；东南、西南一隅，栽种枣树、柿子树。一二进院之间，砌筑半透明的隔段，犹如孔庙花墙一般，栽种绿色藤蔓植物。二进院正中央，是一座小花坛，栽种富贵艳红的牡丹。堂房以东的耳房，专门用作锅炉房。

一进院东厢是客厅，当中一间辟作收藏室，存放王永江收藏的《四库全书》《二十四史》和孙中山等名人的信函，还有字画、商鼎、甲骨片、大玉石碗、雕刻大象，以及王永江著述的书籍。西厢北间是仓库，南间是车库，停放那辆用于代步的半新轿车。门洞西侧是门岗，门岗隔壁是客房，用作外来人留宿。门洞东侧房屋，借住南金书院年轻教师，负责晚间辅导王家子孙。二进院东厢和西厢，分别由长子泽汉一家，以及次子泽唐，三子泽华，四子泽来居住。正中堂房，东住父亲王克谦、母亲王邱氏，西住王永江、曹五凤……

六凤竟悄然搬走了，她也拥有了新居，虽然算不上宽绰，一人独居已足矣。

王永江是事后才得知的。五凤和世科私下商定，并由娘家拿出一笔钱，在东城置了一处房子。

“你怎么能这样做呢！”永江责备起五凤。

“我也是没法子呀！一块儿生活别别扭扭，再嫁又再嫁不了，又不可能退回娘家……你没看见她瞅义成的样子，像母狼一样凶狠地仇视，然后嗷嗷地发出怪声，吓得义成胆战心惊，晚上动不动惊醒尿床，哭哭啼啼，连大便都是绿色的……有一回让我碰见了，我好一通臭骂：‘还像不像一家人了？亏还叫你声姨奶呢！想把我孙子吓成傻子，跟你一样断子绝孙啊！’”

“言重了，言重了！”王永江嘴上说着，心里却犯嘀咕：亲姐妹也能闹掰，各顾各的，各护各的，真是不可思议。

唉，六凤竟构成一块不大不小的心病。

辞职归来当晚，永江、五凤彻夜倾谈，话题之一便是六凤。永江问五凤是否收到了他的信函，关于替六凤物色婆家再嫁之事？五凤自然收悉。而且，她还征求了双方老人的意见。公婆的意思是：找个伴成个家也好，总算有个归宿，只是不好意思有些耽搁了。如果再嫁不了的话，王家照样还养护六凤。爹妈的意思是：首先感谢永江还想着。王家既然有这意思，曹家当然没啥意见。如今世风日新，不必从一而终，当什么贞节烈妇！如果再嫁的话，曹家甘愿出钱。

“征求六凤意见了吗？”永江插话问道。

“哎呀，简直愁煞我了，真是一波三折！”五凤蹙眉感叹，“征求六凤意见的时候，六凤哼哼呀呀，磨磨唧唧，也没说愿意，也没说反对。那么无声就是默许了。哎呀呀，全家人撒大网似的，四处打捞，四处筛选。这哪儿是嫁人，这分明是探宝。倒也别说，大网没有白撒，果真打捞上来了。还真有条件相符的，而且远不止一个哪！”

“是吗？”永江道。

“有年纪相当的，有家境优越的，有的有孩子，有的没孩子，共同一条全是丧偶……哎呀，那一阵子热闹死了，天天走马灯似的，登门者络绎不绝。但凡见过六凤者，无不称道，夸六凤‘貌比天仙，气质典雅，热情爽快，勤劳节俭’……后来就更有意思了，有钱有势的人家派人提亲预备纳妾，从没结过婚的小伙儿竟也登门求亲……”

“那就没有中意的？”

“倒是有那么两位，全家人都挺看好。一位是文质彬彬的教书先生，戴着眼镜，留着长发，瘦弱干练，善于辞令，好像天下之事没有他不懂的，可就是没有勇气当面表达求亲之意。跟六凤见过几次面之后，一天忽然托人捎信来，说六凤精神不正常，他担心婚后受折磨，说不定哪天趁他熟睡，一家伙阉了他成为太监。真是笑话，那太监是随便什么人就能当的？”

“一个狂想症患者！”

“还有一位是公子哥儿，相貌清俊，气质风雅，彬彬有礼，家庭条件优越。有一天，在六凤屋里正谈着，忽被六凤大骂着一脚踹出门外，公子哥儿仿佛偷鸡摸狗似的，捂着脸贼溜溜地逃走了。原来，公子哥儿见六凤貌美，还没说上三句半，便开始动手动脚，又是搂又是亲的，那咸猪手居然伸进六凤上衣，就差宽衣解带了……六凤非常反感，一时恼怒，抡起巴掌啪啪就是俩耳刮子，接着又是一阵臭骂……”

永江怔怔瞅着，听着。

五凤长长叹了口气。“最终，那教书先生、那公子哥儿，满大街散布流言蜚语，说六凤不是正常人，是精神病患者，是尅夫尅子的扫帚星！谁娶回家，准保全家倒霉！从此，再没人敢登门了……”

“是我想得太简单了！”永江眉宇紧蹙，徘徊几步定住，“那俩爷们儿虽说像娘们儿似的，喜欢嚼舌头传瞎话，但仔细想来，不能说一点儿道理没有，看来六凤精神真不正常了！我想当务之急是，抓紧时间给六凤治病，待病好了，一切都好说！要不这样吧，我亲自下方子，亲自配药熬煮！”永江当机立断道。

五凤默然颔首，没有言语。

刚才还绘声绘色讲述的五凤，转眼之间像木偶似的表情僵硬，只傻呆呆地凝望着一隅。其实，她此刻的心情并不好受，可以说烦乱而纠结。她胡思乱想着近来发生的闹心之事——

自打王永江急流勇退，返还家园，五凤忽然惊异地发现，六凤总是痴痴呆呆、目不转睛地望着永江，好像永江身上长着花朵，那饱含深情的凝望明显透射着爱意。一次，她竟忘情地呢喃：“你终于回来了！这下可好了，咱们生孩子吧！我要为你生好多孩子，比五凤还多，咱生龙凤胎……”她似乎把曾经倾注于永海的爱移植到了永江身上，或者，她竟然把姐夫永江当作了心底的永海。

五凤心里好似打翻了五味瓶，颇不是滋味儿。

她幽幽地委屈说道：“你没看她望你的眼神，就好像你是她的男人！再说，六凤搬走也不是我自作主张，是世科和爹妈商量好的。让六凤单独居住，正是为了治好她的病，省着她一看见你就想起永海，以致伤心难过而病情加重、恶性循环……”其实，五凤只说了一半话，让六凤单独居住恰是她的主意。个中隐含着她的某种顾虑，她为此感到胆怵和害怕。

“六凤怎么看我那是她的事儿，她毕竟现在精神不正常了。问题是，她如今都病成了这个样子，离开了大家庭，如何自己照顾自己呀?!”永江明显不悦，不无担心。

“瞧你无微不至的!”五凤噘起了嘴唇，转而轻松释然道，“跟你交个实底儿吧，爹妈雇了专人照顾，同时还请了大夫治病。我也时不时去看她，你就把心放肚子里吧。”

望着五凤泪眼莹莹，美丽的丹凤眼角生长了鱼尾纹，满头浓密的青丝又新长出了白发，永江满含内疚与爱怜地将五凤搂进怀里，沉沉地道了声：“对不起！你辛苦了！”

五凤趴在永江宽大的暖怀里，溢淌着幸福绵绵的泪水。她用温柔的小拳头捶打着丈夫的胸脯，孩子般撒娇道：“哼，算你还有良心，知道对不起我！这次既然回来了，一定不要再走了……”

永江紧紧拥裹着五凤，泪花在眼圈儿打转……忽然，一阵钻心的刺痛让他剧烈咳嗽起来。他赶忙拿手捂住胸脯，吓得五凤忙把永江扶到炕上，哆哆嗦嗦道：“永江你怎么了?”

永江大咳着涨红了脸，声音微弱道：“我休息一下就好了……”

五凤赶紧倒了一碗水，小心翼翼地喂永江喝下，心疼道：“要不去看大夫吧?”

永江摆了摆手：“我不就是大夫吗？慢慢调养吧。”

正式乔迁的黄道吉日，蓝天上飘浮着祥云。王氏家族燃放鞭炮，欢天喜地搬迁新居。

王永江专门为新居题匾：淡泊宁静。且赋诗一首：

淡泊襟怀宁静度，算来此语不寻常；
世人底事惊奇异，不是身忙是意忙。

是啊，世人往往不是身忙是意忙，因为存有妄心贪念。那么，如何方能淡泊襟怀宁静度呢？人生皆离不开修行，生活本身即为修行。修行说到底是修心，祛除烦恼、淡泊宁静……

王永江赋闲在家，穿着短褂长裤，或读书或著述，每天跟家人一起享受着天伦之乐。他已转换思维，转换角色，潜心静气研读陈寿的《三国志》、司马迁的《史记》以及杜工部的诗词、八大山人的国画……与此同时，好整以暇，着手做学问，著书立说。他在诗词、中药、易经、阴符经诸方面造诣精深，颇有心得。

惠翎领守中回来了。义成扯着守中一道玩耍。五凤从厨房储藏间拿出苹果，给公公婆婆送去一些，又喊大孙子、外孙子、惠翎过来吃。

“妈，真好吃，又甜又脆，皮又薄，一咬全是水儿!”惠翎道。

“是好吃，三十里堡的苹果，小鼻子引进的品种，听说开始出口了。”五凤道。

“哦。俺爹在干吗？”惠翎随口道。

“整天大门不出，二门不迈，像个老学究，不当官又做起学问来了。”

“那才好呢。有寄托呀！有些人不当官，什么都不是了。”

惠翎趴门缝儿，突然钻进书房：“爹!”

“哎哟，吓我一跳!”

“你猜我给你带啥礼物了？”

王永江笑而不语。

“闭眼。”王永江乖觉地闭眼。惠翎顿像变戏法似的，将一副茶色水晶眼镜，悄悄地戴到父亲鼻梁之上。“感觉怎么样？”

王永江拿手摸了摸，心里好不温暖，还是女儿心细，知道疼爹呀。他眼圈竟然润湿了。

“这下出门方便了！”他故作轻松道。

“而且更像先生了！”

这时，忽然一阵箫声飘来，似近在咫尺，又似遥不可及。是泽汉在东厢吹箫。

随着箫声，王永江放下手中的活计，平心静气地放眼窗外：圆圆的土质花坛、半透明的砖砌花墙、崎岖的石灰岩假山、青石板铺砌的甬道……

他的脑海里映现出了另一幅景象：大漠北海，苍凉无际，落雁哀鸣，幽幽怨怨，牧羊人手持汉节，蹒跚着沉重步履。忽然，风云骤起，黄沙弥漫，天昏地暗，好似末日将至，牧羊人顽强不屈，羊群瑟缩不已……这是《苏武牧羊》！

接着，他的思维发散着，由远及近，脑海中叠幻出现实景象：战火纷飞，狼烟四起，金戈铁马，血肉横飞，民不聊生，流离失所，白骨露于野，千里无鸡鸣……

想不到泽汉年纪轻轻，竟能演奏如此古典名曲。看来搞艺术只要感觉精准，把握到位，就能激发迸射出深刻的共鸣……

王永江情不自禁地翻弄出古琴。且说琴棋书画，古琴是排在第一位的，是文人雅士修身养性、寄托情思的高雅之品。

他将古琴置于案上，以气运指，气定神闲，一手拨弹琴弦，一手按弦取音，十个手指在琴弦上灵动自如，劲健舞蹈，弹拨手法更是变幻莫测，大音希声……

王永江当着家人的面抚琴，实属罕见。一家人自动聚拢过来，连泽汉也中止吹箫，凑近前来。

本想弹拨平和淡雅的曲目，像秋雁款款降落暮色沙洲，平湖秋色，长风万里，夕阳西下，秋雁成行……可不知怎地了，竟好似突然跃出一匹黑马，风云突变，形势直转直下，一种戈矛杀伐、激愤悲壮的氛围越发浓郁，弥漫着整个院落……

似乎只有泽汉心领神会，父亲起初弹拨《平湖秋雁》，孰料进行不到一半，忽而调头改成了《广陵散》。后者因聂政刺韩王

而缘起，因嵇康受大辟刑而绝世。或者说，是因嵇康临刑索弹《广陵散》，才使这首古典琴曲名声大振。战国时代，聂政父亲为韩王铸剑，因延误日期而惨遭杀害。聂政立志为父报仇，入山学琴十年，身成绝技，名扬韩国。韩王召他进宫演奏，聂政终于实现了刺杀韩王的报仇夙愿，自己毁容而死。后人据此谱成琴曲。嵇康正是看重《广陵散》的反抗精神与战斗意志，才如此酷爱。

王永江全神贯注地弹奏《广陵散》，仿佛融通了与嵇康共鸣的渠道：深恶痛绝那诈乱交乘、波谲云诡的官场仕途，宁愿在古城方圆做一名默默无闻、自由自在的匠人，摆脱约束，释放人性，回归自然享受悠闲。或是追忆感怀嵇康临刑前那一幕：嵇康要过一架琴，在高高的刑台上，面对成千上万送行的人们，弹奏了最后的《广陵散》。铮铮的琴声，神秘的曲调，铺天盖地，飘进了每个人心里。弹毕，嵇康从容地引首就戮……

王永江感同身受，将心比心：一样的仕途，一样的际遇；一样的挣脱，一样的退隐；一样的傲气，一样的不屈；一样的洒脱，一样的悲剧……伴随着以手抚琴，他心弦抖颤，泪花打转。此时此刻，永江即是嵇康，嵇康即是永江。

在沉郁悲壮、慷慨激昂的乐曲中，泽汉情有所动，以箫相伴。

一时间，“淡泊宁静”的新居堂房，父子二人，或站或坐，吹箫抚琴，珠联璧合，相得益彰，余音绕梁，荡气回肠……

第二十三章　品茗

城东辽南第一山大黑山，作为长白山之千山余脉，集萃了雄伟、奇峻、怪石、林带、响泉、雾岚、历史、庙宇等优势，彰显着独特魅力。初春时节，黛青的山峦残雪犹存，山地的野草尚未返青，灰褐的林带初显葱郁。然而，紫色连绵的杜鹃，粉白耀眼的杏花，以及簇簇串串的小桃红、迎春花，早已不甘寂寞，抢先着报春了。天空是那样澄碧清丽，鸟儿在歌舞。

为了让深居简出的父亲透透气、观观景，惠翎提议一道游逛大黑山，王永江欣然接受。仁者乐于山，算起来已有十年八载没爬大黑山了。经过简单的整备，为节省体力时间，大家先是乘车至大黑山下，继而从凤凰沟徒步登攀。戴着惠翎送的茶色眼镜，拄着泽来送的竹藤拐杖，王永江兴致勃勃，大步流星。身后孙子义成、外孙守中紧跟。春光山色，空气清新，自然和谐，儿孙相伴，这是自然和亲情的完美融合，令人十分惬意和享受。

穿过茂密的林中小径，从险象的关门寨进山，攀越陡峭的十八盘石阶，便可登临唐王殿山门。凤凰沟风光无限，雄奇险峻，峡谷幽深，怪石林立，层峦叠翠，山河险固。仰望青天，被交错切割成游移的天井，扑棱棱嘎嘎嘎，间或可捕捉野鸡、山雀蹿飞的身影。

王永江指着山谷间的鹞子口道：“这里常有老雕盘旋。清代曾设金州雕厂，命猎户每年上缴朝廷各种雕翎四百余副，用作官员品级顶戴。这里还有来鹤石，相传汉代辽东有一姓丁的方士，在南方修炼千年，羽化成鹤飞回辽东，他落脚的那方石块被称作来鹤石。”

晚辈们颔首，想不到这普通山石竟有如此来历。

民谣道：十八盘，十八盘，一步一层天。从十八盘往下看，远近高低各不同。从半山腰遥望对面的山崖，连绵矗立的山石犹如天兵天将的方阵。大家呼哧带喘，大汗淋漓；然后小憩须臾，补充水分；然后扶老携幼，相互鼓劲；然后曲回流转，陡然直上，终于超越山脊，登攀至凤凰沟顶端。

雾不觉间漫涌了，人竟穿云破雾了。眼前雾岚弥漫，大气吞吐，举目对望，峰峦间若隐若现着横亘伸延的仙人桥。仙人桥，其实是一座无数裂罅巨石组成的石头过道，长六七米，宽仅一米，高数十米。穿越风险奇绝的仙人桥，便可抵达令人叹羡的仙人台。仙人台，其实是一墩方桌形大石块，周边一圈儿参差罗列着犹如凳子的小石墩。

“真是天工开物，鬼斧神工啊！”大人们慨叹着。

“太好玩了！”义成和守中跃跃欲试，企图穿过仙人桥抵达仙人台，被惠翎和泽来严厉喝止。

“此间非人界，乃是仙界啊！”王永江循循善诱道：“传说每逢皓月当空，大黑山雕、鹿、虎、狐、参、蟒、兔诸位仙家便在此聚饮，因此称作仙人桥、仙人台。连古代道士从仙人桥到仙人台，都常有涉险失足的，更何况是你俩小字辈儿！这里是悬崖峭壁，下面是万丈深渊！”

“都听见了吗？”惠翎趁机叮嘱，“都扯着手，不许乱跑！”

大家鱼贯迈进大黑山海拔最高的唐王殿庙宇。相传唐二主于贞观年间率大军东征，莅临大黑山偶感不适，便在此疗养。大将尉迟敬德组织建造了唐王殿。

王永江抚摸着唐王殿的古银杏与古梨树，不禁感慨兴叹：“已历经几百个春秋了，想不到依然枝繁叶茂，真是奇迹！”

唐王殿名胜古迹历历可数。比如扳倒井，传说唐大军东征来此，人马口渴难忍，而殿中井水深不可汲。尉迟敬德用力将井扳倒，才得以喝上水。

义成伸头探看：“我也要接水喝。什么都看不见。”

王永江叹气道：“早已湮没了。”

比如养病床，是山门外两块方正形状，表面光滑的黑色巨石。传说当年唐太宗在此养病，没有病床可供休憩，便躺在这黑色巨石的病床上。可惜巨石已明显损毁。

泽来试着躺下：“不舒坦，硌得慌。”

比如点将台，位于唐王殿正后方三十米的岭脊上。台为方形土筑，四周颇为宽敞，土台以北是蜿蜒逶迤的卑沙城城墙。相传这便是当年唐太宗点将之所。

“这个绿叶长长的，咱们叫狼皮叶根子，中药叫土大黄；这个长着小叶儿，整串整串排列的，咱们叫麻菜，中药叫马齿苋；这个结着小黑果粒的，咱们叫黑黝黝，中药叫龙葵……”惠翎偶然发现了中草药，便领着守中当场辨识。

“张嘴！”惠翎摘下黑黝黝，塞进守中嘴里，“好不好吃啊？”

守中嚼着：“真好吃！”

如此情景，依稀重现了当年王永江领着小惠翎进山采药的一幕，让一旁观赏的王永江顿感光阴似箭，逝者如斯，而令他颇感欣慰的是生生不息，一脉相传。

“长大了做什么？”惠翎紧接着问。

“学中医药。”守中毫不迟疑。

“好孩子，有出息。”惠翎拍拍守中脸蛋。

这时，天光忽然黯淡下来，整个天空仿佛浓墨泼溅一般。义成和守中发出尖叫，拉扯着大人。而大人同样感觉惊悚。大家心里忐忑的当口，墨色的天空忽然间撕裂开一条口子，仿佛是电母放射的一道闪电。那一线亮光逐渐拉开帷幕，一朵奇异变幻的白云翩翩地飘飞。那白云竟伸出尖尖的喙，扬起翘翘的冠，点亮莹莹的目，扇动宽宽的羽，摇曳长长的翎，将一抹亮光投射到了凤

凰沟、点将台，然后遥遥地瞩望，久久地滞留，似不忍离去，仿佛是天庭委派的飞翔使者，抑或是大地上空羽化的精灵……那一刻，时空完全僵凝了。大家全惊呆了。

永江惊异叹道：“有凤来仪！”

在城西巷陌纵横、暗灰色调的建构中，阎老先生的居所大约属于沧海一粟。民房再普通不过，小院再平淡不过，种着一畦菜地，长着歪瓜裂枣。再看阎老先生的装束，一年到头总是那身皂色布衣，甚至让人怀疑这期间是否洗过，区别仅仅在于，冷了增厚，热了去薄。典型的中国文人的清贫与素朴。胡子拉碴，清癯健硕，一脸岁月刻写的皱纹。然而，人不可貌相，海水不可斗量。所谓道在红尘，佛在人间。待你走进居室，立时眼前一亮，仿佛跻身书的森林、书的海洋，有一种被包围、被淹没的感觉。高大简易的书架沿墙面一字排开，曲折环绕，将斗室空间包围得水泄不通，书架俨然就是整个墙壁的装潢，书架上整齐码放着林林总总的浩瀚书籍。唯一空白的中堂墙面，墨宝笔体朴拙、凝重、苍劲：室有书香气，熏陶翰墨风；山藏美玉。这出自阎老先生手笔。这美玉大约是自喻。窗台上侍养着兰花草，可见阎老先生心灵之丰富。

永江每每造访，注意力与兴味点，总是自觉不自觉地被书籍吸引。

“像先生这样藏书从未见过，包罗万象，分门别类，质量品相，绝对上乘，金州首屈一指呀！”永江情不自禁地赞叹。

“读书人、教书人离不开书啊，书是我唯一的精神伴侣！”阎老先生感叹道。万籁俱寂的夜，一个人独守青灯，以文养心、以书为乐，这种恬淡日子非常人所能及，唯有精神足够强大的人才能过得了。

书中自有黄金屋，书中自有颜如玉。相对于王永江来说，这些书更是一种智库。因为无论是自学中医药，还是钻研易经，阎老先生源源不断地为王永江提供了精神养料。“这些书籍永远单独为永江敞开。”阎老先生曾公然表态。

先生沏茶，师徒品茗。

永江缓缓地从包里取出几本新著，郑重地呈奉——散发着油墨香的线装书《铁龛诗草》《医学辑要》《读易偶得》《阴符经浅解》。

“嗬，著述颇丰啊！”阎老先生高兴地接过。

“大都是平日积累的，还请先生多多指教。”王永江谦逊说道。

阎老先生随手翻阅《铁龛诗草》，且情不自禁地吟诵：

抱病因循两月余，出游顿觉眼心舒；
高凭龙岛观潮至，俯瞰鲸台待钓初。
世运难逢东海老，岩灵漫笑北山书；
座中我欲推杯起，似听钱塘吼子胥。

“……我说岷源啊，咱暂且不论诗中的典故，比如钓鲸台、北山书、岩灵、子胥之类，咱只谈诗中流动的情绪。恕老夫斗胆直言，你表面上看似淡泊宁静，其实说真的，你的内心还是没有放下。既然人已卸甲归田，管它什么世事风云。”阎老先生略作沉吟，道出了真话。

王永江表情由轻松而凝重，他不无伤感地坦陈：“当一个人把生命、理想、智慧、能量，全部倾注到某一项大业，他怎么可能轻言放弃！奉天的大好形势得来不易，其中有我一份殚精竭虑。我怎么忍心中途夭折，就像眼看着亲爱的孩子死去！”

“你的心情，我完全理解，可人家不买你的账啊！你们原本就是两条路上拉的车，走的不是一条道哇！就像一对夫妻的结合，一开始就是错误。”阎老先生类比评述。

“但毕竟有了孩子，孩子本身没错儿！这个孩子，就是奉天省、东三省未来的希望。为了这个希望，我宁愿飞蛾扑火。这里有一个前提：他张作霖必须改变！”王永江心有不甘，坚持己见。

“我算是服了你了！人都失恋了，还惦着旧情，还在一厢情愿自作多情。我相信你是大公无私的，你的心里装的是大格局。可张作霖毕竟与你不同，他完全是为了个人欲望。权衡一下，你值得为他受这份煎熬吗！”阎老先生言辞犀利。他特意敦促王永江喝茶。这喝茶是有说道的，既要拿得起，又要放得下。

“如果仅仅为了迎合他，这太简单，也太好办了，我马上就可以赴任；一切言听计从，百依百顺，唯唯诺诺，就像当初寄人篱下，管它什么未来结果呢！然而毕竟时过境迁，所有条件全都发生了变化，我坐拥了话语权和支配权，我完全可以影响他，并引领他。我的施政方针有目共睹，东北的强盛指日可待。然而他变了，违背了初衷，不再信奉和听从我的主张，而是倚重身边阴险的小人，那个阳奉阴违、口蜜腹剑的家伙！他真是糊涂啊，大火坑就在眼前，那小人以皇冠为诱饵，正把他往火坑里推啊……”王永江陡然提高声调，啪的一声磕碎了茶杯，仿佛险象环生的火坑滋滋生烟，就在当前。他昂然立定，目光如电，吐气一如长虹。

僵死一般的沉寂，除了波涛般的心跳……阎老先生深深理解，决定不再劝喻——往伤口上撒盐。

他同样站起身来，心疼地拍了拍永江。永江手捂胸口慢慢坐下。他开始收拾桌上的杯具，重新为永江沏了茶。

“其实，关于你的诗句，我都想好了，”阎老先生抑扬顿挫地颂道，“致病多因悯水火，居官从不为金钱！”这是发乎于心的最高评价了。

王永江以诗接话，托物比兴：“种树空怀先帝德，盖棺谁谅老臣心！”吟罢，泪含双眸，转向书林。

阎老先生纷扬着思绪，往来挪步。

“遗憾啊！像你这样的清官实属凤毛麟角！中国官场实在是

一个大作坊、大染缸。贪官污吏、平庸鼠辈，恣意横行、前赴后继。”阎老先生环顾着汗牛充栋的书林，目光炯炯地说道，“我们不妨回望历史，中国古往今来文人才子层出不穷，而真正流芳百世者，通常都是气节之士，人品才品俱佳，惊天地泣鬼神。从屈原到嵇康，从司马迁到文天祥……”阎老先生满腹经纶，如响泉般流泻，“孟子曰：‘居天下之广居，立天下之正位，行天下之大道。得志与民由之，不得志独行其道。富贵不能淫，贫贱不能移，威武不能屈。此之谓大丈夫！’岷源啊，说句不算恭维的话，你乃大丈夫也！”阎老先生在心中为得意弟子竖起大拇指。其潜台词则是你的浩然正气必将名垂青史。

“过誉了！”王永江连忙摆手。

“先生对历史看得透彻，悟得精辟啊！”王永江一时兴叹感慨，悲凉不已。遥想不远的将来，一方黯淡残破、荒草湮没的墓碑，刻写着功亏一篑、流星一般的姓名，他的泪花便在眼圈儿打转，心灵便瑟瑟着抖颤。王永江的目光透过书林，触摸着深邃苍穹，浩茫大地，情动于衷地说道，“其实，对于我来说，仰无愧于天，俯无怍于地，只要问心无愧，足矣！”

一番肺腑之言，触及心灵至深。师徒泪花溅落，惺惺相惜。

阎老先生拿着新书往来踱步，仿佛平素在课堂上讲课：“我从公车上书和戊戌变法的失败中，深刻感悟到，中国的问题，不是一时半会儿就能解决的，甚至不是一代人两代人，就能一蹴而就的。它盘根错节，根深蒂固，牵一发而动全身，改革难于上青天。这就好比一座房屋，架构不动，培土固基，粉刷墙壁，裱糊窗纸，只是无关紧要的权宜之计。既然难以撼动，必须守正待机，等到风雨飘摇、大厦将倾，才能推倒重来。中国在等待最佳时机——最佳时机啊！”

阎老先生将爱徒的著作摆放在书架最显赫的位置，并露出孩子般天真的表情：“又添新书啰——”

第二十四章　懊悔

五凤接受了永江的建议，辞掉了给六凤看病的大夫，由永江亲自开方子熬中药，然后每天再由五凤亲自送去。五凤每天雷打不动地送药，每次都带回六凤最新的消息。

“永江，你的药可真神奇，经过这些天的饮服，六凤真的好转了。就跟正常人似的。”五凤兴致勃勃道。

王永江听着，心里美滋滋的。

“世科送去一只猫咪，六凤喜欢得不得了。那猫咪还真挺乖的。我看六凤病情好转，家里每天人又不断，干脆把保姆给辞了。”

“这样也好。其实，一家人都是保姆，包括我在内。”

“你哪儿是保姆啊，你是幕后大英雄。”

五凤说着说着，仿佛变脸似的，转眼间晴转多云，阴沉沉的。好像心里藏着掖着什么事。

原来那天在六凤家里，母亲无意间流露出父亲抱病卧床。六凤一听，当即就要去看望父亲，被母亲强行拦阻了。母亲规劝六凤好好养病，等病好了再看望父亲不迟。像这样病恹恹地回去，只能加重父亲的病情。父亲一向拿六凤最上心。现在只能分头调养了，两个病号最好不见面。后来，五凤表示要跟永江一道去看望父亲，想不到竟遭到母亲严词拒绝。母亲当即刷地变脸了，就跟驱逐洪水猛兽似的。父亲生病跟永江大有瓜葛，说白了，正是因为永江撂挑子不干了，才使他老人家大失所望，一蹶不振。母亲千叮咛万嘱咐，千万别告诉永江啊。五凤感叹着，还真是没法说呀，万一泄露给了永江，永江不上死火才怪呢。而他之所以一只眼睛失明、心脏漏血，还不是因为急火攻心导致的。她主意已定，自己单独看望父亲。

这天，永江把熬好的药罐递给五凤，不料五凤却把药罐还给永江，而且郑重道了句：“还是你亲自送吧！”

王永江眨巴着眼：“你就不怕……六凤见了我犯病？”

五凤笑着摇首：“没关系，她现在好多了。再说你也不能总躲在幕后，你也该给她机会让她当面谢谢你。”

其实，王永江心里一直惦记着六凤，只是用行动替代语言罢了。既然五凤这么说，那就恭敬不如从命了。

王永江提着药罐轻松上路。天气晴好，乌云荡散，阳光是那样温煦，树木勃发着生机。摊贩声声，吆喝着生意；甩掉了臃肿棉装的人们，一个个单薄而精神。说来惭愧，自从六凤搬走，自己一直忙于著述，还一趟也没有慰问过呢。按照五凤提供的方位地址，他大步流星朝东城北街走去。

五凤上街买了大包东西，便急三火四地回了趟娘家。她心无旁骛，大步流星直奔堂房。当她望见躺在炕上，昏昏欲睡、陡然衰老的父亲，泪水忍不住奔涌而出。她哭喊着“爹”疾步迈上前去。曹秋水睁开惺忪的老眼，瞅着十分憔悴，面无血色，仿佛历经一夜霜打的茄子，没了往日神采。

五凤像乖猫趴在爹的怀里，声声哭诉着：“你怎么病成了这样？我都快认不出你了……”

五凤问爹，“浑身哪儿不舒服？”曹秋水扪了扪胸口。

五凤轻抚着爹的胸口：“……怎么不早告诉我呀，都是女儿不孝啊……”

曹秋水老泪纵横，不知该说什么好。

曹韩氏端着砂锅从厨房来到堂房，看到眼前一幕不禁泪水盈溢，便无所顾忌地嘟囔：“都是让王永江气的！”

五凤抹了把泪水，从包里拿出香蕉，剥皮喂到父亲嘴里，同时强装笑颜关切道：“爹，你最想吃什么，告诉我，我马上去买！”见曹秋水摇头，又继续宽慰道，“爹，听女儿一句劝，什么都不要想，什么都别往心里去，好好调养身子才是真的！”她瞅了一眼曹邱氏，示意站着的妈坐下，“你跟妈都健康快乐地活着，就是我们做儿女的最大福分。佛说了，原谅便是解脱，知足便是放下。健康才是第一位的！”

曹秋水咀嚼着香蕉，咀嚼着女儿的话：“论大道理，谁都会讲，可谁受伤，谁最知道疼。他王永江是三岁孩子吗？是初出茅庐的愣头小子吗？在社会上混了这么多年，当官当了这么长时间，居然没能认清形势，适应现实。理想化过于离谱，狂妄自大，冲动草率，说撂挑子就撂挑子！”他口里喷溅着唾液，呜啦呜啦着，“单凭他一个文人的力量，就想改天换地，扭转乾坤？叫我说呀，那是蚍蜉撼树，不自量力！”曹秋水眼冒火星，呼吸陡然加剧，“……他不光把自己的大好前程给毁了，还把我们整个家族的希望也给毁了，更是把我的全盘计划、精心设计，全他妈给毁了！这个混球儿，败家玩意儿！……我们几十年来的努力付出，全都打了水漂儿！我们失去了最好的机遇，从此将永无翻身之日……”曹秋水忽然剧烈咳嗽起来，咳得连心肝肺都要呕吐了。

“爹，你都病成了这样，就少说两句吧！”五凤嘟囔着。

曹韩氏拍打着曹秋水后背，继而打开砂锅，盛了碗参汤，一勺一勺地喂曹秋水喝下。

五凤自言自语着：“等我让永江熬点药，回头给你送来……”

“打住！”曹秋水伸手喝断，连参汤都碰洒了，“谁的药都可以喝，就是他的药——坚决不喝！”

天哪，竟然势不两立了。

五凤急得抓耳挠腮，不知该说什么好。她尽量找寻着客观理由，替自己和永江开脱，“爹，命高八尺，难求一丈。永江不过是昙花一现，他没有大富大贵的命呀！这折腾来折腾去的，最终不也是落个一身病嘛！”

她心想，爹呀，你的期望值是不是太高了？恐怕你也没有享受金龟婿福分的命吧……

这是位于东城北街的普通民居，一套灰瓦房间隔出的独立单元。院子不大，门外有一条小沟渠，用于夏季流淌雨污水。古城许多主次干道，都有这种小沟渠。王永江顺利地找到这里。大白天没上锁，六凤正陪猫咪玩耍呢。听到有人来了，她赶忙将猫咪宝宝打发走。猫咪宝宝便钻进了桌子底下。

“六凤，你还好吧？”王永江面带笑容，将药罐置放桌上。

六凤瞅着明显丰润，气色白里透红。她无声地笑了，笑起来是那样好看，却像哑巴似的无语。渐渐地，她的笑演变为一种痴……

王永江暗暗叫苦，感觉来得不合时宜。看来这种病，不是一时半会儿就能根除的……不过，既来之则安之。他于是找来一只空碗，将药罐里的药倒出，然后端至六凤跟前，哄劝六凤趁热喝了。喝了药，病自然就好了。

六凤却并不关注药，她关注的是端药的永江。而她关注永江的眼神，是一种痴痴地凝望，仿佛望穿秋水，等着至亲至爱的人。如此眼神，既让人感动，又让人怜惜。

见六凤疏淡了喝药，王永江只好拿勺喂她。

“你……来了？”她终于开口了。

“嗯。”王永江点头。

她一把搂住了王永江的后腰，将脸颊深埋在他的胸口。“你怎么……才来呀？让我……白白地等！我知道……你对我好！我心里……更有你！再说了……咱们不是……早就拜过堂了吗！”

王永江心里咯噔一下，汤勺里的药晃荡着全洒了。六凤说得没错儿，他们哥儿俩跟她们姐儿俩是同一天拜堂呀，这一点毫无疑义。

他故意试探问道：“六凤，你看清楚了，我是谁呀？”

六凤眼睛眨都不眨：“你是永……永……永江！”

王永江心里一动，啊，六凤病成这样，心里居然还有我。顿时眼眸潮润。

“……拜堂……成亲！”六凤嗫嚅着，眼神低垂下来，两行泪珠滚落而下。

王永江眼泪溢淌而出。啊，回忆包含着愿望，这是六凤心里的渴念。她已经婉转地向我传达了爱意。她的情深意长，包含着无奈悲伤……

王永江一把搂住六凤，温柔地鼓励道：“看到你病成这样，我心里很难过，也一直惦念着。听我的话，好好配合治疗，每天按时吃药，一切都会好起来的，让我们共同努力！我一定不会辜负你的，我一定会对你负责的……”

突然，猫咪从桌子底下发出惊恐的叫声。

原来五凤天兵天将般突然出现。

“好哇王永江，让你来送药，你却乘人之危，心怀不轨。表面上一副正人君子模样，背地里却是男盗女娼，卑鄙下流！”五凤表情扭曲，气急败坏，指着王永江的鼻子大骂。

王永江脸色很囧，当着她们姐儿俩的面儿，不知道该说啥好。有时候越描越黑。他索性一声不吭，大步流星出门了。

隐隐约约，身后传来尖啸的谩骂声，摔碗的碎裂声，凄厉的猫叫声……王永江叫苦不迭，悲叹不已。

此刻，六凤的神情不但是痴，而且是呆，是傻了。她已记不清五凤那羞辱、贬损、唾骂的话语，以及摔药碗、拍桌子、扇耳光的举动，反正是五凤的醋意大发，撒泼言行，如钢针如尖刀一般，直刺她脆弱的大脑神经、心灵命门。

她眩晕混沌，憋闷至极，一触即溃。她两手撕扯头发，拽下揪揪缕缕。她尖锐的指甲挠破脸皮，挠破肌肤。她发疯地吼叫着，她惊悸地战栗着。她的脑电流超负荷运行着，一阵火星四溅，轰然短路错位……

忽然间，她感觉精神好多了。她内心平静安详了，她无忧无虑释然了，她彻头彻尾放下了……但当她亲昵地呼唤猫咪宝宝时，发现她的猫咪宝宝竟不见了。

六凤开始寻找她的猫咪宝宝。不知不觉地，从北街穿越东城，从东城漫过南街，最后居然登上了南城门的望楼，奇迹般地攀上了望楼楼顶。

站在望楼楼顶，六凤物我两忘，无忧无虑，舒心开怀，惬意从容，竟至唱了起来：

海岛冰轮初转腾
见玉兔玉兔又早东升
那冰轮与海岛
乾坤分外明……

隐隐约约，好熟悉的声音，好熟悉的身影……缥缥缈缈，什么都看不见了，什么都听不清了……

啊，一阵白云漫过城楼，像一件白色的斗篷，将城楼严实地包裹了，将六凤深深地雪藏了。洁白的幔帐，天空的纱裙，我嗅到了奇花异香，我望见了灿然宫阙。云为衣兮风为马。六凤欣喜若狂，欢乐无限，像清丽柔曼的仙女乘风御空……啊，她幻想的翅膀折断了，像落叶一样飘坠而下！

“天哪，我可怜的妹子啊，你怎么就想不开啊，竟然走上了绝路哇！姐我不是人哪，都是姐害了你呀……”五凤冲向血泊中的六凤，抱着六凤撕心裂肺号啕大哭。

“姐呀，我来迟了……”世科呜咽着、抽搐着。他脱下外衣盖住六凤，好像生怕姐姐着凉。

曹邱氏听到噩耗，神态顿时恍惚失常，一腚根儿瘫坐地上，继而哭天号地……

沉疴不起的曹秋水，惊闻六凤精神失常，坠楼身亡，猛一阵剧烈心绞痛，当即猝然咽气……曹秋水一直视六凤若掌上明珠，他如何经受得了这份致命打击。

屋漏偏遭连夜雨，船迟又遇打头风。黑夜白昼之间，前脚后脚当口，父女二人双双逝去。庭园黯淡，阴冷肃杀。雪白茫茫的灵堂里，牌位一前一后。纵向排开的灵堂中央，棺椁一大一小。曹世科失魂落魄，几近崩溃，像门口的石狮子僵硬地杵在那儿。曹五凤遭受外寒内火的重磅打击，声音喑哑像是单根弦的胡琴，两只泪眼像红肿肿的桃儿。

曹韩氏一蹶不振，一病不起……

王氏家族从老到小，轮番派人参与料理丧事。这天，王氏家族全体成员抬着大大的花圈，携着厚厚的冥币，以及纸糊的车马，齐刷刷地出现在吊唁现场。长辈们衣装整肃，晚辈们披麻戴孝，彰显至高礼遇和隆重悼念。长辈们鞠躬施礼，晚辈们三跪九叩。王邱氏和惠翎的哭声，随着伴奏的哀乐，凄凄婉婉，连绵不绝。

王克谦燃香施礼，睹望着曹秋水的遗像，老泪纵横：“亲家啊，老伙计啊，听说你大病了一场，我还没来得及看你，想不到你就匆匆上路了，实在是对不住哇！咱们今生有缘，不但共事这么些年，还结成了儿女亲家！你始终拿我不薄，你对王家恩重如山！我无以回报哇，甚至连苦命的六凤——都没有照顾好，我这个账房，我这个亲家，实在是惭愧亏欠哪！等到来世再见面，我还做你的账房，当牛做马，加倍回报……”王克谦控制不住呜呜地哭着，王邱氏淌着泪上前搀扶。

王永江眼在流泪，心在淌血。他像木头一样肃立着，心里却在翻江倒海。一个一个，像走马灯似的说走就走了。王永江泪如泉涌，瑟瑟颤抖……我真是无能无用啊！没能给大家族带来一丁点儿福报，只能眼睁睁痛苦地看着亲人们挨个上路！我没能挑起这大家庭的担子啊！我这个当大官的，欲罢不能，回天乏术，愧对亲人哪……好在快了，无需太久，待熬到油干灯枯，我就陪亲人们做伴！清平世界，从此不再寂寞……

当他的目光与遗像上六凤的目光触碰的一刹那，他仿佛触电似的灵魂深处被深深地蛰疼了。他不敢正视，每一次抬眼都是一片汪洋。他扪着疼痛的胸口，深深鞠躬，感觉头顶有一只无形的鞭子正在抽打……六凤啊，说什么都来不及了，我一万个对不起你！明知道你对我满含爱意，明知道我对你充满情意，可是、可是……我太顾及个人的面子，我太在意别人的感受，而恰恰忽略了你的感受……如果预感到你人生的路将要走到尽头，我一定伸出手来死死地牵住你！就这样死死地牵着，永远永远都不撒手……啊，我为什么明白得这么迟！是的，只有活着，只有给予，只有施爱，才叫道德，才有意义！……如今，面对亡故，面对惨绝，面对香消玉殒，面对生死两界，我好生懊悔，我追悔莫及，我痛不欲生，我回天乏力……我为什么做不到勇敢地迈出那一步?！仅仅是一步之遥，从此，让生与死，爱与恨，聚与散，幸运与遗憾，一刀抹平了界限……

第二十五章　交心

段祺瑞暂居大连疗养，捎口信欲面见王永江。

想不到恬淡索居的日子，竟忽又冒出了段大总理。虽说从前彼此还算熟识，但并无过从甚密的交往。段祺瑞找我究竟会有啥事儿？不过，礼数还是应当讲究的。王永江如约前往。他按图索骥，在滨海路觅到了那栋日式洋楼。站在洋楼正前方望海，黄海上横卧着棒槌形的岛屿，岸滩上耸立着老虎状的礁石。

王永江不禁笑了，这是天意还是巧合？“北洋之虎”遥相对应着老虎状的礁石。他的思绪顿如海岸的鸥鸟翩翩飞翔起来，他记起了自己最初与段祺瑞的相识——

循着雕栏玉砌的台阶缓步抬升，一座传统的精美建筑扑面而来，熠熠灼亮着眼球，令人眩晕和不安。堂皇典雅，琉璃屋顶，雕梁画栋，隔扇门窗，宛若中南海紫光阁。

一位清瘦干练的人物横插过来，穿着军装，目光炯炯，操着安徽口音询问：“你就是奉天省的王永江?”

“在下正是!”王永江端详此人，气宇不凡，威严自持，颇有霸气，令人望而敬畏。

“请问阁下是……”王永江好奇探询。

“段祺瑞。”

“哦！总理大人，陆军总长，久仰!”王永江打拱作揖。

段祺瑞故作轻松，眼睛瞩望着别处，口气中透射着揶揄：

“赵尔巽把你捧上了天，我还以为三头六臂呢！治乱世需英才，不知道你才高几斗，学富几车啊?”几句听似随意散淡的话语，无异于旁敲侧击，彰显着一种傲慢，“王永江，面见大总统时不必拘谨。我不反对高屋建瓴，侃侃纵论，但必须要切合实际，有的放矢。大总统日理万机，百忙之中见你已是荣幸!”段祺瑞以教训的口吻嘱道。

“在下明白!”王永江毕恭毕敬。其实，王永江心里自有主张，他告诫自己：必须谦恭低调，察言观色，切勿僭越，锋芒毕露。

木扇门窗缓缓开启。

缕缕阳光透过红色木扇投射进来，使人油然想到两个非凡的成语：紫气东来，光芒万丈。阳光仿佛是舞台的射灯，将辉煌的殿堂切割成明与暗的格局。在那些光鲜和黯淡的部分，错落有致着紫檀座椅、明清家具、古玩字画、西洋饰品、植物盆景之类，那浑然一体的印花地毯，仿佛云南红色的土壤，辉映和散发着别样生机。

“大总统，奉天省的王永江来了。”段祺瑞近前禀报。

袁世凯从暗影走到亮处，仿佛从大幕背后走到前台中央。瞅着个子不高，一身戎装，秃顶发福。其深沉冷峻的神情，彰显着军人威风，王者霸气。

“在下王永江拜见总统大人!”王永江双手作揖。

袁世凯伸出胖手相握，示意就座紫檀座椅。

“说起来，咱们算是老同行了，你我都是从事警政起家。”袁世凯洋洋自得，如数家珍，“你是东北办警政第一人，我是全国办警政第一人！我起初在保定创设警务学堂，后来又在天津创立巡警队伍，连八国联军都刮目相看啊！当时清军不允许出面，正是这支巡警队伍，从洋人手中接管了天津。朝廷大为震惊，慈禧一道谕旨，全国普设警政。清政府特此设立巡警部，部长徐世昌曾是奉天总督。哦，听说你借鉴了日本的警务制度，对辽阳警

政进行了大胆改革，难能可贵啊！因此，你我有一见如故之感。”袁世凯笑呵呵拿手指比画着。一段从警的共同经历，似乎拉近了彼此距离。

“虽然有着从警的相似经历，但在下岂敢与大总统相比！大总统在缔造共和、发展工业、建设新军等许多方面，都是功绩卓著、有目共睹的。”王永江恰当地恭维着。

袁世凯笑容可掬，高屋建瓴，大谈历史观、人才观，从赵尔巽盛赞王永江是当今奇才，谈到了作为同乡的三国卧龙先生，故此阐释历史是由英雄缔造的，同时也是靠英雄来强势推动的。“比方说，段总理最清楚不过了，我是如何重视和发掘人才的。”他搂草打兔子捎带一句，生怕冷落了一旁的段大总理。

段祺瑞点头致意，适时插话：“是啊，我就是大总统提携的！”

“确切地说，是李鸿章栽培了你，而我袁世凯提携了你！”袁世凯牢牢把持着话语权，将话头从段祺瑞身上又拉扯回来。他伸出手指，强调指出：“我敢保证一点，袁某人执政当朝，人才大有用武之地！但首要前提——必须是人才，而非浪得虚名，名实不符！”袁世凯旁敲侧击，绵里藏针，又将话头扯到王永江身上，希望倾听赵尔巽举荐的特殊人才，洋洋洒洒纵论一番治国方略。

都怪赵尔巽把自己捧上了天，大大吊足了袁世凯的胃口，反而将自己陷于被动境地。王永江的大脑快速地旋转着，他希冀找到恰当得体的陈词。他想到了戊戌变法以及明治维新，包括戊戌变法与明治维新的比照，然而这个问题太敏感、太不合时宜，因为戊戌变法之所以失利，跟袁世凯出卖六君子有直接瓜葛……他十分清楚自己当下的处境，犹如一条潜龙望见了一线曙光，然而天时地利人和尚未具足，远未到一飞冲天大展宏图之时。因此，他不想奢谈什么管仲与日本，他只需狐狸掀门帘——露一小手儿。

“总统大人重视人才令人钦敬，无论战争年代还是和平年代，都离不开名副其实的精英。总统大人提及三国卧龙先生，卧龙具有经天纬地之才，文能治国，武能安邦，在下与卧龙相比，实乃一个天上一个地下，不可同日而语。”一番客套的陈词之后，王永江不卑不亢，提纲挈领，点到为止。“至于治国方略，在下以为：大端在于顺应潮流，实业救国，兴利除弊，造福民生。”至于看家本领，王永江谈到思维方式与行事风格，以及具体问题具体分析，创造性地开展工作。他谦逊地说道，“在下来自关外辽东，科考仅仅考取了贡生，孤陋寡闻，才疏学浅，谈不上什么高明本领，倒是适合在地方从政，如蒙不弃为国效力，必当为官清廉，恪尽职守。”

虽然没能领略宏略高论、奇异本领，虽然言简意赅、得体而不失中庸，但实事求是地说，如此谈吐亦非等闲，富有韵致。袁世凯缄默地缓缓点头。

“为官一任，且不说造福一方，若真能做到清正廉洁，恪尽职守，已实属不易，难能可贵。”段祺瑞中肯评议。

袁世凯意犹未尽，起身盘桓。在印花地毯上无声地履痕，他大大的肚皮大大地遮挡了脚面，思绪却萦绕着关外东北。如今，张作霖羽翼渐丰，野心勃勃，大有鞭长莫及，难以统御之虞。我必须派出得力干将，横插一杠，相互掣肘，以便于遥控掌握。此等人物始终没有出现。如今王永江恰逢其时，半路杀出，果然又是不同凡响，正好可以为我所用。于是他彻转身来，冷不丁问道：“让你担任奉天要职如何？”

王永江心里一惊，想不到竟如此器重。可这天外来喜太突兀、太巨大，恐怕是无福消受，不敢奢望，不敢贪恋。王永江暗暗告诫自己：机缘未到，潜龙勿用。如今张作霖拥兵自重，大权在握，扬言如果我到省城任职，他必要我的好看。以目前之弱势，自己岂是他的对手。倒不如退避三舍，以求自保，潜修磨炼，静观时变，假以时日，稳中求进……

王永江厘清了思路后，遂抱拳作揖，借故推辞道：“承蒙大

总统高抬，在下诚惶诚恐！只是在下从未担任高职，资历肤浅，经验匮乏，难以胜任，难以服众，唯恐辜负了大总统的重托。因此，万望大总统明鉴体谅，在下情愿从基层做起，积累经验，积累功业。”

冷眼旁观的段大总理岂是机械木偶一座。此刻，他眉宇紧蹙的眼眸快速开阖着，仿佛正透过第三只眼，一目了然了袁世凯的弦外之音与背后玄机。难怪他对陌生的王永江感兴趣，原来这好奇与谈话是虚，而罗织党羽与安插利用才是实。在他段祺瑞的法眼中，张作霖手眼明敏，颇具实力，早晚必成一方气候，正好为我段某人所用。因此一向看重并小心经营彼此间的关系。作为上层和内应，关键时候，他段祺瑞必须要维护张作霖的利益。于是他抓住话柄，顺水推舟：“王永江自知之明，谨言慎行，说得颇有几分道理。鉴于时间的关系，谈话就到此为止。”段祺瑞望了一眼西洋钟，擅自决断中止谈话，“大总统还要会晤蒙古使节，交涉重大领土主权问题。”

这……段祺瑞太蛮横无理了，居然问都不问我一声，就擅自决断终止谈话。袁世凯脸色阴沉，明显不悦。像是一桩脉脉含情的美好姻缘，忽遭棒打驱散一般。他本想迫使王永江就范的，话还没说到份儿上，竟然被段祺瑞横切一刀。这个段大总理，是无意的还是成心的？妈的真拿他没办法。

他乜斜一眼西洋钟，倒是有些紧迫，只好悻悻然作罢……

一日不见如隔三秋。这不，令王永江颇感意外的是，小洋楼会客厅毫无军容威仪氛围，倒是一片肃穆祥和暗香浮动，大幅清水出芙蓉的壁画夺人眼球。一隅堆放着灿黄的蒲团，西边供奉着神龛佛像，香炉袅袅着几柱燃香。

两位民国的腕级人物终于会晤。比照第一次见面，真乃天壤之别。

“段公久违了，您一向可好？”王永江彬彬有礼。

“还活着，你请坐。”段祺瑞明显老迈，瘦身华发，目光慈祥，曾经的咄咄逼人已荡然无存。

“自从袁大总统召见，一晃十年没见段公了。”王永江扯起了话头。

“是呀，仕宦沉浮，十年一瞬，一切如梦幻泡影。近日读到你的辞职信，让老夫心绪难以平静。说句实在的，已好久没有这种冲动了。于是两厢比照，反躬自省，你是主动弃权的，而我是专权不放。经年日久，明争暗斗，心力交瘁。唉，自从出席了冯国璋的葬礼，我是悔不该当初啊！凡事一切都看淡了。”段祺瑞心态平和，意念超脱，谈到自己时仿佛在讲述别人。

“看这屋里的氛围，难道段公礼佛了?”王永江好奇问道，转移着话题。

段祺瑞默默颔首，一片诚心正意：“苦海无边，回头是岸。说来话长了，这要从‘三·一八’惨案说起。当年，总统府卫队在石狮子胡同，开枪镇压了游行示威者，死者达四十七人。其中，便有鲁迅撰文提到的刘和珍。当时，并不是我下令开枪的，但是作为执政府总理，我自认为难辞其咎。因为学生是最爱国的，他们的血液最纯粹。我赶到现场后，长跪不起，一世清名毁于一旦。我发誓终生食素，忏悔赎罪……现在，我每天参禅打坐，奉行素食主义，每日进香祷告，为那些无辜死难的冤魂超度……”他目光慈祥，劲健的手指一刻不停地转动着念珠。

“难得段公一片悲悯情怀！那些冤魂地下有知，一定会宽慰释然的。”王永江钦佩并安慰道。

“阿弥陀佛!”段祺瑞双手合十。

俄顷，段祺瑞开门见山，直奔主题：“坦白地说，张作霖让我劝你回心转意，但我不知如何规劝是好。故特意把你请来，咱们权当交交心。”

“段公历经世事风云，纵横捭阖，稳操胜券，是屈指可数的政治家，还请段公不吝赐教!”王永江谦抑恳挚地说道。

“那我就实话实说了!”段祺瑞一边示意喝茶，一边直抒胸臆道:“永江，东北能有今天的局面，张作霖敢屡屡发动战事，都是因为背后有你支撑。你是好心办了坏事儿。当然，这不是你能左右得了的，而是张作霖利用了你。就像当初他利用了我，并利用了孙中山一样，这就是讨厌的政治。”段祺瑞呷了口茶，目光转向王永江，“你的确是栋梁之才，遗憾老夫爱莫能助，后悔当年没能大加提携。你本应该为中国做一番大事业的!”

段祺瑞扼腕叹息，继而竟如数家珍般一一细数王永江提出的治政理念以及发展大端，认为符合潮流，继往开来，而他本人备加赞赏。他一针见血，力透纸背地说道:“张作霖如果能真正领悟，并且不折不扣地践行，未来天下一定是你们的。可惜他个人欲望太强了，太好战逞雄了。唉，有什么可争的，到了老夫这把年纪，什么都看透了，什么都看淡了! 一切有为法，如梦幻泡影。色即是空，空即是色嘛!”

“段公当年被誉为‘北洋之虎’，三造共和，享誉天下，是民国以来的实力派大人物。如今生活素朴，清廉如水，听说是不抽、不喝、不嫖、不赌、不贪、不占的‘六不总理’，实在是难能可贵啊，令岷源由衷敬佩!”王永江心悦诚服，不由自主地赞道。

“唉，有什么可贪占的! 一切都是身外之物，生不带来，死不带去!”段祺瑞起身下地，比画着小洋楼道:“一个人拥有再无量的房屋，晚间还不是睡一张床!”他又比画着蒲团道，“一个人拥有再广袤的土地，终了埋身无非弹丸之所!”他笑意地扪了扪胸脯，“心中无缺才是富啊!”他端起紫砂壶，往王永江杯中续水。“就拿你王岷源来说，毫不在乎权位与利益，那些不过是身外之物，你在乎的是真知灼见，在乎的是心中的理想! 哈哈，敢跟张大帅尥蹶子，这是何等的倔强啊! 由此可见，你是一位风骨人物! 你的内心，是丰富强大的! 众人之唯唯，不如一人之谔谔。遗憾的是像你这样的人，现在是越来越少了……政治这玩意儿，并不怎么光彩，说到根本，是一种利益驱动。有时候，政治又是权谋之计，是借势，是利用，是制衡……”

段祺瑞转动念珠的手忽然顿住，不知哪颗念珠触动了哪根神经，他不无神秘地严肃说道：“对了，我想提醒你的是，日本人虎视眈眈，心怀叵测，又占据了关东州和南满铁路，一定要存有戒备之心！防人之心不可无啊！任何合作都是有限度的。没有永恒的朋友，只有永恒的利益！”

“感谢段公的理解和美意！”王永江十分庆幸，想不到历经一番世事，如今他和段祺瑞在认识上竟如此相近。从某种程度上讲，也算是知音了。然而，王永江还是固执地表现了消极态度。“只可惜王岷源心如死灰，打算彻底放弃，退出江湖，坚辞不就。”

段祺瑞晃动华发，连连摇首：“这本该是我的想法。蒋介石力劝我出山，他是我保定军校的学生，遗憾的是我早已心如止水。你我情况不同，你毕竟正当年嘛，壮志未酬，功德尚未圆满。再说，张作霖离不开你，奉天省离不开你，东三省离不开你！”

终于临到王永江说话了。他于是扼其精要，有的放矢道：“现在最棘手的问题，是经济与军事的关系。段公做过陆军总长，想必十分清楚，军费开支是正常的，理应占有适当比例。奉天省去年财政收入是三千三百万，时下军费开支已高达五千一百万。比例严重失调，形成本末倒置。我不知道他们这些人究竟是怎么盘算的？已造成如此巨大的亏空，居然还熟视无睹、任性妄为！全然不顾空洞的隐患，崩盘的危险，从不考虑如何填补窟窿，如何扭亏为盈！我曾经炼石补天，异常艰难地将历史遗留的窟窿填平。然而，刚刚喘了几口气，还没有舒坦几天，这不……”王永江气急交加，一时竟说不下去了。

他赶忙大口喝水，又意犹未尽道：“不当家不知柴米贵，不养孩子不知肚子疼。段公你给评评，血本无归，寅吃卯粮，债台

高筑，这样的日子还怎么过呀？谁当家谁不忧心如焚？恐怕我是无力回天了！”王永江说着说着，忽感一阵心绞痛，忙用手捂住胸口，轻轻摁压。

段祺瑞观望着清水芙蓉图，心态和语气是那样和缓。“是啊，战端一开，劳民伤财。执政者最忌迁怒，轻易不能动武。自民国以来，战事频仍，各省入不敷出，民生凋敝。奉省实属不易，创造了奇迹！”

他凝视着王永江，神情恳挚地说道：“我现在深深理解你了，你已竭尽全力，鞠躬尽瘁了！我不强求你什么，你再斟酌斟酌……”最后这句，算是客套。

临别之际，段祺瑞坚持将王永江送到车前，紧紧握别着，唉声叹气道：“可惜呀！屈才了！天不作美，长才未展……”

王永江悸动酸楚，泪眼打转。

第二十六章　授课

火车尖啸着启动车轮，像是长着无数腿脚的蜈蚣，爬出几何造型的火车站。张作霖回望着站台上的日本人和窗外异域情调的大连街景，如释重负一般长长呼出一口浊气。火车从明亮驶向了黑暗，豪华车厢犹如黑匣子被载往深不可测的巷道……张作霖的脑海瞬间滚涌出大脸盘的吉田茂及其意味深长的话语，顿生一种才下眉头却上心头的阴翳。

他是为了答谢关东军出兵驰援挫败郭叛，而专程奔赴大连的。

说起来，大和宾馆的欢迎酒会倒是别有风情。日本军官竟然宾至如归一般，清一色穿上烙印着家徽符号的黑色袍子，套着布袜，趿着木屐。他张某人自然不能例外，上什么山唱什么歌，于是穿上事先备好的黑色袍子——居然烙印着东北虎虎头图案，日本人真他妈心细周到。随后，来宾们一律脱鞋迈上榻榻米。大老爷们儿一人坐个蒲团子，一边吃着小盘小碗的日本料理，喝着水啦吧唧的怪味清酒，一边欣赏那些涂脂抹粉、花花绿绿、腰带宽宽、慢慢悠悠的艺伎表演。

张作霖拿出江湖大佬的做派，反客为主，慷慨申明：“兄弟这次带来两样礼物。一是态度。你们担心苏俄势力侵吞满洲，我可以公开表态，我是反苏俄反赤化的，你们尽管放心好了。二是礼金。我决定，将现存日本正金、朝鲜两家银行总共五百万日金，全部馈赠给镇压郭叛有功之臣。日本人仗义扶危，崇尚武士道精神，虽然施不望报，但我张某人受人一饭之恩，终生便不能遗忘！这点礼金，聊表酬谢襄助之意！”

本庄繁兴奋地率先鼓掌，张大帅真给面子，够讲究。嘻嘻，这不啻因为他曾是张作霖的军事顾问，还因为论功行赏起来，他该位居首功。

只是那颟顸长相的吉田茂——或曰大鲶鳒鱼，假意举杯奉承，说话旁敲侧击，旧事念念不忘：“啊，我们高兴地看到了张将军的部分诚意，我们希望看到张将军一如既往的更大诚意！中国有一句古话，叫作：君子一言，驷马难追。”

这个臭吉田茂，这个臭鲶鳒鱼，哪壶不开提哪壶。正因为老子不愿兑现那草率的承诺，才不得不出此下策，一次性拿出五百万酬金，封堵你们日本人的臭嘴。要知道，这五百万绝不是什么公款，那都是我张某人个人的财产。好汉做事好汉当嘛，个人财产损失事小，我可不能因为一时疏忽出卖主权利益，让全东北人戳我这个大当家的脊梁骨。看来日本人欲壑难填，胃口很大呀！我只能做到这个地步，下一步该如何是好？妈个巴子，身边缺少诸葛亮啊……

火车咣当着刹车。副官走进豪华车厢，报告张作霖：“火车抵达金州！”

“嗯，就按我的意思办！记住，我在车厢里坐等，带不回人别见我！”张作霖一摆手道，“去吧。”

“是！”副官应声而去。

一辆轿车从专列上驶下，稳稳地泊于站台。副官携着厚礼，开启车门，一头钻了进去。于是，轿车贴着长长的站台，犹如鱼儿贴着长长的河床，同轨道上停靠的专列平行着行驶，然后从候车室墙角一拐弯不见了。

其实，张作霖此行的目的之一，正是希图带回王永江。此时此刻，这种心情更加迫切。虽然王永江尥蹶子耍脾气，但王永江的忠诚与能力毋庸置疑。男子汉哪儿能没有脾气，没有火气光有

水性不叫男人。但如果一直火气很大，脾气很坏，那也算不上好男人。

副官一路打探，终于找到王永江府宅。他献上厚礼，说明来意，敦请王永江车站见驾。

王永江如坐针毡，徘徊不定。将军来到金州火车站，就等于到了家门口，而且派副官打了前站，按情理我是应当晋见的。然而毕竟政见不同，而且将军毫无悔改之意，如此见面有何意义？见与不见没啥两样儿！我不能葫芦搅茄子，茄子搅葫芦，稀里糊涂上了贼船。

他主意已定，表情冷若冰霜，当即下了逐客令："你马上回去，转达我不能晋见！"

副官居然赖着不走，赔着笑脸，一再央求："将军有言在先，请不动你老人家，我就没法交差呀。请省长大人体谅！还是走一趟吧！"

"那你体不体谅我这个病号？要不你把我绑了押去算了！"王永江倏然扔下脸子，遂将副官逐出门外。

副官站在大门口，磨磨叽叽。这一磨叽，竟是没完没了。他懊悔不该迈出大门，出门容易进门难哪。他站在门口，趴着门缝儿，希望王家有人进出。他约略留意起院内布局，假山水池，花墙隔段，圆形花坛，墙角旮旯生长着大约是枣树和柿子树，他不得不为主人的精心布局而叹赏。他甚至嫉羡水池的金鱼、花坛的牡丹、花墙的藤蔓、墙角的果树，它们安逸地生长在王府院落，令主人赏心悦目，决不至于像狗一样被主人撵走。他示意轿车鸣笛，假装走开。然而王府园内仍然不动声色。他推门不开，翻墙又太高，便如石狮子候立门口，又如巡逻者叼着烟卷徘徊，见始终无人搭理，最终不得不撤离。

王永江坐卧不宁，心绪烦乱。书是没法读了，字是没法写了。他叮嘱家人："谁都不许出门，更不许开门。"他大口地吸烟，盘桓着思索：回绝或是迎合？去或是不去？一切都在一念之

间，一切似乎都还来得及。他蓦然想到了起卦，当即翻出铜钱、木钵，暗暗许下意愿，连连出手抛洒铜钱，他按正背记下六爻，按六爻判定卦象，按卦象阐释寓意……啊！无妄而得，回光返照；险阻在前，必有血光……

他记起一位佛教大师的诗：不相见便不相恋，不相伴便不相欠，不相误便不相负，不相遇便不相聚……他咬着牙，心痛着，坚忍着，僵硬着……

没有天生的强硬与足够的强大，当一方忧心烦乱的时候，另一方同样也是纠结忐忑。此刻，张作霖待在车厢里，坐立不安，从车厢这头走到那头，又从车厢那头走向这头。妈巴子太郁闷了！他索性开门出厢，大步跨上站台。他傲气十足地环顾着。哦，小小站台，天桥曲折回环，塔楼巍峨耸立，铁轨一溜两行……王永江就像这座小小城市的塔楼，而期待王永江的心情正像这曲折的天桥。他希冀看到这样一幅景象：在塔楼底层的站台上，蓦然出现王永江健硕的身影，他将毫不犹豫错步上前，捅他一拳：你个王岷源，总是唱反调，你快把老子忘了吧？虽然你有你的见解，但是我有我的雄心。你是我启用的文官，就该听命服从于我！如果你肯回心转意，甚至以死相随，我一定不计前嫌，继续让你担任省长！哦不，应当大大地封赏。下一步还有中央政权，还有总理、部长、议长……

起风了，人杂了，卫兵提醒他回到车厢。他最后回望一眼站台，毅然钻进了车厢。

“去了多久？”他问。

“都一个时辰了，他太不给将军面子了！副官咋还不回来？咱们是不是该走了？”卫兵嘟囔着。

“你懂个屁！整个奉天、东北三省，也就金州一个王永江！再等，打牌！”张作霖训斥道。

几个身边人便陪着张作霖打牌。牌艺高超的他，今儿个竟屡屡出错。往昔欢欣的表情，此时覆盖着阴云。大家看得出，他心不在焉。

“多久了?”他又问。

“两个时辰了!”

“要不我去把他抓来!”卫兵急恼了。

“对王永江不可以动粗!”张作霖训斥道，“啥叫贵人啥叫敌人，你门儿清吗?”

卫兵朦胧地点头。

张作霖心想：想动粗还不容易？老子调一支部队过来，即刻就能把金州城破了。然而，对待王永江只有敬，他始终坚信诚能感人。

他沉默着，焦虑着，懊丧着，坚挺着……

终于，轿车鸣喇叭回返了。

“妈个巴子，总算没让老子白等!”张作霖兴奋异常，赶忙直趋车厢门口，准备恭候迎接大驾。然而，他巴望了半天，从轿车里钻出的，仅仅是倒霉的副官。他沉郁地返回车厢，还没等那副官张口，猛地将满桌麻将掀翻，大声命令道：“开车！开车！开车!”

张作霖吧嗒吧嗒抽着水烟，心里不是滋味儿。从没有人敢如此违背，从没有人敢如此抗拒，否则违者必斩，出兵挞伐。除了这个王永江，也只有你王永江！……王岷源啊王岷源，你太不给兄弟我面子了，兄弟从未如此尴尬狼狈。你让我在下属面前威望扫地。自从咱们第一次见面，我哪次不都是迎接？就在我的家门口，我单单迎接你一个！这次我大老远跑到你家门口接你，你居然连面儿都不朝，竟玩起老虎不出洞的把戏。牛，真牛！气得张作霖火星四溅，就差变成水星溢淌清泪了。妈拉个巴子，从东三省官银号总办到吴大舌头，再到我张某人，三番五次走马灯似的邀请，哦，中间还有段祺瑞说情，老子也算仁至义尽了，你还想要我咋地啊？天下还有不愿当省长的！你的确是另类一个，就像是出土文物。哎，真就怪了，老子偏偏看中你的傲气，当然还有

才气。妈的，老子能征服大半个中国，征服总统、总理、军长、师长，我就不信征服不了你一个奉天省长！……张作霖心有不甘，耿耿于怀，不肯轻易言败服输，决定最后派公子张学良出马。他想，这是最后的赌局——是给王岷源最后的面子，也是给自己最后的机会！

说起来，人世间最微妙的是什么？人与人之间的关系。不可思议的是，有时儿子竟比老子有面子。这不，闻知大公子张学良来了，王永江特意驱车前往接站，还把大孙子当拐棍带上。这走马灯似的车轮战，王永江算是深深领教了。

火车站出站口，旅客鱼贯进出。一位年轻人亮相了，穿扮时尚，气度不凡，一看就不属于这座小城。

“汉卿！”王永江大声招呼。

“岷源公！”张学良挥手致意。

二人迎面上前，握手相拥。

“你身体咋样？”张学良主动问候。

“唉，一只眼睛不管用了。”王永江正了正茶色镜。

“哦？没到医院好好治治？”张学良关切询问。

王永江摇着头：“心脏漏血时好时坏，看病只能上满铁医院。金州不是奉天，没有咱们自己的医院。”

“省城中国人的医院，还是岷源公创办的。你最好跟我回省城，抓紧在咱们的医院诊治。费用你丝毫不用担心。”张学良趁机规劝。

“谢谢汉卿，你的美意，我心领了！汉卿专程前来看望，我已经很开心了。”王永江转移着话题，“哦，请上车！”

“请！”

王永江嘱咐司机：“直接开往同陞楼！”

车子缓慢行进着，从站前驶往城内。

张学良眼望着窗外：“金州小城蛮像样啊！”

“别看金州小城不大，历史比盛京（沈阳）悠久。宁远（兴城）照搬金州图纸，仅仅才是金州的一半。”

“跟关东军打交道，我时常来大连，也总路过金州，但从没下车进城。”

“金州历史久远，汉代正式建制。辽代筑有土城，明朝包砌了青砖。最早归青州（山东）管辖，中间曾归直隶（河北）管辖，后来才归奉天管辖。不幸和遗憾的是，当下归日本关东厅管辖。晚清的时候，金州设立副都统衙门（都统衙门设在盛京），副都统是正二品，包括金（州），复（州），海（城），盖（州），大连，旅顺，统统归金州管辖！”王永江如数家珍。

“原来如此，怪不得金州能出岷源公这样的人物！”张学良不无恭维。

“哈哈，我算老几呀？除了望洋兴叹，毫无回天之力。连家乡都被异族占领，更左右不了奉天的局势。”王永江自嘲说道。

“岷源公不要灰心，咱们共图大业！”张学良鼓励道。

说话工夫，车子刹于同陞楼门前——一座飞檐斗拱的楼宇建筑。门面高挂的一对十三道幌子，令张学良眼前一亮。

王永江引领张学良顺着红毯台阶，直趋古色古香的楼上雅间，大孙子沿着楼梯上下玩耍。

“汉卿见多识广，请品味一下金州老菜——三道饭席。”王永江示意走菜。

席间先上压桌碟。

四干果：核桃仁、花生、栗子、开心果。

四蜜饯：蜜枣、果脯、冰糖、瓜饯。

四鲜果：樱桃、葡萄、草莓、西瓜。

四冷荤：拌三鲜、盐卤佛手肚、风干肉，

拌密蛰、片肘花、五香熏鱼，

羊糕、酱鹿肉、腊肉，

脆皮乳鸽、切片桃花虾、炝鲍鱼片。

“这是佐酒铺底的，然后才是三道饭。”听说王永江宴请贵客，掌柜亲自登场招呼，“我们所说的三道饭，就是走三道饭菜；每上一道大菜（大件），配带四个中件、一道饭（四样点心）。”富态态的掌柜底气十足，就像表演相声贯口似的，一口气儿报了一串儿菜名，生生将王永江、张学良逗乐了，禁不住鼓起掌来——

第一道大菜：通天燕菜（高汤）

四中件：清汤银耳　扒熊掌

清蒸鲍鱼　滑溜凫脯

第一道饭：马蹄酥　沙琪玛

三鲜水饺　烧麦

……

伴随着掌柜现场解说，伙计一一端上三道饭来。张学良瞅着眼花缭乱，禁不住咽了咽口水。

“汉卿，欢迎！”王永江举杯道，“咱们边吃边聊。”

“干杯！”张学良食欲大振，胃口大开，大快朵颐，连声慨叹：“太丰盛了！太美味了！真想不到啊，小小金州竟有如此佳肴！”

“相传是正二品的副都统带来宫廷大厨子，大厨子结合金州特产与宫廷厨艺，发明了三道饭席。起先作为副都统衙门的顶级宴席，后来随着大厨子授徒传艺，三道饭席于是流传到了民间。刚才报菜名的胖掌柜，就是传承人之一。”王永江兴致颇高，拉杂说起烹饪史话。

“是从清朝传承下来的？怪不得如此考究！”张学良心悦诚服，举一反三，“应该把三道饭席推广到奉天省，乃至于全中国。”

“如果是和平年代，经贸繁荣，互通有无，这不过是举手之劳。但是，战争改变了生活。一切从属于战争，谁有心思，哪儿有工夫讲究排场！”王永江旁敲侧击。

张学良笑了：“岷源公，怕不是鸿门宴吧？”

王永江一同笑了。他捋了捋八字牛角须：“汉卿啊，说句心里话，我一向是看重你的。作为民国四大公子之一，都知道你浪荡贪玩，包括带着泽华进出舞厅。但是凭我的观察和了解，你身上秉具着宝贵的品德。”此刻，无论是鼓励还是恭维，王永江表现出来的城府，还是别具深意的，是以未来作为参照系的。王永江一一细数：从张学良受过良好的教育，很早便信奉了基督耶稣；到发起成立储蓄基金会，积极举办华北运动会；一直到抬着棺材上前线，在枪林弹雨中督战，一言以蔽之，无不涉及张学良性情品质中的爱国，注重文化，英勇无畏，具有济世救人的情怀，牺牲自我服务他人的心愿……

王永江的话，惊得张学良目瞪口呆，泪眼婆娑，佩服得五体投地。我们平日接触并不是很多啊，想不到岷源公对自己看得这样透彻，连自己看自己都不是十分清楚……

“我相信，你天性不是好战之人。”王永江循循善诱，旁敲侧击，“汉卿啊，你是有亲身体验的，你说战争有啥好呢？奉天几年下来积累的财富，一通炮火都给打光了。由于封赏分配不公，直接导致了郭叛事件。这件事对你影响深刻，你一定记忆犹新吧？”

张学良猛一拍桌子，顿时气不打一处来：“都怪杨宇霆背后捣鬼！谁都知道我跟郭松龄交好，论治军能力，论军事战功，郭松龄远在杨宇霆之上！杨宇霆嫉恨在心，屡进谗言，直接影响了我父亲的判断决策，最终导致郭松龄公然背叛。我身背骂名，处在夹缝中间，痛苦不堪，最终忍痛割爱。”

“看得出来，你父亲一直在多方栽培你，可谓用心良苦。”王永江把握着话语权，并适时转移着话题，“他心胸大度，知人善任，重情讲义，当然对我更有知遇之恩。我想，最好的回报，就是恪尽职守，替他分忧解难；殚精竭虑，让东北早日富足强大起来！但是，你父亲后来改变主意了，信奉别人而疏远于我。战争冲淡了和平发展，从此再无宁日。”

“看得出，我父亲原本信奉于你，那是他慧眼识珠。现在，他偏听偏信杨宇霆，被乌云遮住了双眼。杨宇霆纯是小人，成事不足，败事有余!”

“防人之心不可无哇……”

一老一少胸无芥蒂，开诚布公地倾谈着。

一阵短暂的静默之后，王永江意味深长地说道：“汉卿啊，听我一句预言，将来天下是你张学良的！你要谨记我的忠告，我的政治主张是保境安民，造福桑梓!”王永江以筷子为道具，做出倾斜之状，“东北地势数中国之首，居高临下，足以固守。”王永江又以筷子为指挥棒，绕着整桌饭菜画一圆圈儿，“东北资源丰富，沃野千里，只要休养生息二十年，不但关内军阀无法与东北为敌，而且足以抗拒日俄对东北的觊觎。”

王永江俨然大师为爱徒授课，醍醐灌顶，以一当十。“汉卿啊，一定要增进理解力，这一点至关重要。它牵涉到判断力与执行力。一定要跳出战争的泥潭，学一学治国之道。包括阅读《管子》。管子虽霸，霸亦有道。将来天下是注重文化的，是讲究和平发展的……”

张学良眼睛一眨不眨地洗耳恭听，仿佛神圣的牧师正为自己播种着福田……从后来的历史进程看，张学良主政东北期间，提出“息争罢兵，铸剑为犁”，较之王永江提出的“保境安民，造福桑梓”，何其相似乃尔。本质上讲，二者是一脉相承甚至薪火相传的。

张学良听着听着，忽然拍了拍脑门儿：“哎呀，我本来是当说客的，怎么反倒被你说服了。岷源公，不管怎么样，你还是出山吧，否则我无法交差呀！父亲已下了死令，这应该是最后一次。”

“除非你汉卿具有天大的本事，能够说服你父亲息武罢兵!”王永江矢志如一，守口如一。

张学良摇头晃脑，嗟叹不已：“怎么形容你俩好哇？一个针尖，一个麦芒!”

二人座谈移晷，俨然王永江与张作霖初次恳谈。那次是在奉天督军府，这次是在金州同陞楼。不但环境置换了，连谈话者也变更了。那次是张督军，这次是张公子，这又意味着什么呢……

张学良趁着如厕，竟偷偷把账单结了。

这让王永江好没面子。“怎么，连地主之谊也不让尽？”

“我爷爷揣了大把钱。”大孙子一旁插话。

“你爷爷为官清廉，哪儿有我汉卿有钱。让爷爷给你买好吃的，怎么样？”

“太好了！”

“嘿，小家伙！”

同陞楼正门口是最后的谈话地与挽留场。张学良心有不甘，仍苦苦央求，希望王永江跟他一道回奉天。“说句心里话，我打心眼儿里赞赏你的洞见。你是一位政治家，看得透彻长远。假如像你所说的，将来天下是我汉卿的，我肯定采纳你的政治主张，甚至礼邀岷源公出山辅佐。可那是未来呀，眼下如何应付？远水解不了近渴，远水救不了近火，还是先解燃眉之急再说。”张学良眨动着眼皮，不厌其烦地说着，“你看这样好不好？你跟我一道回去，这样我就交差了。然后回过头来，我再帮你做工作。咱们双管齐下，水陆并进，岂不是两全其美?！岷源公，求你了！”见王永江不动声色，张学良几乎要跪下了。

“使不得，使不得！”王永江赶忙一把扶住。

虽然，他的内心被张学良的真诚感动，然而，这是牵涉到政治立场的原则问题。他王永江绝不会轻易放弃，甚至改变。于是他举重若轻，故作轻松道：“天命不可违啊，我始终尊奉‘信天命，尽人事’！哼哼，你认为凭咱俩就能说服你父亲？”王永江连连摇首，“我看未必，结果早在预料之中。”谈话的最后，王永江暗示性地埋下伏笔，“汉卿啊，或许有朝一日，实在迫不得已，不得不需要我的时候，兴许我会出现的。”

“这么说你答应了？”张学良眼眸一亮，见缝插针。

“我是说不到万不得已，我是不会考虑的。”王永江思维跳跃，转换话题，“哦对了，汉卿，无论我是否复出，有件事你要切记！”王永江于是说起日本人经营的两条铁路，周边用地一再私自扩展；隔着鸭绿江与朝鲜接壤的一些地域，许多商民借与日本人往来从不纳税，甚至货运持日商发票，一律免税放行。

王永江目光犀利，刚性强调：“这些人明明是在钻空子，也反映了我们治理的疏忽，这个窟窿必须填补！下一步必须着手整理，照章纳税。”王永江莞尔一笑，神秘地说道，“我匡算了一下，如此一项，每年将增加税收二千数百万之巨。正好弥补战争带来的巨大消耗。”其潜台词是，这是我王永江送给你张学良的大礼啊。否则，未来主政，面对一片废墟如何起死回生？

张学良惊奇地瞪大眼：“天哪，这么可观！”他深深点头，算是记下了。

至此为止，金州之行算是告一段落。张学良无可奈何，钻进了那辆半新不旧的车子。王永江站在饭店大门口，被十三道鲜艳的酒旗幌子映衬着，显得那样萧索、苍凉、落寞，像是一幕晚秋熟透而凋落的风景。那勉强的表情，那缓慢的手势，仿佛父辈目送着儿女远行……张学良回眸摆手之间，忽然泪水溢淌而出。

一个何等智慧硬朗的人物，一个奉天举足轻重的功臣，就这样可怜地兀立在家门口，像是一尊伟岸冷酷的雕塑，在视野中渐行渐远，直至模糊……他隐隐地有种预感，这次相见怕是最后一次，恐再也见不到岷源公了！

张学良轻车熟路，顺便去了一趟大连。

作为东北掌门人的大公子，奉系军阀少壮派的代表，张学良的到来自然吸引人们关注。一些记者围追堵截探听虚实，甚至一语道破张学良此行的真实目的，是替父亲力劝王永江省长复出。

无奈之下，张学良含混透露了王永江答应复出，只是时机尚未成熟。

孰料，经过媒体炒作与添油加醋，王永江即将复出的消息不胫而走，甚至漂洋过海撒播东瀛。世人对王永江的关注度竟远远超出想象。

日本权威报刊《朝日新闻》头版，以大字标题刊发社论：欲夺取满蒙，必先铲除王永江！副标题：他是个从骨子里反日的分子！

第二十七章 涅槃

军港旅顺。一面举目望海的朝阳山坡，一座白色洋气、宽绰挺拔、门卫森列的楼宇，彰显着风光无限、居高临下、唯我独尊的气派，这便是关东厅长官儿玉秀雄的官邸。

在撑开的太阳伞的遮蔽下，儿玉秀雄仰靠在宽大阳台的躺椅上，身旁有香烟、水果、茶饮。他瞩望着波光粼粼、渔帆点点的大海，散淡而悠闲，过着养尊处优的日子。

说起儿玉秀雄，不能不提其父儿玉源太郎。他是日本军中有名的政治家，横跨日本军政两界担任要职。他与后藤新平一道治理台湾，被誉为“儿玉—后藤时代”。日俄战争中，作为满洲军总参谋长与战场总指挥，是他襄助乃木希典夺取了二〇三高地。当时，一次又一次的强攻，带来了一次又一次的溃败。乃木希典鹰眼血红，凶相毕露。他挥舞着战刀，命令发射280毫米臼炮，发动集团冲锋，实施肉弹战术，日军踏着尸体犹如踏着浪花前行……儿玉源太郎风尘仆仆赶到了二〇三高地。他面无表情，一脸冷酷，对乃木希典不讲策略的冒死硬拼大为不满。只是大敌当前，乃木希典两个儿子战死，儿玉源太郎强压怒火没有发作。他将被复仇火焰烧昏了头的赌徒乃木希典冷却在一边，然后不动声色地将战场指挥权牢牢地抓握手中。经过瞭望观察，研究部署，他决定采用佯攻与主攻相结合的战术，再次发动新一轮攻势。结果一举翻盘，赢得了来之不易的胜果。儿玉源太郎奉调回国后，任职南满铁道株式会社创立委员长。他率先制订了移民东北五十万的日化东北计划。孰料前往东北赴任途中，竟然意外地猝死船上——那行色匆匆、死不瞑目的神情，令儿玉秀雄终生难忘。

有的人一出生，浓荫的大树，优渥的家境，极好的教育，注定了前程的光鲜与无虞。有的人一出生，谁也指望不上，吃饭都是问题，教育非常勉强，希冀改变现状，出路只有一条，那就是发奋拼搏。儿玉秀雄属于前者。帝国大学毕业后，他先后有过从军、从政与执政的履历。罩着父亲耀眼的光环与世袭伯爵的庇荫，身为儿玉家族的长公子，他还迎娶了日本首相、陆军大帅寺内正毅的女儿。因此，他无需卖力撒欢儿地表现，尽可以优雅地从容生活。那略带谢顶的头发从来梳得齐整，那一身西装革履从来都是崭新笔挺，就连那副金边眼镜也总是流光熠熠。他有的是时间和机遇，根本用不着抓狂。对于他而言，机遇像磁石一样主动吸附上门。即使漂洋过海远赴支那大连，那也不过是游山玩水，顺便往执政履历上镀一层金而已。他无需滋生野心，他跟政权注定是一种血缘关系。他只需平稳过渡与耐心消磨，这便是他的生存状态与处世基调。然而，任何事情都具有两面性，正因为活得轻松舒适，按部就班，得过且过，缺乏思想追求与奋斗意志，他注定难于超越先辈，晋身杰出之列。

可是，他需要做事，需要填充日子，他不怕琐碎，哪怕是信手拈来。这不，属下刚报告了一桩不大不小的事情，然而却引起了他的警觉与关注。

原来，经他特批担任小学中文教科书编辑主任的岩间德也，率领一拨人马，经过一番酿造，一套十册的小学中文教科书鲜亮耀眼地出炉。万万没有想到，遭到了大连地区中国教师极其强烈的反对抵制。就在前不久，召开于西岗子的中文教科书研究会，俨然是一台现场批斗会。中国教师展露出罕见的众志成城，大名鼎鼎的岩间德也倏然成了活靶子——

“‘昨日阴天，今日下雨，明日晴天！’为什么昨日是阴天，

今日正下雨，明日必晴天？这究竟象征寓意着什么？明日是否象征未来？晴天是否寓意太阳?!”

“‘姊呼弟，来看花!’插图竟然是罂粟花！美丽的花朵千千万，为何选择了罂粟花!”

“罂粟毒害中国人最深，中国人最反感讨厌，为什么竟说是中国人风俗！为什么诱使儿童喜爱罂粟花!”

岩间德也始料不及，面颊绯红，理屈词穷，徒有招架之功，毫无还手之力。他真想把鲛鱇鱼似的脸躲进岩礁底下，然后像墨鱼那样吐出一团黑雾，趁机闪身溜掉……好汉架不住一群狼，好汉不吃眼前亏。岩间德也假意嗫嚅敷衍道：“哦，再重新斟酌，一定更正……”

属下呈上一封岩间德也的亲笔信，并附带一份出席会议的教师名单，一些人名底下狠狠地粗粗描画着杠线……儿玉秀雄自然心领神会。岩间德也的用意，那些描画了显赫杠线的人物显然就是闹事儿的。岩间德也这个小老头儿，不愧是从事情报工作的老手，一直以来，他传递的情报总是精准而及时。儿玉秀雄叼着雪茄悠然漫步，朝着无垠的大海喷云吐雾。

他猛然转过身来，完全换了一副面孔表情，那温和的声音里裹挟着一股戾气，仿佛华丽的锦缎里包裹着寒剑：“一个不少统统抓起来，别让旅顺监狱闲着。必须杀一儆百，一定要把教科书推广下去!”他将半支雪茄狠狠抛掷于地，然后揉踩成八瓣儿。

“请长官放心，我马上布置!”属下撅着屁股回道。

1927 年流火的夏季，东方会议继东京之后移会旅顺，选择在儿玉秀雄的官邸召开。日本内阁一干政要，驻东北外交及军事长官纷纷参会。会议的高规格与权威性不言而喻，居然吸引了全世界的目光。

儿玉秀雄何等荣耀啊，将载入史册的东方会议请进了家门。人人皆清楚其特殊的家境背景与外交途径所起的作用，然而人人

不易觉察的一点则在于，儿玉秀雄自己的和谐顺畅的人脉关系发生着黏合剂的效用。关东厅长官儿玉秀雄虽非会议的主角，却是会议的主人。为了将会议安排得圆满、紧凑、舒适、惬意，他年初便开始了运筹部署，并作为全年工作的重中之重。诸如安全、食宿、交通、服务、游览之类，一切尽在考虑之中，一切皆不在话下。

这次会议最大的成果，即是田中首相呈奉日本天皇的“田中奏折”。会议制定了侵略中国的总方针：要把“满蒙”同“中国本土”分离开来。“田中奏折”悍然宣称：唯欲征服支那，必先征服满蒙；唯欲征服世界，必先征服支那。

会议专门讨论了张作霖的问题。

日本驻奉天总领事、战后担任日本首相的吉田茂牢骚满腹：“这个张作霖言而无信，整个一个土匪流氓做派！当初关东军出兵镇压郭叛提出条件，他答应得好好的，岂料事后，一拖再拖，拒不兑现。现在，居然又跟英美联手，投资修建铁路港口，明显是将日本排除在外。这大大地损害了日本在东北的利益，辜负了日本长期以来对他的扶持。”

满铁总裁山本条太郎提出采取“内科”方法：即通过经济的外交的手段，维护和扩大日本在东北的利益。

关东军司令长官强力主张采取“外科”方法：因为满洲问题依靠外交根本解决不了，除了依靠武力手段之外，别无他途。

想不到关东军司令的这一论断，激发了一位与会者的张狂野心，这便是唤作河本大作的日军大佐。正是从这一刻开始，一个制造惊天谋杀事件、小人物跃居大人物的冒险计划，开始在一脸凶相的河本大作的头脑中孵化。

休会期间，吉田茂、山本条太郎、关东军司令，在儿玉秀雄的引领下，曲径通幽地来到了露天凉台，躺到太阳伞下的躺椅上观海。一边抽着雪茄，品着茶点，嚼着水果，分享着专属于儿玉秀雄的悠闲自在。旷远的大自然怀抱，沁凉的海风吹拂着，令人

十分惬意。兴之所至，大家纵论时政，畅所欲言，仿佛是东方会议的小组会议。

儿玉秀雄拿出几份事先备好的《朝日新闻》报纸，逐一分发到吉田茂、山本条太郎、关东军司令的手中，大有学习领会报纸精神、逐一不落地谈观感的意味。报纸涉及的重大内容正是儿玉秀雄关注的现实难题。他为此感到忧虑和棘手，一直盘桓着拿不定主意，故此采取投石问路的方式，借机倾听几位大佬的高见。他想，一旦大佬的意见被采纳，且付之于行动，这便成为了集体商议的结果。万一将来出现于己不利的影响，那绝不该由他儿玉一人担责。他还为此命人悄悄做了备忘录。他的缜密和心计，确乎可圈可点。

这份报纸有的人读过，有的人还没读过。没读的抓紧学习，读过的权当重温。报纸头版显著位置刊发了一篇社论，大字标题是：欲夺取满蒙，必先铲除王永江！副标题是：他是个从骨子里反日的分子！

“一针见血，入木三分！”吉田茂咧着鲛鳙鱼般的大嘴，似乎早把社论的每个字都吃透了。“这个人我接触过，怎么说呢？表面上亲切友好，谦逊低调，口口声声支持日中亲善，双方互惠互利……实际上呢？无论是修铁路，建纱厂，还是办学校，开医院，都极大地损害了日本在东北的利益，显露出韬光养晦，卧薪尝胆，蓄势以待，最终跟帝国相抗衡的迹象。从发出照会要求收回旅大那天起，温和的面纱已经彻底撕破了！”吉田茂渔人一般遥望着海面，似乎搜寻着潜游的猎物，“我发现，这个人埋藏得很深，可以说足智多谋，危险可怕。幸亏他和张作霖分手了，否则真够我们喝一壶。他才是张作霖真正的智囊！”吉田茂端起茶杯大口喝了起来。

“既然如此，以吉田先生所见，我们该如何对付王永江？”儿玉秀雄试探性问道。

吉田茂叼着雪茄，思维活泛，心到口到：“岩间德也跟王永江私交甚笃，这使我想起他的忠告：‘王永江大才，如为我所用，则如虎添翼；如唱反调，则如临大敌！宜扬长避短，克敌制胜！’我以为，这是对付王永江的最佳谋略。现在正是扬长避短、克敌制胜的时候。幸好金州归关东厅管辖，我们完全有能力掌控。一定要想方设法拦阻，千万不能让他出山！”吉田茂盯着儿玉秀雄，是叮嘱也是质疑，潜台词是：你能保证做到吗？

儿玉秀雄同样叼着雪茄，他的节奏一向是从容不迫，他的谈吐从来是温文尔雅：“自从读到这篇社论后，我一直在思考这个问题，虽然还没有成型的考虑。我想，如果王永江还处在奉天省长的位子，那么吉田领事自然需要更多考虑，如何加以对付。刚好王永江辞职回到了家乡，也就处在了我关东厅地盘，我无可回避，不得不认真对待。吉田先生刚才提到对付王永江的谋略，或者说是岩间德也的忠告，我毫无疑义，完全赞同。问题的关键是，如何具体地操作实施？王永江毕竟不是寻常人等，弄不好会让关东厅丢面子的。”儿玉秀雄擦拭着眼镜，一副谨小慎微的样子。

“儿玉长官，关东军为你撑腰，你大可不必担忧，需要派兵，一声令下！”关东军司令官发话了。此次会议儿玉如此优待，又如此低调，他必须要给儿玉足够的面子。

儿玉秀雄微笑颔首，连连致意。

“儿玉长官多虑了，叫我说啊，这不算什么问题！”半晌无语的山本条太郎，紧随其后坦然表态了，他的感受与司令官是一样的。他故意拍拍鼓凸的啤酒肚儿，好似胸有成竹，一切尽在掌握之中！

吉田茂、儿玉秀雄、司令官均投来疑惑不解的眼神，不知山本条太郎肚子里装着什么货色，几副光亮的镜片折射出眩晕的问号。

山本条太郎诡秘一笑，阐释道：“据我了解，王永江心脏不好，金州又没有像样的医院，因此，他定期来大连满铁医院治

疗，医院偶尔也派大夫登门诊察。因此，他的健康晴雨表，完全掌握在满铁医院手中！”山本条太郎攥紧肉乎乎的拳头。

“这么说，他的健康生死听凭满铁医院处置？”吉田茂暗示性的提问，好像抛出了撒手锏。

山本条太郎重重地点头，一切尽在不言之中。

几个人经过密谋筹划，决定使用生杀予夺大权。但必须做到天衣无缝，让世人有口难辩。

儿玉秀雄嘿嘿嘿笑着，敦促侍者端来啤酒。

几个人碰杯共饮，预祝大功告成。

“卖报卖报，看特大新闻！”

“张作霖就任陆海军大元帅！”

车站闹市，大街小巷，报贩子扯着嗓子吆喝，人们好奇地争购捧读。

1927 年 6 月 18 日，京都商家纷纷悬旗志庆，华文报纸一律套红出版，这一天的最大新闻即是：张作霖就任陆海军大元帅！长安街自东向西，从顺承王府至中南海怀仁堂，三步一岗两步一哨，西辕门内，宝光门后，怀仁堂前，各架机关枪两挺，更有两架银鹰高空盘旋，真可谓戒备森严。

午后二时五十分，在总统府侍从官的陪同下，张作霖身穿陆军上将军服，乘坐豪华轿车抵达怀仁堂。三时半仪式开始。在司仪赞礼之下，张作霖款款入席，靠北面南而立，霎时奏响国乐。乐毕，张作霖执掌话语权，遂宣读就职宣言，正式就任陆海军大元帅。

张作霖的脑海一一闪过历任大总统：孙中山、袁世凯、黎元洪、冯国璋、徐世昌、曹锟……妈个巴子，老子终于功德圆满，跟他们平起平坐了！即日起发布“中华民国”政府组织令，明确规定：陆海军大元帅职权，是统率“中华民国”陆海军，代表“中华民国”行使统治权。组织令还确定了军政府的组织机构：设总理一人，总理之下设九大部门。

曲终人散，怀仁堂在西天太阳的投映下，明暗相间，庄严寂静。张作霖坐在袁世凯坐过的宝座上，神佛一般庄重，塑像一般缄默。

“大元帅，你已经功德圆满了，连弟兄们都跟着光彩，你咋瞅着闷闷不乐？”总参议杨宇霆军装威武，近前套近乎。

“妈个巴子，总算是一统江山，唯我马首是瞻了。”张作霖款款走下宝座，在印花地毯上踱着步。曾经投映过袁世凯的斜阳再度辉映着他。

张作霖忽然想起什么，喃喃自语着：“诸侯分封完毕，弟兄们都有份儿，就差一个人了……”张作霖心有所系，他当然是有所指。

“我知道大帅想谁？是王永江，没错儿吧？”杨宇霆察言观色，聪明过人。

张作霖点着头，一边述说打算：“民国政府九大部门都没留他的位子，我打算把奉天省长的位子继续留给他。”

“只怕是落花有意，流水无情啊！”杨宇霆宛如藤缠树萦绕着张作霖兜圈子，“你屡次三番派人邀请，甚至亲自出马接应，他居然不讲君臣之礼，根本不给你大帅面子。这个人太不识抬举了，自命不凡，自以为是，试图以个人意志为转移，要挟逼迫你大帅就范，可小胳膊毕竟拧不动大腿。”杨玉霆噘着金鱼般小嘴，喋喋不休离间道。

“他毕竟是有功之臣！他不仁，我不能不义，更不能过河拆桥、卸磨杀驴，我张作霖不是不讲究的！”张作霖正色说道，一边重新坐回宝座。

“问题是大帅的热脸蛋，贴了人家的冷屁股。”杨宇霆那三寸不烂之舌如蛇芯子一般吐纳着，于不知不觉中释放着危害的毒液。“我们稳稳地把握了当下，正在迈向美好的未来，因此，上上下下需要戮力同心。可是，他仍然故步自封，仍然裹足不前，

躺在过去的功劳簿上沾沾自喜，不思进取，已经跟不上大帅前进的步幅了！”杨玉霆穷追猛打，巧施借刀杀人计，俨然一名夺命杀手，必欲置对方于死地。在张作霖的左膀右臂中，杨玉霆几乎不把任何人放在眼里，唯一嫉恨的便是那才高八斗的王永江。既生瑜何生亮？如要做到一人之下万人之上，那就必须除掉姓王的！而此时不除，又更待何时？

“这事儿挺头疼，千军易得，一将难求！再说该封的都封了，如果他不干省长，哪还有合适人选？”张作霖挠着光头，似乎有些松口。

“怎么可能没有哇？中国地大物博，人口众多，最不稀缺的就是人才！离开王永江，地球照样转！”杨玉霆有备而来，接连举出两位人选。

……

“大元帅，瞻前顾后，优柔寡断，可不是你的性格！”杨宇霆乜斜着金鱼水泡眼，喋喋不休，“再说，你已经卸掉了东北保安总司令，东北那一页已经成为历史，老黄历已经翻过去了。现如今，作为一国之尊，三军统领，你可要视野开阔，大刀阔斧，当机立断呀！”杨玉霆最后使出激将法，迫使张作霖无奈就范。

“……看来别无选择，也只好如此了。”张作霖略作沉吟，猛然从宝座上立起。

且说王永江一旦闻讯，怒发冲冠，拍案而起。

他再清楚不过了，就凭张作霖屡次三番派人敦请，甚至亲自接应，最后派公子力邀，足以说明他的诚意与决心。如此这般任命绝不是张作霖本意。他本指望张作霖能够回心转意，或者最后时刻他临危受命……这肯定与一个人有关。

一想到这个人的名字与表情，一想到这个人的阴险与卑劣，王永江一阵战栗，趔趄摇晃，险些跌倒，好像挨了一记闷棍，遭了一击雷劈。

他终于支持不住了。他的心脏和眼睛再度灼痛，断断续续的火山终于喷发。我……我真是瞎了眼哪！受伤的狼……永远不值得同情。最危险的……恰恰是最亲近的……表面看来，因他狮子大开口索取军费遭我严词回绝，因此耿耿于怀。而实质上，他分明是嫉妒和觊觎，因我耀眼的光环令他黯然逊色。或许，他早已把我当作假想的政敌，寻找时机投井下石……呜呼哀哉，大势已去，无可逆转！一点儿起死回生的余地都没有，一点儿翻云覆雨的缝隙都不留……哪怕最后关头挺身而出，力挽狂澜，挽救颓势，重整河山……奉天休矣，东北休矣，大帅休矣……

他像火凤凰一样焚烧着……只听见心脏咚咚地擂鼓，心血汩汩地喷涌，那是汹涌的红河、激荡的怒潮……

“快，快到金州会事务所，给满铁医院挂长途！”五凤急切敦促着泽来。

泽来箭一般从屋内射向门外。

大家急迫等待着……泪水已在王邱氏、曹五凤眼里断线了。

泽来大汗淋漓，气喘吁吁赶了回来。

“电话打通了吗？”王克谦急不可耐。

泽来点头：“他们已经……上路了。”

王永江嗫嚅着有话要说。

五凤匍匐着凑上前去：“想说什么？”

“把儿子们……都叫来。”

泽汉、泽唐、泽华、泽来一字排开，泽汉日渐驼背，略显个矮。

“把大孙子……也叫来。”

义成到场了，他有些慌张，憋屈着嘴叫着“爷爷”。

王永江鼓足力气，满脸憋得通红，眼眸已经打湿，披肝沥胆嗫嚅道：“你们都要切记……王家子孙……将来无论干啥……就是不许从政……不许当官！”

五凤转述着，并顺势强调：“都记住了吗？”

“记住了！”儿孙异口同声。

唯有一个人噤若寒蝉。或许，无声也是一种语言，尽管他的心旌飘忽摇荡。兄弟四人当中，论外形、气度还是倔劲儿，他最贴近父亲。因此，他希望能够承继父亲的接力棒，甚至有朝一日一举赶超父亲。他后来果然如愿以偿了，然而行走的却是背道而驰的路线。他为此付出了铁窗生涯的代价。临秋末晚，他深深领悟并懊悔不迭没有遵从父亲的遗训……这便是二儿子泽唐。

时针吭哧吭哧转了一圈儿又一圈儿……日本大夫终于出现在视野里。一男一女，岁数不大。

日本大夫径直闯进王永江的卧室，并将王克谦一大家子统统请出。然后关门堵窗，密不透风地严实遮蔽。

半小时过去了，毫无声息动静。

“能进去看看吗？”王克谦放心不下，轻轻敲门。

“不许进来，影响治疗！”屋里传出气喘吁吁极不耐烦的动静。

又过了半小时，日本大夫开启门闩，平静地说道：“经抢救无效，省长归天了。进去看看吧。”

闻听噩耗，如五雷轰顶，一大家人顿时哭声一片。

王克谦怒气冲冲，骂骂咧咧：“什么东西？！活着不让看，死了才让看，顶屁用啊！”愤然摔门不进。

泽汉抢先迈进屋里，含泪呼唤着“爹——”他目不转睛地瞅着爹。父亲眼和嘴都没合拢，好像是最后时刻，痛苦地疾呼或有遗言留下……他拿手轻轻弥合着父亲的眼和嘴……哦，眼角沁滴了清泪，一滴，一滴……他替父亲轻轻揩拭着清泪，忽然惊愣了：父亲的嘴唇怎么这么青紫？不会是中毒而亡吧？

他把这一惊恐发现告知家人，一家人全都震惊激怒了。

“王八日本羔子，不是什么正经玩意儿！”王克谦大骂道，环顾四周，日本大夫早已溜之大吉。

可是，金州是日本人控制的地盘，有冤更向何处诉！

一家人悲痛万分，却无可奈何，只能忍气吞声。

“……永江走了……一只凤鸟飞天了！就在刚才，就在屋里……它的眼神……依依不舍……”王邱氏神经质般地叨叨着。

“啊，快看！”五凤给丈夫穿送终衣裳，忽然发现胳臂上有针孔。

一家人的悲哀又被冲断了，疑点的上升，让人悲愤交加。

“泽华，去请老郎中来，快去！”王克谦吩咐道。

泽华大步流星走了。

说时迟那时快，经验老到的郎中如一阵风刮来，直奔堂房卧室。

他小心翼翼通体检查，最后摇头晃脑，由衷慨叹：“省长虽然病重，但不至于一天也过不去呀！”

五凤跪着哭道：“求求你了，金州也就一个王永江啊！你不是身怀绝技吗？就请死马当作活马医吧！”

都知道老郎中针灸功夫十分了得，属于祖传绝技。据说一针下去，曾使一位长年瘫痪的患者当即直立行走，也曾使一位脉搏停歇、行将就木的人起死回生。

“求求你了！”儿子们紧随五凤，齐刷刷跪着哭求。

老郎中眉宇紧蹙，表情难堪，最后狠狠心道：“唉，你们都起来吧！我不怕丢手艺，恐怕试了也是白试！”老郎中硬着头皮挨近王永江，掀开衣服摸准穴位，刷刷亮出银针，勉强扎了几下，果然毫无反应，寂如一潭死水。

“太迟了，太迟了，无可救药了！要是小日本不掺和，兴许还有救儿……”老郎中神色黯淡，唉声叹气地走了。

全家人彻底绝望了。

哭天号地，痛不欲生，大厦将倾，天崩地裂……

然而，哭号归哭号，伤悲归伤悲……王永江毕竟不是寻常人等，他是大连金州屈指可数的显赫人物，他是奉天东北风云一时的巨擘人物。普天之下，人们都有知情权。

恰好曹世科赶到，一阵伤悲哭泣过后，理智终于占据上风。毕竟是见过世面的地方头面人物，在他的提醒与帮衬下，王克谦责令家人克制悲伤，赶紧四处发丧，筹备料理丧事。

王家宅院一时间变成了冰冷的吊唁场馆。王永江那定格的双眸正透过黑框，如灯塔一般探照着世态的风云。孝子贤孙披麻戴孝，男左女右跪旌守灵。王克谦一蹶不振，王邱氏精神恍惚，被五凤安置在一隅休憩。

前来吊丧的人络绎不绝，状如长蛇阵与铁桶阵。袁金铠、王镜寰、曹世科、阎桃李、曹德麟、刘占鳌、邵尚俭、康忠国、老夏头……无不流泪哽咽，竭诚哀悼。

袁金铠代表张作霖专程赶来吊唁，且发放五千洋元治丧费，追赠“勋三位”谥封。

民国大总统和总理均送来挽词，奉天省府、奉海铁路、奉天纱厂、奉省医院、东北大学、忠义农场均送来祭文。

望着王永江的面容，王镜寰涕泗横流，叩拜题献：

治世仰奇才，十数年察吏安民理财兴学，化被桑梓，突闻噩耗传来，白叟黄童齐坠泪；

论交称知己，二十载同忧共患课事督功，谊如手足，讵料长星忽陨，青天碧海痛离群。

阎老先生荡着酒气，踉跄而至，穿着一身新锃锃的皂衣。他围着棺椁转圈儿，转了一圈儿又一圈儿，转了正圈儿转反圈儿。他不忍离去，难以割舍，泪含双眸，凝望着最棒的弟子，竟举止怪诞，俯身在王永江额头亲了一口，似抚慰曾拿烟袋锅磕疼的痕迹……在场者无不动容。

花圈如海，挽联如潮，铺天盖地，白白茫茫。

王家子孙失去了顶梁柱、主心骨。极度的伤悲早已将他们淹没，大脑浑浑噩噩，心灵空空荡荡。五凤红眼肿胀，声音喑哑，披头散发，失魂落魄。惠翎发疯悲号，哭天抹泪，以至于晕厥休克。小霍急骤上前搀扶，狠狠地掐按人中。唯有王永江生前最疼爱的长孙小义成不谙世事，不明生死，感觉热闹好玩儿，竟然满地溜达。王泽汉赶忙给义成好吃的才让他安静下来。

江已断流，海已干枯。两个儿子相继离世，让白发人送黑发人，实在承受不起打击啊……王克谦椎心泣血，抱病卧床。

"……永江走了……一只凤鸟飞天了！就在刚才，就在屋里……它的眼神……依依不舍……"王邱氏仿佛犯了魔怔，车辘轱话不断。

二进院里一片萧条。院子里搭设了若干席棚，请来僧人道士联袂超度。寻常人家治丧，仅一棚僧一棚道。人们发自内心地敬仰和怀念王永江，治丧的席棚竟达七棚僧七棚道。

国士朝臣经纬匡时世
牧化黎民未遂忠良志
失宠怀忧谪降边邦地
恋国游魂来受甘露味
来受甘露味……

道家经师的哀婉吟诵，令在场者无不揪心淬泪。

黑天报庙，远远瞩望：大黑山下东山高岗火把成串，灼亮通明了古城一方沉睡夜空……

王永江出殡之日，倾城为之送行。一通鞭炮直冲云霄，一只瓦砵摔成八瓣，一声吆喝撕心裂肺，一阵唢呐荡气回肠。

王家子孙一字排开，或扛灵幡，或捧遗像，或抱牌位，或携遗物，走在送葬大军的最先头。然后是三十二抬的棺椁，以及亲眷好友、八方来宾。送葬大军绵延逶迤，不绝如缕，且源源不断地汇聚着人流。先头已然抵达东门外火车站，尾端原地踏步尚未

步出家门。

辽东金州，山川效灵，人才辈出，挺生豪俊。王永江被誉为关外第一人才。他对东北近代社会的卓越贡献，表明他是一个政治家而非政客，为人做事绝对大气而非苟且。他是近代东北工业文明的奠基者，倡导了早期的现代化建设。他所构建的基础设施，使中国东北成为工业中心区，并至今影响着东北乃至全中国的工业建设。不仅于此，他还是一位大学问家，其熟稔和擅长的领域，囊括诗词、中药、易经、古琴、书法、绘画、收藏……

王永江的坟墓坐落于城东肖金山南麓，一个叫作落凤坡的地方（王永江曾作诗自喻凤雏）。落凤坡作为大黑山余脉，地势和缓，芳草萋萋，是王家祖阡，王家逝者均葬埋于此。

一只凤头花冠、尾翎飘逸的美丽大鸟，扇动着垂天之云的翅膀，缓缓悠悠地从古城上空划过。几声悠长回荡的脆唳，响彻于天际地界、坡谷之间，凄美地倾诉着无尽的话语，感动着世人仰视的目光。大鸟依依不舍，流连忘返，从天界俯瞰人寰，于东方描画弧线。当脆唳和翅影缓缓消隐，及至垂降大黑山凤凰沟，人们于是开始慨叹传诵，这只犹如凤凰的大鸟，定是古城方圆的精灵……

凤凰飘坠，凤凰涅槃……

后 记

王金杰

一

2009年，我推出一部散文集《大连记忆》，其中写王永江的文字洋洋万言。然而，王永江后人的一句话“这些远远不够”令我着实吃惊。看来我的功夫还没有下到，不服输的我暗暗对自己提出了挑战，故此萌生了创作长篇历史小说的构想。

然而，创作一部资料奇缺的历史小说谈何容易？我于是翻阅地方史志文献资料，从中把握王永江所处年代的环境氛围、历史递嬗、风俗习惯。此外，通过跟当地一些文史老人攀谈（诸如王立武、孙传基、张清廉、朱广运、曹玉立），他们借助口述与书面形式，向我传达和提供了金州历史以及王永江家族的珍贵素材。这令我昂奋不已。尤其值得一提的是，我还有缘结识了地方史学家孙玉伟老先生。孙老对于我热衷钻研历史文化颇感欣慰，极富热情，像海绵一样无所保留地拧干点点滴滴。他亲手为我描画了王永江家居四合院的平面布置图，还奉送了令尊大人孙保田（著名文人，曾师从考古学家罗振玉专攻金石考古学和古字画鉴定）编著的《旅大文献征存》等书籍。有时遇到疑惑不得不半夜讨扰，孙老从无怨言，有求必应。隐居大黑山下的艺术家于振立，对于我的文学创作一直关注和鼓励，并以其思想艺术的先进性，为我提供了宝贵的文史信息与精神养料。我的大学同学还从东京的旧书市场，帮我淘宝了一纸箱旧书，从另一面提供了历史佐证。还有拐来绕去好不容易结识的王永江的后人，已是耄耋之年的他们重启记忆的闸门，提供了许多殊为难得的素材细节。

我不以为足，于是沿着王永江当年的足迹一路北上。辽阳、沈阳、抚顺、长春，史志办、图书馆、档案馆、博物馆，奉天纺纱厂、奉海铁路、东北大学、大帅府以及抚顺监狱、伪满皇宫……这些地方都留下我踏寻采撷的痕迹。期间，很荣幸结识了辽宁近代史研究会会长、辽宁大学历史系胡玉海教授。胡教授高屋建瓴的评价给我吃了定心丸。他说，王永江是民国时期的政治家，他对于奉天以及东北的影响是巨大的，对于他的研究和宣传还远远不够！胡教授还慷慨地赠予我一套由他主编的《奉系军阀丛书》，并期待着我的大作早日问世。

前年春节，我正在赶往祭祖的路上，手机忽然一阵震响，声音听起来遥远而混沌。哦，原来是王永江的长孙王谔廷老先生，一位90高龄的老人家从省城来给我拜年！实在是担待不起啊。我心有所动，我清楚这个电话的意味深长，一种不可推卸的使命落到了我这个文人肩上！

二

拥有原料素材仅仅是第一步，烹制出上佳美味才是目的。我于是进入文学思维状态，那些陈旧的人与事在我的大脑里醒活。

一部长篇小说必然涉及若干人物，而我必须吃透每一个人物。当这些人物依循着性格逻辑伸展行动的时候，故事情节与命运便跃然于纸上。比如，在这部小说里，你会看到表情各异的面孔穿行而过：民国人、清朝人、日本人、俄国人，大人物、小草根儿，灵与兽……而出现频率最高且赋予特写镜头的，一定非主角王永江莫属。每个人都有表征，每个人都有绝活儿，每个人都有闪光处，每个人都有悲催点。比如：王泽汉的文雅，王泽唐的强悍，王泽华的散淡，王泽来的规矩，曹世科的忍辱，阎桃李的透彻，曹秋水的功利，邵尚俭的仗义，赤脚大仙的玄奥，刘秧子的无赖……他们的喜怒哀乐悲欢离合，则构成了起伏跌宕引人入胜的大戏。至于合理想象虚构演绎，必须尊重基本史实，符合人物逻辑规定情境。

与人物心灵契合至关重要，即为人神合一的交融状态。一旦找到这种感觉，则完整淹没难以自拔，随之欢喜，随之悲苦，随之愤懑，随之狂放，缥缥缈缈，升天入地，摄魂夺魄，出生入死。比如：写到拯救危难，写到宁为玉碎，写到人生蹉跎，写到惨烈死亡，常常是心悸不已，双目盈泪，一声长叹，魂牵梦绕。或许是为人物情节感动，或许是触及了心灵痛点，或许是寄予了美妙幻想，或许是熔铸了个人体验。再如死亡，在小说中出现过几次，无论是曹一心染疾猝死，还是王永海客死异乡，或曹六凤坠楼身亡，或王永江惨遭毒害，应当说，每一个人的死法皆不尽相同，每一滴泪水都是一片汪洋。不是我迷恋死亡，正如鲁迅先生所云：悲剧是将人生最有价值的东西毁灭给人看。死亡涵盖着深刻的思想意味。

从警的经历，从税的阅历，机关的感受，为文的嗜好，使我与王永江的心灵有了某种特殊的沟通。然而，先生崇高的品格，旷世的才华，伟岸的功业，只能令我望其项背望尘莫及。好在我心里拥有一汪清水，纯净而不受污染。我想，我心里的清水与王永江心里的清水，是可以合流一道的。其实他人是一面镜子，从镜子里可以照见自己。比如，我在地方政府工作那会儿，为了区域发展续写辉煌，我连篇累牍在报纸上著文，提出富有建设性的合理化建议，一些建议经领导批示纳入实施计划。当时我三十出头，风华正茂，毕业于京都高等学府，又在国家机关工作过，应当说前程灿然似锦。然而，由于小环境里存在的不公平，我竟连

连坐失了实现抱负与投身实践的大好机遇。我一气之下毅然弃绝了官场仕途！如今想来，所有的苦难都是阅历和财富，老天绝不会让一个好人白白受苦，或许另有安排另有使命也未可知。因此，我非常理解王永江报国无门怀才不遇那样一种心境，十分欣赏王永江为了坚持原则毅然辞官那样一种气节。当王永江如愿以偿地实现理想锐意改革的时候，我是满怀着渴望打心眼儿里为他喝彩！啊，无数个月朗星稀的夜晚，我在冥冥中与王永江不期而遇，彼此恬淡与禅意地对话交流。啊，无数个场景无数个细节，我俨然沉浸在王永江沉沉悠悠的思索中，思绪燃烧于烟头酝酿于酒盅，甚至流淌成挂于脸腮的泪珠……几乎可以这样说，王永江之于我，犹如灵魂附体。

三

创作这部长篇历史小说的七年光阴，恰恰是我人生最黑暗的时期。如果用山穷水尽一无所有来形容，似乎也不为过。幸有父母大人亲眷好友的周济，终于走出了漫长的峡谷。最大的收获与折磨，都与这部书有关。

我真切感到，我是为精神而活，为了信念与追求，损之又损又何妨！应当说，是金州这一方热土滋养了我，是王永江三个字温暖了我，从而使我咬紧牙关，力排重重险阻，像一位独行侠，一直坚持到了最后。卡夫卡说：受难是这个世界上的积极因素，它是这个世界与积极因素之间唯一的联系。诚然，苦难使我们对世态人心有了深彻感悟，迫使我们在狭长的幽谷地带仰望星空，并且真正具有了将眼泪升华为珍珠的可能。

清明时节，我携着烧纸燃香给先生上坟。穿越高岗上屏障般的住宅区，走在乡间的小路上，凤凰山落凤坡近在咫尺伸手可触。王永江曾以凤雏自喻，那么，归根凤凰山是凤还巢还是凤凰涅槃？当初为了寻觅那座伟大的灵寝，我冒着毒日淌着汗流循环往复踏遍凤凰山麓。正当我大失所望萌生退意之际，一位知情的当地老农友善地做了向导。哦，小路像舌头一样伸向纵深的山麓，连绵无际的果园绽放着粉白的迎春，参差不齐的篱帐筛滤着时光的碎影。浓酽的泥土气息，安谧清净的乡野，耳畔隐约荡散着小贩儿收破烂的吆喝。小路尽头拴着几头咀嚼的牲口，不慌不忙地打量着陌生的我。村民在路口烧纸，这一堆那一堆的。在一户农家后院的菜畦，一座孤寂清冷的灵寝直扑眼帘。齐头高矮的墓碑朝向正南，举目可望广袤的田畴道路，浑圆的坟冢裂隙且爬满枯草，一看就是时隔久远无人问津。曾经盛大的葬仪豪华的灵寝早已随风而逝，历经风雨洗礼徒然散落着破败凌乱的组件。我于是在坟头上压了新纸，又拾起木棍在碑前画圈儿，然后小心翼翼地引燃纸香。在我孤独的造访中，突然一阵疾风浮掠而过，烧纸纷飞像是灰蝴蝶。

令人感慨和悲叹的是，先生似乎日渐被功利的现实人生所遗忘。而先生本该是历史的天空上耀眼的星座啊！那光亮即便是投射现实，仍然锐不可当，灿然夺目。先生忠心爱国，心系苍生，锐意改革，励精图治，鞠躬尽瘁，廉洁自律，爱憎分明，绝不苟且，不畏权势，去留无意，是典型的民国范儿，是令后人仰视的丰碑。

这部长篇历史小说几经修改，几经打磨，即将在先生辞世90周年之际面世了，可以算作对先生的遥祭吧。在这部历史小说创作与出版过程中，我得到了来自方方面面的襄助（尤其是黄世明先生的《大帅府》给予我的借鉴）。我知道，大家是希望借助我达成美好的意愿，期待我的努力没有让大家失望。

感恩的心，感谢有你。

2017年2月

于滨城蜗居